スティーヴ・エリクソン
越川芳明 訳

筑摩書房

目次

文中の（＊）は訳註です。

きみを夢みて

本書をローリ、マイルズ、シランチに捧げる。

だが、数年後の十一月初旬のある夜のこと、蜂の大群のような風が吹いてきたが、アレグザンダー・ノルドックはロッキングチェア——友人からの借り物で、返さなかった代物——に揺られている。かつてその椅子では、妻が幼い息子に母乳を飲ませていたものだった。

彼がいる場所、つまりロサンジェルスの街はずれにある渓谷では、午後八時。中西部のシカゴでは、午後十時だ。何千もの人びとがテレビ画面の中を通り過ぎていく。四十年前には同じ公園で、大きな政治集会があり、警察とデモ隊がぶつかり合いを演じ、ノルドックの国はあらゆる可能性に疑問を呈したものだった。

アレクサンダーの四歳になる娘シバは、十九カ月前にエチオピアの孤児院から養子としてもらい受けてきた。いまは彼の膝の上に乗っている。シバはテレビに映っている男と同じ黒い肌をしているが、この国はいま、この男の姿に底知れぬ可能性を見ているのだった。アレクサンダーは、通常、ザンという愛称で呼ばれている。シバ以外の、妻のヴィヴや息子のパーカーなど、家族のほかの者たちと同じ白い肌をしている。息子は、たまたまこの日、十二歳の誕生日を迎えていた。

この男が当選したというニュースが流れると、リビングルームは大騒ぎになる。「勝ったよ！」と、パーカーがソファから、白い合成樹脂塗装を施した、雲の形の低いテーブルを飛び越えて、喜びを爆発させる。「勝った！　勝った！　勝った！」と、叫びつづける。ヴィヴも拍手をしている。「ザン」と、パーカーは茫然としている父親の姿に戸惑い、呼びかける。「勝ったんだよ」と、息子。「うれしくないの？」テレビに映っているのは、ある若い黒人女性。公園の芝生の上に膝から崩れ落ち、顔を両手で覆っている。ザンは思案する。中年の白人男性であるオレには、顔を手で覆って喜びを表す権利があるのだろうか、と。ザンは、ない、と結論する。それでも、ともかく無言で、顔を両手で覆い、すすり泣きみたいな陳腐な表現しかできない自分を恥ずかしく感じる。

この国は、よろめきながら物事を行なう国だ。政治的な急進主義の中で生を受けたものの、それからの数年、数十年、いや数百年は、過激なことをするのをしぶり、あげくの果てに、これ以上はない過激なことをしでかすのだ。とはいえ、同様に、この国は――その中にある遺伝子が組み込まれているせいか――想像できないことを想像できるし、ひとたび想像できれば、それを成し遂げることもできるのだ。

　六年前には、もう一人の大統領――テキサス出身の特権階級の白人が、パイロット服を着て航空母艦のデッキの上をふんぞりかえって歩いていたものだった。彼の背後では、国旗が掲揚されていて、戦争の終わりを告げていた。もっとも、実際は、それは別の戦争の始まりにすぎなかったのだが。あれは、この国が信じられるかぎり多くのものを受け入れたというイメージだった。それが、いま、スワヒリ語の名前を持つハワイ育ちの黒人の大統領が出現するなんて。まるでＳＦ小説みたいだ。そうザンは思う。少なくとも、小説家を廃業させてしまうような歴史的な出来事だ、と。

　翌日、ラジオ局で（週四回、三時間の音楽番組を担当している）、ザンが、最初のセットのあとで述べる。「サム・クック（＊R&Bの代表的な黒人シンガー。一九六四年の曲に「変化がやってくる《ア・チェンジ・イズ・ゴナ・カム》」がある）のレコード――最高にご機嫌なナンバーだ――こそ、昨夜起こったことを先取りしていたんじゃないか。というのも、あの歌が発表されてから四十五年も経って……あの歌が言っているのは、変化がやってくる、ってことだけだし。もっとも、すばやくってわけじゃないが」。あの歌がＢ面でリリースされるまでに、彼は訳ありの事情で、ロサンジェルスのモーテルで殺されてしまった。

「それとも、あれは俺のことなのか?」ザンは問う。「つまり、彼は「変化がやってくる」と、最後の節で歌うが、それは自分がしでかしたこと——そのせいで撃たれることになった出来事を含めて——だけでなく、俺がしたことまで、その罪ほろぼしをしてくれているのか?」

実現を延期された夢を歌う国歌が、自分が死んだことを知らない幽霊によって歌われる。「ほかのすべては」と、ザンは言葉をつづける。「お子さま向けだ。あんたの肩の汚れを払いなというヒップホップの宣言は、最近、不良の仲間に入った私の十二歳の息子向けだし。もっとも、いまでは、きっと彼はその歌も耐え難いほど保守的と思うはずだけど。三十分以上経ったら、保守的なんだから。一日だけの英雄になるはずの、ベルリンの壁の恋人たちにまつわる本当に保守的な曲——「ベルリンの壁って何、パパ?」——とは? それは四歳になる私のエチオピア人の娘向けだ。彼女は、まだ着飾った英国人の宇宙飛行士のことを知らない」

ザンは、実際に自分の放送を聴いている者がいるのかどうか、分からない。ラジオ局は、約一メガワットを所有している。ヴィヴは渓谷の大通りを運転しながら、視聴可能な地域にいる三十秒間だけ、カーラジオでザンの放送をキャッチする。学校の前で降りるとき、息子はラジオを切ることにしている。不良仲間がそれを耳にするのは、危険すぎるから。それが自分の父親の声であるのを、必死の形相で否定するはずだ。

家族の中で大統領選挙の結果に胸を躍らせなかったのは、四歳のエチオピア系のグラムロッカーだけだった。シバは唯一、自分の祖父ぐらいの年齢で雪の色をした対立候補を応援していた。もっとも、幼い彼女は祖父も雪も見たことはなかったが。どうしてシバがその候補者にご執心なのか、ザンは三つの理由を思いつく。第一の、最も穏当な理由は、この候補者が実際、彼女にヴィヴの父親を思い出させるからではないかというもので、ヴィヴの父は彼女の生まれる二年前に亡くなっており、家族の肖像写真に写っていた。第二の、大外れとは言えないとしても、もっと腹立たしい理由と言えば、シバが皆の頭を混乱させようとしているのではないか、というものだ。

第三の、最も厄介な理由というのは、幼い四歳児の心の中に、雪の色のほうが、まあ、人種主義者の言いまわしを使えば、チョコレートの色とか、コーヒーの色とか、泥の色よりも好ましいという信念がすでに芽生えているのではないか、というものだ。彼女は、土色に何を連想するのだろうか。ノルドック一家と一緒に暮らすようになって以来、彼女は一度ならず、自分の肌色と、ザンやヴィヴやパーカーの肌色はまったく違うということに気づいたのだった。彼女は、自分のほかに肌が黒い子供がいない幼稚園《プレスクール》から戻ってきて、憤然と訊くのだ。どうして、あなたたちは明るい色の肌をしているのに、あたしは黒いの？　と。

ザンは、うろたえて、自分が聞きまちがえたのじゃないかと思った。この子は、本当にそう言ったのか？「そっちのほうが、明るい色」と。幼い娘は再度、そう指摘しながら、彼の腕を引っぱり、自分の手の親指を口の中に入れた。

「確かに、こっちのほうが明るい色だ」と、彼が言う。「そっちのほうが黒く、しかもきれいだ。明るい肌色の人もいれば、黒い肌色の人もいる。明るい色の髪の人もいれば、黒い髪の人も」

「ヒーローの歌を歌ってるのは、赤毛だよ」

「そうだね」

「ママの髪は、青色」

「その通り。実際は、ターコイズ（＊トルコ石）の色だけど」

「ターコイズって？」

「一種の青色。青緑色」

「ほんとの青色、それとも青色に染めたの？」

「染めたんだ」

「どうして？」

「その色が気に入ったからさ。目の色にマッチする。明るい色をした目の人もいれば、黒い目をした人もいる。背の高い人もいれば、そうじゃない人もいるってことだよ」

果たして、それが娘の疑問に対する正しい応答だろうか？ もし彼女が黒と白に関する概念を持ち合わせていないならば、「お前は黒人で、俺たちは白人だからさ」と答えるよりマシな応答だろうか？ それとも、それは素朴な白人だけがするような応答だろうか？

一方、シバと言えば、彼女の養子縁組の根底には、そもそも白人の素朴な考えがあった。もっとも、少女の頃にアフリカに住んだことがあるヴィヴの側にはそれはなかったが。ヴィヴの父親は、エチオピアとインド洋のあいだにあるモガディシュ（＊ソマリアの首都）という都市の管財人だった。いわば、自由契約だった。米国中西部でのキャリアも、地方選挙に左右され、雇用されるのは地球の反対側みたいな遠い街に水道を通したり、道を作ったりするためだった。ヴィヴにとって、その年は（彼女は十二歳で、つまり、パーカーの年齢と同じだった）、ほかの子の親たちが夜に誘拐されて消息を絶つとか、日常の光景と化した公開リンチとか、波際にラクダの腑《はらわた》が並んで、岩礁に波がくだけるときに、サメたちの格好のターゲットになったり、インド洋を背景にした浜辺で、アフリカの月のもと、大きな一枚岩をスクリーンにして、映画が上映されたことなどがあった。ヴィヴが観た、類人猿たちに囲まれた石柱《モノリス》についての映画（＊『2001年宇宙の旅』）の中で、類人猿たちが骨を空に向かって投げると、宇宙ステーションが出現したが、映画はまさにモノリス上で繰りひろげられていたのだ。

他の捨て子たちと浮世離れした物の見方を共有している四歳児の養子の異常な意識は、白人の甘えた感傷が作りだすものでもないし、鼻っ柱の強い世慣れた連中が反論できるものでもない。「そうそう」とシバと同じ幼稚園に通う園児の父親が言い、ザンは話題の子が自分の娘だと分かる。「まるで二十歳の子みたいな話し方をするあの子だろ」。手の骨を折ったパーカーを救急病院に連れていき、鍵をなくしたあの夜、ザンが一時間後にハンドルを握りながら毒づいていると、後ろのチャイルドシートからシバが「パパ、ムキにならないで」と助言し、それから親指をしゃぶるのだ。

シバは会う人を必ず眩惑させる。旋回するソーラー・システムの向きをそちらに向けるほど大きい目をして、堂々と入っていくすべての部屋で皆を凍りつかせる。新たに兄になった少年と同じように、彼女はいわば、抑制のきかない麻薬中毒者よろしく、鼻の先に小さなステッカーを貼って歩きまわり、噴水のところで彼女が見た、水を吐き出すライオンの石像のように、ディナーテーブルにつばを吐きかける。そうした物真似をすることで、彼女のオリジナルなやり方を捨て去るのだ。あるいは、お尻といった言葉に可愛く飛びつき、その大げさな発音と、それを聞いた人に必ず与えるインパクトの大きさに魅了され、そのうち、あれやこれやを変形させるようになる。たとえば、兄の足が悪臭を放っていると、「足しり」と言ったりして。

やがて、そうした物真似は、ただ単にずっと大人びたものになるだけでなく、より黒人らしくなり、当たり前のようになる。それというのも、彼女自身が黒いからというより、彼女の白い兄が――二十一世紀のあらゆる子供たちのように、いや、ひょっとしたら白人の少年少女が初めてルイ・アームストロングのトランペットを聴いて以来、すべての子供たちがそうであるように――ずっと黒っぽくなっているからだ。たとえば、「やあやあ、そこのお嬢さん」とか、「可愛い子ちゃん、元気？」とか、そういうふうに挨拶の言葉をかけてはいけない人たちに向かって言ったりするのだ。彼女が、ハイタッチの挨拶を交わすとき、そのあとで、その手で自分の剛毛の頭をさっと撫でつけて、「スベスベ――――」と宣言するのだ。

彼女のこうした振る舞いに対して、あけすけに邪険に突き放つ少数の人たちは、それゆえに、いっそう目立つようになる。夏休みの最中、ミシガン州の西部のレストランで、一家はある女性にぐさりと釘を刺される。大勢の人が少女を歓迎してくれたのに、ヴィヴは何日も、そのことだけしか考えられなくなる。「こうした事柄に、あまり自己防衛的になっても仕方ない」と、ザンは言うものの、ノルドック家の者はみな地雷原をつま先でそっと歩く思いなのだ。

ザンがこれまでになく渋い顔をしたのは、ある日の午後、シバを小児科の診察室に連れていったときのことだった。初めて予防接種の注射を行ない、うっかり泣き叫んだのだった。「パピー！　ドクターがチュウシャした！」。交差点のバス停にいた黒人が、車のところまで歩いていく父子をずっと目で追っていた。ザンは必死の思いで、怒りくるった娘を後部座席に縛りつけるが、思わず本音が漏れる。中年の白人男が、泣き叫ぶ黒人の幼児を建物から強引に連れ出しているってわけか。

こうした肌の色のもたらす混乱には、それなりのメリットがあるときもある。シバが食料品店のレジの列に勢いよく突っ込んでいくと、前の人が血相を変えて振り返る。ザンが店の天井の建築上の奇観をじっと観察していると、憤慨した客たちは苦情の一つも述べてやろうと、身勝手な黒人の母親を空しく捜すというわけだ。それから、メルローズ通りで、黒人の若者がわざわざザンのところへやってきて、こう言うのだ。

「ヘイ、あんた。すごいよ。きれいな子が二人もいるなんて」。若者の目を捕らえたのは明らかにシバだが、お世辞の中にパーカーも含めてくれることに、ザンは感激する。二人の肌の色の違いについて、ザンに分かるシバとの会話を終わらせる唯一の方法は、「きみは、きれいだよ」といった、白人リベラルのひどく感傷的な言葉を吐くことぐらいだった。それから、誰に言うでもなく、無言で付け足す。もっとマシなことを思いついてもいいはずなのに、と。シバは口から親指を取り出し、ザンの目をじっと見つめて、人差し指で喉をかっ切る仕草をしてみせる。

もちろん、彼女がこの喉をかっ切る仕草をしだした頃、それは両親をはっとさせるだけだった。だが、いまは、褐色の海賊よろしく、ところかまわずその仕草を行ない、両親の過失への苛立ちを伝えようとするのだ。

ザンは、ディッケンズの小説（＊『オリヴァー・ツイスト』）に出てくるような内気な孤児を想像していたのだった。血も涙もない非情な世界に向かって、空になったお粥のお椀をすまなそうに差し出して、すみません、お代わりをいただけますか？ と言うような孤児を。ヴィヴが初めてエチオピアの孤児院でシバに会ったとき、彼女はまさにそういう感じだった。ほとんど言葉を喋らず、ヴィヴが見ていないと思えるときだけ、ヴィヴのほうを見るのだった。ヴィヴはシバが寝つくまで、添い寝してやったが、ヴィヴがベッドから離れようとすると、臨終が迫っているかのように、手を素早く伸ばして母親の手首をつかむのだった。
ヴィヴは少女に、カリフォルニアからエチオピアに、チアリーダーのポンポン、キリンの玩具、ザンとヴィヴの写真などをさくらんぼの絵がついている紙袋にいれて持ってきたのだった。少女はそのすべてを袋から投げ出して、わきに退けたが、パーカーの写真だけは昼も夜も肌身離さず持ち歩いた。寝るときも目覚めるときも一緒だった。誰もそれを少女から取りあげることはできなかった。

だから、この内気な孤児の少女が、ザンがこれまでに聴いたことがないほど、一人当たり最大の大音量を吐き出したとき、それはまるでカトリック教会の聴聞室で大型ラジカセを聴くようなものだった。家の真ん中に小さな足を据えて、シバは後ろにそっくり返ると、思いつきや欲求、不満、要求などを大声で吠える。シバは太陽の下にあるすべての話題で、ザンやヴィヴやパーカーとの会話に加わった。

最初のうち、ザンはそれがシバの旺盛な好奇心のなせる業《わざ》だと思う。いわば、ターボエンジンをつけた好奇心の表現だと。シバは家の中を歩きまわり、手当たり次第に物を拾いあげたり、スイッチを点《つ》けたり消したり、あらゆる機械や電化製品や器具のボタンを押して、やがてそれらのデジタル信号がことごとく意味を失う。このことで、ザンは注意散漫になる。たぶん一家の生活全体が崩れかけていることを、あまりに見事に映しだしているからだ。「しっかり聴いてあげて」と、ヴィヴがザンにアドバイスする。だが、やがて彼女の新品のデジタルカメラも損傷を受ける。それもまた見事に彼女の写真家のキャリアが下降し、やがてゼロになることを象徴している。

まもなくザンが理解することになるのは、四歳児にとって、会話の内容自体は重要でないということだ。「怖がっているみたいなのよ」と、ヴィヴが言う。「家族関係が初めて絶たれたことで、身のまわりのすべてが、誰もが消えてしまうんじゃないかって」。シバは、子猫が手を伸ばしたり縮めたりするように、指をヴィヴの体に絡みつける。少女は、まるで一つになろうとするかのように、自分の体を母親に押しつける。シバがエチオピアからやってくる前に、ザンとヴィヴは、内気な孤児の少女が自分たちの飼い犬のピラニア（ジャックテリアとチワワを掛け合わせた、ジャッカウアウアと呼ばれる凶暴な雑種犬）に怯えるんじゃないか、と心配していた。ピラニアというのは、子犬のときにパーカーが名づけたものだ。この犬は近所の人たちを怯えさせる――ほかの犬を襲うとか、近所の車を追いかけるとか、宅急便の配達人をトラックの中に閉じ込めておくとか――ので、庭の周囲に電流を流したフェンスを取り付け、犬の首には電気首輪をはめてみたのだが、ザンには、かつてソ連のスパイたちを処刑するために使われたこの電気ショックだけでピラニアがおとなしくなるとは思えなかった。「この犬はソシオパス（反社会的行為者）だ」と、ザンはヴィヴの思いつきを嘲《あざ》笑《わら》う。「電気フェンス？　この犬に？」。そう言って犬を指さす。ピラニアは待ってましたとばかりに、耳を持ちあげる。興奮して体が震えている。「狙撃者の銃でも、この犬は止められないよ」

「必ずしもすべての犬がソシオパスってわけじゃないでしょ」と、ヴィヴ。

「たぶん、サイコパス（精神病患者）かも」

「違いは何？」

「一方は善悪の違いが分からないのに対して、他方はその違いが分かっていて、でも、それに縛られない」

「ピラニアはどっちなの？」

「ピラニアはどっちって？　そもそもピ、ラ、ニ、ア、って名前だよ。違いは分かってるさ」

「それじゃ、意味をなさないわ」と、ヴィヴが言う。「ピラニア魚は、人を食べるのを悪いことだって分かってるの？」

「もちろんさ」と、ザンが念を押す。「分かってて、それでもそれに縛られない」。ヴィヴがシバを受け取りにアフリカに向かって旅立ったとき、ピラニアをどうするかということが家に残ったザンの取り組むべき課題だった。地区の犬の専門家で、あらゆる系統に通じている女性は、きっぱりと言い放った。「さっさとあの犬を処分することね。さもないと、可哀想な少女が怯えるわ」。エチオピアから、ヴィヴがEメールを送ってきた。彼女はとても可愛い。犬を怖がらないといいけど。

ピラニアは、何が起こったのか分からなかった。幼児が到着してものの三十分もたたないうちに、眼が飛び出るほどに喉を締めつけられて、まるで砲弾ショックを受けたように、家の中の隠れ場所を次から次へと駆けまわった。まるで熱い鉄板の上に乗せられた小エビみたいに、階段をぴょんぴょんと上り下りして、まるで自分自身の毛皮から抜け出したいみたいだった。やがてパーカーはシバがピラニアの電気首輪に通じている壁のコントロールパネルのボタンを押したことに気づいた。もともとは四時にセットしてあったが、壁のモニターは九時になっていたのだった。

まもなくシバとピラニアは和解を果たした。シバがデッキに出て吠えると、犬も一緒に吠える。共に首を鶴みたいに伸ばして、口を空に向けて。

もちろん、シバの本当の名前はシバではなかった。「ずっとそう呼んでいいの?」と、ヴィヴが言う。

「女王のようにね」と、ザン。

「シバの女王が誰だったかぐらいは知っているけど」と、ヴィヴ。「私の言いたいのはそのことじゃないの」

「そのことをちょうどパーカーに説明してたところなんだ」と、ザンが言う。だが、いまパーカーはガム一枚ぐらいの大きさしかない、緑色の蛍光を放つミュージックプレーヤーを首からぶら下げて、ヘッドフォンで耳を覆っている。

ヴィヴが言う。「それでも」。養子縁組でもらった出生証明書にある名前は、ゼマで、エチオピアのアムハラ語の意味は……いや、ザンとヴィヴも、その正確な意味は分からない。最も近い意味は「メロディ」とか「賛美歌」だが、そもそもザンの理解するところでは、エチオピア人の人名の意味は、ちょうどタロットカードの意味が隣接するカードから引きだされるように、隣接する人の名前から引きだされるのだ。つまり、一人の人間に付随するあらゆる名前を一つに並べて、ようやく意味が確定できるというわけだ。

ザンはまだ一度もエチオピアに行ったことはなかったが、なぜかこの名前に関することは彼が知っているエチオピアを端的に表しているように思える。エチオピアには一年が十三カ月あるとか、ザンの理解するところでは、エチオピアの時計は世界時間から三十分遅れているとか……。

エチオピアが独自の時間帯を発明したというのではなく、エチオピアの時間帯がオリジナルな時間、つまり、他の時間帯がそれを参照して時間を決めるような時間なのだ。シバは、ロサンジェルスにやってきて数週間のうちに英語をマスターしたが、一年以上たっても、時間の概念は彼女の頭に入らなかった。時間に関する用語を理解しないのだ。「明日、みんなで公園に行くよ」と、ザンが言う。

「オーケー」と、シバが言い、数分後には、「パピー、行こう」と言うのだ。

「どこへ？」

「**公園だよ！**」

「明日だよ」

「分かった」と、シバはうなずく。だが、数分後には、「行くの？　**どうして行かないの？**」とくる。他の微妙な違いは理解できるのに、週や日、時や分の違いにまごついてばかりいた。誕生日は彼女が選ぶ日の前にも後にも来る、と信じているが――むろん、理論的には間違いではない――それは文明の発祥地、神がアダムとイヴを置いた土地、最古の人類の化石が埋まっていた場所であるエチオピアの子にとっては適切な考えなのだ。「私たち人間は皆、エチオピア人よ」とは、ヴィヴの好んで使う表現だ。

私たち家族にとって、シバの情緒的な欲求は、時間の中心へと落ちていく暗い井戸のようなものに思える。それが、シバの風変わりな測定によって作りあげられる家族の力学を稼働させる。「彼がナンバー1」と、彼女はパーカーを指さしながら、異議を申しでる。「あたしはナンバー3」。ザンはこれが逸脱した算数なのか、その独自の時間測定と同じように、エチオピア独自の測量法なのか、それとも何らかの操作で2を排除するのかどうか分からない。

シバは最初から音楽との相性がよい。ただ、それは、黒人に対するひどく紋切り型の表現なので、もう少しだけ地に根ざしたことをザンは人々に語ることができる。たとえば、他の子供がスクーターに向かって走るように、少女がピアノに向かって走るとか、アジスアベバの孤児院にいた頃、空の稲妻に合わせて快活に歌を歌ったとか……。少女の小さな身体が文字通りハミングするのは、言うまでもない。シバがやってきて一週間もたたないうちに、家族の者たちは夕食の席でそのことに気づいた。少女の身体から、かろうじて聞き取れるくらいの音量で、遠い異国の音楽を聴いたのだ。「シバ、食事のときは歌わないのよ」と、ヴィヴがやんわり諭《さと》そうとしたが、やがてある日、彼女がシバを車の後部座席に乗せてハリウッドを走っていると、通常は渓谷の放送局から八〇〇メートル以上の圏外では聴取できないザンの放送を受信できるのだ。少女は、シバ周波数で受信している。ザンは少女のことをラジオ・エチオピアと呼ぶ。

シバの養子縁組が整うときまで、ザンは地元の大学でポップカルチャーと二十世紀文学を教えていた。ポップカルチャーの授業は、一九五四年という年から始まる。なぜならば、その年に、十九歳の白人のトラック運転手がメンフィスの音楽スタジオに迷い込み——それから、ほんの数週間後に、最高裁は人種隔離政策を憲法違反と見なし——時代の言葉を使って、白い音楽と黒い音楽の混交を、本能的に、無意識に成し遂げたからだ。一連の話に魅了されて、学期が終わる頃に、学生たちはそれまで抱いていた古風な伝統派と新しい革新派との違いについての考えをかなぐり捨て、そのことでザンは喝采を叫ぶ。ザンが物語を語れるとすれば、これが一番無難な方法だ。これ以上うまく語れるとは思わない。もちろん、自分自身の物語など、無理だ。

同じ学部の教師たちは、みな子供がいなかった。子供のいなかった頃のザンの場合と同じように、子供たちのもたらす無限変数をほとんど理解できなかった。つまり、子供たちが合理的な賭け率を台無しにしてくれるし、つねに大人は、長い目で見て間違いをおかすのだ。子供のいない大人は、どれほど多くの時間を子供たちによって奪われるか分かるかもしれないが、彼らが理解できないのは、子供は仕切られた部屋に置いておけないということ、子供は商品のように、大人の都市の中の子供部屋に預けたままにしておけないということだ。子供たちは都市を取り囲む濠《ほり》であり、都市を貫く運河なのだ。何から何まで水で湿らせる。

教授会の日程は、ザンが子供たちを学校に迎えにいかねばならない曜日の時間帯に変更になる。ザンは会議に欠席せざるを得なくなるが、それ以来、雇用契約にやんわりとした訓戒が加わった。ザンがパーカーを二時間待たせることになったある日の午後に、この問題が危機的な局面を迎え、教授陣は、ザンのようなバーテンダーを論文審査の委員の一人に雇うべきかどうか、議論することになった。ふだんは感情を爆発させるザンではなかったが、さすがに憤慨して部屋を飛び出た。「われわれの何人かは」と、教授の一人が言うのが聞こえてきた。「彼がやってくる前のほうがよかったと思っている」

ザンの雇用契約の留保は、この国が景気後退する十五カ月前に、ノルドック家の家計に危機をもたらした。言い換えれば、ほかの国民が自分たちの家計の危機を知る前に。メディア業界や娯楽産業の一連のストライキは、ヴィヴの写真家としてのキャリアにもダメージを与えた。ヴィヴは地元のインディペンデントの週刊新聞や、ときには全国版の娯楽雑誌に、政治家や歌手の写真を寄せていた。選挙で勝つ数年前の新大統領だけでなく、絶頂期を二十年も過ぎた大統領たちや、シバが大好きで、ヴィヴもかつて若い頃大好きだった赤毛のグラムロックの歌手（＊デヴィッド・ボウイ）（このことで、ヴィヴは保守的な西部の十代の若者たちのあいだで変人扱いされた）の写真も。「本当に赤毛だったの？」と、シバは母親から撮影のさいの話を聞いてうっとりする。

「昔ほど赤くはなかった」と、ヴィヴ。

「いい人だった？」

「とってもいい人だった」と、ヴィヴが答える。「実際、それ以上ないくらいに。とってもチャーミングで、慈悲深かった」

「この人、慈悲って言ったの？」。少女は驚いて訊いた。ときたまシバは食事の席で、慈悲という言葉を言うのを好んだ。パーカーの見立てでは、ほかでもない神の気をひくために、だ。

ヴィヴの写真家としてのキャリアは、けっして回復しなかった。家計の収入は、シバが三〇〇〇ドルの歯科治療という不動産を持参して、急速に減少した。そのために、七〇〇ドルの保険金を返済することになった。ヴィヴとザンは、渓谷の風変わりな家の支払いのために、クレジットカードで辛うじて返済していた。おまけに、家の資産価値が三分の二に落ち込んで、月ごとの住宅ローンの支払いが二八〇〇ドルから六〇〇〇ドルに跳ねあがった。

財政悪化のどつぼにはまった。新聞の一面記事や、毎日のように掲載される、国が負債や抵当物受け戻し権喪失の手続きで破綻するといった記事は、まるでノルドック家の個人的な日記のようだ。ザンは銀行に住宅ローンの変更手続きを申請したが、支払いが継続中であるという理由で、断られた。二度目の申請は、その銀行が別の銀行に乗っ取られる一週間前に、断られた。ノルドック家の支払いは滞り、ローンの一部しか払うことができなかった。しかもそれは一家のローン決済にカウントされずに、別の第三者預託にまわされ、その結果、引き続き滞納金を支払わされることになり、一家は抵当物受け戻し権喪失の手続きへと押しやられることになった。三度目の申請は書類が「不完全」ということで、断られた。ただし、五カ月に及んで、何度も電話したのに、銀行員の誰も申請が間違っていると言わなかった。四度目の申請でようやく認められたが、月々の支払い額は、六五〇〇ドルになった。どうやってこの数字が出てきたのか、そもそもなぜノルドック家が申請をせざるを得なくなった額より多い支払いを認めたのか、銀行員の誰も説明できなかったし、説明しようともしなかった。

いまザンとヴィヴは家のローンの支払いを何カ月も滞納していた。そのため、抵当物受け戻し権喪失の手続きを二度執行されそうになり、ぎりぎりになって中止の知らせを受け取った。クレジット会社への負債は、ザンの知りたいと思う以上の額に膨れあがった。「どのくらい借金してるか、分からないわ」と、ヴィヴが子供たちに聞こえないように小声でささやく。

「分かってるさ」と、ザン。「多額だろ」

「でも、正確にいくらか割り出すべきじゃない？」

「いいや」

「そう？」

「そうさ」

「どうして？」

「どうしてって」とザン。「朝には、ちゃんとベッドから起きてこれなくちゃいけないから。より正確な数字を出したからといって、この問題に対処する事柄が減るわけでも、やさしくなるわけでもないし。物事がうまく行くためには、ときにはちょっとした拒絶も必要だし」。そうは言ったものの、ザンの計算では、ざっと一三万五〇〇〇ドルに膨れあがっていた。さまざまなクレジットカードは利用不能か、解約になっていた。あるいは利用額の上限が預金残高を上まわらないように、巧みに操作されていた。ノルドック家は、「ウォールストリート」からしつこく追いまわされ、一時間ごとに電話がかかってきた。新たに通った破産法は、ばかげたほど複雑なからくりになっていて、あまりに多すぎるか、少なすぎる負債を抱えている者には適用されないのだ。それというのも、あまりに多すぎるか、少なすぎる収入があるから、という理由だった。ザンは弁護士とこの状況をめぐって話しあってみたが、それは医者によって末期宣言を受けるのと同じことだった。

銀行に住宅ローンの申請をしていた時期に、ザンは数えきれないほどの電話をかけ、数えきれないほどの書類をコピーし、何度も貸し主の支店に出向いて弁解を述べた。さらに、三人の政府代理人、八人の弁護士に相談を持ち込んだが、その数人に、自分の見解より劣る「専門的な見解」に対して、数百ドルの報酬を支払わされた。わざわざ役に立たないアドバイスをするほど悪党でない者は、自分たちも混乱していて、アドバイスができないのだと告白した。

この家を購入してから十年、ザンとヴィヴは、どちらも自分が想像していた以上に、この家を気に入っていた。とりわけ、実際に基礎から改築してからは、なおのことだった。渓谷の眺望が得られるこの家は、いわばCDや書籍や、ヴィヴの写真、蝶のコレクション、二人を結びつける絆となった彼女のアート作品などを載せた、いわばノアの方舟だった。だが、いまや十二歳の息子が海から渓谷をのぼってくると想像する津波によってすべてが押し流されようとしている。

ザンは、迫りくる強制退去は一つの場所に投資しすぎる者の宿命だ、と自分自身に諭した。そう遠くないある日、この家は銀行のレーダーに引っかかり、新たな「売り出し通告」が出て、ザンとヴィヴ、パーカー、シバはホームレスになる前に、三週間の猶予を与えられるだろう。親たちはそのことを子供たちに隠しておこうとする。ザンは、賢いだけでなく直感も鋭いパーカーが、何かがおかしいと気づいているはずだと思う。「約束してよ」と、ある日、息子が車の中で言う。「引っ越ししないって」。ザンは言葉を詰まらせながら、「約束するよ」と言い、子供たちへの嘘が失効するまで、どのくらいの時間が必要だろうか、と思案する。

金の問題が、すべてに重たくのしかかる。少なくとも一日に二度、ザンは胃を締めつけられるような思いをしながら、ネットに接続して消えいく預金残高を見たり、ローン処理のホームページを調べて、どの家が新たに抵当物受け戻し権喪失の公示を受けているか、リストを調べたりした。

ザンは、このことで自分が完全にダメになりつつあると感じる。黄昏色を帯びたうす暗い年月、近づいてくる大破綻の驚くべき結末の時期と重なっていた。生活が楽になることはあっても厳しくなるとは、思いも寄らなかった。ザンは、鬱病をこじらせ、鎮まることのない頭痛を抱えて移動する。朝起きるときに、一日の終わりに眠りに就くときに、そして翌朝起きるときに、まるで万力で締めつけられたような痛みを片目のあたりに感じる。夜には、偏頭痛のためのスマトリプタンを、昼には、高血圧を抑えるディオヴァンをがつがつ飲み込み、もし何かの奇跡が起こってザンとヴィヴがこの窮地を抜け出すことができたとしても、数カ月、数週間、あるいは数日、数秒のうちに、ある致命的な病気が現れるはずだと、ザンは思う。なぜなら、家計の危機が自分を参らせていると思うと同時に、ザンは運命というのがトリックスターだと信じているからだ。こうしたお金をめぐるサバイバルのための戦いが自分を参らせていると同時に、他の悪運も招き寄せていると信じるからだ。運命は最も甘美な瞬間を待って、究極のいたずら《トリック》を働く。ありえそうもない将来に、ついに万事が都合よく運んだと思えるときに。

こんなことが分かるのに一生涯かかるなんて、なんて愚かなんだ。そう感じているあいだに、ついにだめ押しで、銀行が悪党であることをザンは理解するにいたる。おかげで、一家の窮地は明々白々たるものになり、そのことは銀行と接触したり、決済したりするたびに裏づけられる。お前にはこんな家はいらないんだ、と彼は自分に言い聞かせる。子供たちにぶんどられ、妻の蝶の羽根で覆われ、半数の部屋にはドアがなく、車寄せはあまりに急坂で、垂直な崖のようだし、こんな家に住みたいと思う者など見つけられないだろう。「ローン番号は?」と、電話の向こうで、貸し主の銀行員が訊ねる。あまりに精通してしまった一連の儀式で、ザンはあえてローン番号を空《そら》で言えないようにしていた。「サン、ゼロ、ロク、イチ、サン、キュウ、ゴ、イチ、キュウ、ハチ」と、申請書に記入されている番号を読んだ。

「ご住所は?」と、女性の声。

「レリック通り一八六一。R、E、L——」

「その住所で、郵便物が届きますね?」

「はい」

「その住所に住んでいるのですか?」

「はい」

「賃貸ではなく、それとも——」

「ここに住んでいますよ。わが家です」

「一一四万七五六二ドル八〇セントの不動産に未払いの残金があります。その金額を今日じゅうに支払う用意がありますか?」

「いや」と、ザンはため息をつく。

女が言う。「それじゃ、今日はどんなお手伝いができるっていうのかしら? この間抜け」

ザンは手に握った受話器を確認する。「すみません、もう一度?」と、彼は言う。

「今日はどんなお手伝いができるっていうのかしら?」

「そう言ったんですか?」

電話の相手は、一瞬黙ってから、「すみません、もう一度おっしゃって」

「そう言ったんですか?」

「ええ、そうですよ」

「ほかにも言ったでしょ」と、ザンは引き下がらない。

「確かにそう言ったんです。今日はどんなお手伝いができるっていうのかしら?」

ザンはあの一瞬を思い返し、咳払いをする。「われわれの住宅ローンの変更に関して提出した最新の申請書がどうなっているのか知りたくて、電話したのです。五度めの申請か」と、ザンは考える。「それとも、たぶん六度めの申請ですが」

「ちょっと調べてみます」と、彼女が応じて、一瞬沈黙ができる。それから、「申請はまだ処理中です。くそったれ」

こんどはザンも受話器を確認する必要を感じない。「何だって?」

「申請はまだ処理中です」

「そうは言わなかった。何かほかにも言ったでしょ」

「失礼ですが」

「何かほかにも言ったはず。私をなんと呼んだ?」

再び沈黙。「失礼ですが、私がなんて言ったかどんなふうにお思いか分かりませんが、申請はまだ処理中で、ローン変更の担当者がいずれご連絡します。このおかま野郎」。夜、ベッドに横になりながら、ザンは、新大統領でも彼らの家を救ってくれないだろうという結論にいたる。ベッドから起きあがり、灯りを点ける。そうでもしないと、子供たちをこのような窮地に巻き込んだことに対する被害妄想と罪の意識で、いたたまれなくなりそうだから。生命保険の条件に思いをめぐらし、もし自分が進んで動脈瘤になったとしたら、保険で家族の生活は安泰なのかどうか思案した。邪《よこしま》なカルマ(宿命)に思いを寄せ、家族の運《つき》は、アフリカの孤児を養子にしたときに落ちたのかもしれないと考えた。お前はそのおかげで、カルマのスコアボードに得点を加えるはずだ。彼は瞑想する(もしその言葉が正しいとすれば)、いかに自分の持ち分の時間が終わりに近づいているか、それでも、自分の絶頂の瞬間は、それがいつであれ何であれ、まだ来ていない、と。彼は、六年前に亡くなった義理の父と、その言葉を思いだす。「絶頂の瞬間は速く過ぎ去ったよ」

弱々しいディッケンズ風の孤児といった先入観がなくなると、ザンはシバがこれ以上ないほど反抗的な子であることに気づく。彼女は権力を簒奪するために、そうした必要があるならば、子供の役割などあっさり放棄するつもりだ。両親にはできないのに、彼女は自分でタイムアウトを宣言する。

「あたし、腹ぺこよ。ヤングマン！」と、彼女は何か食べ物がほしいときに、そう父親に向かって怒鳴る。刺激されたパーカーは、「ベイビーはお前だよ、ベイビーはお前だよ！」と応じる。やがてシバは反抗のレパートリーを増やして、相手を侮辱するアルトの歌声は、より巧妙になり、ついに数カ月滞在することになるロンドンで、彼女とパーカーとザンがダブルデッカーのバスに乗ろうと待っていると、彼女は父親に向かって「どいてよ、おやじさん！」と、叫ぶまでになった。かつてチャーチル首相が葉巻をくわえたみたいに。「あたし、プロフェッショナル！」が、最新の絶叫というかとどめの一撃である。たぶん兄かテレビから学んだのだろう、けんか腰の議論を終わらせるときに使うのだ。「人参を食べなさい、シバ」と、ヴィヴが言う。

「ほっといてよ！」と、シバ。「あたし、プロフェッショナル！」

「部屋を掃除しなさい」

「言われなくても分かってる。あたし、プロフェッショナル！」。ザンは断固決意する。彼女が十代になったら、俺は自分の死をでっちあげてやるぞ、と。タヒチの沖合で、騒々しくも華々しい飛行機事故か、飢え狂う海に裸で歩いていくとか。

まだ若い頃に、ザンは、自分自身を取り囲む病的なまでの秩序正しさは、自分の中にあるスカンジナビア人の血のせいだと思うようになった。しかし、こうした認識のあとに、自分が四人のカオスの代理人たち――もし犬を一人として数えればの話だが――と暮らしているというもう一つの新たな認識が加わった。カオスとの和解を試みたにもかかわらず、鼠たちに神聖な家を冒され、その冒瀆行為は、あまりに重大なものを象徴しているように思えて、甘受できそうもない。もっとも家自体は不確実さを意味するものになってしまっていたが。ヴィヴが四匹まで数えたと言った夜、ザンは鼠の夢を見る。思春期になりたての頃にありがちな感情の爆発で、息子が壁にあけた穴から鼠がやってくる夢だ。ある夜、ヴィヴは何かが彼女の腕の上を走り去ったのを感じ、眼が覚める。どうせ家を銀行に持っていかれるのならば、その前に津波に持っていかれたほうがマシだが、鼠はごめんだ。いまのところは。

数年前に、ザンは家の隙間を塞ぐ工事を行なっていたので、どこに穴が生じたのか分からない。大いにあり得る可能性として、玄関のドアから堂々と入ってきたのかもしれない。というのも、ときどきカオスの代理人ナンバー4、あるいは、ザンの言葉で言えば「あのファッキング・ドッグ」が押し入ったあと、何時間も開けっ放しになっているからだ。理由はどうであれ、鼠どもは夜になると、キッチンの床を駆けまわり、通気孔をちょこちょこ動きまわっている。手元にない五〇〇ドルで、ザンは害虫駆除の業者を雇う。ホルへという名の、年のいった大柄のラテンアメリカ人が家の中をのっしのっしと歩きまわり、床下にもぐり込んで、罠を仕掛ける。

毎週、ホルへは家にやってきて、罠にはまった鼠の死骸を回収していくが、彼はプロの死刑執行者に備わる優しさで、鼠たちのことを語る。

ザンに対して、彼は動物の癖や習性を親しみを込めて、ただし声を落として説明する――子供たちに聞かれないように――たとえば、鼠が共食いをするといったような、おぞましいことまで。数週間して、半ダース分の死骸が出たあとも、まだ鼠の足音が聞こえてきた。とりわけ、ピラニアは興奮して、何度も鼠の音や匂いのあとを追いかけまわす。「宅急便の運転手を追いつめることは難なくできるのに」と、ザンは指摘する。「鼠は、一匹も捕まえることができない」

「宅急便の運転手は、鼠より大きいし」と、パーカーが彼の犬を弁護する。「通気孔に隠れることができないからさ」

ザンは、アニェホという地元のメキシコ食堂の裏手にある放送局でラジオ番組を受け持っていた。見捨てられた鉄道車輛があり、それが冬に水嵩が増し夏には水がなくなる小川に架かる橋の役目を果たしているが、この店はそこから道路をあがったところにある。本来物静かな性格のザンにしては、番組ではおしゃべりだった。「番組以外のときに一週間で喋ることを」と、ヴィヴが指摘する。「たったの五分間で喋っちゃうのね」

「だって、ラジオじゃ誰もさえぎる人がいないからね」と、ザンは説明する。「トークが限りなく執筆に近づく瞬間だし」。そうはいっても、放送業はほとんどの人々が自分に期待しているものではない、とザンは結論づける。「こちらはラジオ・ゼッド」と、彼は独特な口調で話す。「この放送は、いまこのゼロ年代に、渓谷のすみずみまで、そして、渓谷の彼方の皆さんにお届けします。きょうの一曲めは、オーガスタス・パブロの「セラシエ皇帝への讃歌」です。つづけて、エチオピアンジャズ界のデューク・エリントンともいうべきマラッ・アスタッケの「記憶」という意味の「テゼタ」。それから、デルロイ・ウィルスンの「この人生が私に思案させる」。ポリー・ジーン・ハーヴェイの「風」は、この山火事の季節に、われわれ渓谷の住人の心を震撼《しんかん》させる山風《サンタ・アナ》に敬意を表して。そして、「撃たれたけども、立ち上がって最大限の努力」をしたレイ・チャールズのことを歌ったヴァン・モリスンの歌。そして、天才レイ・チャールズ自身の曲、その名も、われわれへの銀行の通知に敬意をこめて「破産」。締めくくりは、私の娘のお気に入りのロックスターがかつてベルリンをうろついてた頃の曲、「いつも同じ車で衝突事故」。いつものように、この曲はシバに」と、ザンは言う。「と同時に、パーカーと私が学校に行く途中で、ここから八〇〇メートルほどいった、いまこの私の声が届くぐらいのところだけど、油でつるつるの道で車がスピンしたあのときに敬意をこめて」

川沿いの道をいくあいだ、兄は怒り狂った黒人ラッパーの声に耳を傾けているが、シバは依然、三十年前の衣装とメーキャップをした、英国人の宇宙飛行士にうっとりしている。絶えず、ボウイの歌を歌っている。パーカーはその歌手が、新しい妹の厄介な強迫観念になっているので、我慢できない。電気的な青の部屋についての歌とか、沈黙の時代の歌は、パーカーをいらだたせる。全然意味をなさないからだ。「マジかよ?」と、パーカーは車の中で、CDに対して不満の声をもらす。「止めてよ!」

ザンが放送している小さなスタジオは、誰もがアニェホ食堂の貯蔵庫と思っているところにあった。マイク、音響設備、ディスクプレーヤーがあった。バーのオーナー、ロベルトが説明した。「かつてこの渓谷には放送局があったんだ。ここの住民だけが受信できる程度の周波数だけど」。その孤独な周波数は、いわば支払いの滞った家として、空き家になっていた。「いい考えがある」と、ザンはある日、ロベルトに言った。「夜に数時間、音楽をかけながら、小さな番組をやるよ。バーの宣伝にもなるだろ」

「小さな番組？」と、ロベルト。「それならパーソナリティが要るんじゃないの？」

「パーソナリティは大丈夫」と、ザンは冷静に答えた。「パーソナリティは心配ない。許可証はどうする」

「許可証？」と、ロベルトは笑う。「なんのために？」

「放送するためさ」

「ここの渓谷だけだぜ。そんなくだらない許可証なんて必要ないよ」。床に数枚のCDが散らかっていた。「それより、音楽はどうする」

「音楽も、心配いらない」と、ザンは答えた。

ヴィヴは臨時収入を得るために、児童のための芸術教室で教えることになった。その教室に向かう途中、ザンの番組《シフト》が終わるアニェホでパーカーとシバを車から降ろす。ザンは二人の子供を車に乗せて、自宅に向かうが、古びた鉄道の橋のあるところで、車を脇に寄せて止める。この渓谷には、競い合う伝説が引きも切らないが、結論はいつも一緒で、この橋には幽霊が出るというものだ。その際、唯一の論点は、その幽霊は誰なのか、というものだ。追放されたインディアンとか、悪魔の儀式の犠牲者とか、ヒッピーを狙ったイカレた殺し屋とか。ここは、四十年前にあのチャールズ・マンソンが自分にはあまりに気味が悪いといって逃げていった田園的な渓谷である。

パーカーは、ある日、海に行く途中に車からこの鉄道の橋に気づいて以来、この橋を見たくてしかたなかった。だが、そのときは夕暮れで、陽もすぐに落ちて、温度も急速に寒くなり、あまり長く留まりたくなかった。彼と妹と父親の三人は、橋の真ん中に立ち、朽ちかけた木材を見渡しながら、足下の小川のせせらぎに耳を澄ます。川の上の家の一角に、垂木《たるき》へのはしごがかかっている。橋のてっぺんから、ザンと子供たちは、渓谷と、海から漂ってくるものを眺めることができる。

パーカーが言う。「もう行こうよ」。パーカーは、ザンが子供の頃にしようと思わなかったことを敢えてするような、怖いもの知らずの少年だが――スケートボードの、死を恐れぬ曲芸とか、ばかばかしいほど致命的な猛スピードのジェットコースターとか――暗く閉じられた場所にいると、勇気をくじかれる。「ザン」と、催促する少年。

「あたしはここにいたい」と、シバ。

「僕がここにいたくないから、いたいって言うんだろ」と、パーカー。

「あたしはここにいたい！」と、彼女はもう一度言う。もっとも、いつも自分の外にあると感じる主導権を一瞬でも摑みたいという理由以外に、ここにいたい理由ははっきりしないが。「ここにいたい！　ここにいたい！　ここにいたい！」。鉄道の車輌がメガフォンとなり、四歳児の声が湾曲部から谷へ、丘の頂上へ飛んでゆく。

小川のせせらぎの音が暗闇から立ちのぼってきて、車輌の窓まで入り込んでくると、十二歳児の想像力が掻き立てられる。川の上の家の垂木から海の方を見つめながら、パーカーが言う。「ツナミがやってくるとき、ここまで達するかな？」

四人家族が、シバの身体から出てくるハーモニックス（倍音）を除けば、無言でパシフィック・コースト・ハイウェイを車で飛ばしていると、「ツナミ安全地帯」という新しい標識のそばを通りすぎる。

「歌うのをやめろよ」と、パーカーが妹に怒りをぶつける。

「歌ってないわ」と、シバ。

「仕方ないんだよ」と、ザン。「彼女から出てくるんじゃないんだ」

「実際、出ているよ」

「これまで気づかなかったわ」と、ヴィヴは標識に触れる。

「出てるけど、実際はそうじゃない。彼女の身体を通ってくるんだ」

「どれくらい大きいの？」と、パーカー。「ツナミは。ふつうの波と比べて」

「その通り」と、ザンは標識について妻に同意する。「これまでなかったよ」。それから、パーカーに対して。「相当大きいよ」

この標識は、安全を確保するために、どの高さにいる人が避難しなければならないか、を示したものらしい。

「いや、そうじゃない」と、父親が言った。

「ツナミは心配しなくてもいいの」と、ヴィヴ。そんなつもりはなかったが、すでに心配すべきことがいっぱいあるようなニュアンスが漂っていた。ザンはヴィヴが同じことを考えているのか、と不思議に思った。すなわち、もし銀行がわが家を没収するなら、ツナミでもなんでもいらっしゃい、と。でも、そうではなくて、ヴィヴは子供たちの悲惨な出来事のリストの中からもう一つの恐怖を取り除こうとしていただけかもしれない。「海の水が渓谷にちょっと入り込んでくるかもしれない」と、ザンが言った。ヴィヴが彼をきっと睨《にら》んだ。あたかもこう言いたいかのように。まったく、どうせなら、ツナミが渓谷にやってくるって、子供たちに言いなさいよ。「ちょっとだけだよ」と、ザンが急いで訂正する。「渓谷の下あたりまでね」

「超クール」と、パーカー。ザンにとって、この年代の子たちが言うクールなこととホロコースト（大虐殺）との違いが分かりにくい。最近、パーカーやその友達は、「素晴らしい」という意味で、何かを「病んでる」と言う。この時代をなんと呼べばいいんだろう、とザンは思う。いつ、どのように、何か傑出したことを「ヤバい」と呼ぶようになり、それがどのようなニュアンスを十二歳の息子に与えるのか。俺が若かった頃、とザンは思い出す。事態は「最悪」だった。「最悪」というのは良いという意味だ。やがて、われわれは自分たちが良いと思うことを、でも、何世紀ものあいだ人々が最悪と思っていたことをするようになった。つまり、われわれのスラングの中に、未来が宿るのだ。

ちょっと前に、パーカーは自分の大きな部屋と、浴室のついていない小さな部屋を交換してほしいと言ってきた。家族の者が入ることを許されない部屋に移りたい、というわけだ。息子はいまや、二倍広いスペースを、自分の外にある世界を閉め出すことができるドアと喜んで交換したいと思う年代なのだ。暗がりのベッドに横になりながら、ヴィヴはザンに向かって、私たち は 戦争中 よ、とか、希望 は みんな 失われた、みたいに確実な宿命を意味するような、四語からなる言葉を吐いた。「十代 に なりかけてる の」。父親のザンは身震いした。

パーカーは、つねに両親を戸惑わせる浮き世離れした美貌を持っていたが、やがてにきびと夢精を経験しただけでなく、ザンがパーカーの年代だった頃には想像だにしなかった、クラスのアイドルみたいな、最近のステータスを獲得する。まったくシュールで癒しがたい虚栄心に取り憑かれて、息子は、渓谷の大通りにでこぼこのスピード抑止物が置かれているのは、欠点なく整えられた彼の髪の毛を乱すだけのためだ、と見なすようになる。修道僧の笑みを浮かべる禁欲主義者のパーカーは、もちろん、ザンのラップトップで自身の映画を作るアーティストの卵らしくメロドラマも受け入れる。ミュータント（異生物）とか、奇異な甲殻類動物にまつわる『シュリンピー・コミックス』を書いたり描いたりもする。もちろん、これらのものすべてに、思春期特有の不機嫌がまぶされているが、ときどき、ヴィヴが目撃するのは、息子が妹に出たばかりの『シュリンピー』第三号を読んでやっている姿だ。娘は息子の曲げた腕の肘のあたりで身体を丸めて、じっと聴いている。

パシフィック・コースト・ハイウェイを行く車の中で、パーカーが言った。「もしトウキョウで大きな地震があったら、ツナミが太平洋を越えてこっちまでやってくるの？」。パーカーはトウキョウに行ったことはなかったが、トウキョウ、すなわちアニメ・シティという概念に魅了されているのだ。

ザンとヴィヴは同時に同じ結論に達した。ツナミの話題を避けるしかない、と。

「いいや」と、ザンが言った。「でも、ハワイで起こったら、ひょっとして」。ヴィヴはもう一度、ザンを睨んだ。

「ツナミの仕組みがよく分からない」と、パーカーは言った。

「海の下で地球が動いて、水が、その行きどころを失ってしまって」と、ザンはヴィヴのほうを見る。そうだろ?

ヴィヴは肩をすくめた。「最初、海水がずっと沖のほうに出ていって」

「ビーチに行ってみれば」と、ザンが言った。「見たことがないほど広くなっているはず。そんな場合、そこで遊んじゃだめだ」

「できるだけ遠くに逃げるんだよ」と、シバが後部席の幼児用の補助椅子から初めて口を挟んだ。ヴィヴの顔には、いつもの表情が浮かんでいたが、まるでこう言いたいかのようだった。これって有益な情報、それとも子供の虐待に当たるかしら? 子育てとは、言ってみれば、恐怖の管理ということではないか。後部席で、シバは窓の外を見つめていたが、すでに遠くのほうに高波が見えていた。

家族は家に戻ると、ばかばかしいまでに急坂になっている車寄せの頂上でザンが車を停め、ヴィヴが郵便受けのところで車から降りた。ザンの車はそのまま急坂を下っていった。車から降りると、心配そうにヴィヴのほうを振り返った。昔はよかった。

ジャンクメール（＊ダイレクトメールのこと）しか来なかったのに。例外は、年に一度、何年も前に出たザンの本を読んだらしい物好きな人たちがいっぱいいる外国から、版権の小切手が届いたことだった。誰もが五分で家の中に入ると、ヴィヴが言った。ちょうどザンもそのことを考えていたところだった。「シバはどこ？」

ザンは慌ててデッキに出ると、手すりから身を乗りだして、下の車寄せに停めた車のほうを覗き見た。シバが抜けだそうともがいていた。父親のほうを睨んで、「**車の中に置いてきぼりにされた！**」

「ごめんよ！」ザンは恐ろしくなって、思わず早口になる。「パーカーと一緒だと思ったんだ」

「よくもあたしの**一日を台なしに**してくれたわね、ご、両、親、さま！」と、少女は非難の言葉を放った。数カ月経っても、忘れなかった。家族がどこにいようと、何をしていようと、会話の最中に、あるいは珍しく沈黙が訪れたときに、いきなり「車の中に置いてきぼりにされた」と、呟《つぶや》くのだ。幼児用の補助椅子にベルトで縛られていたあのとき、彼女はどんなシナリオを思い描いていたのだろうか。少女はそれ以前にも、生後四カ月の時に母によって祖母の家の前に置いてきぼりにされ、さらに二歳の時には祖母によって孤児院に置いてきぼりにされていたのだから。少女はふと思ったのだろうか。ここで誰かがやってきて、あたしを連れていくのを待つのかしら、と。待ちながら、あのハワイのツナミが車寄せに轟音を立てて押し寄せてくるのを目撃するのかしら？

エチオピアに出向いてシバをアメリカに連れてくるまで、ヴィヴは少女の生後二年間の出来事を知らなかった。アジスアベバに着いて二日目に、養子縁組事務所が一種の世話人と認めた女性に会いにいった。女性は六十代半ばだったが、もっと年配に見えた。ブルーの白内障の眼をしていて、伝統的な民族衣装を着ていて、大人になった自分の娘を同伴していた。二人の女性が泣きだしたとき、ヴィヴは老女がシバの父方の祖母であり、若い方の女性がシバの叔母、すなわちシバの父親の妹であることを知った。

祖母はエチオピアの公用語であるアムハラ語を喋っていたが、叔母は英語を知っていた。つねに曖昧だった養子縁組事務所の説明と違って、叔母がヴィヴに明快に説明した。シバが祖母によって育てられた、と。祖母は地産の蜂蜜酒、密造のテジ酒を作って、家計を支えていたが、ハイレ・セラシエ皇帝の失脚後、八〇年代にメンギスツの社会主義軍事独裁政権によって土地を没収されてしまって、もはや肉体的にも経済的にもシバの面倒を見てやることができなくなった。シバは実の母である、未婚のムスリム女性によって、生後四カ月で祖母の戸口に置き去りにされたのだった。

ヴィヴが初めてシバに会ったとき、少女はほとんどやりどころのないすさんだ心と、多くのものを大人からもらわねばならない幼児にとって「生存」を意味する反抗心のあいだで揺れ動いていた。それから、ヴィヴが一つの峠を越えただろうと思ったところで、シバはヴィヴと距離を置きたがり、そうした態度が数日続いた。ヴィヴはザンに書いた。あたしは何をしたのかしら？　あたしたちをどんな苦境に引き入れたのかしら？　でも、少女はつねにその眼で新しい母親を追いかけていた。ホテルの開け放たれた窓からサックスのメロディが流れ込んでくると、ヴィヴは絶えずシバの幼い一本指が、母がそこにいるのを確かめようとして、彼女の顔をなぞるのを感じた。シバはヴィヴの顔を両手でつかむと、まるで呼吸を共有するかのように、引き寄せた。

シバの父親は、親権を強く否定した。エチオピア空軍の退役軍人で、祖国が周囲の国々と戦った無数の戦争のひとつで、あるいはつねに同じ戦争だったかもしれないが、戦場で負った怪我のせいで、シバの父親になるのは不可能だと主張した。「戦争の負傷を口実にする、よくある手だ」。ザンはそれを聞いたとき、信じられないと言うかのように、そう言った。父親は仕事もなく、シバに経済的な援助を与えられなかった。彼がキリスト教徒で、母親がイスラム教徒であるという事実は、事態をより難しくした。でも、祖母は幼児のＤＮＡを認めたが、父親のほうは認めなかった。二年後に祖母は身体が衰弱して、シバを地元の孤児院に連れていった。幼児はそこで二週間、祖母が戻ってくるのをむなしく待ちつづけた。

比較的早くにシバは養子縁組団体によってヴィヴとザンにあてがわれた。数カ月前に申請を出したばかりだった。いま、代理親がまるで動物保護施設で子猫を選ぶみたいに、孤児院をうろつきまわって、子供を探すと思われているみたいなので、アメリカ人の夫妻は、笑ってしまう。実際の養子縁組は、健康診断や何時間にも及ぶネットでのスクーリング、膨大な用紙や申請書の耐え難い記入作業、アフリカの裁判所の日程調整を経ねばならない。それからようやく幼児を引き取るための、ヴィヴによるアジスアベバへの移動が続く。ロサンジェルスから、シカゴ、ロンドン、フランクフルト、カイロを経て、二十四時間の旅だった。

私があなたを選んだのよ。ヴィヴがシバを連れてエチオピアを旅立つときに、シバの祖母がそう別れの言葉を述べた。私があなたを選んだのよ、神さまのお声で、あなたが彼女の母親になるべきだって。そして、ぎりぎりになって、シバの父親が少女を自分の子だと認める気になった。あたかも、父子二人を見る者がそのことを疑うとでも言うかのように。

ヴィヴのことを考えれば、彼女が選ばれたというのは驚くに値しない。何十億という女性の中から、シバの祖母は本当に心の優しい人間であるヴィヴを選んだのだ。一度など、この渓谷にいるホームレスの老人たち全員をクリスマスシャワーと称して家に招待したがったし、ザンが止めなければ、家族のなけなしの金を困窮している者たちに差しだすことだろう。ヴィヴこそは、家族の者たちがその命令に苛立たないときには、家庭内の優先事項を決める「陸軍元帥」である。間違いなく、世界の欠乏とその補充を司る「陸軍元帥」である。「あたしは欠陥のある人間」と、彼女は悲しげにうめく。

十五年前に、どちらの子供が生まれるより以前に、ステンドグラスをめぐる写真シリーズがヴィヴを芸術的な大事業へと導いた。数週間の寿命を全うした蝶の羽根を、金属の額に入れた、窓の再現だ。ヴィヴに言わせると、羽根と金属の併置は、人生のメタファーということだが、ザンは、それが五フィート二インチ（約一五七センチ）の身長の中にか弱さと剛毅さを兼ね備えたヴィヴ自身のメタファーであるのを知っている。作品は注目を浴びた。それはいくつものギャラリーでの展示会や、二つの南カリフォルニアの美術館に常設コレクションとして受け入れられたことでも明らかだが、作品が剽窃されたことによって、さらに耳目を集めたのだった。ここ数年間、ヴィヴはアートの世界でもっとも悪名高いスキャンダルの一つに巻き込まれてきた。蝶のステンドグラス作品は、その構想も技法も共に、世界で最も成功している芸術家によって盗まれたのだ。その芸術家は、象の彫刻を簡単に作って何千万ドルも稼いだり、他人の構想を大胆に「盗用」したりすることで有名な男だった。たくさんの人が法的措置を取る根拠を指摘してくれたが、それはノルドック家の台所事情と心理事情を端的に示していた。その悪党を裁判に訴えるだけの十分な財源も、精神的な財源もなかったのである。

そんなことより、ヴィヴはシバを養子にすることに心を向けるが、それは映画スターたちが自家用ジェット機でアフリカの子供たちを拾いにいくのを映すテレビのゴージャスなイメージとはほど遠いものだ。シバが自分たちと一緒に暮らし始めて何カ月も経って、ようやくザンとヴィヴは気づく。二人が誰からも善行と見なされるだろうと思っていた養子縁組だが、トレンディさを競った派手な見せびらかしだと思われていることを。「あたしたち、まるでブランジェリーナ（*ブラッド・ピットとアンジェリーナ・ジョリーの夫婦）よ！」と、ヴィヴが狼狽して叫ぶ。さる女優が三度目（ひょっとしたら四度目？）（五度目？）の養子縁組のさいに広報スタッフの反発を受けたというテレビニュースを見ていたのだ。

「でも」と、ザンが応じる。「この渓谷のブランジェリーナは、差し押さえ寸前だよ」。ヴィヴはアジスアベバにいるシバの家族と連絡を取り合い、毎月、シバの祖母に金を送っている。養子縁組してからほぼ二年後も、ヴィヴはシバの産みの母について尋ねることをやめない。祖母や叔母や縁組団体によって、「誰も知らない」とか「知らぬが仏よ」とか「トラブルになるだけ」とか返事をされるたびに、ますますヴィヴの決意は固まるのだ。

ヴィヴは家から追いやられて、売春婦になったり、薬漬けになったりする母親のイメージを持っている。シバを引き取る以前にすでに別の子の母になっていた者として、ヴィヴはもし母親が生きていれば、自分の産んだ子がどうなったか気になるだろうし、シバだって、やがて自分を産んだ人がどんな人だったのか気にかけるようになるはずだと思う。警告や忠告を無視して、ヴィヴはシバの母親を捜そうとしてアジスアベバで一人の若いジャーナリストを雇う。「正しいことをしてるといいんだけど」と、ヴィヴはやきもきしながら言う。「トラブルを巻き起こさないといいんだけど。どうしてみんな、ほっときなさいって言うんだろう」

たいていのことは、よかれあしかれ、運命――究極の罠を彼のために残しているはずの運命――のなるようにしかならない、とザンは思っている。起こる前には分からないことがあるのだ。生きていく上での疑問がすべて明らかになるわけではないし、明らかにすべきでもない。秘密によっては、知らないほうがよいものもある。同様に、ザンは、シバが到着するまで、養子縁組での自分の役割は、しばしば傍観者のそれだったと気づいている。

とはいえ、ザンもまたシバの母親はどうしているだろうか、と気にかける。もし生きているならば、この地球上のどこかに、心に空洞のある女性がいるということだ。ザンは彼女が夜にベッドあるいはマットに横になりながら、眠りに落ちる前に、娘がどうなっているだろうか、どこにいるのだろうか、気にかけているんじゃないか、と想像する。シバがもっと大きくなったら、それが重大問題になるだろう。ザンは、自分が母親を探し求めなかったことへの娘の非難をすでに想像できる。

シバは、パーカーがヴィヴのお腹は自分のもので、彼女のものでないと言ったことに腹を立てている。ヴィヴの子宮の中にいたパーカーの時間をほしがっている。それはシバが決して物理的に勝つことができない、兄妹間の喧嘩で兄の武器だから。「どんなふうに、**この人が**」。パーカーを指さしながら、訴える。「**あなたのお腹**から出てきたの？」。自分の兄がそんな聖域を持っていて、ヴィヴがそれを提供したということに憤慨している。しかし、やがて自分が出てきた未知の子宮について思いをめぐらす日が必ずやってくるだろう。

借金取りから頻繁に電話がかかってくるようになる。キッチンの窓から、誰かが敷地の境界線あたりをこそこそうろつく姿がときたま目撃される。銀行から派遣されて、まだ誰かが住んでいるかどうか確かめているのだ。ザンはふたたび債権者に、最後に提出した住宅ローンの申請書を再検討してくれるよう正式に依頼する手紙を書く。この家の運命は、いま国中を覆うある経済状況のもとで、宙吊りになっている。ノルドック家は、その語が喚起する英雄的なニュアンスはまったくなく、自分自身の家の中で「無法者」というか「不法定住者《スクワッター》」となった。

ザンは子供たちを学校に行かせずに、テレビで新しい大統領の就任式を見させた。パーカーに市民意識を持たせるのには、学校をサボらせるのがいちばんだ。ザンは退屈するのではなく、子供たちに対して、これも所詮、過去のことだと脅すことにする。テレビでは、新大統領が片手を上げ、もう片方の手を聖書の上に置く。ザンがつい口に出す。「これこそ、過去のことだ」

ザンはロンドン大学から招聘状を受け取る。〈二十一世紀の衰退に直面する文学形式としての小説〉というテーマで講義をしてほしいというのだ。そんな講義を行なったり聴いたりするのは、あまりにおぞましく熟慮する気にならない。だが、大学からオファーされた三五〇〇ポンドの報酬は、熟慮に値する。ラジオ局に着くと、ふたたびその手紙を読む。

拝啓　アレクサンダー・ノルドック様　と、その手紙には書いてある。われわれは貴兄を真の作家だと思っております。実際に、そんなことは手紙に書いてない。ヴィヴと子供たちがやってきたときに、ザンはその手紙をヴィヴに見せて言う。「もし音楽のことを話せと言われたら、すぐに引き受けるんだけどね」

「もし、ってどういう意味？」とヴィヴ。「ロンドンに旅できるのよ」

「彼らは分かっていないんだ」と、ザンが手紙を振りながら、ヴィヴに説明する。「僕が二年間教壇に立ってないことも、十四年間、小説を書いていないことも……」

「あなたはつねに小説家だし、すでに四冊も書いているのよ。それだけでも、ちゃんとした小説家でしょ」

「最後のは、十四年前だよ」

「最後に書かれたのは十四年前でも、ひょっとしたら、十四日前に、誰かに読まれたかもしれないでしょ」と、ヴィヴは肩をすくめる。

「ジェイムズからだよ」と、ザンは招聘状を指さす。

ヴィヴはため息をつく。「気づいていたわ」

誰にそのため息の意味が分かるだろうか。惜しいわね？　か。がっかりだわ？　か。それとも、ああ、うんざりするのは止めましょ？　か。「ため息をついたね」と、ザンが指摘する。

「ええ」と、ヴィヴ。

彼女は肩をすくめる。

「惜しいわね？　がっかりだわ？」

「もっとよ」と、ヴィヴ。「ああ、うんざりするのはやめましょうよ」

「僕もそこまで行ってた」と、ザンが言う。「ジェイムズ」とは、署名にあるように、J・ウィルキー・ブラウンという。そう署名したのは、おそらく「ソウルの王様」こと、ジェイムズ・ブラウンと間違えられたくないからか、それとも、有名フットボール選手たちが自分の彼女を殺すご時世になる前のずっと素朴な時代に、自分の彼女に暴行を働いていた、もっと粗野な「ジム・ブラウン」たちのことが頭の片隅にあったからだろうか。J・ウィルキー・ブラウンは、明らかにアングロの肌色をしたイギリス人であることを考慮すると、どちらのケースもほとんどあり得ないのだが。

彼はヴィヴの元のカレ氏でもある。パーカーが生まれる十六カ月前、ザンが初めてかつ唯一ヴィヴと別れていた短い間に付き合っていたのだ。それは九〇年代のことで、ブラウンはまだ在ロサンジェルスのイギリス人であり、音楽ジャーナリストの道を放棄しようとしていた。それというのも、一九八七年以降の音楽シーンはさっぱり理解できず、もはや書く価値を見いだせないからだった。

ザンもヴィヴも共に、二人の別離はどちらかといえばザンの責任であることで意見が一致していた。ザンはその件で嫉妬に駆られるというより、ヴィヴにとって、なんという皮肉な展開になってきたことか、と気を揉んだ。というのも、もう一人の男のほうが、大きな名声も出世も獲得し、おそらく一三万五〇〇〇ドルの負債も、家屋の差し押さえもないに決まっているだろうから。ブラウンは七〇年代と八〇年代の音楽ルポにつづいて、最後の四半世紀は、ますます急進的な書き方で、政治記事を精力的に発表した。その一方で、ベルリンからイスタンブール、カラチまでの造反分子や反乱者たちを侍《はべ》らせながら、エレガントでハッタリ屋のペルソナを次第に作り上げていた。彼の名声がどれほどかというのは、ロンドン大学がJ・ウィルキー・ブラウン・チェアというポジションを作ったことでもわかる。現在は、本人がその地位についているのだが。

ザンがブラウンに勝ち誇れる唯一の事柄は、由緒あるジャーナリズムの伝統に従って、この世界的に有名なジャーナリストはつねに小説家になりたがっているということだ。ザンはいかにそれが怪しいか分かっているが、敢えて口にしない。つまり、ザンに対してブラウンが羨むことがあるとすれば、そんなことぐらいである。いまブラウンが現代小説の状況について講義をするように招聘状を送ってきて、ザンは何かの罠が仕掛けられているような気がして仕方がないのだが、その甘い誘惑には抗いにくい。「何か罠の匂いがするんだが」と、ザンはヴィヴに言う。

「何を言ってるの?」と、ヴィヴ。

「〈衰退に直面する文学形式としての小説〉だって?」。いかに俺が終わってるか、知らせるジェイムズ流の言い方じゃないのか、とザンは胸の中で言う。

「ロンドン旅行よ」とヴィヴ。「三五〇〇ポンドはするわ。いま一ポンドはいくら?」

「一ドル半かな?」

「だとすると、三五〇〇ドル以上の価値があるってことよ」

「こちらで必要経費を払わなきゃ」

「じゃ、格安航空券と格安ホテルを手配して、二〇〇〇ドルぐらい浮かせるのね」と、ヴィヴ。「彼は有名人よ。ほかの仕事もまわしてもらえるかも」。それから、急いで

「もちろん、あなただって、有名人だけど——」と、付け加える。

「いいんだよ」と、ザンはヴィヴの言葉をさえぎる。

「有名よ」と、ヴィヴはしつこく付け加える。「あなたなりに」

ザンは明け方いつもの恐怖心を抱きながら目を覚まし、ベッドの上で体を起こす。眠っているヴィヴを見る。こんな考えは子供じみていると分かっているが、しばらく胸の中で弄《もてあそ》んでみる。ヴィヴがJ・ウィルキー・ブラウンに手紙を書いて、ロンドンに招待するという「あめ」をくれたことに関して、こちらで何かできることがないかどうか、訊いたのではないか、と。子供じみているというわけは、こうした思いがプライドやエゴにかかわっているようでありながら、実は、ヴィヴがそんなことをしたとすれば、屈辱感には違いないが、意味ある行為であるはずだったからだ。

彼は下の階に降りていき、ヴィヴのEメールをざっとチェックしてみようか、と思うが、そんなことはこれまでしたことがなかったし、結局、これまでもそうする理由があったのだ、と自分を確信させることができない。再びベッドにぐたりと横になり、安らぐことのない睡眠へと舞い戻り、通気孔を駆けずりまわる鼠の音に聞き耳を立てる。

ときどき、ほかに誰も起きていないときに、ザンは誰も自分が書いているとは知らない小説に取りかかる。内容は、ロサンジェルス在住の中年作家が自信とやる気を失い——これは間違っても私小説ではない——あの壁が崩壊した数年後に、ベルリンに逃亡するというものだ。中年作家は、そこでドイツ人のスキンヘッドの若者と仲良くなる（あるいは、仲良くなったと思う）が、若者は新世界という考えに酔いしれている。新世界といっても、それは白人至上主義者と、頭のイカレた中西部のネオナチたちの信奉する新世界だが。

その小説の最初の九千から一万語で、あれやこれやのことが起こるが、その大半をザンは削ることになるだろう。物語が本格的に始まるのは、ある夜、ドイツ人のスキンヘッドの若者が主人公のあとを追い、地下鉄の入口近くで、自称〈青白い炎〉というスキンヘッドの連中と一緒に、作家に対して凶暴に襲いかかり、半殺しの状態で路上に置き去りにしたところからだ。

いや、実際は死んだのかもしれない。この小説は間違っても私小説ではないので、ザンには分からない。それはともかく、作家が意識を失う前に、記憶の断片が浮かびあがってくる。ちょうどヴィヴがショッピングの最中にわざわざ風船を買ってやったのに、空に消えていくところを見たくて、シバが手放してしまったように。

半殺しにされた男が路上に転がっていると、十代の黒人少女がうす暗闇から出てくる。それまで事件を隠れて見ていたのだ。彼女は〈青白い炎〉の連中を覚えている。作家に対して行なった行為よりもっとひどいことを、つまり、殺人行為よりもひどいことを彼女に対して行なった者たちだから。ザンの小説の読者には、殺人行為よりひどいことがあるなどとは想像がつかないかもしれないが、ザンには分かるし、もちろん、少女にも分かるのだ。

ザンは知っている。小説というものがその作者に秘密を隠しているということを。ザンにとって、最初の秘密というのは、彼自身の娘と同様、この十代の黒人少女も体のどこか知らないところから音を発する電波系人間であるということだ。シバと同様、この少女も体が歌を歌うのだ。ひとたびスキンヘッドの連中が立ち去ると、少女は中年男に近づく。死んでいるのは明らかだが、少女は確認しなければならないと感じる。持っていた新聞や本を胸に抱えて、男の傍らにひざまずくと、自分の体が大きなボリュームで鳴るのが聞こえてくる。ふと男がむくっと起きあがり、少女はびっくりして逃げる。男の傍らに、子供の頃から読めないけれども持っていた、ボロボロのペーパーバックを置き忘れていた。

なぜ彼女は黒人なのだろうか？　ザンは、そういう疑問を抱く自分自身に戸惑う。俺は彼女を黒人少女に仕立てることができるのだろうか？　頭の中に浮かんだのは、黒人少女なのだから、それで一件落着のはずだ。だが、俺には、彼女を黒人にする権利があるんだろうか？　彼女は主人公ではない。むしろ、プロットを推進させる役まわりにすぎない。だから、そうする意味もないのに、彼女を黒人に仕立てるのは、弱い者いじめになるんじゃないだろうか？

　それとも、そのことに意味があるはずだと考えることが間違っているのだろうか？　登場人物が黒人なのは、そういう必要があるからではないのか？　黒人であるということについて、俺は何を知っているのか？　人種のことを書く白人なんて、わざわざ揉め事を求めていることにならないだろうか？　もちろん、十代の少女のことだって、俺は何も知らない。それを言うなら、俺以外の人のことなど、俺は何も知らないのだ。

　同様に、ザンが知らないのは、女の子が置き忘れたボロボロのペーパーバックの最初の、何も活字が書かれていないページに描かれた絵だ。路上に半殺しで置き去りにされた名前のない男もまた、その絵のことは知らない。意識を取り戻したときには、すでにそこにはなかったのだから。なぜか誰かがその部分を破ってしまったのだ。

　それは、たまたま十代の少女の母親である女を描いたものだ。スケッチは素早く粗いタッチだが、色鉛筆で描かれており、画才を感じさせた。褐色の肌色の女だが、目だけはくっきりとして、場違いなほどの灰色だ。こういったことは、路上に倒れている男には、何の意味もない。ザンもまたこの絵のことは何も知らないのだが、それは彼にとって大きな意味を有している。なぜなら、彼はそのスケッチのモデルに一度だけ会ったことがあるからだ。短く狂おしい出会いで、ほんの数秒だけだったが、彼の命を救ってくれたのだった。

ザンは、白人だけが住むロサンジェルス郊外で育った。彼の両親は中西部出身者だった。ある夜、テレビのニュース番組の中で、黒人たちがホースで水をかけられたり警察犬に襲われたりするシーンが出てきたときに、父親は自分が白人と黒人が出会わない過去からやってきたのだと認めたのだった。人種観が何であれ、ザンの両親は、そうした人種観にザンを染めようとはしなかった。家の中では、差別語を使ったりしなかった。それでも、ザンがいまの息子の年齢になるまで、黒人体験らしきものはひとつも、ザンの生活に入り込んでこなかった。

それは、ある日の午後のことだった。学校から帰ってくると、両親のステレオから、盲目の黒人歌手の歌うカントリーソングが流れていたのだった。ザンがそれまで聴いたことのないタイプの音楽だった。何十年も経ってから、純潔主義者たちは、ソウルミュージックの天才が自らの声をそうした白人の歌、白人の弦楽器や白人の編曲にゆだねた「美的侵犯」を非難したものだが、十二歳のザンにとっては、白人を取り巻く音楽のせいで、その声の黒人らしさが、より一層衝撃的なものに感じられたのだった。数十年後に、ザンは理解する。人種にまつわる啓示《エピファニー》がなくなると、それはとても取るに足らないものだ、と。それでも、その音楽は、ザンの頭の中の家具の配置を換えさせ、壁のひとつ、ふたつを打ち壊す破壊力を持っていた。ザンがその後の人生で知ることになるのは、これがほかに類のない体制破壊的なレコードであるということだ。盲目の黒人をザンの白人街の門に忍び込ませた白いトロイの馬だ、と。毎日のように、午後に学校から帰ると、ザンは自分の部屋にそのレコードをこっそり持ち出して、何度も聴いた。禁じられた本を読んでいるみたいに、それを聴くことで厄介な事態に陥るように感じられ、音量を落としたのだった。

ザンは、幼い頃は中流下位であり、高校を出る頃は中流上位の縁にたどり着いた社会的にも政治的にも保守的な夫婦のひとりっ子だった。警官の振り下ろす警棒のなすがままになっている黒人たちのテレビ映像を見たことによって、十五歳の右翼少年は、その思春期の自信を徐々に失っていった。そうした喪失は、つねにそうであるように、初期の政治的なアイデンティティの終わりを意味した。そして、つねにそうであるように、もうひとつの政治的なアイデンティティの始まりを意味した。大学生になるまでに、ザンの政治思想は八方塞がりだった。学生たちは学生宿舎の壁に中国の革命指導者、二十世紀の偉大な殺人者のひとりのポスターを飾っていた。ザンの両親は、自分たちのひとり息子が夜に左翼の教授陣に誘拐され、マルキスト理論で洗脳されているんじゃないかと心配するようになったが、実際のところ、ザン自身はどこのグループにも所属している気はなく、どこのグループでも自分が場違いな存在に感じられた。ある日の午後、授業のあいまのことだが、この国の別の地方の別の大学で四名の学生が国防軍によって殺されるという事件があったその余波で、キャンパスの広場で、一方に武装警察が、他方に学生のデモ隊が並んで睨み合っている、そのど真ん中に、ザンはたったひとりで立ちすくんでいた。こうした事態は、ザンの矛盾感情を象徴していて、まるであらかじめ仕組まれていたかのように思えた。しかし、ほかの何が正しかろうが、また、矛盾感情が哲学的な明晰さを備えていようが、ザンにとってひとつだけ議論の余地がないことがあった。それは、彼の政治的な保守主義は、当時のこの国の偉大な倫理テストに合格しないということだった。それはこの国の原初の約束事を裏切った奴隷制という逸脱を、いかに修正するかというテストだったが。

大学生になって一週間もしないうちに、ザンはある上院議員が大統領候補になる可能性についての論説を学生新聞に載せた。その上院議員は、かつてはザンと同様に右翼だったが、いまは何者だったか……。彼は殉死した大統領の弟であり、一世紀前に奴隷制を廃止した大統領以来、白人の政治家が受けたことがない黒人たちの支持を受けていた。

大学の外で行なわれる編集会議でも、ザンは最初から変人だった。みんながマリファナをまわし喫みしているときも、彼ひとり断ったのだった。一週間後に、大学で警察の手入れがあったばかり、と知ってクラスのみんなはびっくりした。ただちに、ザンが警察の「犬」だと疑われた。「それから、きみの書いたものを読んで」と、ザンの同級生のひとりが後で説明した。「俺たち、きみがいちばん油断ならない人物だと分かったんだ」。ザンの先生は、東部ニューイングランド出身の、ローガン・ヘイルという男だった。五十代半ばの、そこそこ有名な小説家だった。若い頃、三〇年代のメキシコで、ヘイルはソ連から亡命してきたトロツキーのボディガードをしていたが、いずれ避けられないトロツキーの殺人も、確証はないが、実のところ――スターリン主義者を止められなかっただけでなく、彼の考えでは自身が火をつけてしまったと思っていて、そうした悔恨の気持ちから――自殺に終わるにちがいないと確信してやめてしまったのだった。

反スターリン主義者で、トロツキーとも疎遠になったマルクス主義者のヘイルは、どんな運動の取り巻きになることも警戒して、ひたすらアウトサイダーに徹した。ザンは、ヘイル教授の政治信条とは相容れなかったが、教授の偶像破壊的な生き方はひどく魅力的に思えた。ザンは、指導教授の中に、もうひとりの変人を見ていた。ヘイル教授も弟子の中に同じものを見ていたかもしれない。

ヘイル教授に関して、トロツキーにまつわる話よりずっと信憑性は薄いが、四〇年代に、ビリー・ホリデーの愛人だったという話がある。その頃、最初の本に取り組んでいて、それはゴーストライターとして、中肉中背の白人サックス奏者でクラリネット奏者の自伝を書くというものだったが、その奏者がビリー・ホリデーを含む他のミュージシャンに、たいていはマリファナだったが、ドラッグを手配していたという。ヘイル教授は、ビリー・ホリデーと付き合っていたという噂を否定も肯定もしなかった。もしそれが本当ならば、彼が紳士だったからだろうし、もしそれが本当でなければ、宣伝効果を知っていたからだろう。

ある日の午後、ザンが学生新聞で話題にした大統領候補者が選挙運動で大学に立ち寄った。ザンは、大統領になるかもしれない政治家をそんなに間近で見たことはなかった。その日は、うっとりするものだった。当時、毎日がそうであったように、心がときめき、充実していた。だが、ずっと後になるまで、いかにその日の午後が特別であったか、ザンには分からなかった。

この候補者の選挙運動には熱狂的なものがあった。ザンが似たような熱狂を次に見たのは、四十年後のことであって、ザンがあの十一月の夜、シバを膝に抱えてテレビで観たシカゴでの当選祝いに登場した、あの男の選挙運動だった。それはただの希望の熱狂ではなく、ヒステリーになりかねないほどに切実な願いのこもった熱狂だった。あの日の午後、大学の広場で、群衆が候補者を食い尽くしそうにザンには見えた。候補者は小柄な男で、か弱そうな雰囲気を漂わせ、それは肉体の頑強さというより、あり得ない、理屈に合わない勇気を示唆していて、群衆から、やさしいけれども荒っぽい野性の血を引き出すのだった。候補者と群衆は共に、生け贄を求めていた。儀式を執り行なうつもりだった。

ザンはその男が立っているところまで近づいていった。それは、演壇の上だったか？　それとも、男の兄がかつて狙撃されたオープンカーに似た車の後部席だったか？　ともかく、ザンにとって忘れられないのは、その男の眼の中で赤く燃えている苦痛であり、まるでその男がジャンヌ・ダルクであるかのように、箍《たが》が外れた群衆の恍惚感であった。そんなだったから、もしもそのとき、誰かが、その男もまた、一カ月もしないうちに、兄と同様に殺されることになると語ったとしても、ザンは驚かなかっただろうし、誰も驚かなかっただろう。

現に、この立候補によって引き起こされた大渦は、数年前の兄の暗殺事件が切っ掛けになったものだが、いまやこの男が兄の七光ではなく独自の候補者になったことで、それ自体の動きを見せてきた。彼が偉大な大統領になるか、それとも酷い大統領になるか、推測するのは難しかったが、ザンにとって、この男がどちらかの大統領になるべく、いまは不安定な平衡点に立っているのは確実であるように思えた。群衆は候補者のコートを背中からつかんで破ったり、手首のカフスボタンをむしり取ったりするに及んで、自制がきかなくなり、狂気の中心となる渦を見つけ出し、ザンは足をその引き波にすくわれた。

ザンは足が持ちあげられ、上半身がひっくり返るのを感じた。パニックに襲われ、手足をばたつかせ、手を伸ばして何かをつかもうとしながら、助けを呼んだ。だが、あたりの騒ぎや動きが大きすぎて、誰にも聞こえなかった。手を差し伸べることもできなかった。

それから、群衆の波に飲み込まれ、踏みつけられたり、押しつぶされたりしたが、一本の手が、若い女性の黒い手が、空から伸びてきて、ザンはそれをつかんだ。

さて、ザンがベルリンの街なかで死にかけている作家について書いている小説の中で、十代の黒人娘は所持品を抱えながら、男への暴行を目撃するが、彼女自身の体から音楽が流れてくるのを聴く。それから、身を屈《かが》めて、その男の体に触れると、ぴくっと動いたので、驚いて飛びのく。

男の傍らに彼女のボロボロのペーパーバックを置き忘れたまま、彼女は地下鉄の入口に逃げのびる。列車がやってきて、それまでの出来事から彼女を無事に連れ去ることになって、ようやく彼女は本がなくなっていることに気づく。幼い頃からずっと持っていたものなので、あの現場に戻ることを真剣に考える。だが、むろん戻れない。スキンヘッドの連中が戻るかもしれないし、警察がやってくるかもしれない。あの死にかけた男が意識を取り戻して、大量のアドレナリンが流れて、彼女に襲いかかるかもしれないではないか。

そう、戻ることはできない。娘はそう結論づける。あの本は、いまや数ある人生の指標《めじるし》というか、「経験の記録《レシート》」みたいなもので、いつか、なくなる運命なのだ。今夜、こんなふうになくなったのだ。そこで、彼女は列車に乗り込み、聖域というべきベルリンのトンネルへと素早く運ばれていき、やがて最後の五分が大波のように彼女を襲う。

彼女は黒人だ。ザンはきっぱりとそう決めると、ノートパソコンを脇に押しやる。自分にそんなことを決める権利があるかどうかなんてどうでもいい。俺の想像力が俺にそうした権利をくれるのだ。息子の年代の頃にレイ・チャールズのレコードを聴いたからといって、俺が何かを「知っている」ことにはならない。そうではなくて、そういう経験がなかったら想像できなかったことを、いまの俺は想像できるということなのだ。それは、デカルトが神のことを述べたことに少し似ているかもしれない。すなわち、人間は、神が自分の存在を証明するところを想像できる、と。

ヴィヴは、自分が雇ったエチオピアのジャーナリストからEメールを受け取る。それにはこうあった。こんにちは、ヴィヴ。このメールはあなたに、私がゼマの母親を探求中に一度は厄介と思える糸口を発見し、予期せぬ障害に直面したということを知らせるものです。私たちは母親がイスラム教徒だったと信じていますので、調査対象を絞ることができます。次の二人のうちのどちらかなのです。まず、一人は南のオロミアに家系があり、もう一人はエチオピアに家族はおらず、現に、育ったのはこの国ではなく東欧のどこかで、ここに移民してきたのです。もちろん、私が会う人たちで、喜んで話したがる人はほとんどいません。答えが見つかりそうになると、ますます人々は口が重たくなり、でも、辛抱強く調査を続け、遅からぬうちに、さらなる知らせを届けたいと思います。

それから数カ月間、この新しい大統領は、唯一ザンの心を明るく弾ませてくれるもの、唯一押し寄せる人生の暗鬱を晴らしてくれるものだった。当座は、それが幻覚であっても構わない。すでにザンは知っている、誰か一人を、何か一つを希望の星にすることなどできないことを。ひょっとして、大統領自身というより、彼が大統領の地位に就いたという事実こそがザンの心を弾ませてくれるのかもしれない。なぜなら、それは政治的な奇跡が存在することを教えてくれるからだ。ザンは、四十年前に大学の中庭で見たあの大統領候補者（その存在は、共同体の理性がまとっている衣装をはぎ取り、国民の精神錯乱状態をひと目に曝してくれた）と、この国の多くのパーツと共にみずからのスタイルを作りつつある現大統領とのあいだに結びつきを見つけていた。

新しい大統領が選ばれたあとに、一時期ながら好感時代がつづく。国家の危機への圧倒的な不安も同時に存在するので、それはいっそう際立つ。新しい大統領に対する人々のヒステリックなまでの熱い反応に、ザンは元気づけられると同時に、不安にもさせられる。なぜなら、そうした状態はこの男自身にとっても、大衆にとっても、持続できないからだ。

すべての人々がそうした好感を抱いているわけではない。懐疑が政治的で哲学的な文章の中に現れる。テキサス北部に住む労働組合系の親友がこう書いている。私は心の底から彼を嫌っている。これまで彼を信用したことはないし、いまも信じられない。あのプリマドンナ君。とても見ちゃいられないあのニヤけた顔と、えげつない「世界一周」の写真作戦。そこまでしても、人々を怖がらせるようなことはしたがらない。両方の世界で最悪な存在だ。彼にはこれっぽっちも価値はない。

ヴィヴはふたたび、わくわくすると同時にうんざりもするEメールを受け取る。こんにちは、ヴィヴ。このメールは、ゼマの母親捜しに関してあなたに注意を喚起するためです。オロミアの女性の追跡は何の成果もあげられませんでしたが、もう一人の女性には、前より近づけたと思います。この女性は、どうもチェコスロヴァキアかポーランドかドイツの出身のようで――ゼマの叔母か祖母に連絡して、少なくともこのことぐらいは認めてくれるかどうか、訊いてみてくださいますか？――いま、彼女はこのアジスアベバで、私たちが思っていたよりずっと近くに、ゼマのいた孤児院からたったの数キロのあたりにいるかもしれません。すぐに良い知らせをお知らせできることを願っています。

ノートパソコンの、Eメールを見て、びっくり仰天したヴィヴが言う。「チェコスロヴァキアかポーランドかドイツの出身って？　まったくの驚きだわ。シバはエチオピア人じゃないかもしれない」

「人類は皆、エチオピア人だよ！」。ザンは声高に言い聞かせ、妻は目をぎょろつかせて睨む。「それでも、シバの血の半分はエチオピア人だよ」と、ザンは指摘する。

「シバがエチオピア人じゃないってこと、どうしてあり得るの？」

「父親がエチオピア人で」と、ザンがしつこく迫る。「イスラム社会じゃ、それが重要だよ」

「父親はイスラム教徒じゃないわ」と、ヴィヴ。「エチオピアはイスラム社会じゃないし」

「エチオピアには、イスラム教徒がたくさんいる」

「キリスト教徒は二倍いるわ」

「分かったよ」

「それで」

「シバはイスラム教徒の血が半分入っている。イスラム社会じゃ、父親が大事で、シバの父親はエチオピア人」

「でも、シバの父親はあなたの言うイスラム教徒じゃない」

「ということは、父親がイスラム教徒のときだけ、大事なのか？」。ザンは、この議論が、とりわけ自分の言い分が、もはや自分にとっても意味をなさない、と認めざるを得ない。「あのジャーナリストがアドバイスするように、シバの祖母に手紙を書いたらいいじゃないか」

ヴィヴはEメールを書き、あたかも返事がただちに返ってくるかのようにノートパソコンの前にすわったまま待つ。神を通して、私が彼女の母としてあなたを選んだのです。シバの叔母によって翻訳されて、祖母から返事がきた。二年前にヴィヴが聞いた言葉と同じだった。

ヴィヴがすべてを変えてしまうそのメッセージを受け取る前の夜に、ピラニアがついに高圧電流が通っている柵囲いを破って、姿をくらました。ヴィヴはデッキからピラニアの名を呼ぶが、シバがデュエットの半分を吠えると、ようやく犬も遠くのほうで吠え返す。解釈を許さない遠吠えだ。ひょっとしたら、じゃあまたね、という意味かもしれない。さよなら、みなさん、という意味かもしれない。助けて、コヨーテに追われている、という意味かもしれない。一度あんたも電気首輪をつけてみて、どれだけ気持ちがいいものか試してみたら、という意味かもしれない。ともかく、犬はどこかへ行ってしまった。

翌日の午後、ザンが放送局から帰宅すると、ヴィヴが家族部屋のソファに胎児のように体を丸めて横たわっている。頭をクッションに埋めている。ザンはそばにすわると、片手を妻の太腿においた。彼女は体を動かさない。パーカーがいつも跳び越していく、雲の形をした、白い合成樹脂のテーブルの上にはノートパソコンが開いたままになっている。「どうした?」と、ザン。

ザンはノートパソコンの画面を見て、開いたままのメールを読む。やあ、ヴィヴ。困ったことになりました。というのも、ゼマの母親かもしれない女性が、私の調査に関係する怪しい状況下で、どうも姿をくらましてしまったようなのです。法律を犯して刑務所にいるのか、もっと不吉なことが起こったのかどうか、はっきりしません。町を出た可能性もあります。それをいうならば、国を出た可能性も。ともかく追跡の向こう側に誰かがいたとして、いまその人は姿を消してしまったのです。ここではあまりに込み入っていて説明できない理由と手段で、あなたがゼマの祖母と家族に送金していたことが、司法当局の注意を引くようになったようです。それが人身売買の疑惑を生み出したのです。つまり、ゼマが母によってあなたに売られたのではないかという。もっとも当局がどれほど深刻にそれを捉えているのか、はっきり分かりませんが。このことは、とっても不運なことですが、養子縁組が流行している昨今では、みなの関心事です。警察はどのような質問にも答えていませんが、多くの人間に質問を行ない、それが大いなる混乱をもたらしています。いまのところは、ゼマの家族には何も起こっていません。捜査は進んでいるようで、誰も何も言いませんが、しばらくのあいだは、知り合いと連絡を取ることを一切やめて、ゼマの母親に関する調査もやめることを強く助言いたします。問題の女性がゼマの母親でない可能性も残っています。まだそうと決まったわけではないのです。今後は調査に慎重にならざるを得ません。しばらくは「秘密裏に」行動します。ですが、もし新たな情報が入りましたら、できるだけ目立たない形で送るつもりです。このようなお知らせをしなければならなくなり、申し訳ありません。

ヴィヴが何か言い、ザンが体を傾け、彼女のトルコ石色《ターコイズ》の髪に耳を押しつける。「誰もが言うのよ、放っとけって」と、彼女がつぶやく。「誰もがそう言うけど、私はそうしなかった」

ザンはEメールの、思わせぶりな口調に苛立っている。「そもそも何が起こったのか分からないし」と、ザンは言い立てる。「それが誰であれ、謎の人物がシバの母親かどうか分からない。果たしてそんな人物がいるのかどうかさえ、分からない」

ヴィヴは答えない。

「ただ分かるのは」と、ザン。「彼が捜していて、けっして見つけられないと思ったらしいある女性が……国を出たってことだけだ。というか……」

「……というか、刑務所に入れられたか、ひょっとしたら、もっとひどいことになっているかも」と、ようやくヴィヴが顔を向ける。泣きはらしたような目だ。

「その女性がシバの母親じゃない可能性が高いよ」。だが、そう言ったとたん、ザンはヴィヴが何を言うかが分かる。

「それでも、私のせいで無実の女性が刑務所に入れられちゃったのよ。ひょっとしたらもっとひどいことに」。彼女が「ひょっとしたらもっとひどいことに」と言うたびに、事態はもっとひどいことになる。

「そりゃ分からないよ。こちらは何ひとつ分かっていないんだから」

ヴィヴはザンの目を見て、ささやく。「ザン、いいこと。私たちはシバをお金で買ったって思われているのよ」

「行かなきゃ」とヴィヴが言ったとき、どれだけ長いことそのことを思っていたのか、分からない。あとになって、ザンは彼女がかなり長く考えていたのだと確信する。ひょっとしたら、そのEメールを受け取る以前から。「行くって？」と、最初はほんとうにまごついて、ザンは訊く。二人は二階の部屋のベッドに腰をおろしている。ヴィヴは二年前に彼女の作品が盗まれたときに劣らず、一日中取り乱していた。不動の沈黙に身をゆだねていた。彼女が「アジスアベバよ」と言うとき、ようやくいつもの精気が戻ってくる。

ヴィヴは、二十代後半に久しぶりに、少女の頃暮らしていたアフリカに戻り、タンザニアとケニアの国境地帯にあるキリマンジャロ山に登ったのだった。この登山を成し遂げた直後に――額入りの証明書が壁にかかっている――彼女は、キリマンジャロにいちばん近い空港に数時間滞在した。大勢の元気あふれる西欧人の冒険家たちと一緒に酒を飲んだが、ふと彼らが週にたった一本しかないヨーロッパ行きのフライトを待つあいだずっと飲みつづけてることに気づいた。

この発見のあとに、数百キロ先の次の空港へと向かう、夜を徹しての狂気じみた運転がつづく。しかも、そこは反乱軍に悩まされているアフリカの砂漠だけでなく、ガス欠や「借りた」車、武装した兵士、車にぶつかってくるシマウマの群れなど、辺鄙《へんぴ》なところにありがちのエピソードが満載だ。それこそ、ザンにとってヴィヴの好きなところ、というか、ヴィヴの逞しいところであり、いかに二人が違うか、思い知らされるところだった。一方では、ザンの魂はいくつもの肉体を経てようやくキリマンジャロ山に足を踏み入れることになりそうだ。だが、他方では、ザンがキリマンジャロ行きのフライトを逃すという可能性も、ないとは言えない。ヴィヴの人生の、いまやほとんど伝説と化したこの体験が、人生のハンデやリスクに関して、とてもユニークな感性を彼女に与えたのだ。ザンはそう信じる。興味深いことに、母親になってからは、人生は恐怖へとギアを変え、ヴィヴはザンが難なく切り抜けそうなことでも不安を募らせる。たぶん、あまりに過剰に。

ともかく、ザンは自分とヴィヴとの関係を十分理解するようになり、彼女がエチオピアに戻ることを自分がどう感じるか精一杯述べることが、かえって逆効果になることが分かる。そこで、深呼吸をして、自分の不安を鎮めようとする。「ベイビー」と、ザン。「それは名案じゃないよ」

しばしヴィヴは、また午後の奈落へと沈んでいく。

「もし何も起こっていなかったとして、もしこの女性が刑務所にいるとしたら、いや、それどころか国内のどこにも存在しないとしたら、時間の無駄だろ。逆に、もし何かが起こっていて、警察が誰かを逮捕しているとしたら、なおさら、きみは行くべきじゃない」

「家族みんなで、あなたと一緒にロンドンに行くのはどうかしら」と、ヴィヴは反論する。いま明らかになったが、ずっとそのことを彼女は考えていたのだ。「あなたの講義とか、住まいとか、その他はなんでも……。子供たちはあなたと一緒にいて、あたしはそこからアジスアベバに行って、ロンドンでふたたびあなたに合流するっていうのは？」と、ヴィヴが提案する。「あなたには申し訳ないけど、ともかく前に話し合ったでしょ」

「話し合ったって、何を？」

「あなたとロンドンに行くって」

思っていた以上に厳しい口調で、ザンは言う。「そんなこと話し合っていないよ」。それから。「ときどききみは僕に何か言ったと思う。いったんそう思ったら、言ったというように思ってしまうんだ」

「ときどき」と、ヴィヴが答える。「あなたもあたしが言ったことを忘れるじゃない」。そう言うと、大声で泣きじゃくる。

ヴィヴはザンに抱かれてベッドの上で泣いていると、二人の耳に寝室の床がきしむ音が聞こえてくる。顔を上げると、アヴェンジャーズのパンツをはき、親指を口に突っ込んだシバが怯えた表情で立っていた。「ママ？」と、シバが言う。「パピー？」。ザンとヴィヴには分かる。少女がすべてのドラマは自分を置き去りにするか、自分を誰か別の人に手渡すかを示す合図だと思っていることが。

「大丈夫よ」と、ヴィヴ。「ママは大丈夫」。ヴィヴは両手を広げ、少女がその中におさまる。誰もしばらく口をきかない。一分後に、ザンが言う。「きみの言うとおりにしよう」

その後の数日間、ヴィヴは大きな感情の浮き沈みを味わった。二十四時間ごとに新しいメールが届くが、何も解決しない。どんな事情によってもザンによっても、ヴィヴは一連の出来事の引き金を引いた責任が自分にあるという思いを変えることはない。もっとも、その一連の出来事というのが、それを言うならば、その結果が、どんなものなのかはっきりしないのだが。このことに関して、ザンは、リスクがどうであれ、ヴィヴのエチオピア行きは避けられないと思うようになる。そうでもしない限り、誰もヴィヴと一緒に暮らせないだろう。特にヴィヴ自身が。

暗がりのベッドに横たわりながら、ヴィヴは言う。「あたしたちがいないあいだに、銀行にこの家を持っていかれたら?」。彼らがロンドンに旅立つ前夜だった。ザンはその質問に勇気を得た。ヴィヴが旅を諦めると思ったからではない――すでにザンは彼女がそうすべきかどうか、自信がなくなっている――何もかもが飲み込まれるエチオピア劇になっていたにもかかわらず、彼女が他の現実を忘れていなかったからだ。

「で?」と、彼女。

「僕たちがここにいたところで、銀行が持っていくときは一緒さ」

「いつ?」

「もしかしたらの話さ」

「持っていくときって言ったわ」

ロンドンへのフライトは、翌日の夜七時発だ。その日の午後に空港に向けて家を出るとき、ザンとヴィヴはドアをロックする前に、家の周囲を見てまわる。ゲートで出発便を待っているあいだ、ザンは有線放送のニュース番組を見る。パーカーは緑色蛍光を放つミュージックプレーヤーのヘッドフォンで何かを聴いている。シバはターミナルのあらゆる調度品に〝登頂〟を企てる。

それを見て、ヴィヴがザンに言う。「ロンドンで、彼女のために美容院を捜してね。

髪の毛を切ってもらって」

「分かった」と、ザンはニュースを見ながら、気のない返事をする。

「聴いてるの」

「ああ。シバの髪だろ」。少女が一緒に暮らすようになってからずっとヴィヴはシバの髪に悩まされてきた。いちどショッピングモールで、黒人の女性がヴィヴのところにやってきて、髪の毛が違うと指摘したので、それ以来、無視もできず、たえず気にしてきたのだ。

「シバって呼ぶことも、やめとけばよかった」と、ヴィヴ。

この言葉が一瞬、沈黙の中に沈み込んだあと、ザンは注意をテレビからそらした。

「何だって？」

「そもそもシバって呼ぶべきじゃなかったのよ。」と、ヴィヴが抗議する。「あのB級映画の『ジャングルの女王』みたいに」

ザンが反論する。「あの主人公の名前は、シーナだよ」。そう呼ぶようになってからほぼ二年たつというのに、これは想定外の意見だ。「じゃあ、なんと呼べばいい」

「大きな声出さないで」と、ヴィヴは子供のほうをちらりと見る。「本名とか」

「ゼマってのが本名だって、分かるの？」

「シバよりマシだってことは、分かるわ」と、ヴィヴ。

「どんな意味か全然分からないよ、ゼマって。まるで活力剤みたいだ」

「賛美歌って意味よ」

「翻訳すればってことだろ」

「だいたいそんな意味よ」

「あの子の名前も、何もかも曖昧なことばかりだ」。少女の母も含めて、とザンは指摘したかったが、しないでおく。「その日、星がどのように並ぶかによって、あるいは気象の関係で、意味が違ってくる。たとえば、霧が流れ込んできたりすると、ただちに〝偉大なる悪魔に死を〟とかいった意味になったりして」

「シバっていう名前はバカげているわ」

「もしいま後戻りして別の名前で呼んだりしたら、彼女を混乱させることにならないかい」

「そんなことないわ」と、ヴィヴは自信たっぷりに言う。

「そりゃそうだろう。もし彼女を〝偉大なる悪魔に死を〟なんて呼ばなければ、ね」

ザンは、ヴィヴもまた少女をシバと呼んできたと指摘したかったが、彼女の非難を全面的に受け入れることが最良だと思った。「クールな名前だよ」と、ザンは言う。

「この名前で十分、ロックンローラーとしてやっていける」

「それか、ストリッパーとしてね」とヴィヴが反論する。しばらく二人は何も言わない。ザンは立ち上がり、ロビーを歩いてテレビのところまで行く。有線放送のニュース番組では、黒人の男が新大統領の対外政策を非難している。その顔は不機嫌で、苦々しく、いま繰り出している政治的な見解を聞く限り、ザンはその男を見たことがあるかどうか、確かではない。だが、画面のいちばん下の方に、名前が出ていた。**ロナルド・J・フラワーズ**。その下に、「シヴィック・オーガナイザーズ（市民の声まとめ役）ネットワーク、ロサンジェルス支部長」という肩書きがあった。ザンはしばらくその意見を聞くとヴィヴの隣の席に戻る。「ロニー・ジャック・フラワーズにまつわる話、したっけ？」

「ええ。それって、あなたがもう小説を書かない理由と関係あるんでしょ。聞いたことがあるわ」と、ヴィヴ。「ごめん。思ったより気難しい口調だったわね」

しばらくして、ザンが言う。「何から何まで責任を負う必要はないよ」と、ザンが言ったのは、部分的に和解を申し出たつもりだった。

「いいえ、あなたの話よ」と、ヴィヴ。「あたしのじゃなくて」

母親、父親、息子に、娘は白人と黒人混成のエコノミークラス。割り当てられたたった二つの椅子に一緒だ。ということは、ザンとヴィヴが代わるがわるシバを抱き、パーカーは通路の向こう側に自分の席がある。ザンの番になると、良心のとがめと戦いつつ、四歳児に催眠薬《ベナドリル》をがぶ飲みさせた。飛行機が暗闇の中を飛ぶあいだ、シバは父親の膝の上で眠る。パーカーは二つ前の座席でぐったりとなっている。

ヴィヴがザンに言う。「ロンドンにいるあいだに、一度パーカーと〝話し合い〟を持ってね」。ザンはできるだけ憂鬱そうな顔を見せずにうなずく。「十二歳だし」と、ヴィヴが執拗に付け加える。ザンは言う。「大丈夫」。ぶっきらぼうだと感じながら。

「十二歳なのは知っている」

「不安な年頃よ」とヴィヴ。

「不安を超越しているさ。すでにあれこれ見定めている」

「何も知らないわ」

「なんでも知っているさ」

「あなたも？　十二歳で？」

「どれだけ、正確に何を知っていたか覚えていないけど。要点はつかんでいたよ」

「要点？」

「そう、要点」

「シィィー」と、彼女が言う。周囲の人はみな眠っている。

ザンは、強い調子でもう一度くり返す。「要点さ」

「あなた自身は、お父さんと〝話し合い〟を持ったことはあるの?」と、ヴィヴ。

「俺の親父は、そんな話題には、びっくりして青ざめたよ。俺に一冊の本をくれたけど、ほとんど覗いてもいない。セックスについちゃ、みんなスパイ映画の007で学んだんだ」

ヴィヴは、目をぎょろつかせた。「なるほど、それでいくつか説明がつくわ」。しばらくして、彼女は眠りにつき、ザンはノートパソコンを開いて、有料のWi-Fiを使ってネットに入りニュースを読んだ。まもなく隣の座席にいる女性が話かけてきたが、ザンはただちに政治的な話になるだろう、と理解した。

ザンは見知らぬ人と政治的な話をしないようにしてきた。実は、誰とも政治的な話をしようとしない。ひどく対立を嫌っているので、人々が政治を話題にしているとき、それでなくても無口なのに、いっそう口が重たくなるのだ。女性の年齢は、はかりかねた。若くて三十八歳、若くなくても五十一歳ぐらいだった。ヴィヴよりは年上に見える。そのヴィヴも、実際の年齢よりは十歳は若く見える。

女性は新品の指輪をしていて、それを乗務員に見せびらかしていた。ザンは、婚約したばかりなのだ――皮肉を言えば、ぎりぎりで――と結論づけた。そもそも女性が推測する以上に予測不可能なザンの政治的な見解に関して、彼女が何をきっかけにして結論を引き出すのか、ザンには分からなかった。ひょっとしたら、ザンがノートパソコンで見ていた記事か何かから。あとで、ザンは——もっともこれはアンフェアなことだが——女性が、黒人の娘を膝の上に乗せているザンを見たかどうか、思案した。ともかく、女性はただちにある事柄について、彼の意見を質そうとする。ザンがまったく言葉をさしはさまない会話のやり取りがあったあと、彼女がうっかり口にした。

「あたしたち二人の大きな違いは、あたしは個人的な責任を信じるけど、あなたはそうじゃないところね」

ザンは自分の耳を疑った。「私が？」。ザンは妻がこの言葉の一部を聞いていなかったか、と妻の座席のほうを振り返ったが、ヴィヴは眠ったままだった。ザンにはヴィヴの睡眠の習性が理解できない。自宅では、ほんのささいなことでも眠れないでいるのに、飛行機の中の、棺よりも小さな座席では、すわったままで眠れてしまう。「そうよ」と女性が強い口調で言う。ザンは、頭の中に抵当物件のイメージが浮かんできて、ひょっとしたらこの女性の言うとおりかもしれないと思う。だが、女性はザンを知らないのだ。そう思い直す。俺の人生も知らないのに。現に——ちょうどザンの頭の片隅に浮かんだのだが——もしちょうど婚約したてだったとしたら、おそらく子供を産むことは不可能だろう。ザンは自分が女性にこう怒鳴っているのを聞いた。「お子さんはいるんですか? もしいないんだったら、責任なんて、軽々しく言えないでしょ」。ようやくある男に指輪を買ってもらうことになったとして、三十八歳にしろ、五十一歳にしろ、子供を持つ可能性ははるかに少ない。彼女は打ちひしがれて、力づよさも一気に打ち砕かれ、どっと泣き崩れる……

ただし、彼女はそうしない。「なぜなら」と、ザンはあとでヴィヴに打ち明ける。「そうは言わなかったから。その言葉は頭の片隅にあって、喉から出かかっていたけど。だって、〝あたしは個人的な責任をとるけど、あなたはそうじゃない〟とあんな偉そうな言葉で。勝手に罰が当たってほしかったし、ほとんどそれは自業自得なんだし、それに値するって――」

「――結局、言い出せなかった?」と、ヴィヴ。

ザンは、言わないほうが女性が深く傷つくんだ、と知っている。「たぶん、それが僕のいちばんの問題なんだ」と、ザンは、誰にというより、自分自身に向かってつぶやく。たぶん、彼ら(彼らが誰であれ……)に対処するとなると、それがわれわれみな(われわれが誰であれ)にとっての問題かもしれない。甘ちゃんで、相手を一撃でやっつける気概に欠けるっていうか。「彼女は僕に責任感がないって言うのに何のためらいもなかった」

「そうね」とヴィヴは言い、夫の手をつかんだ。

ロンドンには三十分遅れで到着し、それでなくても少ないヴィヴの乗換え時間がなくなった。ヒースロー空港の、驚くべき免税店の市場《バザール》のまっただ中で、「Eメール送るわ」と「電話するわ」と言うだけの時間しかヴィヴにはなかった。そのとき、ヴィヴとザンに分かったのは、次に会えるのはいつなのか分からないということであり、残されていた時間を言い争いですごしてしまったということだった。

ヴィヴは子供たちを抱きしめて、さよならすると、ザンにキスをした。「オーケー」と間抜けな返事しかザンにはできない。睡眠薬のだるさを振り払うと、シバはぐずり始め、ヴィヴが少し不安になりかける。「大丈夫だよ」と、ザンがヴィヴに言い、シバを抱きあげながら、行きなさい、と顎で合図をする。ふたりとも、いかに急にこんな事態に陥ったか、あとで思い出すことになるだろう。

ザンとパーカーがロンドンの空港に予約していたタクシーに乗り込むと、シバはいつものように存在を主張し始めた。「ママがいないとヤダ!」と、悲鳴をあげる。運転手が驚いて飛びあがり、バックミラーを覗き込む。「どのくらいヴィヴはあっちに行っているの？」と、パーカーが訊く。

ザンは「数日さ」と答えると、視線を窓の外に向ける。余計な説明をしないつもりなのだ。ザンがロンドンに来たのは、二十五年以上ぶりだった。とはいえ、多くのことでそう言えるのだが、それほど昔のことのようには思えない。と同時に、それほど昔のように思えなくても、それはシバ以前、パーカー以前、ヴィヴ以前のことで、ひどく昔のことのようにも思える。当時は、デビュー作となった小説を終えたばかりだった。その本が出版されてまだ三年に満たないし、売れ始めて一年に満たなかった。ザンは、後部席で顔をあちこちに向けて外の景色を見ていたが、頭の中の暦にどのような思い出が刻まれているにせよ——それはすでに薄れかけているが——それでも、そちらのほうが強烈で、いま目の前にある景色が自分に見えていないのに気づく。

運転手は咳払いをすると、ザンが思うに、ヒースロー空港からずっと考えていたらしい言葉を吐く。「バッチリだね」と、運転手は言う。「あんた方、ヤンキーは」

「ええ？」と、ザン。

「うまく行ったね」と、運転手はバックミラーに向かってうなずき、ためらいがちに笑みを浮かべる。「新しいトップ人事。やったんじゃないの！」

ザンがパーカーのほうを見ると、パーカーはザンのほうを見返して、肩をすくめる。

ザンが理解するまでに数秒かかる。ザンは思う。飛行機の中で私を叱責したあの女性にこの運転手を会わせたいものだ、と。どのように「うまく行った」と彼女が思っているか、見るがいい。「ああ」と、ザンは答える。「そうだね。まあ、ある意味で信じがたいことだけど」

「じゃ、それが世の中の流れを逆向きにしてくれる、と」と、運転手。「誰もがそう願っているよ。ほとんど誰もが」。ザンは運転手がシバを見て、ザンが誰に投票したか確信したことに気づく。これが憤慨の原因なのか？　シバの肌の色だけに基づく推論？　他方、その推測は、論理的とは言えないが、たまたま当たっている。「この子は対立候補の味方だったんだけど」と、ザンは膝の上のシバを指さしながら、バックミラーに向かって冗談を言う。

運転手は、相手を傷つけなかったことで安心したようで、声をあげて笑う。ひと呼吸おいて言う。「おかしな国だね。アメリカは。以前の偉ぶった態度の男を思うと」「その通り」と、ザン。「おかしな国だよ」

政治問題それ自体は、タクシーがブルームズベリーのホテルに近づくまで、持ち上がらない。ホテルは大学が予約してくれてあった。運転手は遠回りしてロンドンのあちこちを見せてくれた。まず南に向かい、ハマースミスを経由してロンドン市内に入り、それからセント・ジョンズ・ウッドを抜けて、リージェンツ・パークまで行き、そこでスピードを緩めて、遠くの大きな赤いレンガの建物と白い円柱を指さし、「ウィンフィールド・ハウスです」と言う。

ザンは言う。「あれは僕たちのホテルじゃないだろ?」

運転手は、嬉しそうにけらけら笑い、「あなた方の大使が住んでいらっしゃる」と言う。「いや、以前はそうでしたが」。急に自信なさそうになり、そう付け加える。「へえ?」と、ザンは礼儀を失しない程度に熱意を込めて言う。子供たちのほうを見て、自分の応対がいかに退屈かをもっと正確に読み取ろうとする。パーカーの顔の表情は、「デフコン2(*米国防総省の規定で、戦争への準備態勢を五段階に分ける。レベル2は最高度に準じ、キューバ危機の際に一度だけ宣言された)」ぐらいであることを告げている。シバはふたたび居眠りを始めていた。ザンはふと思う。催眠薬の発明者は、ノーベル平和賞に値するよ、と。「あなた方のケネディ大統領がかつてあそこに住んでいたんじゃなかったですか?」と、運転手。「そんなことを誰かから聞いたことがあります」

ザンは運転手の言うことが正しいかもしれないと思う。「たぶんね。少年時代に」

運転手ははっと驚いて。「少年時代に大使を?」

「いや、そうじゃない。彼が大使じゃなくて、父親が大使だったのさ」

運転手は赤い建物をじっと見つめる。「こんどの人も彼に似ているらしいですね」

「誰に？」

「ケネディ大統領に？」

「うむ」と、ザンは肩をすくめる。「そうかもね」と、ザンは言う。「でも、選挙運動はどちらかというと、ケネディ大統領の弟のそれに近いけど」

「弟って、撃たれた人？」と、パーカー。

「どちらも撃たれたよ」

「へぇ」

ザンはこの会話のとりとめのなさにうんざりするが、そもそも歴史というものがとりとめのないものなのだ。「第二次大戦の前のことだけどね。父親がアメリカの大使だった」と言い、その邸宅を見る。「数年後に、その息子の一人が大統領になり、銃で撃たれた。その弟が大統領選挙に出馬して、同じように銃で撃たれた。その選挙運動が、どっちかって言うと、兄のそれに似ていたと言う者もいる」

「弟のほうだけど、大統領になっていたかな？」と、パーカーが言い、運転手は車を走らせる。「もし銃で撃たれていなかったら、だけど」

「さあ、どうかな。確かにそう考える者もいるけど」と、ザン。「何とも言えない」

車が渋滞の中に突っ込む。「面白いところだ、アメリカは」と、運転手。

ブルームズベリーの小さなホテルで、ザンと子供たちは三階の部屋をあてがわれる。フロントの女性が「あなたは作家の、アレクサンダー・ノルドックさんですか？」と訊く。国際的な逮捕状が出まわっているに違いない、とザンは考える。ザンの頭に、**世界一無名な作家、借金取り立て人の手を逃れる。インターポール（国際刑事警察機構）が追跡中。**という見出しが流れる。到着した日に、ザンと子供たちはホテルの周辺をうろつき、角の屋台で売っているフィッシュ・アンド・チップスで我慢する。ザンは二度、向かってくるタクシーに轢かれないようにシバの体をぐいっと引っ張った。「ここは大都会なんだ。本物の。ロサンジェルスとはわけが違うんだぞ」「ここは渓谷じゃないんだから」と、ザンは子供たちに告げた。

その夜、ザンとパーカーは疲れ果てて眠ろうとするが、飛行機の中で睡眠薬がもたらしてくれた安楽の代償を払わされただけだった。シバは眼をぱっちり開けて、カリフォルニア時間だった。翌日、ザンは子供たちをダブルデッカー・バスの市内見物に連れ出すが、四歳児シバは「邪魔だよ、オヤジ」と怒鳴る。それから、船に乗ってテムズ川の川下りをして、最後にミレニアム橋を渡り、向こう岸にある大観覧車〈ロンドン・アイ〉のガラス製の乗り物に乗った。その夜ホテルで、ザンのノートパソコンはついに、ある確かなWi-Fiのネットワークに乗り、ヴィヴからのメールを受信する。子供たちにそれを読んで聞かせながら、ザンは上機嫌を装う。

ヘイ、U3（あなた方三人）。こちらはアジスアベバに無事到着。フライトは順調だった。体調もいいし、時差ぼけもなし。すでにあなたたちが恋しい。PとS、ロンドン見物をしていますか。それともホテルでテレビ三昧？　私が邪魔をしないから、嬉しくて仕方ないはず。ヘイ、きっと私がいなくて寂しいのよね、この悪ガキたちめ。インターネットは一日三十分だけ。あなたたちにメールをするだけだから、明日は飛ばすわ。すごく会いたい。あなたたちの写真を見て、キスする。パパの写真にも。ママより。

三日目にザンは子供たちをロンドン塔見物に連れていく。ちょん斬られた女王の首が階段を転がり落ちたことがあるこんなところを、どんな子供が気に入るというのか、とザンは思う。言うまでもなく、パーカーもシバも、塔のその区域に入ってはいきたがらない。ということは、ロンドン塔の見物など意味がなくなる。そこで、ザンは〈ロンドン大空襲《ブリッツ》〉（＊ドイツ空軍による。一九四〇～四一年）の際にチャーチル首相が市民に向けて演説を行ない、文明の救済を図ったという掩蔽壕《えんぺいごう》があったとされるところへ二人を連れていく。三人は大きなエレベーターに乗り込み、地底深くに降りていく。ドアが開いて、三人が塹壕の中に入っていく前に、パーカーは閉所恐怖症に襲われる。

戦争体験を再現するために、塹壕には、マネキン人形たちが寝台の上に寝ていた。パーカーはそれらのマネキン人形をひと目見るなり、必死に平静さを装いながら、「もうここから出たい」と、強く主張する。「あたしも出たい」と、シバも同調する。通常は、兄がしたがらないことをやろうと頑に主張するのだが、このときは自分自身の恐怖心が勝《まさ》ったようだ。

ザンもそこが気味悪い場所だと認めざるを得ない。「オーケー。ここから出よう」と言い、子供たちを安心させるが、パーカーはエレベーターにも戻りたがらない。そこで、ザンはドアというドアを押してみて、最後に非常口のドアが開く。なんと通りの歩道に通じていて、車が眼の前を通り過ぎるのだった。そこでようやくあのエレベーターは偽物だったと気づく。彼らは地下にいたわけではなかった。地下鉄でホテルに戻るとき、無言の子供たちに向けて、ザンは言う。「あそこが実際に大空襲のときにウィンストン・チャーチルがいた場所かどうか分からないな」

ロンドンの朝二時に、子供たちが時差ぼけに慣れてきた頃、まだ慣れないザンは講義の準備をしようかと感じる。〈二十一世紀の衰退に直面する文学形式としての小説〉という講義。だが、意に反して、渓谷で書き始めた気まぐれな物語に眼を通し始める。主人公である、ロスの挫折した中年作家が、ベルリンの街なかで、スキンヘッドの殺人者たちと、その目撃者——倒れた彼の傍らに本を落としていった十代の黒人女性——によって放っておかれた、あの物語に心が奪われ、眼がぱっちり覚めてしまう。

作家は路上でのたうちまわり、うめき声をあげるが、忘れ物の本があるだけだった。偶然、その本の上に倒れていたのだ。体の下に手を伸ばし、本を取り出す。意識を取り戻し、この場から逃げ出すべきだと感じ、三十分前に黒人の少女が走っていった地下鉄の入口のほうに向かって這っていく。入口で力尽きて、ふたたび意識を失う。

その主人公が朝目覚めると、あるカップルが頭上に立っていて、ドイツ語で何か喋っている。男のほうは、山高帽をかぶり片腕に傘を抱えた紳士で、女のほうは、古いヨーロッパのスタイルとはいえ、お洒落な衣装に身を包んでいる。

そのドイツ人紳士が手を差し伸べ、作家を立ち上がらせようとする。何ごとかを繰り返し言うと、紳士は女性のほうを見て、帽子の縁に手をやり、倒れている作家に一礼すると、その場から立ち去る。作家は立ち上がると、初めてひと晩中持っていた本に気づく。

よろよろと朝陽の中を歩いていく。痛みの霧が晴れてゆく。混乱する頭で、昨夜襲われる前に自分がどこにいたのか、思い出そうとするが、あたりを見まわし、その土地にどこか思いあたる節はあっても、街の風景には、少しも思いあたるところはない。数年前に〈ベルリンの壁〉があったところにあるポッツダマープラッツという、地形上の傷痕を自分は見ていたはずだと気づくが、いま〈ベルリンの壁〉の痕跡も見あたらない。そこに見えたのは、道路を埋め尽くすクラシックカーの列と、古風な衣装を着た通行人たちだけだ。うっかりタイムトラベルに乗せられた者の慣例を頼りに、捨てられた新聞紙を手に取ってはじめて、なぜか一九一九年三月、すなわちドイツがその頃まだ〈大戦争〉と呼ばれていたが、やがて第一次世界大戦と呼ばれるものに敗れた数カ月後の世界に自分がいるのに気づく。歴史がもう一つの、より大きな戦争の付近に侵入を企てようとしている時期だった。

そばを通りかかる誰もが作家を見る。顔の乾いた血もさることながら、時代を取り違えた格好をしているからだ。コートのポケットにあの娘が置き忘れた本を入れる。このボロボロの本のことはよく知っているし、二十世紀の文学はこの本から始まったと言えるのだから、二十世紀の者は誰でも知っているはずだが、実は、一九二二年になるまで刊行されていないことに彼が気づいてまだ一日か二日しか経っていないのだ。

レスター・スクウェアからちょっと外れたパブに、ザンはパーカーとシバを連れていっていいものかどうか迷う。ただそこは食事を出すらしいし、ガイドブックにも載っているのだが。「大丈夫かな？」と、パーカーが通りからパブのほうを用心深そうに見ながら、訊く。

「ガイドブックには、子供は不可だと書いてない」と、ザン。

「アドリップって何？」と、シバが言う。頭の中でそんな母音変異を唱えようとして。

「アドリブだよ」と、パーカーが答える。父に向かって、「あの店のどこが凄いの？」

「六〇年代に有名だったんだ」と、ザン。ザンがかつて〈アドリブ〉と呼ばれていた店のドアを開けると、シバは堂々と中に入っていくが、パーカーは尻込みする。誰も彼らに「お子様はお断り」とは言わない。そこで、適当に席に着く。「有名なミュージシャンがたくさん演奏しにやってきた。もっとも、クラブは二階にあったんだけど。いまは閉まっている」

「じゃ、どこも凄いところなんかないじゃないか」と、パーカーが指摘する。ザンは六〇年代のことで子供たちを退屈させないようにする。息子は何とも思わないだろうし、シバは息子より興味を抱くだろう。それもあり得ない話ではないが、いくら彼女がその曲を気に入っているとはいえ、あの両性具有の宇宙人みたいな歌手が、まだキャリアが浅い頃に、この建物にいたということを事実として言うことができない。

「歌うのはやめなよ」と、パーカーは妹に呟く。きょうの午後、彼女の受信周波数はかなり高い。

「歌ってなんかいないよ」と、シバ。

三〇〇〇ドルかけて歯医者に通ったにもかかわらず、ザンとヴィヴは、おしゃぶりのように親指をくわえるシバの癖を直すことができなかった。あれやこれやするうちに、両親はそれが自然に治る問題だと結論した。その間、シバの親指の規則を学ぶことはなかったが、ある規則のことは分かっていた。たとえば、いまパブの窓の外に見えたものを差すために、親指を口から引き抜いたように。

シバは午前中、ピカデリーの店からコヴェント・ガーデンまでロンドンの街なかを荒らしまわっていた——どこも子供にとって退屈なはずだった。ザンには買ってやる余裕などなかったからだ——だが、いま、ふと異常なほどに、落ち着き払っているので、父親は気になったのだ。シバが座席の上で向きを変え、ザンもそちらを振り返り、少女の視線を追う。びっくりして、シバと同様に視線が釘付けになる。「どうしたの？」と、パーカーが訊く。

若いアフリカ人の女性とおぼしき人が通りを挟んだ向かい側に立ち、シバをじっと見返しているではないか。

ロンドンのヒースロー空港から長時間かかってアジスアベバに到着した日の翌日でも、ヴィヴはまだどのように行動してよいか分からない。当局に出向くという考えは一切なかった。たとえ新しい場所にいるという感覚的衝撃が彼女の鬱や危機感を払いのけるというより、それから気を逸らしてくれるとしても、何がリアルで何が被害妄《パラノイ》想《ア》なのか、わざわざ推し測らねばならない、新たな懸念が生じる。

シバの母親を捜すために雇ったジャーナリストが最後に寄こしたEメールの言葉——子どもの人身売買の疑い……ゼマがあなたに売られたという可能性……当局がどれほど真剣にこれを捉えているか判断が難しい……。——がメールを読んで以来ずっとヴィヴの頭から離れなかった。空港の税関では身構えた。ホテルにチェックインするとき、ふたたび警察から呼び出しがあり、二度と出てこられない奥の部屋に連れていかれるのではないかと思った。ひとたびホテルの小さな部屋に落ち着くと、誰かがドアを叩くのではないかと思った。荷物を入れたバッグを開けると、中身を長々と見つめながら、荷物をすべて入れてきたかどうか、場違いなものが入っていないかどうか考えた。人の眼につかないようにすべきなのか、それとも敢えて人の眼についたほうがいいのか、頭の中であれこれ思案する。ラウンジとかバーとか、人の眼につくところにいるときには、誰の眼に晒されているのか、誰が近くにいるのか、自分が去るときに誰が去るのか、注意深く観察する。

ホテルの部屋のバルコニーから、一方を見ると、遠くのほうにもう一つの、ずっと高級なホテルがある。8の字形に見える自動車道は、二つの緑豊かな環状交差路《ラウンドアバウト》であり、やがて偉容を誇る放送タワー、時間のアンテナがそびえ立つ市街地へと消えていく。もう一方を見ると、そこにはプールがあり、いくつものビーチパラソルが、青ざめたキノコみたいに散在していた。それらは色というより——緑色になりきれない色合いで——ヴィヴの髪の色にぴったりだ。アフリカは熱いという、西洋人の先入観に反して、アジスアベバは霧深いうえに涼しい。標高一マイル半（＊約二四〇〇メートル）のこの街は、この地球上の、ほとんどの都市よりも空に近く、地元の住民からそこに生えている木にちなんで〈ユーカリ都市〉と呼ばれている。夜ごとに大きな嵐が襲い、ヴィヴの耳にイスラム寺院（モスク）から聞こえてくるムエジンの詠唱に雷のパーカッション音を加える。

ツクル・バーの中を歩いていると、さまざまな言語のざわめきに取り囲まれる。四方八方で取り引きが行なわれている。中には、怪しそうなものもあるが、それでも公然と行なわれている。最初の夜、武器商人がヴィヴに話を持ちかけようとする。魔神のように、店の主人たちやウェイターたちが現れては注文を取り、消えていく。

ヴィヴは例のジャーナリストを見つけられそうにないと判断して、自分でシバの父親や叔母、祖母を追跡しようと決心する。こちらから最後に出したメールに対して何の返事もないことにどう対処すべきか分からないが、その沈黙の理由は、明白というより、無数にあるように思える。

運転手は、並木の散歩道があるメネリク二世通りを走り、市場《メルカト》に向かってジュビリー宮殿の前を通り、二年近く前に少女を引き取りに初めてやってきた孤児院への道をたどる。孤児院は三部屋だけの一軒家で、いちばん大きな部屋には、間に合わせのベッドとベビーベッドが置いてあり、二十人以上の子供たち、下は赤ん坊から上は思春期の子供たちまでが共有していた。おのおのの子供は一組の服を渡されているが、ほとんどの者は靴がなかった。一人でトイレができないよちよち歩きの幼児たちは、おむつの代わりにビニールのゴミ袋を穿かされていた。

種類のばらばらな玩具が数個あり、放送は受信しないが、ＤＶＤプレーヤーとつながっているテレビが一台ある。孤児院では、ＤＶＤの新作は、子どもたちがすでに何度も繰り返し見ている他の四、五作とちがって、一大事だ。全員がテレビのまわりに集まり、それを見るのだ。食事は一種のシチューで、子供たちはインジェラと呼ばれる、ちょっと酸っぱいエチオピアのパンと一緒に食べるのだが、ロサンジェルスで試したときも、ザンはそのスポンジのような生地に決して慣れることがなかった。アジスアベバに最初に旅をしたとき、ヴィヴはある夜、孤児院の子供たちを全員、外食に連れ出し、バーガーとコカコーラをおごった。何人かが腹痛を起こした。ヴィヴは抗生物質も持参していた。出発前に、ロサンジェルスのたくさんの医者に頼んで処方してもらっていたのだ。

中庭は、日中子供たちが遊べる砂場になっている。フェンスとゲートで囲まれ、守衛も一人ついていた。その守衛は口数の少ない若者で、子供たちに好かれていた。孤児院に住んでいた頃、シバは真夜中になると、他の二人の子が寝ているベッドから抜け出し、雨に濡れながら真っ暗な泥の中庭を守衛小屋へと、とことこ駆けていき、そこで眠るのだった。守衛の胸に包まれるようにして、朝まで眠った。

シバが孤児院を離れるとき、守衛の青年は別れの挨拶を言えそうになかった。最初、ヴィヴはその場を設定することは押しつけがましいと感じた。だが、ゲートから二〇メートルほど行ったところで、車を停め、少女の手を取り、守衛小屋まで連れていった。守衛の青年は少女を抱きしめ、眼に涙をためて、さよなら、と言ったのだった。
ロサンジェルスの渓谷の新しい家にやってくると、ザンによって初めて両腕に抱かれ、車の後部席から持ち上げてもらったのだが、ザンの胸に押し付けられて、少女は孤児院の守衛の青年を思い出していた。ヴィヴの留守のあいだに、ザンは少女の部屋の壁をピンクと黄色に塗っておいたが、最初の数日間、夜になると、シバは自分専用のベッドを抜け出して、真っ暗な雨の中庭を駆けたように、家の中をこそこそ走って、新しい両親の寝室へ入っていき、守衛小屋でしたように、彼らの腕の中にもぐるのだった。いまヴィヴが孤児院に戻ってくると、シバの旅立ちに落胆して恥ずかしがっていたあの守衛の若者は、顔を見るなり、彼女のことを思い出す。その静かな顔が笑顔に変わり、二人は抱擁を交わす。

孤児院の誰もがヴィヴを歓迎するが、誰も彼女の質問に答えようとしない。彼女が声をかけた人で、シバの父親や叔母、祖母の住んでいるところを思い出したと主張したり、告白したりする人は一人もいない。孤児院を運営している女性は、電話を一本かける。会話はアムハラ語なので、ヴィヴには内容は分からないが、養子縁組組織の本部への電話ではないか、と思われる。電話を切ると、女性はヴィヴに冷淡ではない口調で話す。「トラブルになりそうなのよ」

「シバの母親は、とっくにトラブルに巻き込まれているんじゃないかしら」と、ヴィヴ。「彼女に手を貸したいだけなの」

「でも、お分かりかしら」と、女性が言う。「もし万が一彼女を捜しあてたとしても、養子縁組のことを知らないかもしれない。もちろん、養子縁組は合法以外の何ものでもありませんが、それでも……」。そのあとの言葉は途切れる。

「それでも？」

「娘を取り戻したくなるかもしれないのよ」

シバが家族の一員になってから、ときどき彼女の戦闘性が十分に長く引っ込み、ザンは彼女の個人的な瞬間を捕らえることができた。そうした瞬間に、少女には、自分は兄と違って両親の愛とは無縁なのだ、という明白な確信が漂っていた。つまり、愛情を知らずにある人から人へと手渡されてきたこと——彼女のことを気にかけてくれないシングルマザーから、歳を取りすぎた父方の祖母、孤児院、ヴィヴとザンの家庭へと——は、子供が、いや誰であっても、理解するにはあまりに残酷すぎる体験なのだ。だが、いかにシバが不当に扱われているかは否定できない事実であり、そのことでザンの心は痛んだ。

レスター・スクウェアのパブの、道を挟んだ向かい側に立っていたアフリカ人の女性は、民族衣装と西洋衣装を合わせたようなものを着て、ジーンズを穿き、頭にはショールを被っていた。「シバ?」と、ザンは娘に声をかける。娘は返事をしないが、向かいの女性はあたかもその声を聞いたかのようにザンのほうを見ると、娘の視線を断ち切り、買い物袋を手に提げて歩き去る。シバは動くことも喋ることもなく、じっとその女性が雑踏の中に消えていくのを目で追いかける。

パブでは、残っていた二つのクレジットカードのうちの一つが拒絶される。その夜遅く、幼い娘がダブルベッドの彼の隣で鼾《いびき》をかいている。パーカーは直角に伸びたシングルベッドで眠っている。そのあいだに、ザンはネットに入り、クレジットカードの使用可能な上限額を調べ、銀行が、すでに借金している額よりもずっと低く上限額を設定しているのが分かる。ということは、クレジットとして使えるカードは、一枚しかないということだ。ザンは、抵当物受け戻し権喪失手続きの期日が載っているウェブサイトをチェックする。そのたびに、八〇〇〇マイル離れた大西洋の向こうから持ってきた胃の痛みを感じる。

ザンは暗がりで横になっているリスクを冒すことができない。なぜなら、絶望に打ちひしがれることになるからだ。気晴らしに、頭の中でラジオ放送でかける音楽のプレイリストを作る。あたかもシバが海と大陸の向こうの渓谷にそれらの音楽を送信できるかのように。ジョイ・ディヴィジョン、ナイン・インチ・ネイルズ、ラムシュタイン、セルティック・フロスト、クレイドル・オブ・フィルス、カーイジ、ディスメンバー、レヴォルティング・コックス、ダーク・トランキュリティ、モービッド・エンジェル、ケヴォーキアン・デス・サイクル、などを、何時間も不安な頭の中で編集したあとで、ザンは鼠たちの夢を見る。一家が空港へ向かうためにドアを閉めたその瞬間に、鼠たちはデス・メタルのリズムに乗って、家の割れ目という割れ目から登場し、浮かれ騒いで激しいモッシュを踊りまくる。

ヴィヴはアジスアベバの孤児院の塀の外に停めた車の中でがっかりして、次に何をすべきか思い悩んでいると、あの守衛の若者が窓を軽く叩く。運転手と一言二言、言葉を交わすと、若者は肩ごしに、後ろの塀と、その向こうの孤児院を見つめる。それから、前方の道路を示しながら、運転手に両手で合図する。

運転手は後部席のヴィヴを振り返り、「少女の家にお連れしましょうか」と言う。ヴィヴは若者のほうに顔を向け、優しく「ありがとう」と言い、窓から五〇〇ブル（＊エチオピアの貨幣単位）を差し出す。若者は、物欲しそうな一瞥をくれたが、受け取るのは拒む。ヴィヴはそれでもしつこく迫ったが、若者は大げさに首を横に振る。運転手が「あの少女が好きだと言いたいんですよ」と説明すると、ヴィヴがうなずき、片手を上げて、若者に最後のさよならを伝える。

生まれてから最初の二年間、シバが過ごした家は、二部屋だった。大きな部屋は九平方メートル、小さいほうの部屋は、ガラスに亀裂が入った窓が一つあるだけだった。大きなベッドが一つ、椅子が二脚、小さなテーブルが一つあり、所有物でいちばん目立つのは、インジェラ製造機だった。

シバの父親は三十代だ。エチオピア人の年齢を言い当てるのは不可能で、ひょっとしたら四十近くまで行っているかもしれない。身長は一八〇センチで、ソマリア戦争か何かでパラシュート部隊に属していたせいか、少しだけ足を引きずっている。くそ真面目だけど協力的、そうヴィヴはザンが受け取ることになる最新のメールで語っている。最初は、ちょっとぎこちない感じだったけど、私が思うに、この男性中心の文化では、自分の娘のことを気づかうのは不自然だと感じているかも。彼の母親（シバの祖母）には子供が十人いて、すでに二人が死んでいます。夫も死んでいて、子供たちを育て、食事を与えるのにとても苦労したみたいです。シバの家族は、ヴィヴに再会して涙を流すが、用心深くなってもいた。警察から金のことを訊問されていたからだ。だから、シバの家族はヴィヴが戻ってきたことにも驚いていなさそうだった。ヴィヴがシバの母親のことを話題にして、母親にコンタクトを取るのではなく、もしトラブルに陥っているならば、彼女を助けたいと説明すると、シバの叔母と祖母のあいだで熱い議論が巻き起こり、その間、シバの父親はいつも以上に用心深そうにしていた。

ヴィヴから見て、叔母と祖母が困っている、ひょっとしたら怒っているかもしれないのは明らかだ。あとで、運転手が教えてくれたが、シバの父親はシバの母親のことを美人で「太っている」と言ったそうだ。運転手に何度となく質問をして、父親と運転手が言いたいのは「グラマー」ということだと、ヴィヴには分かる。シバの父親と母親が一緒に暮らしたのは一年にも満たず、ひょっとしたらもっと短い期間かもしれないが、そのうち母親が妊娠する。ヴィヴが質問すればするほど、父親も含めて、彼らが母親の家族に会ったことがあるのかどうか、はっきりしなくなる。

シバの叔母の通訳によれば、祖母がこう宣言したそうだ。今はあなたが彼女の母親なのよ、私たちがあなたを選んだんだから、と。あなたがベストな判断をなさればいいのよ。最後の最後に、祖母はヴィヴにある新しい情報を言い添えるが、ヴィヴの録音機のテープに残したそれは、雨音のせいでほとんど聞き取れない。それは運転手がヴィヴをどこへ連れていくべきか、という指示だったが、そこに誰が、何が待っているのか、ヴィヴには分からなかった。

ザンはようやくJ・ウィルキー・ブラウンの電話に返事をする気になり、相手に先に掛けさせるというちっぽけな自己満足に打ち勝つことができる。この都市に来て五日目の昼さがり、二人はモンタギュー通りとグレート・ラッセル通りの交差点の近くにある書店で待ち合わせをして、アイスコーヒーを啜ることになるが——最近のロンドンは、紅茶よりもコーヒーを嗜好しているように思える——ザンは、最初の数分間、カウンターの向こうの若い女性店員がシバの注文したモカを、カフェイン抜きにするのを忘れたんじゃないか、とやきもきする。ひょっとしたら、カフェイン抜きのコーヒーなんて、ヨーロッパ人からすれば、撞着語法《どうちやく》もいいところ、無意味といってもいいかもしれない。

ブラウンは、ザンの子供たちが同席していることに対して発狂しないよう必死に努力しているように見える。つねに細身で、大股で歩き、何十年も前にザンが見たときより、ひどく体重が減っていて、不健康に見えるほどだった。かつてロングにしていた髪の毛は、短く刈り込んでいる。作家というものはこうだと思えるくらいに、むさ苦しい格好をしている。というか、作家というものはこうだとブラウンが考えるくらいに、むさ苦しい格好をしている。さも我慢強そうに子供たちを褒めるが、その声と口ぶりは、大げさというより、ほんのわずかながら優越感が感じられた。シバには、カフェイン抜きのコーヒーを飲んだ様子がちっとも見えない。「じゃ、大丈夫だったんだね」と、ようやくブラウンは、居心地悪そうに言い、あたりを見まわす。二人の男は、すわる位置を交換する。「大丈夫さ」と、ザン。「きのう行った、〝アドリブ〟という——というか、かつてそう呼ばれていた——パブではどうか、と提案するつもりだったんだ。いま、どうなってるのか、分からないけど」

二人は相変わらず居心地の悪い思いをしている。ブラウンはうなずき、物思いに耽る。「トンでるロンドン。六〇年代のランドマーク」と、ブラウンは隣の席にすわるパーカーに告げる。

「実際は、建物の二階部分だけど」

パーカーは丁寧に受け答えする。「父もそう言ってました」

「彼らに言わせれば、人類の夜明けだ」と、ザン。

「ヴィヴはどう？」と、ブラウンが訊く。よく言ったぞ、とザンは思う。部屋の中の象を捕まえに行こう。「元気だよ」と、ザンは答える。「パーカー、この子を見ていてくれるかい？」。シバは、すわっている椅子をくるくる廻しはじめていた。やがて、十八世紀の稀覯の原稿が入っているガラスケースを倒すことになるはずだ。

「どうして僕が?」と、パーカーが抗議する。

「まだ写真をやってるのかい? 芸術の……」と、ブラウン。

「ええ?」と、ザン。

「ヴィヴさ。芸術を……」

「ああ、やってる」

「もちろん、あのスキャンダルは聞いたけど。大バカ野郎が」

ザンは言う。「何だって?」。一瞬、ザンはJ・ウィルキー・ブラウンが皮肉を込めたように思えた。負債をめぐる電話で、銀行員がしたように。

「あの大バカ野郎さ」と、ブラウン。「あいつが他人の作品を剽窃してるって、誰もが知ってるよ。裁判所に訴えたらいいのに」

「ああ」と、ザン。「そうだな。あの男にそんな余裕があるなら、そうするけど」

「むろん、引き受けてくれそうな弁護士はいる。結果次第でね。もちろん、剽窃を証明するのは難しい。オリジナルなものなんて、何もないから」

「確かにオリジナルなものなんて、何もない」と、ザン。「でも、すごく似通っている。蝶の羽根を利用したステンドグラス。ヴィヴ以前に誰かがそうしたものを作ったという文書はひとつもない」

「まあ、その通りだな」

ブラウンが言う。「それじゃ、ヴィヴは、アフリカかい？」。シバのほうを見ながら、父親よりもずっと不安げな顔になる。

「それがちょっと込み入ってて。あとで」。ザンは娘のほうをちらっと見る。「……別の機会に説明するから」

「了解」と、ブラウン。「だが、来週、講義が始まるまでには戻ってくるんだろ？」。彼の瞼には、大学構内で暴れ狂うシバのイメージが浮かんでいる。

「そうだといいんだが。いろんな理由で。いちばん心配なのは、彼女の身の上だけさ」

「ヴィヴはいつも立ち直るのが早い」と、ブラウンは肩をすくめる。

ブラウンはそう言ってザンを安心させようとするが、ザンとしては、ブラウンがヴィヴのことをよく知っている、あるいは、いかなる点でヴィヴのことを知っているのか、わざわざ思い出させてもらうまでもない。「彼女は道に迷うんだよ」と、ザンが言う。「方向感覚がまったくないから」

「思い出すに、キリマンジャロ山とかいろいろあったな」

「キリマンジャロ山は、上だよ」と、ザンは指摘する。「そっちの方角はぜんぜん問題ない。たいていの人は、彼女のキリマンジャロ体験を一種の警告と捉えるだろうけど。週一便だけしかない出発便を逃したんだから。ヴィヴは、そいつを生涯の〈狂気じみた状況からの脱出〉カードと見なしたのさ。ただ、いま彼女は母親業もやっていて、子供たちが排水管洗浄剤《ドゥラーノ》を飲んだりしないか心配してる。いいかい、ジェイムズ」と、ザンは深刻そうな顔をして告げる。「端的に言うと、俺が家族の中でいちばん正気なんだ。分かるか？　あんたの頭を、それが意味するもので包むことができるか？　それが暗示する精神……精神錯乱一般の状態を心に描くことができるか？　俺が家族の中でいちばん正気なんだぞ。まるで、あの『白鯨』のエイハブ船長が、カーニヴァル豪華客船の船長をやってるみたいなんだぞ。身体のサイズが縮小するのと比例して、ぼけも進む。やがてあんたは世界で最悪の犬に出くわす。そいつがまるでテーザー銃で自分を撃つみたいに、ただスリルを味わいたいというだけで、電流の通ったフェンスを突破してくるんだ」

　ブラウンが「きっと彼女から連絡があるよね」と言う。奇妙なことだ。妻から連絡がないとは一言も言っていないのだから。ブラウンは両手を組んだり擦ったりして、まるで掌と掌のあいだのスペースを懲らしめているみたいだ。「ホテルは問題ないよね」

「全然」と、ザン。

「最近は、何か書いているのかい？」

「まあね……」

ブラウンには、その言葉の意味するところが分からない。ザンにも分かっていないのだから。「小説だろ？」

「そうだ」

「すばらしい。しばらくぶりじゃないか」

「そうだ」と、ザン。話題を変えて、「そっちは？」。ほんとうに話したいことを話そうぜ。「もちろん、いまだにジャーナリズムだろ」

「そうだ」と、ブラウン。「キューバのグアンタナモ基地での拷問がイスラム社会に与えた衝撃についてとか。顔を布で覆ってやる水責めとか、性的虐待とかね」

ザンは、民族主義者の衝動を必死で抑えようとする。もっとも、相手の男の尊大な態度と見なすものをへこませたい衝動は抑えないが。「大統領は、命令に署名したよ」

「ああ、それじゃ」と、ブラウンが答える。「みんな解決ずみってわけか」

「思うに、水責めをやめさせる命令は正しいよ、ジェイムズ」

「そうだな。だが、大統領は写真を公開しようとしないだろ。性的虐待も何も」

想像していた以上にうんざりして、ザンは子供たちを見る。「あれは拷問じゃない」。その言葉に彼自身が驚く。

「違うのか」

「安っぽい、愚かで幼稚な逆効果。どれ一つを取っても。拷問じゃない」

「ほんとうかな？」。もちろん、それは疑問文ではない。


イギリス人はどうなんだよ？　ザンは腹を立てる。おもに、この餌にかかった自分自身に対して。丁寧に敵意をこめて。巧妙に攻撃的になって。ザンは言う。「拷問とは、死への恐怖に他ならない。水責めみたいに、自分が溺れると考えるから。また、苦痛を与えることでもある。たとえば、ローレンス・オリヴィエがナチの役をやったあの映画みたいに、誰かの歯をドリルで削るとか」。ザンはもちろん、イギリスの俳優を持ち出す。「指の爪をはぎ取るとか、肉を吊るすフックを目蓋に突き刺して吊るすとか。椅子に縛りつけて、裸の女性を見させるとか。ラスヴェガスじゃ、わざわざ金を払ってやってもらうんだ」

「なるほど」と、ブラウン。他人の憤慨に直面したときにザンが頼りにする沈黙はどうしたのだ。機内で彼を無責任だと叱責したあの女みたいに。突然、その政治信条が自分への個人攻撃のニュアンスを帯びている人々に取り囲まれている。それとも、それはただ単に新しい大統領に関する、ザン自身のあまり確固とは言えない客観的態度の表れなのか。非常に危険な防衛本能なのか。他の者と同様に、彼自身も自分の祖国に関して足を踏みはずしてしまったのだろうか。

ザンは椅子から立ち上がる。「アブドゥルはおそらく」と、言葉を続ける。「その後、ふたたび刑務所送りになった。イスラムの聖戦《ジハード》の戦士たちは、そのことで大笑いさ。パーカー、妹の世話を忘れるなよ」と、息子に吠えるように言う。必死の形相で娘の居場所を捜すが、なんのことはない、足下で、父親のほうを見上げているではないか。どちらの子供も何も言わない。ただ熱い眼差しで父親を見つめる。ザンは自分がわめき散らしているのに気づく。「奴は自分の独房に戻って、こう言うわけさ。〈みんな、こういう風にバラそうぜ。俺はきょう裸の女と一緒に拷問にかけられたぞ！　って〉。ウサギどんと野バラ畑みたいなお決まりのジョークさ。〈そりゃひどい。なんでもいいが、裸の女だけはいかん！　あんたが俺に無理やり裸の女を見させるつもりなら、俺だって出るとこ出るぞ！〉」。ザンは子供たちを見る。明らかなのは、それはちょっとだけ大げさな物言いだったが、子供たちにとって、父親が何年かぶりに発した面白い言葉だったことだ。

ブラウンはすわっているところから、ザンをじっと見上げる。「もちろん」と、彼は静かに挑む。「このような事柄に関して、これらの人々の何人かが見せた態度を思うと、それは確かに拷問だよね」

「実のところ」と、ザンは言う。「たぶん、そのことが、客観的に拷問と呼びうるものよりも、むしろ女性やセックスに対する、連中のめちゃくちゃファッキングな態度を物語っている」。ザンは自分の逸脱に赤面する。「すまない」と、子供たちに言い放つ。「知っての通り、きみたちはその言葉を言ってはいけないことになっている」

「セックス？」とパーカー。

「もう一つの言葉」

「ファックよ」と、シバが申し出る。

「前にも、聞いたよ」と、パーカーが述べる。

「めちゃくちゃファックなときに、口をついて出る」と、シバが追い打ちをかける。

「ありがとう、諸君」と、ザン。「そのような権威のある意見の一致を。シバ、二度と言っちゃいけないよ」と、ザンはため息をつく。「水責めは、ひどい」。ザンは静かに荷物を片づけ始める。「われわれの意味するはずのものに対する恥辱に他ならない。でも、もうこれくらいにしておこう」と、ザンは言うが、自分自身に失望したのか、何か新しいトピックを見つけたのか分からない。「この子たちを連れて帰らないと……」

「来週、この話の続きをやろう」と、ブラウンが言う。「そちらの都合がよければ、一緒に大学まで汽車で行こう」

「遠いのか？」

「ウォータールーから二十分。急行を逃すと、もっとかかるけど」

「ジェイムズ」と、ザンが言う。「もしそのときまでヴィヴが戻ってこなかったら、子守りを捜さないと。すまない。こんなことまで、契約してないけど。こちらも想定外のことでね」

大暴れするシバのイメージが眼の奥に薄れていき、ブラウンはまぎれもない安堵の表情を見せた。「調べておくよ」

ザンはヴィヴにできるかぎり快活なメールを書く。もっとも、これ以上はないくらい快活な状況でも、快活になることはないのだが。ロンドンの街のこと、子供たちのこと、これまでにどんなことをしたかについて書き、こう締めくくった。きみがこの四十八時間以内にロンドンに戻ってこないとして、来週からキャンパスでの仕事が始まるので、保育人を雇う可能性を探っています。

返事がこないので、もう一度メールを送る。彼女がどこにいるのであれ、つながらないとは思ったが、彼女の携帯に連絡してみる。それから、アジスアベバのゴン・ホテルに電話する。週末がやってくる。ザンとパーカーとシバは、土曜日の午後をレスター・スクウェアでピザを食べたり、コヴェント・ガーデンの旧式のオモチャ屋をぶらついたりして過ごす。オモチャ屋の店長は、ファンタジー作家になりたいと思っている、米国ヴァーモント州出身の若者で、長くイギリスで暮らしているため、こちらの米国人アクセントに気づいたらしく、勇壮な冒険バトルに巻き込まれた小さなオモチャの生物たちの出てくるゲームを子供たちと一緒にやってくれる。シバは救いださなければいけない生物をやっつけてしまい、そのたびに兄の怒りを買うのだった。

パーカーはそのゲームの虜になり、ザンもそんな余裕などないにもかかわらず、思わずそのオモチャのために八〇ポンドを払ってしまう。ホテルの部屋に戻ると、パーカーは懸案の『シュリンピー・コミックス』第四号を見るのを延期して、その夜は、小さな生物たちの糊付けや色づけに費やす。ザンはシバのために、小さなゲームを買ってやるが、兄のより小さいし出来合いだとシバは文句を言う。父親がホテルのテレビで楽しめるものは、ニュース番組だけだ。

ネットに入り、自分の家に関して三週間以内に「抵当物受け戻し権喪失手続き」が予定されているのを知り、ザンはようやく自分がすべてに対して麻痺してしまっていることに気づくのだった。

愚かにも、ザンは銀行が忘れてくれるのではないかと思っていた。いまや、家族全員がロンドンに取り残され、帰るところがなくなる惨めな姿が思い浮かんだ。テレビではBBCが予備知識として、アメリカでは奇妙な新現象が定着しつつある、と告げている。大衆の一部がこんどの大統領はぺてん師だと訴えているのだという。つまり、大統領はどこかアフリカの草原で生を受けながら、ニセの出生証明とハワイの新聞に載ったというニセの出生記事を使ってアメリカ人になりすまし、四十七年後に大統領職の座につくことができたというのだ。中には、これがこの世の終わりを知らせる、神のお告げだと言う者までいる。

しばらくの間ザンは、来たるべき昇天とこの世の終わりについて取材を受けているサウス・ダコタの女性の言葉に半ば耳を傾けていた。最終的にザンの興味を引いたのは、その女性の歓喜の声だった。自分が天国に行けることを歓ぶのではなく、この世に取り残されるはずの人たちの不幸を歓んでいるかのようだった。結局、この女性はテレビ局の小賢しい連中や、彼女より自分が上だとうぬぼれている社会的地位の高い連中より、遥かに上位に来るだろう。「終末」は、それ自体の革命的な政治学を持っているのだから。この女性は、最後のカウントダウンを行ない、やがて天国に昇天しながら、下界でこの世俗のエリートたちが地獄の炎に足を焼かれるのを見ることだろう。十字架やイエスの写真と共に、現大統領の肖像もあり、それはパーカーが糊付けしたり色を塗ったりしている生き物たちに似ていなくもない。肖像の下には、〈反キリスト〉と書いてある。「あれは宇宙人?」と、シバが素っ頓狂な声をあげた。

もちろん、ザンとヴィヴは自分たちの家計の危機について子供たちに話していなかった。ヴィヴの提案した「話し合い」に関しても、ザンはそうする必要はないと感じている。パーカーには、全然問題ないと、つねづね語っていたし、尻尾をつかまれないようにしていたので、まだ悟られていないという自信がある。ザンは静かに頭の中で思い描く。海外で二人の子供を抱えながら、クレジットカードは通用せず、妻はどこかに消え、ベビーシッターは雇えずにいて、おまけに、アメリカではみすみす自分の家が銀行と鼠たちに乗っ取られるのだ、と。すると、ホテルの部屋のドアをノックする音が聞こえてくる。最初は外の雷鳴のせいで聞こえなかったが。「シバ」と、ザンは二人の人生において何百回目かの無駄な警告を発する。「誰か分からないうちにドアを開けちゃダメだ」と。シバは何百回目かの無視を行ない、ドアに向かって突進する。「誰?」と、ザンが訊く。シバはドアを開けたまま茫然と立ち尽くして返事をしないが、ザンには分かっている。

四十年前のある日の午後、大学一年生だったザンは、大統領選に立候補した小柄でひ弱そうな男の演説を見物にいったが、ザンがその男の立っている場所へ近づいたとき、その場は熱気を帯び、手をつけられない状態になった。大統領候補も群衆も、その場のすべての者が巻き込まれた。この大統領候補が引き起こした荒波でザンの足は宙に浮き、逆方向に流されそうになった。下に引き戻されたら、群衆に押しつぶされるか踏みつけられるか、その両方の憂き目に遭う可能性があった。そのとき、ふと若い黒人女性の手が空から伸びてきて、ザンはその手を取った。大統領候補者の補佐官で、持っていた紙ばさみを投げ捨て、反対の手でザンの腕をつかむと、彼を野次馬たちから救いあげたのだ。彼女の顔を三十秒だけ見て、いやそれより短かったかもしれないが、その灰色の眼の輝きを心に焼きつけた。銀色に近いきらめきだ。そう思う間もなく、ザンは護衛隊《ボディガーズ》によって群衆の端へと連れ去られた。

その女性は、おそらくザンよりほんの四、五歳年上で、六〇年代末にまだそれほど流行っていなかったドレッドヘアだった。ザンに微笑んで見せたが、灰色の眼は笑っていなかった。眼には恐怖が浮かんでいた。それと、誰もの頭にあるが口に出せないことへの予感が。ザンを引きあげてくれたとき、彼女は身を乗り出して、彼の耳元でたった一言ささやいたのだった。

翌年の夏、ザンは父親の車を使ってピザ宅配の仕事をした。この時代は、まだハリウッドの北の渓谷は、夜に通ると火山のクレーターのようだった。ただし、クレーターは丘陵にあるのではなく、夜気の中にあり、その一つに車で入り込むと、出てくるのは、また別のどこかからだった。ある夜、地元の大学の学生宿舎から注文が入った。奇しくも、それはザンが三十年以上あとに教鞭をとることになる大学だったが。ザンが車を停めたとき、カーラジオで誰かが歌っていた。レイ・チャールズは撃れたが、立ち上がり最善を尽くした（＊ヴァン・モリスンの一九七〇年の曲より）。ザンは座席にあるピザのポータブルオーヴンを抱えて、学生宿舎の中に歩いていき、気がつくと、あたりにいる白人の若者は自分だけだった。

宿舎の受付がピザを注文した学生の部屋に電話をしているあいだ、ザンはロビーで待っていた。十人以上の黒人が彼をじろじろ見ていた。一人のドラッグをキメた若者が千鳥足でやってきて、ザンの眼を覗き込んだ。まるでそれが、空っぽの宇宙を見るための宇宙飛行士の望遠鏡みたいに。若者は何かを尋ねたが、ザンにはまったく理解できなかった。ザンが答えようとする間もなく、若者は、ぱちんこみたいに片腕を振りかぶると、ザンの顔にガツンと鉄拳を食らわせたのだった。

ザンはよろめいた。若者は何度もザンを殴った。あとで、ザンは思案することになった。殴り返す衝動を抑える必要がなかったのは、自分のおかげなのか、それともそれほど褒められたものでないもののおかげなのか、と。それはともかく、そのとき、ザンは冷静で、殴り返すのはいい選択でないと知っていた。感じたのは苦痛や怒りよりも屈辱で、もちろん、それがポイントだった。できるだけ落ち着いて前屈みになると、床からオーヴンを拾い上げ、宿舎の正面玄関に向かうが、辛うじて残っていた威厳を保とうとした。それは、いきなりそこから全力疾走しないということだった。

車のところまで戻ってきたかと思ったら、背後で足音がした。何年もあとに、ザンの新作の小説の中で、中年のロサンジェルスの作家が、自らの悲運を予告するかのように、ベルリンの路上でこれと似たような足音を聞くことになるだろう。そこで、とうとう堪忍袋の緒が切れて、ザンは後ろを振り返ったが、ベルリンのよりはやや大きく、さっきの学生宿舎のロビーのよりは小さな集団と向き合うことになった。

全員が黒人である宿舎生のうち、五、六名がザンを殴った若者をゆるく拘束していた。「言えよ」と、その中の一人が命じた。あまりにラリって朦朧としながら、ザンに暴力を振るった若者が小声でつぶやいた。「すまん」

「こいつは謝っています」と、もう一人の学生がザンに通訳した。

「分かったよ」と、ザン。

「警察を呼ばないでくれ」

「分かった」

「約束してくれ、警察を呼ばないと」

「警察は呼ばない。ただし」と、ザンは遠くの宿舎を指さした。「これからあそこに戻って、ピザを届ける」

ピザショップに戻ると、キューバ人の店主が憤慨して、警察を呼ぼうと電話に手を伸ばした。「やめてください」と、十八歳のザンが言った。

「ばかばかしい」と、店主。

「警察を呼ばないと約束しました」

「なぜ?」

「ピザをめぐって、サン・フェルナンド・ヴァレーで黒人暴動が勃発しても? 僕は大丈夫だから」

キューバ人の店主は、いまいましそうに電話を受話器に戻した。だが、それ以来、学生宿舎への宅配はなし、ということになった。さらに、あれから二十年後に、一人の黒人映画監督がある有名な映画を作ることになる。それはある暑い夏の夜、ニューヨークのブルックリンで起こった黒人暴動を題材にしているが、その現場の真っただ中にピザショップがあるのだった。ザンがその映画を見たとき、自分が歴史の邪魔立てをしたので、誰か他の者がそれを作るのにこれほど時間がかかってしまったのか、と思い悩むことになった。

ザンは、あのピザショップ事件についてしばらくしゃべらなかった。もちろん、両親にも。最後に、そのことを文章にして、それをローガン・ヘイルだけに見せた。ヘイルは若者のクールさに注目した。「きみは、襲われたんだぜ」と、熱心に説いた。「怒り狂うだけの権利があるだろ」。だが、怒りはわき起こってこなかった。たいがいの部分は忘れた。ただ何年もあとになって、怒りのない記憶だけが浮上してくるのだった。

ヴィヴがシバの家族を訪ねた日に、運転手は彼女をそれまでよりずっと町の奥深くへと案内する。エントト山が北のほうにぼうっと浮かんでいる。ホテルのプールを取り巻くパラソルみたいに、青や白のタクシーが道路にびっしり並んでいて、メスケル・スクウェアから羽毛状に煙が立ちのぼり、そこに燃えるピラミッドが見える。三十分走ってから、町の中心街の界隈に車を停めた。そこから、運転手はヴィヴを徒歩で曲がりくねった狭い石段へと案内する。いくつものトンネルや橋があり、両側を苔の生えた高い壁にさえぎられた迷路のような道を通って、〈ユーカリ都市〉のいちばん奥へと入っていく。

月から熱風《シロッコ》が吹き寄せる。近くのモスクの悲しげな歌がヴィヴの耳に聞こえてくる。トルコ石《ターコイズ》の青緑色の髪をしたヴィヴが運転手のあとを追い、それを遠くのエチオピア人たちが見物している。通路の壁が、遠くから聞こえてくる詠唱や、嵐の雷鳴を反響させる。

南のほうに、岩を削って建てた古代の地下教会が垣間見える。三百万年の輝きを帯びて地上にぽこっと浮かび上がった感じだ。人類の時間が、かろうじて記憶する最古の場所。ヴィヴには、上空の、豪雨をもたらす季節風《モンスーン》とナイル川の水を吸った地面が互いに恋いこがれ合っているように思える。ヴィヴと運転手は、七十年前にムッソリーニの軍隊が百万人のエチオピア人を殺した毒ガスの匂いがまだしている神聖な石の神殿の前を通り過ぎる。通路は、白い紗《しゃ》を着た地元の人々が陰から出たり入ったりしているいくつもの路地と十字に交差する。

この移動はとても怪しく謎めいているため、まるでシバの母親が、そこがどこであれ、ヴィヴの行き着く先に待っているに違いないと思わずにはいられない。だが、ついにヴィヴは運転手を制止する。「違うよ」と、ヴィヴ。「この道じゃない」。そう言いながら、肩ごしに後ろを振り返るが、自分がどちらから来たのか、まったく分からない。

ブルームズベリー・ホテルの部屋の入口に立っているのは、若いアフリカ人の女性だ。きのうパブの外で初めて見かけたときには頭に被っていたスカーフを肩から覆っている。それがなかったら、ジーンズを穿いているので、西洋人と見間違えたかもしれない。「こんにちは」と、ザン。

「こんにちは」と、若い女性がうなずく。「モリーよ」と言い、彼女は肩からスカーフを取ると、それを丸めて、肩に提げていたバッグに忍び込ませる。「子供たちの世話人を捜しているんでしょ」

ザンは驚いて、「中に入って」と言う。シバは、何も言わずに、じっとその若い女性から眼を離さない。だが、うっかり口を滑らせる。「お腹の中に小さい女の子がいたことある?」

「たぶん、この娘が知りたいのは」と、ザンが説明する。「自分の子を産んだことがあるかどうかってことで。たぶん、友達になれそうな娘さんがいるかどうかってこと」。そう言ってはみたが、果たしてそれがシバの言いたいことなのか、自信がない。

「シバ、向こうでパーカーと遊んでいなさい」

コヴェント・ガーデンで買ってきたゲームの生き物をいまだに色づけしたり糊付けしたりしているパーカーが言う。「僕の遊びだから、シバにはできないよ」。シバは泣き出す。ザンは眼を閉じる。ふと、ヴィヴの言う通りだと思う。若いアフリカ人女性はシバという名前に、侮辱されたと感じるかもしれない。たとえメキシコ人を養子にしても、アステカの王様にちなんで、モンテスマと名づけたりしないだろうし。「パーカー」と、出来るかぎり平静を装って言う。「きみの手助けが必要なんだ。妹も一緒に遊べることをやってくれ。それとも、何か面白いテレビ番組を探すとか」

モリーはシバの目線の高さまで跪《ひざまず》くと、言う。「ちょっとだけ、お父さんとお話をさせてね。それから、一緒に遊びましょ」。女性が立ち上がり、ザンのほうを向くと、シバは後ずさりするが、それでも女性から眼を離さない。「部屋に直接お邪魔して、すみません。いまいるところから電話したのですが誰も出なかったし。それに、携帯電話は持ってませんので」

この界隈の小さなホテルの多くの例にもれず、このホテルにも部屋専用の電話はない。だから、モリーがかけたのが、ホテルの受付なのか、彼の携帯なのか分からない。

もっとも彼の携帯はちっとも鳴らなかったし、そもそも彼女がその番号を知るはずはなかった。パーカーが色づけや糊付けをしているあいだ、ザンはシバを連れて半時間ほどホテルを抜け出したのだった。雨の中を走って出たり入ったりして、角の小さなマーケットに行き、それから、サンドイッチとバタークッキー――これが二人の好物になりかけていた――を買いに、その先まで出かけた。新聞スタンドで、ザンはシバのお気に入りのアーティストが表紙に載っているイギリスの音楽雑誌を購入した。その日早くに、J・ウィルキー・ブラウンから携帯に電話があったが、ザンは電話に出なかったし、こちらから掛け直すこともなかった。

小さなテーブルが部屋の隅にちょこんと置いてあり、ザンとモリーはそのテーブルを挟んですわる。テーブルの上には、お湯を入れるためのポットと、ティーバッグの小さな容れ物が置いてある。「暗号は、言うまでもなく」と、ザンは部屋のほうに手を向けながら。「小さい、だ」

「その通りね」と、彼女が微笑む。

「シバと僕が大きなベッドで一緒に寝ている。パーカーはもう一つの小さいベッド。シバの場合は、まだどこで一人で寝たいか分かっていない」

「いずれ分かるようになるわ」と、モリー。

「つねに僕が妻に言っているのは、パーカーも幼いときは、そうだったってことなんだ。一人じゃ絶対に寝ようとしなかったのに、九歳か十歳のときのある夜のこと」。ザンは指をぱちんと鳴らす。「一人で寝たいと言うだけでなく、両親と同じ屋根の下で暮らすのも嫌になる始末さ」。ザンは、銀行の差し押さえの知らせに、自分が思う以上に苛立ちを覚えている。「ロンドンには長いの？」と、ザンは急に話題を変えて。「悪いけど、ひょっとして――」

「そうなの」と、モリー。「あなたの言う通り。ロンドン出身じゃないわ」と言いながら、彼女は考え込むように首をかしげる。「ここは……そう長くはないわ」

「でも、きみの英語は完璧だ」と、ザン。「褒め言葉だよ」

モリーの英語のアクセントは、不思議だった。ちょっとイギリス風で、ちょっとアフリカ経由の英語の歌の正確さがあり、世界のどこかの果てからやってきた者に特有の、強さがちょっとだけあった。「ありがとう」と、モリーが言う。「母が英語を喋っていたの。で、十年前にアジスアベバに移住するまで、私も英語を喋っていたわけ」

「じゃあ、きみはエチオピア人なの？」と、ザンは訊く。ザンはその事実に自分がどれほど心の平静を失っているか分からない。

「半分だけね」と、モリー。「母はエチオピアで生まれたけど、幼い頃にロンドンにやってきて、ここで育ったの」

「たぶんイギリス人だと思うけど……はっきりしない」

「根ほり葉ほり聞いたりして、申し訳ない」

「別にいいのよ」

「じゃ、ここで育ったんだ。どうりでモリーって、アフリカ人っぽく感じなかったわけだ」

「実を言うと、私が生まれて育ったのはドイツよ。ベルリンなの」

ここ数分のあいだ、最初は気づかなかったが、部屋には、だんだん音があふれてきた。まるで周波数の異なる音が交差して、どこからともなくやってくる六つの音楽をキャッチしているかのようだった。ザンはまだモリーの血統がよく分からないが、訊く。「ここで何をしてるんだい？」。そうは言ったものの、思うより詰問している感じになってしまう。「つまり、ここロンドンでだけど」

「これまでは、子供たちの世話をしてきたわ」と、それとなくパーカーやシバのほうに注意を向けながら。「ときには家のお掃除も……」。モリーは肩をすくめる。「やらなきゃならないことや、できることは何でもするわ」

「マジで？ こののろま！」と、パーカーが妹に言う。「僕が十二時間もかかって糊付けしたっていうのに！　このゲームの仕方を知らないっていうのか！」

「お父さん！」と、シバが泣き喚く。

ザンが言う。「パーカー。きみに頼んだはずだよ——」

「こいつと一緒に何かしたり見たり、遊びたいことなんか、何もないよ」と、パーカー。

ザンはモリーにホテルのテレビを指さす。「たったの六チャンネルしかなくて、子供が楽しめるものがないんだ」

「きっと知らない国では、子供たちも大変なのね」

「でも、だんだん気に入りつつあるようだけど」。そうは言ったものの、ザンはそう思っていない。

「マネキン人形がいるあの暗い部屋とか、首がちょん切られたあの部屋は、イヤだわ」と、シバ。

「とっても洗練された子供たちね」と、モリーは冗談を言う。「私はあなたの国に行ったことないけど」と、モリーは付け加える。「母は六〇年代後半と七〇年代の大半を過ごしたことがある。イギリスを離れてからだけど」

「そうなんだ」と、ザン。「どこで？」

「あちこち。たいていはロサンジェルスかな」

「僕たち、そこから来たんだよ」

「そう」と、モリーは微笑む。「知っているわ」

「いま、お母さんはどこにいるの？」

「もう生きていない」

「ごめん」

「ずっと前のことよ。できれば」と、モリーが言う。「いつかあなたの国に行ってみたい。特に、いまのうちに。いまは、とてもワクワクするような国みたいだから」

外は晴れてきたので、ザンは散歩をしよう、と提案した。四人はホテルの向かいにある小さな公園を一周する。彼らのホテルは、三日月形にカーヴして建ち並ぶ小さなホテルのひとつだった。「子供たちを部屋の外に出すのがなかなか難しくて」と、ザンはモリーに説明する。皆でベンチに腰をおろす。パーカーとシバは、ゲームボーイをめぐって口論の最中だ。ザンが切り出す。「ひとつ考えがあるんだ。明日、大学に子供たちを連れていく。ジェイムズも一緒だ。一緒に来てくれないかい？　どうなるか、様子を見よう」

「こいつ、ハンドバッグの中を漁《あさ》っているよ」と、パーカーはシバの行為をモリーに警告する。モリーは無視する。「ジェイムズって？」

「ごめん。ミスター・J・ウィルキー・ブラウンのことさ」と、ザンは男をあざけるように言う。「世間にはその名で知られたがっている。もちろん、時給を払うよ。いくらだい?」

「いくらだったら、まずまずかしら?」

ザンは、為替の交換レートを計算する。「一時間につき一〇ポンドでは?」。それだと、出せる額をゆうに上回っているが、きょうび、どんな額だって、出せる額をゆうに上回るのだ。それでも、ザンは外国人として、黒人女性を、彼女の国で搾取したくない。というより、自分の国より彼女の国で、搾取したくないのだ。

パーカーはモリーに警告する。「こいつ、あのカメラを壊すよ」。シバは兄のほうを睨みつけ、人差し指で喉を引き裂く仕草をする。「シバ」と、ザンがモリーのハンドバッグからカメラを取り出したシバを叱る。「人のものだろ」

「別に構わないわ」と、モリー。

「すまない。そう言ってくれてありがたいけど」と、ザンは言う。「人のものを漁ってもいいと考えるのは良くないから」

「一度ヴィヴのカメラを壊してる」と、パーカー。

「**黙って、パーカー!**」と、シバ。

「ママはカンカンに怒ってたよ」と、パーカーが付け加える。「立派な旧式のカメラだったから」。ザンは息子が「カンカン」という語を使うのを初めて聞いた。と同時に、もし他に考えることがなければ、いつヴィヴが「ママ」となり、いつザンが「パパ」になるのか、モニターしたい気持ちに駆られる。両親に対する、パーカーの呼び方の例を抽出したい気持ちに。シバはカメラのボタンに攻撃を加える。「やめなさい」と、ザンが言い、カメラを取りあげモリーに返す。「旧式のカメラだよ」と、シバは兄の真似をする。

「幼い頃から持ってるの」と、モリーは言う。「あなたぐらいの歳から」。パーカーはそんな昔にカメラが存在したのか、考えようとする。「幽霊カメラよ」と、モリーは笑いながら言い、シバのほうに身を乗り出す。「おばけー」

「ぜんぜん怖くない」と、四歳児の娘が答える。「でも、幽霊カメラって？」

「それはね」と、モリーはできるだけ謎めいたふうに聞こえるように、ゆっくりと説明を始める。「ときたま、写真を撮って、すぐに現像したとしても、何も映ってないことがあるのよ」

「たぶんそれって」と、パーカーが言う。「壊れたカメラの別名じゃないの」

ザンは息子をじろっと睨む。「今夜、電話するよ」と、モリーに伝える。「明日の日程を決めよう」

「携帯を持ってないのよ」と、モリー。

「もちろん。知ってるよ」

「たぶんウォータールー駅から汽車に乗るんでしょ」

「その通りだよ」

「ホテルに寄ったほうがいい、それともウォータールー駅で待ち合わせる？」

「このうすのろ」と、パーカーがシバを痛罵する。

「大嫌い！」と、シバが応答し、それからモリーのほうにふたたび注意を向ける。ザンはうんざりしたように、モリーに伝える。「十一時にウォータールーで」と。実は、もっと別のことを伝えようとしていたのだ。きっと子供たちはきみのことを好きになるさ、と。


モリーがカートライト・ガーデンズから去っていくとき、シバはその姿をパブの窓から食い入るように見守っている。ザンはモリーが振り返るかどうか待っていたが、彼女があるところで、ほんの一瞬だけ立ち止まり、まっすぐ前方を見据える意志を固めた、と確信する。

彼女は美人だ。重たそうというより、ふっくらとしている。エチオピア人特有の、地球外生物めいた身体的特徴を有している。彼女はシバにちっとも似ていない。シバのほうは、ハンサムな父親に似たらしい。ある奇妙な考えが、ザンの頭の中でますます奇妙に、ますます大きくなっていくのだが、そのとき浮かんでもおかしくはなかった。もし自分と子供たちがパブの外に、娘を見返す彼女を発見していなかったら、もし彼女がどこで自分が生まれたかを話さなかったら、どうなっていただろう、と。「一体、どこなのよ」と、ザンは数週間前にヴィヴがノートパソコンを前にして、感嘆の声をあげるのを聞いたのだった。「チェコスロヴァキア、ポーランド、それともドイツなの？」

生まれてこのかた、ザンは偶然の一致からある種の美学を作りあげていた。部分的には、ここにもあそこにも属さない、これでもあれでもないといったあの若い女性の存在のあり得なさこそが、ザンが考えたり感じたりすることを、単にあり得るというだけでなく、ほとんど必然的だと思わせるのである。まるでそれはザンの一家の最近の傾向に足並みを揃えているというか、シバがやってきてから星たちが悪戯っぽく整列をしているかのようだ。ここ二年間は、まるで宇宙がザンの一家を試金石にかけているかのようだ。ヴィヴをうまく行かない旅に向かわせ、彼女は答えを見つけに行きながら、答えのほうが逆に彼らを捕まえている。だが、何よりも、なんとかして眠りと理性を保とうとするものの、ザンがその両方から何度も遠ざけられてしまうのは、モリーが部屋に入ってきたときに聞こえた音楽のせいだった。シバがロサンジェルスの渓谷の家にやってきたときと同じように、モリーは歌でいっぱいだった。歌のかけらだが、そのほとんどが彼女のものでなく――まるでどの音楽も、誰のものでもないかのように――部屋がラジオ受信器と化して、ちょうどダイアルを局と局のあいだに合わせたかのようだった。一方の局がシバで、もう一方の局がモリーといったように。

ザンの小説の主人公は、まだ名前がない。ほとんど不機嫌に、とはいえ、秘密めかすわけではなかったが、ザンは主人公をXと呼ぶことにする。まるで地図の上の印であるかのように。もし羽根ペンで書いていたら、羊皮紙を傷つけただろう、とザンは想像する。

八十年近く前の一九一九年の春に紛れ込み、ひどく暴行を受けたXは、フランスの港町ル・アーブルからニューヨークに向かう大西洋横断の定期船の小さな客室になんとか乗り込む。唯一の道連れは、ボロボロになったペーパーバックだ。なぜか倒れた彼のそばに落ちていたものだが、少なくとも、その後三年間は発売されないはずの小説だった。

Xが見逃す未来の娯楽がいろいろある――たいていは音楽だが――それでも、彼は喪失感をほとんど感じない。船旅の途中、経度三十三度三分の一あたりで、船の甲板の上をうろつき、九〇年代に偉大な小説家になるという可能性があったとして、それは潰《つい》えたな、といった考えにふけっていると、あるひらめきに襲われるのである。Xはペーパーバックをじっと見つめると、走って客室に戻り、丸窓の前の小さなテーブルの上で、手書きで本を書き写し始めた（そう、間違いなく自分の手で）。船長がタイプライターを貸してくれたとき、Xは計算する。もし一日五ページ分写すことができれば、秋には完成し、それは、その本の刊行より二年以上前のことになるはずだ、と。

もちろん、Xが理解するのにそう時間はかからない。ひとたびこの本を写し終えたら、二十世紀の文学の未来全体が――第一次大戦前の、アルプスの療養所《サナトリウム》の肺結核患者をめぐる大作（＊トマス・マン『魔の山』）から、スペイン市民戦争をめぐる感動的な叙事詩（＊ヘミングウェイ『誰ために鐘は鳴る』）――ゲーリー・クーパーのような破壊工作員が魅惑的なゲリラ隊の美女とセックスする――まで、楽々彼の自由になり、書き換えられるのを待っている。夜に、寝台に横になり、天井を眺めながら、丸窓の外で波が船に打ちよせる音を聞く。私は歴史上の偉人になるのだ。

〈二十一世紀の衰退に直面する文学形式としての小説〉。ザンはロンドン大学のセミナーで講演を始める。「あるいは、歴史から純粋の虚構への進化。少なくとも、そこから始めましょう。小説は、一連の書き換えで生まれました」。ザンの背後には、〈反キリスト〉のロゴが下についた、新大統領をめぐるテレビ報道の画像を引き伸ばしたものが飾られている。大学は三五〇〇ポンドを取り戻したがっているに違いない。ザンは真剣にそう考える。パーカーを除いても、六十から七十名はいる学生たちを見渡す。パーカーにとって、妹と過ごす時間は耐え難く、父親の寝言を聞いているほうがマシだと判断したのだ。教室の外のホールのどこかから、シバのものに違いない悲鳴が聞こえてくる。同じ建物のどこかで、新しい子守りと一緒にいるのだ。パーカーもまた声のする方向に顔を向け、それからザンのほうを見る。息子と父親は目と目を合わせ、息子がにやりと笑う。

一連の書き換え、とザンは言う。「物語を構想した人間の生きた時代より一世紀以上とは言わぬまでも一世紀後に書かれた、たったひとつの物語を基にして。実際に書いたのでない作者たちの名前に従ってタイトルが付けられています。言い換えるならば、ペンネームで——後世の福音書の順に、〈マタイ〉、〈マルコ〉、〈ルカ〉、〈ヨハネ〉といったように」

実のところ、とザンは続けて説明する。オリジナルの物語は、〈マタイ〉ではなく、〈マルコ〉だ、と。「〈マルコ〉が最初に書かれた版であり」と、ザンは言う。「明らかに最も飾り気なくすっきりしている」。主人公の神性について基本的な教義となるものに対して、間接的にしか触れなかった。物語のクライマックスで、主人公は死から生き返るが――「現代小説におけるゾンビ現象の先駆者です」と、ザンは指摘する――それは、後世の版に比べれば、興味を引き起こさない。すなわち、処刑された男の母親が墓場へ行くと、墓石がどけられており、息子の死体が消えているのを発見する。代わりに、そこには見知らぬ他人がいた。「あの人は、その、行ってしまいました」と、他人が言い、謎めいていると同時に、現代的な調子で物語を終える。

歴史家マルコは、あれこれ考えをめぐらすことはなく、事実をできるだけ正確に報告しようとする。そこにマタイがやってきて、たぶんあれこれ考えをめぐらし、マルコの版を書き換える。

そこで、歴史が歴史小説に変化する。いろいろな事実は並べ替えられ、事実が何を意味するのかをめぐっての結論を示唆する。マタイによるこの版は、支持者を引きつけ――これは、SF作家がカルトとなる最後の例ではない――マルコの歴史は、単なる補遺に降格する。マタイによる、より抒情詩的な版は、権威あるものに昇格する。

だからといって、他の競合する版を押しとどめるわけではない。むろん、昔からあるオリジナリティをめぐる口論や、誰が最初で誰があとかをめぐる口論は、いわずもがなだ。

その後、〈ルカ〉がマタイを書き換える。それから、〈ヨハネ〉がそれらすべてを書き換える。「ヨハネの版で」と、ザンは言う。「われわれは、実験小説の出現を目撃します」。より印象主義的で、より語りに関心を持たない、新しい種類の小説で、歴史は後ろに引っ込み、ただの事実が捉えるものより大きな「真実」に身を譲る。主人公は、実際に姿を消す。姿を現すときは、もっとドラマチックな人物になっている。共感や悲しみ、慈悲心で、笑みを浮かべたりしない。「社会の底辺にいる者や、変質者と一緒でも」と、ザンは言う。「愛情や、思いやりの無害な約束で、のたうちまわることはありません。彼はただの主人公ではなく、新たな炎と怒りを持ったヒーローなのです。憎悪と審判の力が新たに目立つ人物になったのです」

会場の聴衆は、ザンのほうを茫然と見つめている。会場から去ったのは、一人か二人にすぎない。パーカーは席でぐったりし、腕を胸の前で組んで、紛れもない退屈していることを示す姿勢をしている。だが、ザンは息子がこっそりと、自分のほうを見ているのを見てとった。

講演のあとで、聞きにきていた学生の何人かが、ザンをキャンパスの外れにあるパブへ誘う。ザンとパーカーはシバと新しい子守りを大学のカフェテリアで見つけ出す。その一角に児童書の棚があり、見事なまでに、幼い娘の気持ちがそこに引きつけられていた。ザンが見たところ、モリーは元気そうでなかった。疲れはてているか、病気なのか。二十四時間たたないうちに、俺たちは彼女を燃え尽き《バーンアウト》させてしまったのだろうか。ただ、気を失っているとき以外で、これほどおとなしいシバを見たことはなかったが。

大学はザンの想像とは違い、ゆるやかな起伏のある塚や、蔦の絡まる丸石の壁からなる古色蒼然たるキャンパスではなかった。むしろ、産業の気配があった。ただし、パブへの道は、磔《はりつけ》にされた緑色の雲よろしく、霞のかかった木々の中にあり、古びた大学の様相だった。シバは借りてきた猫みたいにおとなしく、モリーと手をつないで、あとから付いていく。

数名の者がお喋りする。何人かはザンと。ザンは講演のあとで考える力がほとんど残っていない。パブに着くと、テキーラをワンショット、ぐいっと行きたい気がするが、ウォッカで我慢する。ずうずうしく異国風の要求をして、迷惑をかけたくなかった。「了解」と、J・ウィルキー・ブラウンは言い、奥の部屋の確保したテーブルに、ウォッカを置く。ザンは、ブラウンから講演についての意見を聞く気にならない。三五〇〇ポンド支払われないならば、講演など、どうでもいい。ブラウンが言う。「次は何だい？」

ザンは言う。「ヴィヴがアジスアベバから帰ってくるのを待ってる」と。自分でも驚いたことに、ブラウンに抵当権差し押さえのことを喋りたい衝動を抑えている。「そうだね」と、ブラウン。「あっちの前線から何か報告は？」

ザンは下唇を嚙む。「いいや」

「なるほど」。ブラウンはうなずくだけだ。カウンターのほうで、モリーがパーカーにコーラを、シバにスプライトを買っている姿が見える。パーカーは学生から話しかけられないように心がけているし、シバはいつもの彼女に舞い戻り、あちこちで物に乗っている。「ちょっと手に余ってるかな？」。ブラウンは上機嫌を装う。

「こんなこと、何でもないさ」と、ザン。「イギリス首相の言葉を借りれば、われらが時代では、平和そのものさ。子守りがシバに呪いをかけたみたいなんだ」

「なるほど。で、どうなんだ？」

「子守りかい？」

「アフリカのヴィヴさ」

ザンは、声の聞こえないところにいるシバのほうを見る。「彼女の母親捜しだよ」と、ザンは少女のほうを顎で示しながら、答える。「産みの母を」

「孤児だと思ってたが」

「いいか、ジェイムズ。孤児だって、母親がいるんだ。写真の中の母親じゃないだけさ」

ブラウンが言う。「だけど、いま、この母《ひと》は写真の中にいるんじゃないの？」

「写真の中にいるってのが、問題じゃない」と、ザンは説明する。「どうして写真の中にいないのかっていうのが問題なんだ」

ブラウンは首を振って、肩をすくめる。

「長いこと、シバの母親のことを知ろうと手を尽くしてきた」と、ザンは言い、後ろにいる少女のほうをちらっと見る。「将来、この子が知りたくなるだろう。そのとき、俺たちがそのことで何もしなかったと知ったら、頭にくるに違いない。そうでなくても、あれやこれやで親に対して腹を立てるはずだ。でも、このことに関してだけは、この子には怒る権利がある。二カ月前に、手がかりを知るアジスアベバのジャーナリストを見つけた。彼はあちこち尋ねまわり、ようやくなんというか……、やってきたのは、報告書でさえない、報告書と呼ぶにはあまりに漠然としていて、噂話とかゴシップの類いで……つまり、ヴィヴの雇ったジャーナリストだけど、シバの母親に関してあることが分かりかけてきてね。で、あれやこれやの質問をしてまわった結果、その母親というのが、刑務所に入ったとか、どこかに隠れているとか、その国から出たとか、すでに死んだとか、そんな情報ばかりで」。そう言うと、ザンはモリーの顔を見た。「きみは、何を知ってるんだい――」

「もう一杯どう?」と、ブラウンが口を挟んだ。

ザンは自分が持ち札の一枚を切ったと分かった。「オーケー」と、ザンは言い、ポケットから金を取り出す。

「ばかなことをするな」。ブラウンはそう言うと、立ち上がり、酒を取りにいく。ザンはモリーとシバのほうから目を離さずに、ウェイトレスを呼び、子供にフィッシュ・アンド・チップスを注文する。ブラウンが戻ってくると、ザンは言う。「うちの子供たちは、この国のフィッシュ・アンド・チップスが大好きだよ」

「なるほど」と、ブラウン。

「酒をありがとう」と、ザン。

ブラウン自身は必ずしも議論を必要としないが、ザンが必要だと思って、元気づいたブラウンが切り出す。「もちろん、きみの講義の唯一の欠陥だけど……」。そこで話を止めると、この切り出し文句がどんな反応をもたらすか探りを入れる。ザンは驚いて眉を吊り上げる。ブラウンは話をつづける。「……欠陥だけど、そもそも歴史の存在を前提にしていることだ。そうじゃないかい？　原初の出来事の、イエスとか神とかあれこれで。ほとんど歴史の題材になりそうにないのに？」

「どうして分かる？」と、ザン。

「だけど、神を信じてるっていうつもりじゃないだろ」

ザンは、まるでこれまでそのことを深く考えたことがないかのように、考える振りをする。「百日のうちの五十一日だけ」

「そいつはどんな信仰なんだ」と、ブラウン。

「せいぜい俺にできるくらいの。ほかの誰かがそれを信仰と呼ぼうが呼ぶまいが、俺の知ったことじゃない」

「だけど、どうして信じなくちゃいけないんだ」

「うるさく他人から言われようが言われまいが、それは問題じゃないからだ。むしろ、自分がやっていることだから。つまり、信じているってことが」

「本気か」と、ブラウン。「信仰がある人っていうのは、そうしたいとか、そうする必要があるからそうするんじゃないのか」

「たぶん、多くの人はそうだ。いや、たいていの人は。でも、信仰のない人と変わらない」

「そうする必要がないから信じない。信じる人だってそれと同じだ」

ブラウンは首を横に振る。「ついてけないよ」

「そんなはずはない」。この頃は、誰もが喧嘩をふっかけてくる。そうザンは内心感じる。

「俺が信仰を持たないのは、そうする知的な理由がないからだ」

「でたらめだ」

「昔よりずっと強引になったな。アレクサンダー。ずっとお喋りになった」

「近頃は、誰もがそう言うよ。いつもラジオ局にいるように思っているからかも」

「いや、ウォッカの影響だろ」

「まあね」

「だからと言って、きみの言うことが、いっそう筋が通るようになるとは言えないだろ」

「いいかい。もしきみがこのことで、純粋に論理的になるのならば、不可知論が唯一、論理的な立場となるだろ。無神論者は、一種の狂信者にすぎない。無信仰を狂信的に信じるわけだから。無信仰の狂信は、信仰の狂信となんら違わない」

「だけど、きみは神を信じるのかね」

「百日のうちの五十一日はね……」

「百日のうちの一日を、俺に説明してくれ」

「そんなの誰が知るもんか」

「つまり、きみには答えられない、と」

「いや、それはきみ自身の問題だ、と言いたいんだ」

「完全に心を奪われたよ」

「俺にはそのほうがずっと筋が通るからね」

「神のほうがずっと筋が通るってか？」


ザンは説明する。というか、説明しようと試みるが、ブラウンは説得されないまでも、ザンのために夢中になっている振りをする。「それじゃ」と、片手を小さく動かして。「どうして百日のうちの百日じゃないのだ？」

「それは、俺が北欧の血を引いているからさ」と、ザン。「ものごとを楽しめない気質なんだ」

三杯目のウォッカで、ザンはふとした思いつきを口にする。「ロニー・ジャック・フラワーズだけど」

ブラウンはまた、手を小さく動かす仕草をして。「俺には面識がない」

「昔、知ってたよ」と、ザン。「二十年、二十五年ぐらい前に——」

「大丈夫か?」

「どうして? 大丈夫じゃないみたいに見えるか?」

「もちろん、大丈夫」

「酔っぱらっているように見えるか?」

「いや、そんな。だけど、俺も知ってたのかな? きみと一緒にって意味だけど」

「二十年、二十五年前さ……」

「ロニー・ジョー……」

「ロニー・ジャックだ。黒人で、政治的には極左。六〇年代の過激派闘士さ」

「じゃあ、ブラックパンサーか」

「さあ、どうかな。たぶんそうかも。ともかく、怒り狂った武装闘争だから。ちょっと酔ったみたいだ」。ザンはしばらく頭を抱える。偏頭痛ぎみで、酒を口にしたとたん、頭がずきずきし始めるのだ。「彼と知り合ったとき、八〇年代の誰もがそうだったように、すでに六〇年代の片鱗はなかった」

もちろん、それは八〇年代のありふれた話だ。六〇年代の過激派が主流文化の中でご活躍ってやつだ。ロニー・ジャックは最高の服を好み、最高の車を、最高のステレオ装置を、おいしい料理を、美女を愛して――オシャレな『エスクァイア』誌で、スターリニストとして左翼的な話をして。「左翼だよ」と、ザン。「新左翼じゃなくて。マルクス＝レーニン主義の左翼だよ」。ということは、冷戦構造はまだ終わっていないとはいえ、奇異に映っていた頃の話だ。ロニー・ジャックはソ連に親善旅行に出かけ、そこの国民が、彼の言葉を借りれば、「いい目を見てる」と思えた。ザンも一度か二度訊いてみたが、ロニーの政治理論と生活の実態のあいだに矛盾が露呈したとして、ロニーはこう答えるはずだ。俺の考えじゃ、誰もが最高の服と最高の車と最高のステレオと美女を愛するべきなんだ、と。

ザンとロニー・ジャックは、同じビルに仕事場があった。ザンはある旅行雑誌のライターをしていて、ジャックはある保険会社の広報部に所属していた。二人は、ザンがその頃付き合っていたスターリニストのジェナという女性を通じて知り合いになった。ザンよりもずっと女たらしのロニー・ジャックが、ジェナをどこかで見いだしたわけだ。「ちょっと待った」。ブラウンが口を挟む。「スターリニストと付き合っていたのか？」

ザンに何が語れようか。彼女は熱心なスターリニストだった。茶色の髪、茶色の目、魅力的な笑顔、若いイタリア女優並のボディ。「でも、事実なのか?」と、ブラウン。「彼女がスターリニストだったたっていうのは……」

「ああ、もちろんさ」と、ザンはあざ笑う。「だけど、そのことは俺たちのどちらかが共和党支持者で、相方が民主党支持者であることと、なぜか、それほど違わないことだと納得したんだ。しかも、とりわけ、俺はどちらの支持者でもなかったから、二人は政治のことを話題にしないと思ったんだ。俺が知らなかったのは、もしきみがスターリニストだったら、政治的でないものなど、何ひとつないってことだった。つまり、何もかもが政治的なんだ」。ジェナは、文字通り、党員証を持った本物のメンバーだった。ザンはその党員証を見たことはなかったが。ザンは彼女と寝たくて、会合に出てみたが、誰もが古老で、ゆうに七十歳を越えていた。だから、党がジェナの中に何を見たかは明らかだった。ザンが見たのと同じものを見たのだ。二十代半ばのセクシーな娘が、政治活動に美しく優雅な華を添えてくれる、と。

その後、ザンにとって、国家の被害妄想《パラノイア》を真剣に捉えることが難しくなった。あのような偏屈の古老たちが国を乗っ取るとか、国は一瞬たりとも気を抜かずに奴らの攻撃から身を守らねばならないといった主張は笑止千万に思えた。ただ単に彼らが体力的に弱々しいからだけでなく、彼らの中においてさえ、単一の思想などないからだったた。たとえば、仮にファシズムをめぐるジェナの長広舌の最中に、誰かがスターリンだってヒトラーと協定を結んでいたと指摘したとしても、ジェナは、そんなものはエリート主義のメディアがでっち上げたものだ、と否定したことだろう。それに似たことはいま本国で、ザンがよく耳にすることだ。共通の羅針盤を用いることなく、ある者は、北の記号が国家の陰謀だと言う。事実と情報が怪しい地図の座標で軸の上でさまよい、実際に物事を知っている人々が「コモンセンス（良識）」の敵だと見なされる。やがて、ジェナとのセックスもまったく意味がなくなった。性的な放蕩が、狂信的な左翼にまつわるもうひとつの神話だったからではない。実際のところ、左翼はエロティシズムを退廃というか、宗教と同じように、大衆をだめにする麻薬と見なしていた。彼女はザンの知るなかでいちばんの抑圧された女性だった。

ジェナとの恋愛が終わっても続いたのは、少なくともしばらくのあいだだったが、彼女の愛人とは言わないまでも彼女の同志であるロニー・ジャックとの友情だった。どちらの男もジェナと寝ていないという事実が、二人の絆を強めたのかもしれない。そのうち、ザンが「反抗的態度」と「破壊的な影響をもたらす」という理由で、旅行雑誌の会社を馘《くび》になった。彼が激しやすい人間だと見なされたのは、つい最近までで、それが最後の出来事だった。ザンはそれを自分の最新小説と呼びうるものを完成させるべき予言だと見なした。「最新かっ！」と、ザンは笑った。「こういうと、えらく最近の出来事みたいだな！」。その小説の中で、脇役の人物が登場する。ロニーをモデルにして、ある章で数ページ費やした。ザンは一、二の変更を加えて突き止められないようにしたが、いざ本が出版されると、ロニーが働いている保険会社の社員が読み、広報部にいる黒人が六〇年代に闘士だった過去を持つスターリニストであると結論づけ、ロニーは職を失ったのだった。

ザンはブラウンに申し立てる。「とんでもない確率だろ。そんな出来事があったのは、なにしろブラックパンサーの一件から二十年後の話だ。しかも、あの小説だって、この地球上でたったの百十三人しか読んでいなかった。そのうちの八十七人は、日本かどこかの外国だった。それなのに、読者のひとりが、たまたまロニーの働いている保険会社の上司だったっていうんだ。このことだけでも、連中の陰謀を信じる気になった。そのとき、俺の白人の間抜けな頭で理解できなかったのは、コネチカット州より西の保険業界に黒人の重役が、文字通り存在したということなんだ。もし俺が〝保険〟という言葉を省いていたら、何も起こらなかったかもしれない。あまりにたくさんある細部描写のひとつにすぎない。誰が気にするだろうか。そう俺は考えた。もちろん、それが何よりいちばん間抜けな考えだった。誰かが六〇年代にしたことを、誰がいちいち気にするだろう。以前過激派だった労働者の半数は、いま年金基金を払い込んでいないのだろうか」

ブラウンが言う。「ウォッカをもう一杯、どう？」

「いや、いらない」と、ザン。

「この話は、俺に向けられたものだろ？」

「もはや分からなくなってきた」と、ザンが正直に答える。「でも、まだ話は終わっていないんだ。終わらせてから、考えよう」

「それがいい」と、ブラウンが椅子にすわったまま腰を動かす。

「要点はふたつあって、ひとつはヴィヴに対するもので、たまたまゼマの母親かもしれないし、そうでないかもしれない女性に起こった事柄に関して、彼女がどのような過失を――」

「誰の？」

「――シバの母親に対しては、いわばロニー・ジャック・フラワーズの一件における俺の立場よりずっと取るに足らないってことだ。要するに、ヴィヴは正しいことをするために、できるかぎりのことをする責任があるが、事態のなりゆきに対してすべて責任を取ることはできない。なぜなら、この世界では、ときには正しいことがうまく行くとはかぎらないからだ。もうひとつの要点は、ロニー自身に関することで、有線放送の〝ニュース番組〟で――まあ、このチャンネルをそう呼んでもよければの話だけど――取材を受けているのを見たんだ。俺たちがロンドンに向かい、ヴィヴがエチオピアに向かうときの空港の待合室でね」

ブラウンが言う。「というと、有名人になったわけ?」

「それが」ザンが説明する。「どうも、〈市民の声まとめ役〉ネットワークと呼ばれる団体の副議長だか、共同会長だかになって。その政策はと言えば、かつて極左だったが、いまは極右さ。ここが肝なんだが、見たところ、ロニー自身は何にも変わっていない。彼の見解の、一つひとつの内容は的外れもいいところで。問題は、全体主義的な病理というか狂信の病理、もっと世俗的な表現を使えば、イデオロギーなのだ。なぜなら、狂信者のイデオローグが信じているのは、その狂信的な性質だからだ、厳密な区分をひたすら信奉し、グレーゾーンを壊滅させようと努めているのだ。歴史的であろうがなかろうが、原初の小説――ダマスカスでのパウロの改宗――と同じくらいお馴染みの話なんだ。信者になった完全に不敬な不信心者の話。彼の不敬さだけはちっとも変わらなかった」

「そいつの政策がつねにご都合主義的だったというのは、言うまでもないとか」

「その点は、何とも言えない」

「たぶん、この話は」と、ブラウン。「きみが説明したように――もちろん、俺に向けられたものかもしれないが、俺の狂信というより、きみがなぜそれ以来小説を書かなかったかを語っているんじゃないか」

「参った」と、ザン。空のウォッカのグラスを掲げて。「もしこれが空っぽじゃなかったら、きみのために飲み干すところだ」

「もう一杯おごるって言ったはずだよ」と、ブラウン。「おそらくいまきみが書いている小説というのが」と、言葉を続けながら、フィッシュ・アンド・チップスをむさぼり食っているザンの娘のほうを指さす。「黒人の娘を育てる白人の男の話で、と同時に、黒人がその国の大統領であるという……」

ザンはショックを受ける。「もちろん、そうじゃない」

「どうして?」

「人種問題には、白人にはぜったいに理解できない領域があるからだ。そんな本を書こうとしても、白人作家には、洞察や知恵は言うまでもなく、倫理的な権威がない。きみたちイギリス人の表現を借りれば、バカ言ってんじゃないよってことさ」

彼らは、ロンドンへ帰る最終の急行に間に合うように駅に着く。ホームで二人は握手を交わす。ブラウンは、パーカーが先に乗り込み、子守りがシバを列車に連れ込む姿を見守る。「うまく行ってるみたいだね」と、ブラウンがコメントを加える。

「まあね」と、ザンが答える。「あの四歳の小さい頭脳のどこかで、俺たちもまた彼女を売り飛ばすんじゃないか、と考えているはずだ。だから、すべての行為が、一種の試金石なんだ。俺たちにそんなことができるかどうかためすための――」

「ああ」と、ブラウン。「分かるよ。つまり、子守りだけど、名前はなんて?」

「モリーだよ」

「モリーか。アフリカ人にしては妙な名前だな。確か、そうじゃなかったっけ、アフリカ人じゃ。子供の面倒を見る契約を結んだんじゃないの?」

「それが不思議なんだ」と、ザンが言う。列車が動き出す。「実際に彼女の姿を見たんだ。俺たちの部屋にやってくる前の日の午後に。……パブで……待ってるときに……奇妙な仕方で」

「どうして?」。ブラウンが言う。列車に置いていかれないように歩きながら。

「契約を結んだ? きみが手配してくれたんじゃないのか?」

「ああ」と、ブラウンが言う。列車はスピードをあげ、彼をホームに置き去りにする。

「そうしようとしたけど……」

「きみが全部手配してくれたとばっかり」と、ザンは列車から大きな声で言った。

「ゆっくり休めよ」と、ブラウンが手を振りながら、大声で答える。「もしヴィヴから連絡があったら、俺からもよろしく」

ブラウンはもし、と言ったのか？　列車の轟音のせいで、ザンは耳を澄ませてその言葉のエコーを聞かねばならない。ひょっとして、ただ連絡があったとき、と言っただけかもしれない。どっちなんだろうか。座席に着いて数分後に、モリーが言う。「そうじゃないの。手配をしたのは、ミセス・ノルドックよ。分かってると思ってた」モリーの座席には小さなポータブル・ラジオが置いてあり、スピーカーから途切れ途切れに音楽が流れてくる。モリーがラジオをシバの頭の近くに持っていくと、音はずっと鮮明になった。面白がって、パーカーは、妹がトランジスタ・ラジオに対して及ぼした影響というより、いまは廃れた機械そのものに目を向ける。「そのラジオ、あんたのカメラと同じくらい古臭く見える」と、パーカーはつぶやき、やがて列車のかすかな揺れに身を任せてぐったりとなる。

ザンは子守りに向かって言う。「ヴィヴが手配したって？」。シバの目蓋が閉じて、いまにも眠りそうだ。「寝かせちゃだめだ」と、パーカーがモリーに言う。「パーカー」と、ザンは少年の偉そうな口ぶりを注意しながらも、女性に向かって言う。「たぶんパーカーの言う通りかもしれない。三十分も寝ると、あとは一晩中起きていることになるから。まだ子供たちは時差ぼけが治っていないんだ」。そこでモリーはラジオをつけて、シバの目をしばたたかせる。つまみを動かし、あちこち局を探し、ようやく歌の局を見つける。シバの頭がぴくっと動く。「すげっ、マジかよ？」と、半分眠りかけながらパーカーが言う。シバはモリーの顔を見て、微笑む。俺たちだって、一日だけはヒーローになれる（＊デヴィッド・ボウイ「ヒーローズ」の歌詞）。

「この歌、大好き！」と、シバ。

「分かってる」と、モリーが微笑み返す。

分かってるって？　とザンはふと思う。「ヴィヴから聞いたのかい？」

「まあ、なんていうか」。子守りは歌を聴きながら、言葉を探しているようだ。「直接じゃないけど。友達からね。アジスアベバの友達の友達から」。そう言うと、シバと一緒に小声でその歌を歌い、列車の窓の外を眺める。

「いつ？」と、ザン。

「数日前よ。たぶん」と、モリー。「いや、それよりずっと前のはずよ。たぶん一週間以上前かな？」

「友達の友達？　その人に連絡しても構わないかい？」

「でも、難しいわよ」と、モリーはうなずく。「携帯サーヴィスは貧弱だし、Eメールだって……」と言うと、再び窓の外に目を向ける。

「というのも、何日もヴィヴとは音信不通なんだ」

「絶対に大丈夫よ」と、モリーは答える。「彼女がアジスアベバに留まるかぎりは」

ザンはこれまで偶然の出来事をもっともらしい物語に仕立ててきたような気がするが、今度のモリーの登場は、ずっと説得力があるように思われる。もっとも、これまでのことよりずっと説明がつく出来事であるが。あの日の午後にパブの外にモリーの姿を目撃したが、もしそれより先にEメールでヴィヴに子守りが必要であることを伝えていたとしたら、さらに説得力が増したことだろう。その場合、ちょっとこじつけめいているが、あるシナリオが思い浮かぶ。ただ、すべての出来事がこじつけめいているのだが。そのシナリオによれば、若いロンドンの娘が──幼い黒人の少女を含む二人の子供を連れた白人の外国人の状況に反応して──たまたまパブの前を通りかかり、彼らの姿に気づいたというものだ。だが、いずれにしろ、ヴィヴが手紙か何かを書かなかったのだろうか。ひょっとして、モリーがほのめかしたように、ヴィヴがエチオピアにいる誰かに何かを言い、その人が、へえ、私はロンドンに知り合いの女性がいるわ、とか言い、その後、ヴィヴはあれこれ忙しさにかまけてそのことを忘れてしまったとか。ザンがヴィヴに何度も注意するように、よくヴィヴは彼に何かを伝えたと勘ちがいする。実際には伝えていないのに。

もしザンのような感性の持ち主でなかったら、モリーの謎めいたところや、その謎めいたところが醸しだすあらゆる謎に完全に苛立ち、この女性は取り憑かれていると思ったことだろう。彼の感性のほうはと言えば、モリーとシバの体が共に発する電波と同様に、確実に研ぎすまされてきていた。というか、彼女は取り憑かれている以上に、ある秘密の焼き印を入れられている。彼女と秘密のあいだにあるあらゆるものが、彼女の身のまわりで起こることがすべて曖昧なのだ。モリーがシバのところにやってきたのは、この秘密を試して伝えるとか、この秘密を試して結論を導くためなのか。ザンが知る手だては何もない。だが、このことは、彼女にまつわることでザンが偶然ではないと知っている唯だひとつのことだ。他の推測の中で、最も重要なことは、すべてを考慮に入れると、モリーの秘密は解き明かされるべきものか、永遠に謎にしておくべきものかのどちらかだ、ということだ。

ホテルにたどり着くと、シバを部屋まで連れてあがり、大きなほうのベッドに寝かせる。パーカーはしばらく父親の小型パソコンでネットサーフィンする。シバは兄が

「ゾンビ眠り」と呼ぶように、目を半分開けて眠っている。この子が受信する遠くの音楽が眠っている体から、まるで夏の歩道から立ちのぼる湯気のように聞こえてくる。シバの目にかかった髪の毛を払ってやりながら、ザンはこの子の髪を切ってもらうためにロンドンで美容院を見つけるとヴィヴに約束したことを思い出す。おかげで、Ｅメールをチェックすることも思い出す。この長い一日のあとで、きっとヴィヴからメッセージが届いているに違いない。そう思ったが、彼女からのメールはなく、それだけにショックはひとしおだった。

ザンは目をパソコンから眠っているシバのほうに移すが、きょうはずっとモリーと一緒でずいぶんと違った様子だったと感じる。それまで見たこともない人や物事にも興味を示したりして。二時間後、ザンは自分が眠っていたことにも気づかずにいたが、ふとすすり泣く声に目を覚ました。

シバは、ベッドの彼のそばにいない。泣き声は、ドアの閉まったバスルームの中から聞こえてくる。

ザンは暗がりの中でベッドから起きあがると、パーカーのほうを見やり、バスルームまで歩いていく。ドアはロックされている。「シバ」と、ドアの向こうに呼びかける。

「あっちへ行ってよ」と小さな声がする。

「シバ」

「ひとりにしておいてよ」

「どうかしたのか？」

「ひとりにしておいて」

「どうした？」

「だから、ひとりにしておいて」

「シバ、ドアを開けなさい」

一瞬、放っておこうかと思うが、思い直して言う。「シバ。悪い夢でも見たのかい？」

彼女はただ泣くだけだ。

「シバ？」

「そうじゃない」

「悪い夢を見たの？」

「そうじゃない」

「中にいれてくれ」

ドアのロックが外される音がする。

シバはバスルームの床にすわっている。ザンはいまだに意識が働いていず、頭の中はウォッカやヴィヴ、モリー、J・ウィルキー・ブラウンでいっぱいで、遅ればせながら、これは、新しい事態だと気づく。四歳児がバスルームの床にすわって泣いているのは、誰かに注目してほしいからではない。大人が、誰にも知られたくなくてするような、秘密の泣き方だ。シバは顔をあげて。「あたしのこと、パーカーと同じように愛していないんだ」と、はっきりした声で言う。

「シバ」と、ザン。

「それは、無理よね」。それは非難ですらなかった。もっとうれしくないもの、少女が発見と見なす類いのものだった。

「それは違う」と、ザン。

「どうしたって無理だよ」。シバは同じ言葉をくりかえす。まるでそのことを認めるように彼に頼んでいるかのように。

「それは違う」と、ザンは力強く答え、幼児を抱き起こそうと体を屈める。

一瞬、抱きかかえたと思いきや、シバが暴れだし、ザンを手で押しやる。「違わない！　違わない！　おめでとう、パーカー！」。寝室の暗闇に向かって大声をあげる。「ブラボー！　あんたはあたしよりずっと愛されてるわ！　みんな、いったいどうしたって言うの？　どうしてエチオピアからあたしを連れてきたのよ？」と、彼女は叫ぶが、とても四歳児とは思えないような口ぶりだ。「もしあたしのこと、パーカーと同じくらい愛せないなら？　自分の生まれたエチオピアに帰りたい。あたしに意地悪ばかり働く、出来合いの家族と一緒じゃなくて。この先ずっとエチオピアで暮らしたい。どうして色の白い子供を養子にしなかったのよ。これはあたしの本当の家族じゃない。あたしがママのお腹にいたこともないし！　あたしに何をしてもらいたいの？　あんたなんか、嫌いよ！　あたしのことなんか、どうでもいいくせに！　ママがどうしてエチオピアに戻ったのか、知ってるわ。別の子とあたしを交換するためよ。色の白いうすのろと！　あたしに何をしろって言うの？　あんたを傷つけるわよ、ヤングマン！」と、彼女は脅す。「あたしにこうしなさい、ああしなさいって命令するのはやめて！　あたしはプロよ。車の中に置き去りにしたでしょ！　命令するのはやめて……」。くたくたに疲れきって、「ごめんさい」と、シバはすすり泣く。「パパ、ごめん」と、泣きすがる。「あたし、まだ四つよ。パーカーみたいに十二歳じゃない。無理して、強いこと言ったわ……あたし……」。彼女はまるでどこか、いまいる世界でないところから、ある時代を超越したところから、話しているかのようだった。四歳児がそういうふうに自分を見られるとはザンも知らなかったが、しっかり自分自身を見つめて、ザンや他の大人がするような話し方で自分自身のことを話すのだった。「ごめんなさい」と、シバはすすり泣く。「パパ……」

ザンはシバを抱き起こすが、空港から自宅に連れ帰って、車の後部席から抱き起こしたときよりもずっと断固とした態度だった。「シー、シー、よく聴きなさい」と言い、娘を自分の胸にぐいっと抱き寄せると、娘も両手で彼の首を抱きしめる。「よく聴きなさい。いいかい?」

押し殺した声が肩ごしにする。

「パパは愛している。お前は私の子供だ。お前もパーカーも、まったく同じように愛している。ママもお前とパーカーを、まったく同じように愛している。お前は家族の一員だ。これからも、ずっと。そのことは、絶対に、永遠に変わらない」

「約束する?」。肩ごしに押し殺した声。

「約束するよ。お前が何と言おうが、何をしようが、絶対に永遠に変わらない。お前が望もうが望むまいが、ずっとこの家族と一緒だ」と、ザンは宣言する。

「エチオピアのパパはどうなるの?」。彼の胸から顔をあげながら。

「お前のパパさ。私も同じ」

「パパが二人？」

「そうだ」

「ごめん」。ふたたび泣き出す。

「シー。謝ることなんて何もない」

　ベッドから体を起こして、パーカーが二人を見守っている。「うるさいよ」

「あなたこそお黙り、パーカー！」と、シバがザンの肩越しに怒鳴る。

「パーカー、眠りなさい」と、ザン。

　パーカーは頭から枕に倒れて。「誰が眠れるって」

　シバはすぐにもう一つのベッドで鼾《いびき》をかき始める。パーカーは妹の眠りに関してよこしまな興味を抱いているので、抗議のうめき声をあげることはない。その代わりに、ベッドから起きあがり、父親のノートパソコンを持ってこようとする。「何をやってるんだ？」と、ザンが訊く。

「寝ているところを動画で撮っときたいんだ」と、息子。「自分じゃ絶対に鼾をかかないっていってるし。ゾンビの目で寝ているし。あれを見ると、背中がぞくぞくするけど、動画で撮ったら、超イケてると思うんだ」

「ベッドに戻りなさい」と、ザン。しばらく父親と息子は娘の寝姿を見守り、聞き耳を立てる。ザンはパーカーの顔を見る。ためらいがちに、夜の静けさの中で、この機会を捉えて、ザンが口火を切る。「あのな、パーカー、聴いてくれるか……」

「なんだよ、オヤジ。これからトークショーをやろうっていうんじゃないよね」と、息子は言い、枕の下に撤退してしまう。

彼らはヴィヴを待つ。ザンにとって明らかなのは、何か悪いことが起こっているように思えることだ。携帯電話は、エチオピアの誰にも通じない。まるであの国は時の始まりから、自身の時間の中に閉じこもっているかのようだ。ヴィヴに関してモリーの持っていた情報はどれも、モリーの残りの部分と同様に、いっそう曖昧になるばかりだった。モリー自身もいっそう力なく遠い存在になる。

大騒ぎを起こした真夜中の翌朝に、シバは落ち着いて父親に説明する。「恐怖を外に出さなきゃいけないの。恐怖が中に入ってくるから」と、彼女は深く息を吸い込む。「外に出さないと」

ザンはモリーを馘にしようかと悩む。だが、シバの世話をしてくれる子守りが必要だという事実のほかに、たとえ嘘くさくても、ヴィヴと最近コンタクトを取ったと主張する唯一の人間を蔑にする気にはなれない。そのうえ、シバはモリーにますます興味を抱いているようだ――たぶん、アイデンティティをめぐって、やがてやってくる衝突の徴候。幼い娘が白人家庭の中で自らの肌の色を意識するようになるにつれて、そうした興味こそは、より大きな場所換えが孤児にもたらす機能なのか、それとも、孤児であることを含めて、人種間の移動ほど大きな場所換えはほかにないということなのか。

ザンは、解くことはおろか、名付けることもできない謎の虜になった気がする。秘密のニュアンスもあまりに謎で、それらが秘密であることすら分からない。担保について銀行に電話することは、本国でも難しいことだったが、いまは不可能に近い。とりわけ、絶えず子供たちがそばにいて、話を聞かれる状態では。金が減りつづける。大学から彼の銀行口座に振り込まれた三五〇〇ポンドは、すでにロンドンまでの往復チケット三枚と、ヴィヴのアジスアベバ行きの航空代金で使い果たした。いまのところホテル代をまかなうには、唯一残っている一枚のクレジットカードでは不十分だ。ザンは、三人で真夜中に夜逃げする姿を思い浮かべる。窓から道路にスーツケースを投げて、フロントの前を忍び足で通るさいにも、子供たちを静かにさせたりして。

ザンは、子供たちとモリーをロンドン郊外のハンプトン・コートへと連れていく。

そのあたりで、テムズ川が南西へと向きを変える。ザンの講義のために乗ったときと同じ路線で、ウォータールー駅を出た列車が大学を過ぎて、さらに二十分のところだ。道中、子守りの受信機が少女の大好きな歌手の曲をかける。ジャスミン、あなたが覗き見しているのを見たわ。パーカーが座席から立ちあがり、反対側の席に移動する。

ハンプトン・コート駅で降りると、四人は道路沿いのパブでランチをとる。パーカーは首からぶら下げた緑色の小型ミュージックプレーヤーのヘッドフォンに耳を傾ける。シバはモリーの旧式のカメラをいじる。一行は、宮殿へとつづく小さな赤い橋を渡る。彼らがロンドンに来て以来つづいていた珍しい好天も、とうとう慣例に従い終わりを告げ、宮殿の明るい陽光の赤や波打つような芝地の緑も、空を覆う暗雲とぶつかり合う。

ザンが予想していたように、子供たちの宮殿への興味は大きくない。薬やギロチンで処刑された気まぐれな聖職者たちやいろいろな王妃たち、あるいは出産で亡くなった者もあるかもしれないが、それらの幽霊がいまだに棲んでいるという話は、パーカーやシバを動揺させるか、ザンにも答えられない質問を子供たちにさせるだけだ。正直なところ、ザン自身の興味もそれほどではなく、ただ気晴らしに楽しんでいるだけだ。ともかく、父、息子、娘、子守りの四人は、屋敷を抜けて、明るい木立の向こうに、有名な三百年前の迷路が青黒い空に屹立している野外へと向かう。ザンが同じく予想していたように、パーカーとシバは迷路にずっと大きな興味を示す。空は、いまにも崩れそうだ。「雨が降りだすぞ」と、ザンは言う。まるで子供たちもその言葉を適切だと思ってくれるかのように。だが、子供たちは子守りを従えて迷路の中へ一目散に駆けていく。「迷子になるなよ」と、父親は馬鹿げたアドバイスをする。

誰もその中では迷子になったりしない。二十分後に、パーカーが最初に姿を現し、それからモリーがシバを連れずに現れると、ザンは迷路の入口でそう自分に言い聞かせる。

モリーはパーカーの顔を見て、パーカーはモリーの顔を見返す。モリーは怯えたようにザンの顔を見る。「あなたと一緒だと思ってた」と、モリーは少年に言う。

「あんたと一緒だっただろ」と、パーカー。

「わざと迷子にさせたね！」と、モリー。

「よせ」と、ザン。

「そんなわけない！」と、少年が叫ぶ。「あんたと一緒だった！」

遠く迷路の中央あたりから、小さく遥かな歌声が聞こえてくる。ジャスミン、あなたが覗き見しているのを見たわ。ザンは怒り心頭に発しているが、そんな場合ではない。できるかぎり気持ちを落ち着かせて、パーカーとモリーに言う。「いいか、迷路に戻って、彼女を見つけ出すんだ。片手で同じ壁に触れたまま進むんだ。そうすれば、迷わずに出口に出てこられる」。いまザンの耳には、聞こえる気がする。これから何年も彼を問いつめる娘の声が。あたしを迷路に置き去りにしたのね！　二人の後を追いかけているあいだも、シバの歌声が垣根を通り抜けて聞こえてくる。

三人が迷路の中を行ったり来たりしていると、「ねえ、みんなどこにいるのよ！」という声がはっきりと聞こえてくる。まるですぐ近くにいるかのように、その声が葉を揺らす。それから、不安な声で、「ねえ？」

「シバ！」と、ザンが呼びかける。

「モリー！」と、少女が答える。

「シバ！」と、ザン。

「モリー！」。シバの声は移動しているように聞こえてくる。だが、迷路の中でザンも移動しているので、よく分からない。「シバ」と、ザンが声をかける。「一カ所に留まっているんだ！　そっちに行くから！」

耳に聞こえる。

「モリー！」と、泣き声に変わる。「一カ所にいなさい。シバ！」と、ザン。「パパだよ」「モリー！」と、泣きながら、子守りの名を呼びつづける。ザンには、垣根がいっそう高く密度が濃くなっているように思える。「ゼマ！」と、モリーが呼ぶ声がザンの耳に聞こえる。

ザンは立ち止まる。モリーがそんなふうに少女の名前を呼んだのは初めてだった。モリーの前でその名前を使ったことがあるかどうか、考えてみる。「シバ」と、ザンは再び呼ぶ。「答えなさい！　パパに答えなさい！」「モリー！」と、少女が叫ぶ。「モリー、モリー、モリー！」

彼が最後の角をまがると、シバの姿が通路の真ん中あたりに見えたが、ちょうど向こうの角から子守りも姿を現し、シバはそちらに駆け寄る。果たして少女は子守りを見つける前に父親の姿を見たのだろうか？　父親のほうをほんの少しでも先に見ていたら、父親のほうに駆け寄ってきただろうか？　シバはモリーの腕の中に飛び込み、モリーは少女を抱きしめながら、顔を上げザンのほうを見る。怯えた顔つきになり、「ごめんなさい！」という謝罪の言葉が口をついて出る。「そんな……あたしを先に見ただけなの！　怖がっていたから！　見失いたくないだけだった。パーカーと一緒だと思っていたの。パーカーに言うべきじゃなかった。おねがい……」。ザンの背後からパーカーの足音が聞こえてきて、転げるように現場に到着する。

おねがい……？　それは、彼女の心をつなぎ止めていた仕事を失うこと、それとも、それ以上の意味を持っているのか。「彼女は大丈夫そうだ」と、ザンはうつろな声で言う。「それだけが重要なことだ」。少女は、モリーに言う。「楽にしてよ。みんな」。その二人を見守りながら、ザンは後ずさりし、二人が後からついてくると信じて、出口のほうへ向かう。

ハンプトンからロンドンへ帰る列車の中で、モリーは畏怖にとらわれて窓の外をじっと見ている。密かに抱いていた何らかの予言が当たったみたいだった。ほとんど無意識にシバをきつく抱き寄せるので、通常は他人に自分の体をぴったりくっつけてくるシバも、体を引き離そうとする。

大学で講義をした五日後に、ザンはJ・ウィルキー・ブラウンとレスター・スクウエアのパブで落ち合う。「きょうは」と、ザンより遅れてきたブラウンが訊く。「子供たちは？」

「モリーと一緒だ」と、ザン。「お呼び立てして、すまない」

「いいんだ。イギリス人の名前を持ったアフリカ人のご婦人だったね」

「ジェイムズ……」

「飲み物は?」

「いや、いらない」

「じゃ、こちらはビールをもらうよ」と、ブラウンは言い、バーのほうに合図を送る。

「ジェイムズ、訊くけど」と、ザン。「きみは、お膳立てに関与していないよな?」

「お膳立て?」

「子守りのことだ」

「すまん」と、彼は認める。「面倒見るって約束はしたけど――」

「それはいいんだ」と、ザン。「じゃ、どこからあの女性はやってきたんだろう」

「どこかから聞いてきたんじゃ……」と、ブラウンは耳の裏を掻きながら考えをめぐらし、肩をすくめる。「分からん」。そのことがそれほど興味深い問題であるようにも思えず、どうしてザンがそのことにこだわるのか分かりもしない。

ザンはパブの窓の外を指さす。「ロンドンに着いて二日目に」と、ザンが言う。「それとも、三日目だったか覚えていないけど……きみに会う前、ヴィヴが姿をくらます前に、俺は子供たちとこの席にすわっていたんだ。シバはあの窓の向こうの、通りを挟んだ向かい側にいる誰かを見ていて——つまり、それがモリーで、こっちを見ていた。その翌日か翌々日に、彼女がホテルにやってきて言うわけだ。ほら、わたしが子守りよ、ってね」

「そいつは、おかしな話だね」と、ブラウン。

ほんとか、お前は本当にそう思うのか？　ザンはテーブルの向こうに手を伸ばして、ブラウンの上着の襟の折り返しをつかみたい心境だ。イギリス人の自信のなさに、ザンはかりかりする。「モリーによれば」と、ザンは話をつづける。「われわれが子守りを必要としているのは、ヴィヴから聞いたらしい。だが、ヴィヴからはまったく連絡がない。何にも。Eメールも電話も。エチオピアの誰にもつながらない……」

「ヴィヴは立ち直るのが早い女性だ」と、ブラウン。

「そう言うのは、やめてくれないか」と、ザンは自分の声が大きくなるのが分かる。

「彼女の立ち直りが早いのは分かっている。それと、シバの母親のことで、何かに駆り立てられているのも、今回のことで、彼女が精神的な危機に陥っているのも、みんな分かっている——」

「彼女がこんなことすべてに責任を取ることなど、ほとんど無理だ——」

「そりゃそうさ……」

「だろ。ロニー・ジョーが……」

「ロニー・ジャック・フラワーズだ……全部分かっているさ。きみと俺がどんな考えを持ってるかは重要じゃない。重要なのは、ヴィヴがそのことをどう感じているか、シバの母親かもしれない人を見つけるか、その人に手を貸すために、どれくらい自分がやらなければならないと感じているかなんだ——で、ヴィヴがシバの母親を探しに出かけ、突然音信不通になると、すぐにモリーが姿を現したんだ」

ブラウンが顔をしかめる。「最後の部分がよく分からない」

「どうでもいいんだ」と、ザンは首を振る。モリーが出現して以来、自分の頭に去来する奇妙な考えを説明する気にならない。「いま大事なのは、ヴィヴを見つけ出すことだ」

「もちろん」

「それまで、われわれはロンドンから離れられない」。それに、われわれは金もない。しかも、家を失うかもしれない。だが、そのことを説明するのもやめておく。

ブラウンが応じる。「誰に相談したらいいか、考えてみるよ」

ようやくまともなことを言ったな。そうザンは思う。

その夜、子供たちが二人とも寝てしまってから、ザンは不眠症に身を任せ、テレビをつける。音量を下げているので、何を言っているのか分からないが、ＢＢＣは新しい大統領を職務に就く前から、陰気な男だと捉えているようだ。それは五〇〇〇マイルも離れたところから目撃する奇妙な映像だが、ザンには、あの飛行機の中の女性から、テキサスのアナーキストの友人まで、多くの人々がその報道にきっと満足を覚えているはずだと思う。彼自身としては、ほかの連中が耐え難いと思う新大統領に慰めを見いだしている。新しい大統領は、自分自身に対する政治感覚を持っていないだけで、歴史感覚は持っている。彼にとって、選挙は大したことじゃない。彼が求めているのは歴史的な偉業だ。歴史の観点からすると、彼が誇大妄想狂であるかないか――もちろん、それは大いにあり得ることだが――はひとえに、彼が成功するかどうか次第だ。

ザンの記憶では、大統領のアイデンティティが政治的な論点になったことはなかった。二十五年前に、大衆の大部分は、その当時の大統領の出生地がアイルランドであるかどうか、騒いだりしなかった。今度の大統領の場合、人種が政治的なアイデンティティとなっている。二つは切り離せないものだ。誰かが指摘しているように、もし彼の人種的アイデンティティがでっち上げだとすれば、もし彼が自己流で――たとえまったく政治的な目的であっても――いかに黒くなるかを、いかに黒人らしく振る舞うかを学び、その後、ちょっとだけ白人らしく振る舞うことを学んだとして、そのことで、彼のアイデンティティがほかの人よりずっと作りものだと言えるのだろうか。誰もが多かれ少なかれ自分のアイデンティティを選び取っているのではないのか。それとも、人種は本物らしさを決める分水嶺なのか。

ザンはもっと若いころに、自分の国について考え始め、それだけの理由で、人種のことを考え始めた。奴隷制について考えることなしに、自分の国を理解することは不可能だと知り、人種のことを考えることなしに、奴隷制を理解することは不可能だと知った。いかにアフリカの人たちが唯一、自分たちの選択でなくアメリカにやってきたのか、思い至った。アフリカ人たちは強制されてやってきて、ひとたびやってくると、留まることを選んだ。だとすると、この国を認めない数多くの理由を前にして、ともかくこの国を承認したということによって、彼らもこの国の気高い理念の持ち主となるのだろうか？　もしこの国が単なる場所というより、ある種の理念であるとすれば、強制された人々も真の居住者なのだろうか？　いかにこの国の彼らに対する約束が、与えられる前に、破られていようとも。

ブラウンが電話をしてきたとき、こちらを安心させるはずの彼の迅速な対応がかえって怪しく感じられた。なぜかザンでさえ理不尽に思ったのだ。ザンの頭には、彼自身のパラノイアでさえ、無理なこじつけだと感じる、生焼けの〈陰謀理論〉が去来した。「いいかい」と、ブラウンが言う。「明日、ロンドン駐在のエチオピア大使と会わせてやるよ。もし誰かがこの問題を解決できるとして、きっとこの大使がやってくれるよ」。ザンにとって、「もし」と「きっと」の二語は明らかに釣り合わないように思える。

ずっと後になって、ザンは、翌日パーカーがモリーやシバと一緒にいるより、父親と大使館に行くほうがいいと主張したとき、いかに運命の力が働いているかを感じる。「一緒に行きたいんだ」と、息子は否定することを許さぬ、新たに獲得した思春期特有の態度で主張する。

「どうしてパーカーが行くの？」と、シバが尋ねるが、ザンはいかに彼女の抗議がうわべだけのものであるかに打たれる。「きっときみは」と、ザンは答える。「モリーと一緒のほうがいいだろ」

「ねんねは、留守番だ」と、パーカー。

「やめなさい」と、ザンは息子を叱るが、娘は、珍しく父親の言うことを聞いて、子守りの手をつかんでいた。

ハンプトン・コートの迷路での一件があってから、モリーの応対は、温かさとクールさのあいだを揺れ動いていた。シバに対する口調が打ち解けたものになるにつれて、ザンに対する口調はぶっきらぼうになった。珍しく温かく応対してくれた朝のことだが、彼女はとてもか弱く見えた。色っぽさがなくなり、まるで体重が五キロも減ったかのような顔つきになり、肌の色も薄れ、砂の色というか、灰燼《かいじん》のような色になる。ザンと子供たちが、レスター・スクウェアのパブの外の通りでこちらを見返すモリーの姿を見て以来、彼女の体は小さくなりつづけた。通りをやってくる彼女は疲れ果てていた。

明らかなことは、最初に現れた日に、ホテルの部屋を満たしたモリーの音楽は弱まり、ときどき切れ切れに聞こえてくるだけだった。「大丈夫?」と、ザンが訊く。「大丈夫よ」と、モリーが答える。シバの頬を指で撫でる。「パーカーと一緒にエチオピア大使館に行こうと思っているんだ。どこにあるか、知ってるだろ?」

「あたしが知ってるわけないじゃないの」と、モリー。俺は彼女を傷つけるようなことを言ったかな、とザンは考える。「ケンジントン・ロードにあるみたいなんだ」と、ザンは言葉を続ける。「ハイドパークの向かい側。ナイツブリッジよりちょっと西のあたり。あの辺でシバを遊ばせるものがあるかどうか分からないけど、後で、ハイドパークで会おうか。それとも、きみがシバと散歩したければ、俺たちが最初にきみの姿を見たあのパブで、何かを食べるか、子供たちに飲み物を買うかしようか。きっとそのころ、パーカーは腹を空かせていることだろうから」

モリーが訊く。「どこのパブ?」

「レスター・スクウェアから少し外れたところの――」

「どこだか分からないわ」

「知ってるはずだよ」。あの日の午後、あの場所で出会った一件について、実際に二人で話し合ったことがあったのか。それとも、彼の頭の中だけで行なわれた会話、あまりに鮮明だが、口にされたことはない会話だったのか。「きみはあそこにいたはずだ」と、執拗に食い下がる。「まあ、パブの中じゃなくて、外かもしれないけど」

「そんな店は知らない」と、モリーは固く否定する。

ザンは次第に意地っ張りになり。「じゃ、そこで会おう。公園の向かいで」

「公園って、大きいのに」

「大使館は、ケンジントンとエキシビション・ロードのぶつかるあたりだ」

実際、大使館はプリンセス・ゲートと呼ばれる脇道にある。ザンは、映画で見る領事館の印象から、大きな庭とか、警備員がいたるところにいる光景を想像していたが、エチオピア大使館はひとつの建物すら占めていなかった。真ん中の階にあって、不躾というより、安全に見えるように配慮してある、警備員つきの入口が一つあるだけだった。

ロビーにある展示ケースには、よくある工芸品ではなく、いろいろな種類のコーヒーが飾られている。パーカーは、武器や縮んだ頭部、ピグミー族の毒のついた弓矢などを見たいと思っていた。「エチオピアには、ピグミー族も縮んだ頭もないよ」

ザンは、これも映画からの連想で、大使がフォーマルな格好で、上着にネクタイ、カフスの宝石がきらきら袖の下から覗いている姿をイメージしていた。だが、実際は、カーディガンを着て、袖をまくりあげている。もしこれがロサンジェルスだったら、Tシャツ姿だろうな、とザンは思う。

大使は熱心に耳を傾けてくれる。ザンは、横目でパーカーのほうを見て、事態を大げさにして、息子を怯えさせないように心を配るが、一方で、緊急を要することであることが伝わるような口調で話す。ザンは感動するが、大使は事情を飲み込み、この道の専門家として、落ち着いて、過度とはいえない関心を払う。だからこそ、大使なのだ、とザンは悟る。「お分かりのように」と、大使は共感を込めて言う。「わが国は、いまだにテクノロジーの発達の余地があります。ですから、たとえば、ときどきインターネットが何日もダウンします。携帯電話もです……」と言い、肩をすくめる。

「ですから、音沙汰がないのは、異常なことではないのです」

「こちらは心配せざるを得ないのです」

「そのとおりです。こちらで、いろいろと電話をかけて、問い合わせてみます」

「ありがとうございます」

「まず手始めに、ミセス・ノルドックがお泊まりになったホテルに問い合わせてみます。それから、娘さんのご実家にも。ご親族のお名前はなんと? もしご存じでなければ、こちらで調べます」

ザンは、シバの叔母、祖母、父親の名前が書いてあるリストを手渡す。手渡すまでに、ザンは頭の中で、シバの父親の名前を教えるべきかどうか、悩んだ。「私が望むのは、というか、妻もきっとそう思っているはずですが、シバの家族に迷惑をかけたくない、ということなのです……。ゼマの父とその家族にです。たぶん、ヴィヴが取り乱したのは、娘の産みの母親を見つけ出して、手助けをしようとしたことが何か問題を起こしたんじゃないか、と思ったからなのです」

「それはごく当然な感情です」

「いつかシバが知りたいと思うことなのです。ゼマが」

大使は笑う。「シバですか」

「その、ニックネームなんです」と、ザンが説明する。

「もちろんです。彼女には王者の貫禄がありますからね」と、大使はジョークを飛ばす。

「とても頑固で」と、ザンも同意する。「〝プロ〟と、彼女なら言うでしょうが」

「あとあと、役に立つことでしょう」

「そう私たちは自分に言い聞かせています。それで、その……」

「何でしょう?」

ザンは名前のリストを指さして。「こちらが資金的になんとかできるときは、幾分かのお金をアジスアベバの彼女の家族へ送ってきました。ごく最近になって、そうした行為が誤解されるかもしれない、と分かったのです。私たちとしては、ただ援助したいだけでした」

「当然です」と、大使。「ご安心ください。道理の分かる人ならば、あなた方の行為が寛大なお心から出たものだと分かるでしょう。そもそも、ご家庭をこの子に開放したのも、同じ寛大なお心から出たものですし」

「ありがとうございます。分かってもらえるといいのですが」

大使は入口まで見送ってくれるが、そのとき、ザンがプレゼントを渡す。「見栄を張っていると見えなければいいのですが」と、ザンは口ごもる。「ただの……」

「おお！」と、大使は感謝の歓声をあげ、プレゼントの本を確かめる。「ミスター・ブラウンによれば、大変評判のよい小説家だと」

「いや、その、悪評でしょう。小説家だったのです、十四年前ですが……」

「だが、小説を書かれたことがある」と、大使は反論する。「ですから、あなたは小説家だ」

ザンは微笑む。「そう妻も言っています」

「情報を得しだい、お知らせします、ミスター・ノルドック」

「あれこれ時間をいただき、お骨折りいただき、感謝いたします」

「ご心配なのはよく分かります。きっと杞憂に終わることでしょう。万事順調に運ぶはずです。ところで、おめでとうございます！」

「ええ……」。ザンは大使が本のことを言っているのだ、と思った。「でも、十四年前の――」

「そうです！」と、大使は感嘆の声をあげる。「あなたの国で起こったことですよ。大きな冒険です！」。だが、ザンにとって、先の大統領選挙は遠い昔のことのように思える。

ケンジントン・ロードの向かいの公園には、シバとモリーの姿は見あたらない。モリーが言っていたように、ハイドパークは大きな公園で、ザンとパーカーはゆうに一時間、サーペンタイン池の南側をくまなく捜しまわった。ザンは思い出す。三十年近く前にこの公園に来たときに、ＩＲＡ（＊アイルランド共和国軍。北アイルランドの英国からの独立をめざす）の仕掛けた爆弾で、八名が死亡したことを。「たぶん」と、パーカーが助言する。「ホテルに戻ったんじゃない？」

「なるほど、きっとそうだ」と、ザンは落ち着かない気持ちで答える。二人は公園のへりに沿って、まっすぐ東を進み、キャリッジ・ロウを渡る。ブルームズベリー地区では、半時間ほど歩かされることになる。パーカーは、地下鉄のぎらつく未来主義にもかかわらず、密集して暗い場所を嫌がる。だが、ザンの中に芽生えた暗い不安の種が息子の反対を押しきり、ナイツブリッジで地下鉄ピカデリー線に乗る。ふたたび地上に上がってきたとき、すでに夜の帳《とばり》が降りていて、近隣は照明や人々でにぎわいを見せている――ホテルにたどり着くと、ザンはきっとモリーと娘がいるはずだ、と自分自身に言い聞かせる。

ザンは、人々が姿を消すことに圧倒される。なぜモリーに安い、一時的な携帯を買ってやらなかったのか、と自分自身に腹を立てる。もっともそんな金などなかったのだが。万事、まったく意味をなさないシナリオに収まっていく。ブルームズベリーの喧噪の中では、何かに集中することも、まとまったことを考えることもできなかった。ますますあり得ない結果を信じるようになる。ホテルのロビーには、シバとモリーの気配がまったくないので、パーカーに尋ねる。「モリーに部屋の鍵を渡したっけ？」。父親がパニックを起こしそうだと感じとり、息子は返事をしない。

ザンはホテルの小さな部屋にたたずみ、まるでその数メートル四方に娘と子守りの女性が発見できるとでもいうかのように、目を凝らして見渡す。そのとき、自分が必死で落ち着きを保とうとしていることに、激しい嫌悪感を抱きながら気づく。十二歳の息子を前にして、自分が精神崩壊の危機にあることに気づく。ヴィヴが消え、金が消え、何の見通しもなく、今度は娘が消息を絶った。むなしく時間が経つあいだ、ザンは最初にモリーが現れたときのように、突然、何の前触れもなくドアにノックの音がするのを待つ。あのとき、シバは黙って相手の女性を見あげたのだった。そんなことは何かの前兆であったようにも思えるが、と同時に、幼い娘にしては、珍しいことでもあった。

ザンとパーカーは、夕食を外に買いにいくことをめぐって喧嘩をする。

「腹が減ったよ」と、パーカー。

「すぐそこまで、ひとっ走りして」と、ザンは口ごもりながら言う。「フィッシュ・アンド・チップスを買ってくる」

パーカーは数ブロック先にある回転寿司の店に行きたがるが、今夜は無理だと知っている。「じゃ、一緒に行きたい」と、息子が譲歩して言う。

「ここで待っているんだ。もし万が一――」

「一緒に行きたいよ」と、譲らない。

「ここで待っているんだ。誰かがいないと」

「僕も行きたい！」と、金切り声をあげる。息子もまた、いかに混乱の極みで、幼い全身が感じ取ったことに怯えているのかが、ザンにも分かる。ザンは両手で息子の頭をつかむ。「じゃ、二人ともここに残ることにしよう」と、言う。腹をすかせた息子を罰しようとするなんて。何と大人げないことを言ってしまったのか、と直ちに恥ずかしくなる。しばらくして、ザンがメモを書き、それをドアに挟むと、二人は角の雑貨店でサンドイッチと飲み物を買うために、脱兎のように駆け出す。

その夜、ザンはあまり眠れない。頭が爆発しそうだ。あれこれあるほかに、ロサンジェルスのかかりつけの医者が、未納の治療代をたてに、偏頭痛薬を出すのをしぶっていたので、あと数錠しか残っていない。パーカーはザンのパソコンでネットサーフィンをしているが、そのうち、不安な無意識の中に落ちる。

翌朝、彼らは部屋で待っている。ザンはJ・ウィルキー・ブラウンに電話をして、ボイスメールにつながるが、伝言を残さない。ふたたび電話して、こんどは伝言を残した。お昼時に、ホテルのフロントにいた女性に携帯番号を教えておこうとするが、彼女は、彼らがチェックインした日に、彼が小説家のアレクサンダー・ノルドックなのかどうか、尋ねた女性だった。それから、ザンは息子を連れて、十分ほど先のラッセル・スクウェアの警察署まで出向く。地下鉄の隣の建物のドアを抜けると、警察署は長い白いホールになっており、病院か保護施設と見違えそうだ。

ザンの情報を聞く巡査の態度からは、こちらへの共感が見られない。「だが、おっしゃるのは」と、要点を押さえようと、質問する。「奥さんも消息を絶ったと?」

「妻が消息を絶ったのは、アフリカです」と、ザンはできるかぎり冷静になりながら、説明する。「今度は、ここで娘が――」

「奥さんが、消息を絶った国の総領事とお話をされたほうが――」

「ここへ来たのは妻の一件じゃなくて。いまお話ししているのは、どうしてこうなったか事情を……」

「というと」

「事情というのは、娘が子守りと一緒に消息を絶って」

「なるほど」と、警官が言う。ザンは、自分の口調が非難がましいかもしれないと思ったが、後ろめたい気持ちや説明しなければならない責任などを思うと、どうでもよかった。もし俺がヴィヴにやめさせとけば……何を？　エチオピアに行くことを？　シバの母親を見つけるために誰かを雇うことを？　彼は吐き気に襲われ、自分が警察署の中で病に斃《たお》れるに違いないと感じる。隣の席にすわるパーカーのほうを見ると、こんな状況はごめんだとばかりに、椅子の下に穴が開いていれば、まるでそこから姿をくらまそうとするかのように、椅子に深く沈みこんでいる。「きのうのことなのです」と、ザン。

「きょうまで報告しないことを選ばれたのは？」

「戻ってくると思っていたものですから」

「たぶん、これから戻られるということも」

「きのうは、エチオピア大使館に、妻のことで報告に行きました――」

「ミスター・ノルドック。いいですか、ここはエチオピア大使館じゃありません」

「分かってます」と、ザンは言い、できるだけ深く息を吸い込む。「その、説明しようと。なぜ……その、私の……精神状態が……」

「精神状態？」

「私の考えたのは……戻ってくるかも――」

「ところで、ロンドンでどんなお仕事を？」

「大学で講義をしました」

「で、娘さんの特徴は？」

ザンは「黒人です」と、うっかり口にする。「着ているものは、まちまち」とは言わない。「地球の遥か遠い放送局が流す音楽を受信します」とは言わない。代わりに、「四つ。年齢ですが」と、付け加える。

「というと、ミセス・ノルドックも黒人ですか？」

「いや」。すでに巡査はヴィヴのことがロンドン警察の関心の埒外であると表明しているのであれば、その質問は的を射たものとはいえない。「シバを養子にしたのです。ゼマを」

「ゼマですか？」

「本当の名前は、シバじゃないんです」

「シバですか、それともゼマ？」

「その……」

「きのう最後に彼女に会ったのは、ケンジントンの近くのハイドパークだと?」

「そうです」

「ハイドパークそのもので、ケンジントン・ガーデンではないと?」

「えっ?」

「ハイドパークそのもので――」

「分かりません。ともかく公園でした。彼女は母親と一緒にいたのです。私たちがエチオピア大使と面会して、戻ってくるのを待っているはずだったのです」

警官は眉をひそめる。「母親と一緒?」

「えっ?」

「母親ですか?」

「母親がどうしたんです?」

「いや、母親と一緒だったと、あなたがおっしゃったので。娘さんはお母さんと一緒にいたと?」

「いや、私は子守りと一緒だったと言ったんです。待っていたんです――」

「すみません、ミスター・ノルドック。いいですか、あなたは、母親とおっしゃいましたよ」

「私たちの言ったことで」と、ザンは怒りに駆られて言う。「議論を蒸し返すというのですか。まるで銀行とやり合わねばならないように。妻が消息を絶ち、娘が消息を絶った。どうして、彼らの発言をめぐって、みんなと議論をしなければならないのですか？」

「私の発言をめぐって、議論しているわけではないですよね？」と、警官は冷静に答える。「あなたの発言をめぐって、議論しているんです」

「お父さん」と、パーカーが自分の席から静かに口を挟む。「悪いけど、母親って言ったよ」

途方に暮れて、ザンとパーカーはホテルに戻る。いまや、どこに行っても、角を曲がるたびに、シバが目の前に姿を現すのではないか、と儚《はかな》い希望を抱く。気持ちが沈むのを感じる。その姿を見て、息子がささやく。大丈夫だよ、と。ザンは、自分が息子に大丈夫だ、と言わなきゃならないのにと感じる。携帯電話を見て、またブラウンからの電話を受け取り損ねたのに気づく。メッセージは短く、「アレクサンダー。ジェイムズだ。都合のよいときに電話をくれ」だった。ザンが電話をしてみると、またブラウン本人は出ずに、ボイスメールになっている。

パーカーはパソコンをいじり、ザンはホテルの窓辺に立ち、子守りと一緒であれ、一人であれ、シバが道路をやってくる瞬間を頭の中で思い描いている。すると、パーカーが「なんだ、これ！」と、声をあげる。

「えっ？」と、父親。

「見て、これ」

ザンがウェブサイトに目をやると、ヴィヴの名前が目に入ってくる。「どういう意味だい？」

「つまり」と、パーカーが説明する。「ママが掲示板に書き込んだんだ」

ザンが言う。「Eメールか？」

「掲示板だよ」と、息子。「もうEメールなんて、誰も出さないよ」

「ママがうちに伝言を送ってきたのか？」

「正確に言うと、伝言とも言えないし、うちにとも言えない」

「パーカー」と、父は静かに懇願する。「よく理解できないんだが」

「それは、誰もが見られるものなんだ」。テクストの代わりに写真が載っている。写真の背景にあるのは、記念碑で、六個の石柱であるが――その背後にも、対応する石柱が写っているが――てっぺんに巨大な岩棚がついている。その岩棚の上には、古代の二輪戦車の模型が載っていて、四頭の馬に引かれ、長い王笏《おうしゃく》を持ち、羽根をつけた女性が御者となっていた。笏の先には、鉄の十字架がついており、その上に、巨大な鳥が羽根を広げている。

ザンは、この模型を見たことがある気がする。その模型から写真の前景へと流れてくるのは、ところどころに通行人がいる幅広い大通りである。通行人の一人が、写真の最前部にいるが、脇のほうに姿をくらまそうとしている。少し画像がぼやけているが、パーカーが「ヴィヴだ！」と言う。

ザンがうなずく。「そうみたいだ」

「でも、誰がこの写真を撮ってるんだろう？」と、パーカー。

ザンは何も言わずに、画像をじっと見ている。

「これ、エチオピア？」と、パーカー。「写っている人たち、エチオピア人に見えないけど」。つまり、白人ばかり写っているということだ。

「エチオピアじゃない。これを見たことがある」と、ザンは写真を指さす。「つまり、写真だけじゃなくて」

「ロンドンだ！」と、パーカーは歓声をあげる。「これを見たよね。ここに着いた最初の日か二日目に、地下じゃないのに、地下みたいなチョー気味の悪い場所で。それと、昔、首をちょん切ったっていう気味の悪い場所でも？　ママはいまロンドンにいるんだ！」

ザンの中で、一瞬のうきうき気分が動揺と戦いを繰りひろげ、敗れ去る。「本当にヴィヴからって分かるのか？」と、ザンは言う。ふとあることが思い浮かび、首を振りながら、その意味を知ろうとする。「これはロンドンじゃない」と、ザン。「ベルリンのブランデンブルク門だ」

ザンはベッドに倒れ込む。仰向けで、天井をじっと見る。「ベルリンって、どこ？」と、パーカー。

「ドイツ」と、ザン。

「ドイツって国だよね」

「そうだ」

「どうしてママがそこに？」

「さあ」

「どうして写真を掲示板に載せたんだろう？」

「うん、そうだな。写真家だから……」

「よしてよ！」

「もしママがエチオピアにいないとしたら、どうして電話してこないのかな？　どうして――」

「やめなさい、パーカー」と、父親は言いながら、両手で顔を覆う。

「分からない」

パーカーが言う。「返事したい？」

「えっ？」と、ザン。

「コメントを載せたい？　ママの写真に？　返事を掲示板に書きたい？」

「自分で書いたらいいじゃないか」と、ザン。息子は深くため息をつく。ザンにとって、その写真は、公示というか、サイバースペースに打ち上げられた閃光のように感じられる――「ちょうど」と、ザンはパーカーにではなく、大きな声で言う。「彼女を見つけ出すことになっているみたいに」

「ドイツはどのくらい遠いの？」

「鉄道で行くよ」と、ザンは考えを声に出す。「飛行機で行くだけの金もないし……」

「ちょ、ちょ、ちょっと待って」と、パーカー。「僕をここに置いていくつもり？」。

一瞬、ザンは子守りがいないことを忘れていた。それから、思い出して、シバはどうなんだ？　いい、いい、それはあり得ない。彼は無言で、自分のくだす判断が間違わないように祈る。娘は置き去りにできない。これまでの短い人生ですでに三度も、人から人へとたらい回しにされてきたから。せっかく入ったと思った部屋で、誰かが出ていくたびに、彼女は放置されたように感じてきたのだ。ロンドンで置き去りにしたよね。ザンはすでに未来の裏切りの声を聞いている。

ヴィヴは、彼が娘をここに置き去りにするのを望まないだろう。もしヴィヴを見つけ出しても、娘を置き去りにしたとしたら、そのことを恨むだろう。シバがアメリカにやってきたばかりの頃——いや、あれはその前だったか。確か、渓谷が山火事の危険に晒されたときだったが、二人で交わした話を思い出す。もし母親か父親のうちのどちらかが、自分のパートナーか息子かを救わねばならないとしたら、二人は息子のほうを選ぶということで一致したのだった。二人の議論の中で、それくらい簡単な結論が出たことはほかになかった。

だが、ヴィヴはシバが消息を絶ったことを知らないし、いま、決断はそれほど簡単ではない。ザンは、単に妻からの伝言であるものを無視できない。自分がまだシバのパスポートを所持しているのであれば、誰も彼女を国外に連れ出せないことと思い、ここ二十四時間は、娘が危険に晒されているとは思わなかった。

もちろん、ここから次の思考が生まれてくる。たとえ自分自身に向けてであっても、それを口に出すときだ。ザンの耳には、シバがハンプトンの迷路の中でモリーの名前をひっきりなしに呼ぶ声が鳴り響く。ザンの脳裏にはモリーのほうを向いて、走ってその両腕に飛び込むシバの姿が思い浮かぶ。それで、とうとう、モリーが部屋の入口に姿を現し――ザンはいま入口を見る――部屋に踏み込んできた瞬間から、ずっと自分の頭の片隅にあった馬鹿げた考えを口に出してみるときがきたと感じる。

決して意味をなさないだろうか。どこから見ても、本当のことに感じられないだろうか。誰がそのことを否定できるだろうか。そして、もしそれが本当のことならば、誰がモリーに、娘はお前のものではないなどと言えようか。この瞬間、そもそもヴィヴが捜しにいって消息を絶ったまさにその女性とシバが再会を果たしていないなどと誰が言えようか。ザンは考える。ほかに選択肢がないときは、合図に従って行動するしかない、と。とりあえずヴィヴの掲示板を無視して、ロンドンを探索しながら、彼女を待とう。だが、いまから一カ月たっても、事態はいまとまったく変わらないだろう。ときには、人生に触媒作用が必要だ。

翌日、父親と息子は荷造りをして過ごす。ザンは機械的に体を動かす。ほとんど頭を使うことができない。荷物を預けておきたい、とフロントに頼む。ホテル代を払うことができないということをどうやって説明したらいいのか、分からない。夜逃げは問題外として、それでも、息子の前で自分を辱める光景に我慢できない。

フロントの女性は言う。「はい、ミスター・ノルドック。済んでおります」

「えっ？」

彼女はコンピュータに目を向ける。「ミスター・ブラウンがお済ませになりました」。ザンはあまりにホッとして、傷つく暇がない。結局、お前の言う通りだ、ジェイムズ。そうザンは一人ごちる。ひょっとして、これが彼らの試練の最初の兆しかもしれず、プライドがずたずたになる。

ロンドンでの最後の夜、ザンとパーカーはかつてアドリブと呼ばれていたパブにふたたび出かける。すべてモリーとの一件がそこで始まったところであり、シバがそこにいるのではないか、という一縷の望みを抱く。店の中に足を踏み入れると、ザンは目を閉じ、シバとモリーの声が目の前から聞こえてくると想像する。だが、目蓋の奥で、パブの音楽が彼女らのものでないことを知る。

シバが初めてモリーの姿を発見した、あの窓際の席に着く。ザンは息子のためにサンドイッチを注文する前に、テーブルの上で残り金を数える。「訊きたいんだが」と、必死の思いでバーテンダーに尋ねる。「ある女性と少女を見なかった？　きょうでも、きのうでも、おとといでも」

「難しいですね。誰でも当てはまりそうで」と、バーテンダー。目の前で震えている男をじっと見ながら、「あなた、大丈夫?」

「二人とも黒人なんです」。いまや、それは魔法の言葉のように感じられる。

「それが?」

「幼い少女」と、ザンは口ごもる。

「それでも、まだ的が広すぎて」と、バーテンダー。

しわがれ声で、ザンが提案する。「僕の電話番号を残しておいても?」。ザンはナプキンに番号を書き留める。「重要なことなんだ。万が一、二人がここに姿を現したら」

白髪のまじりかけたバーテンダーは、それを見て。「正直なところ」と、バーテンダー。「四十三年、たくさんの番号が書かれたたくさんのナプキンを受けとってきたが、一度たりとも、そのどれかにかけたことはないんだ」。窓際の席に戻ると、窓ガラスに顔を押しつけ、窓の外に最後の一瞥を加えると、ザンはつぶやく。シバ、ごめんよ。きみの役に立てなくて。もう一度、彼は息子に自分の精神崩壊を見せないために、急な方向転換をしなければならない。「二人が来たら、戻ってくると伝えてくれ」と、喉に言葉を詰まらせて、肩ごしにバーテンダーに向かって言うが、バーテンダーは聞いていない。あるいは、ひょっとして、ザンの口から言葉が出なかったのかもしれない。

四十三年前に、いまパーカーがサンドイッチをぱくついているこの席で、もう一人のアメリカ人がどこか別の町へ行く途中にこの町を通り、いまのザンよりも二十歳近く若かったにもかかわらず、つねに自分がザンと同じくらいの年齢だと感じているが、通りで誰かから手渡された新聞のトップページに見入っている。

新聞は、文字テクストと図版からなる趣味の悪いごたまぜで、それが伝えようとしている感性と同様、アナーキーなものだ。黒インクが、ヘッドラインの赤インクと共に、指を汚す。アメリカ人はトップページにある、ある種の行事に参加しているように見える尼僧の写真に眉をひそめる。尼僧は、近親者というより、著名人の顔つきをした人々や、彼よりも長い髪をした若い男女に囲まれている。さらに、背後からカメラを突きつけられていて、お尻が剝き出しだ。

彼は、ほとんど口をつけていないエールが入ったトールグラスを睨む。近頃よく聞くのは、ロンドンの飲み物すべてに、目新しい危険なアルコールが入っているということだ。額にかかった褐色の髪を払いのける。

もし彼自身に、そう告白することが許されるならば、彼はそれが魅力的なお尻であることを認めるだろう。金髪のヘアの先が、かなり上品な尼僧服から覗いているのを見たとき、初めてそれが本物の尼僧でないことが分かる。熱心なカトリック信者として、昔だったら、怒りを抑えるのに苦労したことだろう。いまはただ恥ずかしさを覚えるだけだ。もはや怒りに身を任せることがなくなったからではない。ここ二年半、怒りは若者特有の不遜な思い以上に大きく膨らんだ憤りのために、悲しみに回収されない怒りのために、とっておいたからだ。

顔から髪を払いのけるのは、彼の神経質な癖で、チックと呼べるものだ。トップページの、あまりに美女すぎる尼僧の上のほうに、赤い大きな小文字でitと書かれているが、それを彼は新聞スタンドの『インターナショナル・タイムズ』の棚の中に発見する。共産主義的な匂いがする。それにもかつては怒りを覚えたものだ。転覆と異端が一つになって襲ってくることに。彼はわずかに悲しみを誘うような笑みを浮かべる。現在流行っている音楽についてほとんど知らないが、新聞の発行人欄の下に、新聞のモットーとしての機能を果たしているプラトンの箴言のもじりが書かれていて、賞賛を禁じ得ない。音楽モードが変化するとき、町の壁が揺れる。

彼が屋敷からこっそり抜け出して、まだ一時間半も経っていなかった。僕を捜しているだろうか、と彼は考える。戻ったほうがいいかもしれない。

そのアメリカ人は新聞をテーブルに置く。いくぶん秘密めいたエレベーターでしか行けない上階のアドリブという名の店から聞こえてくる音楽は、押し殺したドラムの振動音で、下の階のバーの奥から聞こえてくるのは、ラジオかレコードプレーヤーか(彼にはどっちか分からない)が流す流行歌だ——色のついた照明が揺れる人形の部屋……。トールグラスのエールをすすりながら、この夜、最初で最後に気づいたのは、カウンターのイギリス人カップルがこちらをじっと見ていることだ。これだけ長く自分の正体がばれずにいたことに、ただただ驚きを禁じ得なかった。

「ミュージシャンにしちゃ、歳とりすぎだろ」と、カウンターに立っている若者が言う。テーブル席のアメリカ人の顔には見覚えがある。カウンターの男は、白人で二十代の半ばで長髪だった連れのもっと若い黒人女性は、髪をその当時はまだ流行っていないドレッドヘアで決めていたが、そのアメリカ人が誰であるか思い出そうとしている。女性がからかう。「あなたより歳はとっていないでしょ」という言葉を聞いて、連れの男が驚きの声をあげる。「マジかよ。俺よりずっと年上だぜ!」。それを聞いて、女性がぷっと吹き出す。

彼は観念する。「見破ったな」。たぶん彼女は、彼がレコード会社に送った履歴書で四歳サバを読んだのを知っているのだ。バーテンダーの名前がジョーンジーであると信じる理由は一つもないのだが、彼はバーテンダーに向かって「ジョーンジー!」と、声をかけると、連れの若い女性のほうを向く。「というと、今夜ってこと。ジャス？」

彼女は言う。「黙ってよ」

「明日のセッションのインスピレーションが湧くってか？」

「あたしたち、二人とも分かってるでしょ」と、ジャスミンが答える。「セックスしたって、それだけあなたにインスピレーションが湧くことなんてないって」。彼女は考える、リードボーカルの基準からしても、レッグはイヤらしい、と。彼の歌はノンストップの乱交そのもの。バーテンダーがふたたび酒を持ってくる。

「月曜日は」と、バーテンダー。「劇場も休みだから」

「みんなインディカ（＊六〇年代の対抗文化をリードした画廊）か、マーキー（＊六〇年代にソーホー地区でナイトシーンを賑わす）に行ってるのよ」と、ジャスミン。

「インディカなんて、聞いたことがない」と、バーテンダーが酒をつぎながら。「というか、俺は新米ってことか」

「俺もだ」と、レッグ。「この町ってことだけど」

「マーキーの連中はショーがしけたら、真っすぐここに来たものだが」

彼女が言う。「マーキーに行くには、遅すぎるわ」

「なぜやめたのか分からない。ショーの後でここに来るのをって意味だが」

「ソフト・マシーンがポスターに載ってるぞ」と、レッグ。「きっと大入り満員だろうな」

「それは日曜の夜よ」と、ジャスミン。

「インディカってのは、聞いたことがない」と、バーテンダーはふたたび言う。

「スコッチの隣でメイスンズ・ヤードにある。クラブじゃなくて、ギャラリーよ。マーキーは引っ越しちゃった」

「へえ」

「オックスフォード通りからウォーダー通りにね」

「ジョーンジー……」と、レッグ。

「もしマーキーの連中がやってくるのを待つつもりなら」と、ジャスミン。「しばらくかかるわね。今頃、誰もがクロムに向かってるはずだから。それか、数軒となりのシップかしら」

「ジョーンジー」

「でも、少なくとも、あたしたちがいるわ」

「おぉ」と、バーテンダーは彼女を安心させる。「あんた方二人以外にも、お客はいるさ――」

「だけどな、ジョーンジー」と、レッグはとうとう大声をあげて、二人の会話をやめさせ、声をひそめて、カウンターに身を乗り出して。「ところで、あいつは誰?」と、向こうの席にいるアメリカ人を指さす。

彼らがその席に出向くと、アメリカ人が口火を切る。「ビートルズのメンバー?」と、レッグに出し抜けに訊くので、まるで非難しているかのように響く。イギリス人のカップルは笑い声をあげる。「ちがうわ」と、ジャスミンが言う。「この人エルヴィス・プレスリー」

戸惑いの表情が一瞬、アメリカ人の顔に浮かぶ。目を細め、ほとんど口をつけていないエールのグラスの向こうから二人を観察する。「エルヴィス・プレスリーじゃない」と、断定的に言う。二人はまた笑い声をあげる。「音楽関係者じゃないみたい」と、ジャスミンがレッグに言う。レッグは心配そうな顔。奴は俺よりずっと年上だぜ。彼女は俺をかついでいただけなんだ。しばし、テーブルのアメリカ人は居心地が悪く、やや苛立っているが、やがて無理に笑い声をあげる。「エルヴィスじゃないな」と、もっとはっきりとした声で言い放つ。

「ともかく、エルヴィスじゃない」と、レッグ。

「プレスリーのそっくりさんでもないわ」と、ジャスミン。

「そいつは、そちら経営陣のお方が思いついたんだぜ」

「あなたがビートルズのメンバーじゃなかったら、何者でもないかもしれない」と、アメリカ人。彼はその言葉がどれほど失礼であるかを分かっているのか分かっていないのか、ジャスミンにははっきりしない。もっとも彼はこう付け加えねばならない気になったようだが。「僕の言いたいのは、僕はあれこれ知っていますが、あなたがビートルズのメンバーであってもおかしくはないってことです」

男の声はめそめそしている。上階からの漠然とした騒音のせいで、その声はほとんど聞き取れない。「レッグとジャスミン」と、レッグが男に紹介する。その響きはまるで二人が付き合っているみたいだったが、ジャスミンは敢えて訂正しない。アメリカ人の側には、一瞬ためらいが生じるが、「ボブです」と、まるで偽名を使っているみたいに自分の名前を言う。というか、いろいろな環境に合わせていろいろな名前を持っていて、この場合、どういう環境なのか、見極めねばならないみたいなのだ。アメリカ人は片手を差し出し、握手をするが、ほとんど女性のように優しい手つきで、ジャスミンはがっくりする。

それは子どもみたいな小さな手で、レッグまで届きそうにない。ようやくレッグとも握手をするが、ジャスミンはその様子を見ている。アメリカ人自身もそれを感じて、出した手をもう片方の脇の下へ持っていき隠す。自分たちに席を勧める気がそのアメリカ人に起こりそうにないので、ジャスミンは勝手に席に着き、レッグもそれに従う。

「で、ボブ」と、レッグ。「俺たち、音楽関係者じゃないんだね？」

「私は、その……」と、アメリカ人が話しはじめ、二人は相手の言葉を聞き取ろうと一生懸命耳を傾けねばならない。「ちょうど……ブロードウェイの曲みたいに……」とアメリカ人は言い、微笑む。「『インポッシブル・ドリーム』って、知っている？」

「いや」と、レッグ。「誰の曲？」

「この人が言ってるでしょ」と、ジャスミンが答える。「ブロードウェイのショーだって。ドン・キホーテでしょ？」

「そう」と、ボブ。

「すごくクールな歌よ」と、ジャスミンも認める。「いいメッセージ」

「その、あなたはずいぶんと優しい人ですね」


彼は場違いだった。暗いクラブの中で、ジャスミンはまだ彼の正体がつかめない。まるで五十歳の若者みたいな顔をしているが、実際は四十歳になったばかりで、ここ数年間で十歳もふけてしまったのだった。うさぎみたいな歯といい、すでに白髪のまじった茶色の長髪といい、顔の造作の一つひとつが大きすぎるのだ。いまだに成長している。いまだに将来の自分の姿に向かっての成長過程にあるようだ。彼は絶えず取り乱しており、唯一、それが正されるのは、居心地の悪さ、一人遊び、秘密といった

「薬物」を集中的に服用するときだけのように思える。すべてを個人的な問題として捉える傾向がある。

彼には落ち着きがあるが、血統からくる落ち着きではない。それはダメージを受けたことからくる落ち着きであり、優雅とはいえない。いわんや平穏とは縁遠い。ジャスミンはすでに感じていた、これまでにあたしが会った人のなかで、いちばん緊張感のある人間だ、と。彼女は訊く。「じゃ、どうしてロンドンにいるの?」

「通りかかっただけ」と、ボブが答える。その声は鼻にかかったつぶやき声に戻っている。「今晩ここに着いて、明日出発する」と言い、「よく眠れないんだ。で……外出しようと。妻を起こさずに……」と、付け加える。

「一人の時間をちょっと、ってわけか」と、レッグが述べる。

「ときには」と、ボブ。「人は孤独でないときが、いちばん孤独なんだ」。レッグはその言葉を理解できないが、うなずく。「じゃ、どこに家があるの?」と、ジャスミンが訊く。アメリカ人は子供のような笑顔を見せる。「ニューヨーク」と、答える。「ときどきね。ボストン。ワシントン……いや」と首を振りながら。「ワシントンじゃない。絶対にワシントンじゃない」

テーブルから無理やり離れるかのように、アメリカ人は立ち上がる。「戻らなきゃ。

今頃、私を捜しているかもしれないから」と言い、ためらいがちに、「歩きませんか?」と誘う。そうなんだ、この人は、簡単に一人になれるような人じゃないんだ。そうジャスミンは気づく。できるときには、慎みを打ち破って、大胆な行動に出る。ジャスミンがレッグに、「明日、セッションがあるんじゃないの」と言い、壁の時計を捜すが、時計は一つもない。「ていうか、きょうかしら」レッグが答える。「正午からね」。彼女が出すアウトのサインを無視する。というか、あまりに愚鈍すぎて、彼女の出したサインに気づかない。ボブは席から立ち上がる。小さい手にふさわしく、小柄である。彼の身体は服の中に疲労困憊で沈み込む。「タクシーで行かないの?」と、ジャスミン。

「いや」

「どこに泊まってるの」と、レッグ。

「公園の近くさ」と、ボブ。二人のイギリス人はふたたび吹き出す。クラブの暗闇の中で、アメリカ人はふたたび顔を赤らめ、自分の発言で、相手がすごく可笑しいと感じる事柄に対して、ふたたび無理やり笑顔を作らねばならない。三人はパブの外に出る。深夜にもかかわらず、車の往来はまばらながらあり、タクシーも通り過ぎていく。

「ここはロンドンよ」と、ジャスミン。「公園は一つや二つじゃないの。ニューヨークみたいに、誰かが公園って言えば、誰もがあの大きな公園を想像するわけじゃないのよ」。ボブはうなずく。「いいこと」と、ジャスミンが付け加える。「どの公園か、分からないの？」

「名前は絶対に覚えられない」と、ボブ。

レッグが訊く。「ホテル？」

「私のいるのは、その……ホテルじゃない」

「住宅地」と、ジャスミン。

「そう」

「ハイドパーク」と、ジャスミン。

「いいや」

「宮殿のそばのグリーンパーク」

「いいや」

「セント・ジェイムズ」

「いいや」

「リージェンツ」

「そう」

「リージェンツなのね」

「そうリージェンツ」と、アメリカ人が言う。

パブの外では、蛍みたいな照明を施されたこの街の窓の一つから、別の歌が流れてくる。上から、下へ、横から、下へ。ボブは、歩道を渡ったりそばを通り過ぎたりする、真夜中の部隊の残存兵を査定する。彼らは銀モールのトレンチコートを着ていたり、モールで飾った鮮紅色の軽騎兵のコートを着ている。幅広のエドワード朝のネクタイには魚のモチーフが描かれて、それが明るい色で輝いているため、通りにいる人々はみな水族館に見える。いつあれは終わるのか？　突然、世界の誰もが若く感じられる。

それぞれの道路は渦巻きだ。ふとロールスロイスが、歩道の三人のそばに近づく。湿った夜の繁華街のイルミネーションを浴びて、プリズムみたいな光を車体に反射させ、車輪には北極光《オーロラ》が浮かんでいる助手席の窓が開き、彼らは後部席にいる者の姿をはっきりと認める。「誰だかわかった？」と、ジャスミンがレッグに言う。

「もちろん」と、レッグ。

「誰だった？」と、ボブ。

「俺じゃないやつ」

「エルヴィス・プレスリー？」

「最近のロンドンは」と、ボブは歩き始めて。「僕の思い出と違う」

ジャスミンが言う。「最近のロンドンは、誰の思い出とも違うわ」

「あなたもビートルズの一員？」と、歩きながらボブは彼女に訊く。そんなことを訊くのは、ひとえに、そんなことが信じられる時間だからだ。

「レッグのバンドのマネージャー助手よ。キングストン・ヒルでジャーナリズムを勉強中なの」

その言葉がアメリカ人の興味をひく。「どの分野のジャーナリズム？　政治？」

「政治じゃないわ」と、彼女は首を振る。「現在、行なわれている政治は、あまり重要じゃないわよね」。彼女は自分の言葉が偉そうに聞こえるのを自覚する。

「自分の兄は若いときにジャーナリズムを志したよ」

「どうしたの？」

「政治の世界に入ったんだ」と、ボブはまるで苦虫をつぶしたような顔で答える。

「お気の毒さま」

「前にも、ロンドンにきたことがあるんだ？」と、レッグ。

「ロンドンで育ったんだ」と、ボブ。

「マジ？」と、ジャスミン。

「ほんの一、二年、ブリッツ（＊ドイツ軍によるロンドン大空襲）の後で、戦争の前のことだけど。十二歳だった」と、彼は肩をすくめる。「もちろん、いまの東南アジアでの戦争じゃなくて、もう一つの戦争だけど」

「あなたたちの戦争ね」と、ジャスミン。「あたしたちのじゃなくて」

レッグが言う。「戦争が終わったとき、四歳だった。ラジオを聴いたのを覚えている。チャーチルと国王がどこかのバルコニーから手を振っていて。宮殿かどこかだと思うけどな」

「あなたは、その、ブリッツを覚えていないの?」と、ボブ。「もし四歳だったら、無理だね。ブリッツは四一年の夏には終わるから」

「その年だよ、俺が生まれたのは」と、レッグは自分が本当の年齢をうっかりもらしてしまったことに、直ちに気づく。でも、失うことは何もないのに。そう思いながらジャスミンは笑う。「どうせ俺は」と、レッグは言う。「ロンドンにはいなかったし。ハンプシャーのアンドーヴァーの出身さ」

「で、どうしてロンドンで暮らしていたの?」と、ジャスミンはまだレッグのことを笑いながら、ボブに尋ねる。

何がそう可笑しいのか分からないまま、ボブが答える。「父がここで働いていたから」

「どんな種類の仕事だった?」と、レッグが訊き、煙草に火をつけ、相手にも勧めるが、相手は手を振って断る。「ところで」と、ジャスミン。「ここからリージェンツまで歩くと結構あるわよ」。三人はそこで立ち止まり、あたりを見まわす。「ここは俺の街じゃない」と、レッグがアメリカ人に説明する。「彼女の地元だからね」「地元じゃないわよ。イギリス人でさえないし」「イギリス人だろ」と、煙草の煙をぷっと吹き出す。「二歳のときからずっとイギリス人だった」「ともかく」と、ボブ。「私はあなたたちと会ったパブまで歩いたよ」「何も無理だと言ってるわけじゃないのよ」と、ジャスミンが答える。「それに、急がばまわれっていうし。それほど遠くまで歩いたって分からなかったの?」「たぶんね。劇場地区を探していたんだ」と、アメリカ人は言う。「歩くのは構わない」。三人は依然立ち止まったままだった。「私は戻ったら、少しは睡眠が取れる。明日は、飛行機の移動がないから。あなた方が帰りたいならば、どうぞ」「じゃ、ニューヨークに戻るの?」と、ジャスミン。「いや」と、ボブ。ジャスミンは暗がりの中で、自分を見るアメリカ人の青い目に怒りを読みとる。彼は両手をポケットにいれて、まるでこの世界で最もカジュアルなことであるかのように――ある意味、今夜はいつになく、ずっとカジュアルな様子だったが――こう言う。「南アフリカへ」

まるで、この男に侮辱されているようだ——ついに、その男に対する相反する感情は、ガンが転移するみたいに、嫌悪へと変わった。あたしを挑発してるんだわ。彼が言ったことの内容はともかく、その言い方にショックを受けて、ジャスミンは立ち去りたくなる。からかおうってわけね。彼女はそう不審を抱く。今夜、これ以外にも、こけ脅しみたいに、ぶっきらぼうな喋り方だったけど。ずぼらっていうか、残酷な仕返しなのかしら。でも、いったい何に対して？　エルヴィス・プレスリーを知らないことを、あたしたちが悪意なしにからかったことに対して？

彼女は感情を傷つけられたような気持ちにならざるをえない。そこから立ち去らないのは、ただこのアメリカ人に対して、失せろ！　と言わなかったことを後悔すると思ったからだった。「ビジネスで？」と、レッグがうっかり訊く。それで、もし彼女がレッグのそうした傾向に慣れていなかったら、その質問で、いっそう彼女はかりかりしたことだろう。ジャスミンは、ただ政治に無関心だが、レッグは救いようがなかった。こいつ、南アフリカと南極の違いも分からないのね。いまジャスミンは、どっちの男に自分が腹を立てているのか分からない。「そう」と、ボブが彼女から目を離さず、レッグの質問に答える。いまだにあざけるような響きで、「ビジネスで」と言い、向きを変えると、ふたたび歩き出す。レッグは後に従う。彼女は立ち止まり、レッグが振り返る。「あたしたちは、ここらで別れる?」と、彼女が言う。

レッグが「もうちょっと歩こう」と食い下がる。早朝、三人はソーホーの東の外れに沿って、チャリングクロスを進む。そのとき、前方に浮びあがってきたのは、七階建てのビルの脇に描かれた光り輝くアフリカ女性の顔だ。その目は、身を屈める蛍光着色《デイグロー》のライオンの目をして、頭蓋骨はギリシャ神話の怪物メドゥーサみたいにめらめらと輝く。明るいすみれ色のドレッドヘアが、雨に濡れてちらちら光り、蛇みたいに身をくねらせてこちらにやってくるかのようだ。「アビシニア」と「シバの女王」という文字が女性の顔の上に、煙のように絡みつく。「でさ」と、レッグが陽気な声で言う。「いったい、こんな夜遅くにレスター・スクウェアに戻ったのは、どうしてさ? 芝居を見るには、ちょっと遅いんじゃないの?」。レッグは、女性の幻覚的なドレッドヘアの巨大な絵を見あげ、肩ごしにジャスミンのほうをちらっと見る。ジャスミンは腕を組んで、地面を見ながら後ろから歩いてくる。

ボブはけっして視線を地面からあげない。「確かに芝居を見るにはちょっと遅いね……」と言い、うなずく。

「俺自身は芝居など、見に行こうと思ったこともない」

「跡をたどる旅……」

「どんな？」

「以前にした旅の」

「ここに住んでた頃の？」

「いや、戦後の」

「というと、戻ってきたことがあるんだ」

「ショーのひとつで、ある女優に会った」

「奥さんじゃなくて？」と、レッグ。ジャスミンは仲間はずれにされて、後ろからのろのろついてくる。彼女の頭の中は自分自身の声でいっぱいだ。

「いや」と、ボブはそう言いながら、立ち止まり空を見あげる。

「結婚しようと思わなかったのかい？」

「もちろん思ったさ」と、ボブは両手を広げる。

「子供は？」

「たくさんいるよ」。依然空を見ながら。「雨になりそうだ」

「ああ、俺も何か感じたよ」

「あたしたち、恋人たちのたまり場を調べているのよ」と、ジャスミン。「素敵な」。

レッグが彼女を見る。

「そうだろうね」と、ボブが静かに答える。

レッグが言う。「じゃ、ロンドンの隠し妻ってことかな」。レッグはまだジャスミンから目を離さないが、ようやく彼女が気分を害したのを理解する。彼女が睨み返し、レッグは思わず目をそらす。

「彼女は芝居の中で、姉の役を演じてたんだ。飛行機事故で亡くなった姉の」

「ちょっと待って」と、レッグ。「付き合っていた女優があんたのお姉さんの役を演じてたって?」

「変だね、確かに」

「変だって、あなたも思うの、か、?」と、ジャスミン。

「そりゃ、おかしいぜ」と、レッグ。

「死んだお姉さんの役を演じる女性を想像したことがあったの?」と、ジャスミンが言う。自分自身の機転のきかなさに、多少の満足を覚えながら。

「で、どうした?」と、レッグ。

「父が強く反対して」と、アメリカ人が顔をしかめて、付け加える。「ショーガールたちのこと、知ってたんだろ」

「ていうか」と、ジャスミン。「あなたのお姉さんの役を演じるショーガールたちのことをね」

ジャスミンは考える。きっと次に一緒にデートした女の子と結婚したんだわ、と。だから、ボブが笑いながら、「次にデートした女の子は兄に盗まれた。その次の子と、僕は結婚したんだ」と言ったとき、彼女はびっくりする。あたし、声に出したのかしら？　と彼女はいぶかしむ。ボブは彼女のほうにやや向き直るが、歩みを止めない。

「それじゃ」と、レッグは放心して言う。立ち止まり、あたりを見まわそうとするか、歩くペースを緩めようとする。「お兄さんに一個借りを返す必要があったってこと？」角には、閉店しているウィンピー・バー（＊ハンバーガー店）がある。「一回だけもうちょっとで」と、ボブ。声に出していなかったわ、とジャスミンは考える。「でも、兄は――」

「彼女は地元の子なんだ」と、レッグはジャスミンのほうを顎で示す。

「――自分の彼女を盗まれるようなタイプじゃない」。公園が見えてくる。

「ここはあたしの地元じゃない。でも、この方角でいいし」と、ジャスミンが言う。

「公園が見えてきたし」。レッグのほうを向いて。「あたしたち、ここで別れる？」

「最後まで彼を送っていこう」と、レッグ。

「ここでさようならしようよ」と、ジャスミン。

「あなたは、どこの出身？」と、ボブが彼女に訊く。

ああ、訊かないで。レッグに向かって、「ここでさよならしようよ」

「もう大丈夫さ」と、ボブがレッグに言う。公園の向こうの大邸宅を指で示す。それは外からの照明を浴び、赤いレンガと白い石柱が見える。「あそこに泊まっているのか?」と、レッグが訊く。三人が立ち止まって、屋敷のほうを見ていると、頭上から大粒の雨が降ってくる。レッグはウィンピー・バーへ走っていき、庇《ひさし》の下で雨宿り。ボブも後に従うが、決然とした大股歩きを変えない。ジャスミンは道に留まったままだ。「気でも狂ったか?」と、レッグが声をかける。「こっちへ来いよ」。だが、その間にも雨は降りつづけ、ジャスミンは腕組みしたまま、レッグのほうを見ているだけだ。

「家に帰る」と、彼女。

「何だって」と、レッグ。一メートル先なのに、雨のせいで聞こえない。

「セッションで会いましょう」と、ジャスミンは言い、くるりと向きを変えて、立ち去る。レッグが「元気でな」と言うが、彼女は無言だ。ボブがもっと優しい声で「さよなら」と言うが、やはり返事をしない。何を言ってるのよ、彼女は道路の雨水を蹴散らしながら、考える。不可能な夢よ。彼女は首を振り、男たちの視界から見えなくなる。

レッグは、ウィンピー・バーの庇の下にいるアメリカ人に向かって肩をすくめる。

「俺に腹を立てているんだ」と、言う。「あした、解決するさ」

「私に対して、腹を立てているんじゃないんだ」と、ボブ。

レッグは驚く。「どうしてあんたに腹を立てるんだい？」

雨のせいで温度が低くなってきた。レッグはコートの襟を引き寄せるが、アメリカ人はほとんどそれに気づかずに言う。「悪魔という語は、古風な語になったのかな？」

「ええ？」と、レッグ。「悪魔？　教会で聞いたっきりだな。それもいつのことだったか」

ジャスミンが遠くに姿を消していくのを見守りながら、ボブが言う。「どのくらい付き合っているんだい？」

「それほど長くはないけど」と、レッグ。実のところ、恋人同士でさえない、と今さら打ち明ける気もない。「レコード会社で見つけたんだ。彼女、録音スタジオで、俺たちのお目付役でさ。すぐに俺が彼女のお目付役になったってわけ」

「レコードを作る前に、何をやってたんだい？」

「田舎でレンガ職人さ。もう一人のレンガ職人と一緒にバンドを始めて。いまでも、生活費かせぐために、建築の仕事、やってる」

「歌詞は書くのかい？」

「ときどきな。明日やる曲のひとつは、あんたと同じ故郷の奴が作った歌だぜ。ニューヨークの——」

「私にはホームタウンはないんだ……」

「——ときどきは、歌詞をちょっと変えたりもするけど……」

「……もはや」

「……もしうまく行くと思ったらだけど。俺たちの色を出すっていう意味でね」

「誰も音楽に腹を立てたりしない」

「俺をかつぐつもり？　人々が音楽に腹を立てるのは、しょっちゅうのことだぜ」

「だからといって、あなたを殺したりしない」

「いまのところはね」。ウィンピー・バーの店先の薄暗い陰の中で、イギリス人レッグは、アメリカ人の目の中にジャスミンが見たのと同じ青色の輝きを見る。ボブが言う。「別に、その、最後まで送ってくれなくてもいいんだが」

こいつ、タクシー代をおごる気もないんだな、とレッグは考える。「で、いったいあれは何なんだ？」と、レッグは公園の木々の向こうの大邸宅を顎で示しながら訊く。

「ホテルじゃないとしたら」

「大使の官邸さ」

「大使のところに泊まってるのか？」

「子供の頃に暮らしていたんだ。戻ってみると、変な感じだけど」

「子供の頃に、大使の官邸に住んでいた？」

「舞台としては……」と、ボブは言いかけて、立ち止まる。「悪魔の手から救い出せるものは何でも……」と、ボブはようやく言葉をつづける。「でも、たとえ私が信じたくなかったとしても、信仰が私にそのことを信じさせるんだ。父は、その、世界情勢についての父の判断は、ショーガールについての判断より劣っていた」

二人は、ウィンピー・バーの庇から雨粒が落ちてくるのを見ている。まだコートの襟を引き寄せたまま、レッグはもう一本煙草に火をつける。ボブが言う。「もう一度、彼女の名前を教えてくれないかい？」

「俺のナオンに手を出すつもりじゃないよな？」と、レッグはジョークのつもりで言う。

ボブが言い放つ。「そんなことはしない」

「ジャスミンだよ。俺もちょっとネジを巻いてやろうとしただけ。お兄さんから鳥を盗んだとか何とか」

「もうちょっとで盗むところだった」

「そうなんだ」

「もうちょっとで、と言わなかった？」

「確かに言った」と、レッグはボブを安心させる。雨水のしたたる庇の下から首を突き出して、ボブは空模様を見る。「彼女、アフリカ人だよね」

「何が？」

「きみの恋人だけど」

「ああ、そうさ」

「南アフリカとか」

「覚えてないけど。本当のところ、あちこち混同してしまって。でも、同じことじゃないの。いや、あの皇帝がいる国の生まれだ。ラスタファリアンたちが、彼のことをイエスの生まれ代わりだと信じている国」

「ハイレ・セラシエだね（＊一八九二〜一九七五）」

「そうそう」

「エチオピア」

「それだ」

「アビシニア（＊エチオピアの旧称）。世界の始まり。皇帝は兄の葬儀に参列してくれた」

「何だって？」

ボブはレッグに言う。「兄は、どこでもうまくやったんだ」

「エチオピアの皇帝があんたの――？」

「弱点もあった。彼女がそのうちのひとつさ」

「ボブ？　俺たち、何の話してたっけ」

「もはや、わが家にそんな力量はないけど。そもそも、彼女が兄を手放したがらなかった――」

「なるほど。俺たちの話はもはや芝居に出ていたロンドン娘のことじゃないんだ」

「――彼女が私のところへやってきて」と、ボブは言いかけて、ためらう。わざわざ誰かに何かを説明しなければならないことを嫌う人のように。「私は彼女から事情を聞いた。数時間ね」

「彼女が話したのか？」

「彼女はもういない。兄ももういない」

ボブが言う。「わが家で、その……才能に恵まれてないのは、私だけだった。この子は才能のない子だ、と人からよく言われたものだ。何かを達成することを期待される息子じゃなかった。偉大な人間になることを期待されたことはなかった。ちび、と言われたり、女々しい、と言われたりした。このお母さんっ子をどうしようか？　とも。才能のない子である私には意志しかなかった。兄弟姉妹はみな才能に恵まれていたが、一人ずついなくなり、私には隠れられる場所を残してくれなかった。彼らの才能の役に立つことができなくなって。もはや兄弟の真ん中でなく、長兄になってしまい……いわば、私は相手の欠場で次戦に進んで、自分の意志で自分のできることをするしかなくなった。人生の大半を」と、ボブは言いながら、遠くの邸宅を顎で示す。

「私の父にあがなうべき罪があると言ったりほのめかしたりした者には、パンチを食らわしてやっただろう」と、ボブは言う。そのときまで、レッグはその背の小さな男が誰かにパンチを食らわす姿を想像できなかったが、いまはできる。ボブがレッグのほうを向く。「遅かれ早かれ、父親の罪をしっかり見つめなければならない。ミスター・チャーチルはもっとはっきり事態を理解していた。だからといって、父親が嫌いというわけじゃない。だからといって、父親が、私の兄弟と同様、私のことも誇りに思ってほしいと思って努力したわけじゃない」と言い、振り返って邸宅のほうを見た。

「明日のことが過ちじゃないかと心配なんだ」

レッグが言う。「それって、ジャズが色の黒い娘だったって話なのか？」

「学生向けにスピーチをすることになって」と、ボブ。「だけど、何を話せばいいのか、よく分からない。学生たちに話せるようなことは、あまりないように思うし」と、鼻にかかった甲高い声で。「政府も私に来てほしくなかったようだし。こちらの政府のことだけど。それを言うなら、わが国の政府も同じかもしれない。私はただ白人からなる政府に、その、黒人を逮捕する口実を与えるだけかもしれない。私はただ面倒を起こしているだけなのか。私は、黒人がさらに抑圧され、打ちのめされ、暴行されるためのただの理由づけにされるのか。それは私のダメージを受けたエゴの話なのか。これは私が自分に課すもうひとつの試練なのか。そのために、他の人たちが代償を払うってことなのか。私の兄たちが親父のためにその代償を払ったように。私はスピーチをくり返し練習している。怒りを取り出しては、中にしまい込みして」

「じゃ、学生たちはあんたから何を求めているんだ?」

この夜初めて、俊敏なミサの侍者は、悲しい燃える目にふさわしい人になった。

「一人の人間がすべてを変えることはできない」と、ボブは言う。「一人じゃ、何も変えられない。少なくとも、私には無理だ。私は偶然に生まれた子にすぎない。だが、偉大でない人間でも、偉大なことをしようと試みなければならないときもある。人々は私が怖いもの知らずだと思っているようだが、実は、すべてが怖いのだ。ついこの前も、以前ほどは信頼を置いていない神の前で誓ったばかりだ。私は自分が怖いと思うことをします、なぜなら誰かが何かの一部を変えることはできるし、そうした何かの一部が別の一部を変え、やがて湖のさざなみが水辺にまで届くのだと思うからです、と」

翌日、ベイカーストリート脇のオリンピック・スタジオで、遅い時間にセッションが始まる。レッグのバンドは外に停めたバンの中で、午前中と午後早い時間のほとんどをもう一つのセッションが終わるまで過ごす。レッグとジャスミンは口をきかない。レッグは、どしゃ降りのなか、ウィンピーの庇の下でボブと交わした話をジャスミンに聞かせようとするが、彼女は聞きたがらない。

録音スタジオに入ってからも、ギターの調律やら、歌の真ん中の八小節でホイッスルをフルートに変えるかどうかの議論やらで、さらなる遅れが生じる。残された時間はないので、必然的にセッションは短くなる。二度まで。それで完成。「あなた、歌詞を一部変えたでしょ」と、ジャスミンが不平を述べると、レッグは「俺たちっぽくするためにね」と説明するが、ジャスミンはそれでも「この歌をつくった人は、歌詞は自分のものだっていう、強烈な思想の持ち主なのよ」と、譲らない。彼女、きょうはやけにうるさいな。そうレッグは感じる。

セッションがもう少しで終わりそうなときに、彼女はスタジオをこっそり抜け出して帰途につくが、途中で〈アドリブ〉の下のパブに立ち寄る。ジョーンジーが酒を一杯おごってくれる。カウンターの上にあるテレビで、BBCのインタビュー番組を見てびっくりする。「なんてことなの」と、彼女はテレビから目を離さず、グラスに向かってつぶやく。

「なんだ」と、ジョーンジーが昨夜のことを思い出して言う。「あの男……」。なんてあたし鈍いんだろう。そう彼女は感じる。しかも、ジャーナリストになるべく勉強してるっていうのに。「現物は、あんなふうに見えなかったけどなあ」と、ジョーンジー。「もっと老けて見えたのに」。一週間後に、彼女はお茶を飲みながら、『タイムズ』紙で、南アフリカに行った彼についての記事を読む。

記事によれば、彼は深夜ヨハネスブルクの郊外の空港に到着したが、南アの政府関係者の出迎えはなかったという。南ア政府は無視することに決めたのだ。政府関係者はひとりも来ないので、飛行場には、彼を歓迎しようとする何百人もの南アの黒人たちが押し寄せる。数日後にケープタウンの大学で講演をすることになっているが、政府はスピーカーのコードを切断する。それでも、彼は講演を行なう。「勇気と信念に裏打ちされた数えきれないほどのさまざまな行為によって」と、彼は辛うじて聴衆に聞こえる声でつぶやく。「歴史は作られるのです」——甲高い鼻にかかった囁き声による講演のあいだ、何度も言葉を失うが、ただちに聴衆による熱烈な大拍手が起こる。

の上に浮かぶ。

彼はオープンカーの後部席にすわるが、そのことが今回の訪問を報道できる数少ないレポーターたちに、大多数の者には信任状も旅行許可証も与えられていないということを思い出させる。つまり、報道陣をはらはらさせるある画像を。その画像に果敢にのぞむかのように、彼は後部席に立ち、日に日に、街から街へ膨れあがる黒い顔の海の上に浮かぶ。

彼は、自らの人生観の根底にユダヤ＝キリスト教の信仰を置き、神はどうして黒人ではいけないのか、と問うデモ隊の人々を見おろす。彼が黒人たちの村を歩きまわると、巨大な群衆は二倍、三倍と、さらに資格のない支持者たちのように思える人たちで膨れあがる。これまで棍棒をもたない白い手などを差し出されたことがない黒人たちの手という手を、彼は握った。

それぞれの集会はあまりに大きく、そのまま次の集会になだれていく有様で、最後は、まるで国中がひとつの集会と化したかのようだ。というのも、彼と出会う人の一人ひとりにとって、ぎこちない握手しかできない、この身震いする小柄な男――レッグに「人々は私が怖いもの知らずだと思っているようだが、実は、すべてが怖いのだ」と語った――の驚くべき勇気に、神の啓示があるように思えるからだ。「私たちは、取るに足らない無意味な存在だと思っていました」。学生組織の指導者で、ちょうどジャスミンと同じくらいの歳の若い女性が語った、と記事は伝える。「でも、彼だけは私たちのところへやって来て、私たちが一人ぼっちでないと言ってくれたのです。倫理の羅針盤をリセットしてくれたのです」

翌年も、ロンドンで勉学とレコード会社での仕事を続けるジャスミンは、『タイムズ』紙のその記事を捨てないでとっておく。折り畳まれ、ある教科書から別の教科書へとわたり歩くのである。

彼女は彼と出会ったあの夜を忘れない。彼の母国でのキャリアや演説を洗いなおし、彼がロンドンに戻るという報道は、絶対に見逃さないようにする。一九六七年の秋、米国ビザを申請し、仕事と学校の両方を辞めて、ニューヨークへ飛び、四十八時間とどまったのち、ワシントンD.C.行きの汽車に乗る。

彼の事務所の下級秘書および受付として三カ月働いたのち、彼がようやく彼女に気づく。その頃までに、ワシントンの事務所は、彼女をニューヨークの事務所へと移動させていた。最初の三カ月に、彼は二度彼女の机のそばを通りすぎ、彼女と知らずに、型どおりの挨拶さえした。それから、三度目のときに、そばを通りすぎながら、何か頭にひっかかるところがあり、歩みを止めるが、そのまま歩き去った。四度目のときに、彼は立ち止まり、彼女の顔をまじまじと見た。

ほとんど子犬のように頭をぴょこんと下げて、彼女をしげしげと見る。苛立つことに、あのロンドンでの二時間、彼と一緒にいてまったくビクつくことなどなかったのに、いまちょっとだけ彼の前で怖がっている自分がいる。「新人かい?」と、彼が訊く。

「約三カ月よ」と、彼女が答える。「九月にスタッフに加えてもらいました」

そのとき、彼が思い出す。あたしのロンドン英語のなまりのせいだわ、そう彼女は気づく。「ロンドンで」と、彼は立ち去りながら、小さい笑みをもらす。「きみは私に腹を立てたね」。一週間後、ジャスミンが自分の机で、クリスマスツリーとか、初めて外国で過ごす祝日のこととか、ぼんやり考えていると、彼女を雇った女性の上司が彼女を自分の部屋に呼びつける。「あなた、どれくらいここに馴染んだの?」と、訊く。

「ここって、どういう意味?」

「ニューヨークよ」

ジャスミンは肩をすくめる。「ちゃんとしたクリスマスツリーを買おうかと思って」

「ちゃんとしたクリスマスツリーを買いなさい、ワシントンで。戻ってこいって指示があったわ。ちょっとのあいだかもしれないけど」

その夜十時に、彼女はワシントンに戻る。数日はニューヨークでやっていたのと同じ仕事をこなす。週末に汽車でニューヨークに戻り、残りの荷物を詰め込もうとするが、アパートに着いて二十分もしないうちに、電話がかかってくる。「あなた、ニューヨークでいったい何してるのよ」と、彼女を雇った女性が電話の向こうから言う。

「え？」

「ワシントンに行くように言ったでしょ？」

ジャスミンは答える。「もちろん。でも、残りの荷物を取りに戻ってき――」

「向こうじゃ、いまあなたを捜しているのよ」

「今週中、ずっといたのに」

「けさ、上院議員があなたを捜していたのよ」と、女性が多少苛立った声で言う。

「きょうの午後に戻ってね」

「土曜日に？」

「いいこと、これは通常の仕事じゃないのよ」

ジャスミンは、その日の午後にワシントンに戻る。事務所に行くと、ドアは閉っている。「みんなはどこ？」と、上院議員会館の廊下を通りすぎる誰かに尋ねる。翌日の日曜日も事務所に行くが、ドアは閉っている。月曜日の朝、彼女は報告する。憤りを隠すことなく、彼女は直属の上司に向かって訴える。「じゃ、なんでそんなに急かしたの?」

「というと?」。上司は長い赤毛の男で、眼鏡をかけていて、歳も彼女とそんなに変わらない。

「荷物を移動させている最中なのよ。私の半分はニューヨークにあるのに」。彼女は猛烈な勢いで机に戻るが、半時間もしないうちに上司がやってくる。「彼が会いたいそうだ」と、肩ごしに、絨毯の敷かれた廊下の向こうのドアを示しながら言う。彼女は廊下を歩いていき、ドアをノックするが、返事はない。ともかく、ドアを開けてみる。

のちに、彼女は相手の男が思うほど小柄でないことに気づくだろう。直立すると、もう少しで一八〇センチに手が届きそうだ。だが、いまはデスクの向こうで、腰かけている椅子があんぐり口をあけていて、まるで彼を飲み込もうとするかのようだ。目から服まで、ひとつ残らずたるんでいる。上着は脱いでおり、ネクタイも辛うじて結んでいるだけ。ワイシャツの袖は捲りあげていて、彼女はその腕が毛むくじゃらなのに驚く。彼女はこれまで見たことがなかったが、黒縁めがねをかけている。大きなカップに入ったチョコレートのアイスクリームを食べながら、椅子を少し回転させる。かつてホワイトハウスの階段の手すりを滑り降りて、大統領就任式にやってきたことがある男が、である。この数年で、あまりに急激に歳を取っていて、大きなカップに入ったアイスクリームは、彼が行くところで必ずもたらす暗雲とは、あまりに不釣り合いで似合わない。

ジャスミンは、自分がドアをノックしたとき彼からの応答があり、ただそれが聞こえなかっただけなのか、それとも、そもそも応答がなかったのか自信がない。彼女は部屋に足を踏み入れて、数分経ったように感じられるが――もっとも、それほど長くないことも分かっている――やがて、なにやら自分の前の虚空に釘づけになっていた彼の視線がそこから離れる。

デスクの上に散らばった新聞と、肩の向こうのコルクボードにピンで留められた子供たちのお絵描きの絵を除くと、このオフィスはニューヨークの彼女のアパートと同様、がらんとしている。もっとも彼女と違って三カ月ではなく、三年ここにいるのだが。いずれにせよ、ここは長く留まるつもりのスペースではないのだ。彼は回転椅子をせわしなく動かし、彼女の知り得ない何かの物思いにふける。アイスクリームのスプーンを持ったほうの手のシャツの袖で、額にかかった前髪を払う。「きみは、その、まだ私に腹を立てているそうだね」と、彼はついに口をきいた。デスクのこちら側の椅子を指さすので、彼女はその椅子にすわる。

「どこにいるべきか、決めかねているだけです」と、彼女。

「きみはここにいるべきだ」

「それはよかったです」と、彼女は付け加える。「必ずしも腹を立てているわけじゃないです」

「私は覚えているんだ」と、彼がうなずく。「きみはユーモアのセンスを発揮していた。たいていは、私をコケにしてね」

「それは、ですね。エルヴィス・プレスリーとポール・マッカートニーの違いがお分かりにならなかったものですから」

「そうだ。きっと、それはとても可笑しいことなんだろう。だが、私だってフランク・シナトラが何者かぐらいは知ってるよ」と、アイスクリームのスプーンで彼女をさす。「あの夜のあとで」と、彼は言う。「あなたからばか丁寧な言葉で話しかけられるのは、妙な感じだね」

「ほかに適切な話し方が分からないもので」

「確かにそうだね」と、彼は同意する。「ともかく、このオフィスじゃ、そうだ。で、私は、その、誰にもあの質問をしてきた。実際に、道路で人々を呼びとめて……」。

彼は窓の外の通りを見る。

「ええ」

「その質問がなんだか、分かるかい」

「ええ」

彼はしばらく待って、彼女のほうを振り返り、まるで、それで？と言いたいかのように、両腕をあげる。「大統領選挙に出馬すべきかどうか？」と、彼女は言う。

「そう」と、彼は言う。

「そう」と、彼女はくり返す。

「それは、その、きみが〝そう〟というのは、私が誰にでもしてきたという質問をきみが知っているという意味なのか、それとも、私が出馬すべきという意味なのか？」

「そう、あなたが出馬すべき、という意味です」

彼は黒縁のめがねをはずす。「単純な質問だった」と、彼は認める。ほっとすると同時に、当惑もして。

「大統領選挙への出馬をお考えですか？」

「お考え？」

「はい」

「なるほど、そいつは難問だ」——いまや彼の中の子供が椅子に腰かけたまま、あちこち動きまわる。「誰もが私に尋ねるんだ」と言い、窓と、遠くにあるモールの並木の前で止まる。「大統領選挙の駆け引きを知っているかね」

「いいえ」

「まだ勉強中とか……確か、ジャーナリズムだったね」

「いいえ、このところは全然」

「まだ持論は変わらないかな。政治は、その、あの夜、きみがなんて言ったかな、時間の無駄？」

「そういうふうに言った覚えはありませんが」

「だいたい、そのとおりなんだ」と、肩ごしに彼女のほうをちらっと見る。「どこが変わったかな？」。彼女は答えないが、まるで、彼女が答えたかのように、ふたたび窓のほうを向く。「家族は？」

「父は、私が幼い頃に、姿を消しました。母は三年前に亡くなりました」

「きょうだいは？」

「ひとり。あまり会ってません。兄です」

「いくつ？」

「八つ年上です」

彼は口ごもる。「私の兄も、八つ年上だった。兄が生きていたら、なんと言うだろうか、といまも思案しつづけている。でも、それはどうでもいいことかもしれない——なぜなら、自分以外は、皆が気をつけなければならない、というのが兄の考えだったから。兄は気をつけなかった」。アイスクリームを食べ終え、椅子に乗ったまま戻り、カップをデスクに載せる。「近代の大統領で、自分の政党から指名されなかった者はいない。たぶん、最後に指名されなかった者は、誰だっけ、クリーブランドまで、さかのぼらなければ」

「私に分かるはずが……」

「トルーマン（*第三十三代大統領）は、出馬するまで、この国で最も不人気な政治家だった。彼を任命したフランクリン・ルーズベルト（*第三十二代、ニューディール政策で有名）の子供たちは、トルーマンから党の指名を奪い、代わりにアイゼンハワー（第三十四代）を指名しようとした。アイゼンハワーは党にも所属していなかったのに。アイゼンハワーだけが世界を救うことができた——だが、奪うことはできなかった。セオドア・ルーズベルト（第二十六代）は、リンカーン（第十六代）以降、最も尊敬された大統領だが、タフト（第二十七代）から党の指名を奪おうとした。誰もタフトを好いておらず、三度の選挙で三位だった」。彼はデスクの上のアイスクリームのカップに身を乗り出す。「だが、そんなセオドア・ルーズベルトでも、できなかった」。彼はさらにカップの中を、まるでそれが底なしであるかのようにのぞき込む。「私には、もっとアイスクリームが必要だ」

彼女は言う。「時代が変わるの？」

「そう、時代は変わる」と、彼が同意する。「だが、システムが変わるのは最後。すべてが変わったあとで。もし私が立候補するならば、また〈悪ガキ・ボビー〉になるだろう。〈容赦ないボビー〉。私を嫌う人たちがこれまで私のことを呼びならわしてきた名称は、どれも当たるだろう。〈利己的な悪たれ小僧のボビー〉。ホワイトハウスに戻りたくてうずうずしている。わが党の重要な地位にある者たち、すなわち党をコントロールしている者たちは、私を嫌っている。彼らの生活や政治的な資産をややこしくするからだ。人々が私を支持するとしても、私のためじゃないんだ。兄のためなんだ」

「それは違うわ」と、彼女は首を振る。

「他方には、ダンテがいる」

「ダンテ？」

「その、『灼熱の地獄……』うんぬん」

「うんぬんって？」

「倫理的な選択と向き合ったときに何もしない者に、それが控えている」と、彼は赤面する。「いずれにせよ、あなたの協力が必要なんだ」

「ええ、もちろんご協力します。光栄です」。その言葉は奇妙に感じられたが、本心からだ。

「光栄なんて。そもそも、私にはそんなものに値しないから」

彼女は椅子から立ちあがり、ドアのところで立ち止まる。ある考えが彼女をつまずかせる。「ひょっとして、私が黒人だから？　あなたが何をお考えなのか分かりませんが、でもそれが何であれ——」

「どうしてそんなことを思いめぐらすのだ？」と、彼。「そもそも、私が何を考えているのか、どちらも分からないのに」

「私のそうした部分について、それほど意識したことはありません。たぶん、私が白人女の灰色の目を持ってるからかしら？」

「エチオピア」

彼女は驚く。「話したっけ？」

「思い出せないけど」

「私が二歳のとき、兄と私は家族と共に引っ越しさせられて。父は医学生でした。いつも聞かされていましたが、プランとしては、やがてここにやってくるはずでした。

家族はロンドンまで行き、それから離ればなれになりました」

「もし一緒に仕事をするならば、あの怒れる女性を連れてきてくれたまえ。彼女が必要なんだ」

「私、怒れる女性じゃありません」

「それじゃ、ユーモアのセンスのある女性を頼む」

「みんな連れてきますわ」と、彼女は言う。と同時に、すでに彼がどれほど幽霊のように見えるか気づいて不安になる。「ひとりだけじゃないから」

「へえ？　私の代わりになってくれるといいんだが」


彼はすでに幽霊みたいに見える。つづく四カ月の遊説中、つねに一歩間違うとばらばらになりそうだった。群衆に向かって演説し、握手し、よろめかないときには演説から演説へと駆け抜ける。ときには、まるで酔っぱらいが喋っているように、矛盾したことを話している。あるいはもっとひどい場合は、脳卒中をおこした者のような、ろれつのまわらない喋り方だ。それぞれの集会のあとの飛行機やバスの中に乗り込むと、彼は座席に倒れ込み、汗びっしょりで意識を失う。暗い神の摂理に、取り返しのつかない運命に発熱させられて。彼は色を失い、いまにも皆の目の前から消え去りそうだ。二年近く前にロンドンで会ったとき、すでに実際より老けていたが、いまはさらに老け込んでいる。

だが、彼は力を振り絞り、過去の自分を縛っていたくびきを振りほどき、彼の中にある何ものかで、もはや信じることを拒めないものを追い求め——ついに、それをつかむ。もっとも、そちらが彼のほうをつかまえなかったかというと、よく分からないのだが。彼は群衆に向かってひらいた手を差し伸べる。まるで、その手の中に、自分の胸から取り出した、ぴくぴくする心臓を持っているかのように。彼のキャラクターが剝き出しになる。自動車が列をなして通りを行き、彼の二倍はあるような男たちが、膝や手を血だらけにしながら、彼の腰のまわりをつまみ、彼が群衆に引きずり落とされないようにしている。群衆はと言えば、彼の着ているものを脱がそうとして、カフス、ネクタイ、靴を奪いとる。彼らの彼に対する気持ち、彼の彼らに対する気持ちと同様に隠し立てなく、やさしく彼を丸裸にしようとする。というより、もっと獰猛になって、彼をばらばらに分割しようとする。彼は、選挙運動について、それが影響を受ける祝祭の雰囲気を許さない。ロサンジェルスでの集会で彼女に、この人たちは私のものだ、とささやくが、それは必ずしもうぬぼれではない。そもそもそんなことを言って、上機嫌になるような人ではない。彼は昔ながらの政治手法にも、自分自身が一部かかわる新しい政治手法にさえ、甘んじたりしないだろう。彼はかつて自分が身を委ねた、常識的な政治手法に怒りを覚えるようになった。

選挙運動は修羅場と化す。何よりも、それは懺悔《ざんげ》の行為に似ている。十字架の前でむち打ちの刑を受けて、次なる十字架の前でむち打ちの刑を受ける。彼が無意識に貧しい子供たちの頭に触れ、一本指で彼らの頬を撫でると、それは政治家というより、司祭の行為のように見える。たとえ彼が選挙に勝ったとしても、どうやってその仕事をやり通せるのか、ジャスミンには想像できない。体が丈夫ではないという理由からではない。むろん、十分にコミットしていないという理由からでもない。むしろ、正気な部分が持ちこたえる限界をこえて、必要以上にコミットしすぎているという理由からなのだ。スタッフ会議の端っこに戻ってきて、そこにあるカウチに横になり、ある戦略ポイントが議論されるあいだ黙って聞いているが、ふと簡潔で途方もない決意表明で議論に終止符を打ったりするので（「インディアナは重要だ。われわれはそこを勝ち取るだけじゃなく、つぶすんだ」）ジャスミンは、民主主義の方法と方程式に戸惑いを覚え、democracy（民衆＋統治）ではなく、democrazy（民衆＋狂気）じゃないか、と感じるようになる。

どんな外国人も、月以外に思いつかないようなカンザスの荒地――そこでは白人の学生たちが、ただざよならを言うだけのために遊説のバスや汽車を追いかけてきて、そんなことがつづく三カ月間は耐え難い記憶となった。そこから、十分に「つぶした」とはいえないインディアナでの勝利、あやうく政治的な忘却の淵に立たされたオレゴンでの敗北まで、ワイルドで荒れ狂う選挙運動だが、そのほとんどは、彼が特権階級や労働階級のどちらに対しても同様に語りかける内容とは無関係のように思える。つまり、黒人住宅の鼠や、インディアン居留地の自害のための場所や、そこで辛うじて生計を立てている、ぶどう畑で手を汚したカリフォルニア州デレイノーの娘たちや、飢えのせいで体が奇形になったミシシッピ・デルタ地帯の息子たち。これがアメリカの繁栄の実態なのだ、彼はモンタナの夜に吠えるように語りかける。汚染された者、殺された者、監禁、投獄された者がとことん考え抜いたように。だが、子供の歓喜や、詩の呪縛、守られた約束という不変の力には寄らずに。これが、すべての秤《はかり》となる繁栄なのだ。なんの意味もない、だが、すべてを意味する、取るに足らぬもの。それが私たち全員に、わが国のすべてについて教える。それがなぜわれわれのものなのかは、除くとして。彼はそう群衆に向かって、結論を言う。

別の種類の殺人がある、と彼は警告する――予言のつもりだったのだろうか。それとも、予言なるものは、自分が見たものではなく、自分が本能的に知っているもののおかげで、自然に現れたのか。狙撃者の銃弾と同様に致命的な殺人。それは、システムの暴力であり、ぼろを着た貧民の姿を見ることはないし、飢えている者のすすり泣きを聴くこともないし、見捨てられた者の手に触れることもない。この暴力は人間の精神をこなごなに打ち砕く。それはある前提を認めるだけでなく、推し進めるものだ。この国は他人の夢を破壊して、その人を絶望に陥らせることで成功を収めることが正しいという前提を。

ジャスミンは、この選挙運動がほかのそれと違うのかどうか、知るすべがない。この選挙運動は、その組織というより、そのエントロピーゆえに、彼女にコンサートツアーを思い出させる。自分自身が映っている選挙運動のポスターをつまらなさそうに見ながら、彼は「私はビートルズの一員かな?」と、二人だけにしか分からない内輪のジョークを言い、彼女にウィンクをする。だが、群衆が彼の服を引き裂いたり、靴を盗んだり、長くなった一握りの髪の毛を欲しがったりするのを見ると、彼女は選挙運動が、知っていたことどころか、予想していたこととも違う次元の出来事だと気づく。「こちらの選挙運動って、みんなこんなふうなの?」と、彼女はロサンジェルス郊外で、ある側近に訊く。それは、ある午後のことで、クリップボードを投げ捨て、彼女より数歳年下の十代の少年を助けたときのことだ。少年は群衆に脚をすくわれ、そのままだと踏みつけられるか、押しつぶされるところだった。側近の者は、顔の表情からすると、別に答えるつもりはなさそうだが、「どんな選挙運動でも、こんなものではなかった」と、答える。彼女はその表情に、束縛を解かれ誰にもコントロールできなくなった選挙運動への恐怖心を読みとる。

群衆から引っ張りあげられて、少年はジャスミンが——彼の顔のほうに身を屈《かが》めて——その耳元で一言だけささやくのを聞く。ジャスミンは自分がそんなことをしたということに異議を唱えるかもしれないが、実は、はっきりと覚えていないのだ。もしもう一度その瞬間を再現できるとして、立ち止まり、空中でその言葉をとらえ、もう一度耳で聞いたとしても、その言葉は、彼らのどちらをも驚かせるようなものではなかっただろうが……。

何人もの私がいるのよ、そう彼女は数カ月前のある午後に首都で、彼に言っていた。それに対して、彼は「私になってほしい」と、答えたのだった。いま、インディアナポリスのマリオットホテルの部屋で、彼女には彼の中のあらゆるタイプの男が見える。誰にとっても予言としか思えない殺人のあった四月上旬の夜のことだ（*黒人運動の指導者キング牧師。一九六八年に南部のメンフィスで暗殺）。もう一つの部屋で流れているテレビは、環《わ》を描くかのように、同じニュースを繰り返している。事件のショックを振り払おうとして。彼女は寝室の床でうたたねをしているが、人々が各自の部屋で泣き叫ぶ声がまだ聞こえてくる。だが、彼女がいちばん心を動かされるのは、外の静けさだ。今夜、あらゆる都市の中で、この都市だけが暴動に見舞われないからだ。それというのも、同じ部屋の、目と鼻の先にあるベッドに横になっている男は、ほんの数時間前に、ほんの数マイルだけ離れたスラムの黒人群衆に、あえてそのニュースを流そうとしたからだ。

その夜は寒かったが、灰のように細かい雨が南西部のほうから、はるかメンフィスのあのモーテルのバルコニーから、吹き込んできた。たいまつの光は、まだ灯されていない人々の心の赤い炎だった。車で集会にやってきた者の中で、どれほど多くの者がそのニュースを知っていたのか明らかではない。ただ、ほとんどの者は知らなかった。とりわけ、早めに到着して、手と手がふれあえる近さ、というより、一メートル下がって唾が飛ばせる近さ、というより、もう数メートル下がって銃弾を撃ち込める近さにいようとする者は。

側近が慌てて、彼のために走り書きのメモを渡す――すぐに、先生、ここから出ましょう。だが、彼は車から降りて、彼の前のどの顔も真っ黒だが、その一人ひとりに向かって訴えようと演台への階段に足をかけながら演説原稿をくしゃくしゃに丸めて、コートのポケットに突っ込む。それから、演台にあがり、彼らに語った。彼（＊キング牧師）は死にました。今夜、銃殺されました。そうボブは彼らに語った。一分、二分、五分でなく、十分近く喋った。あのダラスでの事件（＊ケネディ大統領の暗殺）から四年半、彼の頭の中で鳴り響いている銃声を聞きながら、彼は喋った。「今夜は帰りましょう」と、彼は語った。「キング博士とそのご家族に祈りをささげましょう。そして、私たちが愛する祖国にも祈りをささげましょう」。間近にいる者たちにとって、彼の目に浮かんだ痛みは、彼らの痛みに通じるパスポートであり、真実の徴《しるし》であり、真実を語る彼の権利であり、それを聞く彼らの権利だった。

その後、たとえどんなに時間がたっても、マリオットホテルの部屋の床の位置からだと、彼女には最初、彼が眠っているのか、それともただ天井を見つめているだけなのか分からない。それでも、彼の中のあらゆるタイプの人間がベッドの上にいる。すなわち、ゲットーの住民にあんなニュースを知らせるという、無思慮な蛮勇を振るう人間。あんな厄介なときにあえてギリシャ詩人の言葉を引用して、残虐な行為をやめて、この世の生活を穏やかにしようと呼びかける人間。自分自身は痛ましい失意を抱えながら、周囲の者には悲しみに沈んではいけないと説く器の小さい人間。このアトランタの黒人牧師の殺人事件は、まるで、五十五カ月前の大統領の殺人事件と同様に、誰の心をも動かしてくれるかのように、この共和国の歴史上最大の悲劇とは言えないと言い放つのだ。あの早朝のロンドンで、ジャスミンに向かって、まるで彼女を挑発するかのように、まるで彼女に彼の良心と手を結ばせ、彼女自身の良心をさらけ出させようとするかのように、「南アフリカ」と言い放ったような鈍い人間。それほど前のことではないが、いまやメンフィスで亡くなってしまった黒人牧師を、テクノロジーを利用して監視しようという考えに賛成したような罪深い人間。犠牲者の未亡人に電話をして「お悔やみ」の言葉を述べるほどの心を動かされた人間。「お悔やみ」という言葉を「慰め」という言葉よりも俗っぽくなく、好ましく思うのだ。それから、ごく最近の怖れる人間。やっつけたと思っていた恐怖たちの、まだ温かい死体。死体でさえないかもしれない。すでに発砲され、軌道を描いている未来のこだまを聞く人間。

彼の中のあらゆるタイプの人間がベッドに横になっている。やがて部屋の薄明かりの中で、そのうちの一人が言う声が聞こえる。「痛み。忘れがたい人の痛みは」と、彼が言う。「心の中に許しを雨のように降らせる手段を見つけなければならない。知恵と思いやりの心が育ち、できるかぎり神のそれに近づくように。この国の黒人は、誰よりもこの国の約束を理解している。約束が裏切られるのを経験してきたからだ。彼らに私を信じてくれと頼む権利は、私にはない。どの白人の政治家にもない。六年前、私は司法長官だった。人種差別の撤廃を求める集団〈フリーダム・ライダーズ〉がバスを連ねて、南部アラバマ州に乗り込んだとき、彼らは暴行されたり水をかけられたり、犬をけしかけられたりして、私に身を守ってくれるように要請してきた。私は彼らにトラブルを起こすのをやめてほしいと思った。で、私は言った。辞めてほしい。あなた方はトラブルを起こしているのです。急いじゃダメだ。まるで別世界のことのように思える。あの男は……別世界の人間みたいに思える。ともかく、彼が別人になっていることを願う。この国では何度も、奴隷の子供たちは白人への忠誠を要求され、最後は不正や裏切りに見舞われてきた。奴隷の子供たちは、六年前のあのモールで、私たちの最も忘れられない追悼式の影の中、忠誠の飛躍を行なった。いまや、彼は凶弾に倒れてしまったので、私たちは彼らにもう一度、飛躍を頼みたい。白人が黒人に許しを乞うときまで、この国の約束は守られないというのが正しければ、黒人がその許しを延長するかどうか決めるときまで――しかも奴隷制度の犠牲者の子孫がそうすべきいかなる義務もないのだが――この国の約束は守られないというのも、同様に正しい。忘れがたい痛みが雨のように降りつづけている心の中で、私たちはそのことを知っている。そんなことが起こるなんて、誰に分かるだろうか。許しを求めたり、それをかなえてやったりすること。どのような歴史上の瞬間が、そのことを表すのか。いつか、黒人の男か女が、いま私がしているようにこの職に立候補するだろう。

だが、私たちは奴隷の子孫に、許すべきかどうかなど言えない。私たちは、そうすることが黒人たちの義務だという振りはできない。もう一度、この国の運命と意味は、かつてホワイトハウスを建てた黒人たちに、この国の名にかけて失意を味わった黒人たちに委ねられる。私たちは、黒人の男や女や子供が認めるくらいに善良な国になるだろう。白人が自らの罪を償うことが黒人によって許される程度に罪が償われた国に」

彼の中のあらゆるタイプの男が疲弊した体軀の中に崩れていき、彼が言う。「それが自分であってもおかしくなかったと、私には分かる。誰にも分かっていることだ。だが、私ほどそれが分かる者はいない。もしそれが私だったら、同じように重大事になったかもしれないし、そうでないかもしれない。もっとマシだったかもしれない」

「やめて」と、彼女はささやく。

「私にはどれくらい時間が残されているのか、分からない」と、彼は言う。「自分が望む人間になるのに」

ある夜、選挙運動の汽車の中で、ふと彼女は記者の一人が「誰かが彼も殺すことになるだろう」と、もらすのを耳にした。彼女が報道車輛の中を通りすぎているときに、記者がバーボンを飲み干し、片手にブラックジャックのカードを持ってそう言い、彼女は思わず足を止める。

夜更けで、ほかの誰もが眠っているなかで、それは実際記者が声にしたよりも大きく響く。記者は顔をあげて彼女を見る。ほかの記者たちも顔をあげて彼女を見る。誰もが発せられたその言葉を撤回したいと思うが、それは無理だ。記者の目は、涙をためている。記者は彼女を見る。皆が彼女を見る。記者はカードに視線を戻す。「誰かが彼も殺すことになるだろう」と、記者は静かな怒りをこめてふたたび言う。「誰もがそれを知っているし、すべてが薄汚い罠なのだ。彼がこんなふうに出馬して、まるで彼が選挙に勝つことがこの国が良いと信じられるシナリオであるかのように、人々に期待を持たせて」

「やめて」と、彼女はふたたびささやくが、手遅れだ。

南アフリカ。ロンドンで最初に彼に会ったあの夜、彼はそう言ったのだ――彼の青い目のきらめきは、通りの光をとらえていた――彼がそれに気づいていたかどうか分からないが、その言葉には彼女を激怒させるあらゆる意図が込められていた。まったくの挑発行為として。だが、いま彼女は、彼がことごとく人々を挑発するのを目撃する。とりわけ、彼を支持しようと思っている者たち、彼が自分たちを支持していると思っている者たちを。みずからの正義やリベラリズムに慰めを見いだそうと思っている人々。彼は世界を自分と同じように苦悶に陥れたいのだ。ナルシシズムからではなく、むしろ、彼にとってどのような真実も、苦悶がなければ価値がないからだ。正しいと思えるものは、どれでも火によって自己証明されねばならない。政治的な意味で、もし自分が大衆の考えるような人間でないならば、取るに足らない者だということを、彼はもはや信じない。彼は自分が考えるような人間である、と主張するようになったからだ。

彼は自分が無関心だと思っている者たちを挑発する。「ニューヨークには、鼠がいます」と、彼は中西部のある聴衆に語りかける。「人間の数より多くの」。一同は彼が冗談を言っていると思い、笑い声をあげる。すると、彼がそれを制して「笑うのをやめて」と言う。彼は、自分が無関心だと思っている者たちを挑発する。カリフォルニアの戦闘的な黒人たちとの集会では、彼らの批判をひたすら禁欲的に受け止め、やがて、批判が尽き、彼に対する尊敬だけが残る。たった独りでやってきて、ひたすら耳を傾け、傾け、傾ける白人という、例外的な存在に対する尊敬が。

だが、誰よりも、どこかにいるはずの殺人者を挑発する。何よりも、自分自身の運命を挑発する。選挙運動の助手たちがホテルの部屋のカーテンを閉めるが、彼女は彼がベッドから起きあがり、カーテンを開け、きっちり窓の枠内に収まるのを目撃する。

私はここにいる。どこかの屋上にいるお前、ここだ。準備はいいか。狙え。私はここだ。私を……連れて……いけ。あるいは、建物の入口から歩道に足を踏みだすときも、彼の護衛隊が外で待っている車にすばやく押し込もうとするが、彼女は彼がそれに抵抗し、立ち止まり、しばらく通りのへりをうろつくのを目撃する。お前。どこかの窓にいるはずだ。私は高いところにある窓の利点を知っている。撃て。私はイタリア・カルカノ製の六・五ミリ口径ライフル銃を知っている。私はいかなる人間の中でも、状況の中でも、いちばん脆《もろ》いものが世界を変えることを知っている。

彼女が私の心に歌わせた。

ラジオから流れる「ワイルド・シング」が、彼を待っている車の、開いている後方のドアからもれてくる。ジャスミンは思う。彼は新世界が五百年間、独自に主張してきた未来を挑発する、と。その未来の欠片《かけら》の一つを無傷で通り抜けながら、彼は現在が彼を脅かすあらゆる道、過去が彼に取り憑くあらゆる道に対して、自分自身に予防ワクチンを植えつけるだろう。

もちろん、彼女はこのことのすべてを、二カ月後、ロサンジェルスの夜に思い出すだろう。数十年前にアカデミー賞の授賞式が開かれた老舗のホテルの奥のキッチンで。彼女は、実際に銃声を聞いたのか、それとも想像の中で聞いたのか分からない。近くという以外に、どこから銃声がやってきたのか知らない。短いテレビ報道がとらえられないのは、たった一丁の拳銃が流すことができる血の量だ。「室内にドクターはいますか？」と、マイクを持った誰かが何度も叫ぶ。何度も「ノオ――、ノオ――！」と「どうしてこんなことが起こるの？」といった嘆きの声があがる。だが、どうして起こらないことがある？　その言葉が発せられるのはもっと後のことだ。

一瞬、彼女は二十二口径銃を持つ男を見る。肌黒く、彼の標的と同様に小柄で、二十四歳の男。半分はパレスチナで育ち、残りの半分は現場から十五分のパサディナで育ったという。男はここ数日間、ホテルを下調べしていた。日記によれば、彼の計画は順序立っていた。つづく数カ月、ジャスミンは何らかの結びつき、この男が関係することを見つけ出そうとする。もっとも、なぜこの男のことを理解する必要があるのか、分からないのだが。標的に四発の銃弾を撃ち込んだとき、この男の頭の中にどんな音楽が流れていたのか、と彼女は思案する。それとも、暗殺者の頭の中には音楽が流れないのか。

その後のホテルの大騒動の中で、彼女の不安と共に、不安は消えていく。彼女の希望と共に、期待も消えていく。彼女は、数週間前に熱狂した野次馬たちから彼女が引っ張りあげたあの十代の少年みたいに、自分が狂人たちに囲まれたかのように感じる。

他人の波ではなく、自分自身の波に足をとられ、自分が溺れるかもしれないと思うだけでなく、そうなることを望んでさえいるのだ。「私たちは、偉大な国だ」というのが、実際、彼が最後に言い放った言葉だ。「私たちは、利己心のない国だ。同情心のある国だ」。演台にのぼる前に、彼はこっそり彼女に「ついに、本来の自分自身になったよ」と、打ち明ける。だが、一瞬にして、政治は無意味な世界へと逆戻りする。彼女はあとで、彼の記憶に向かって答える。周囲に誰もいないとき、部屋に独りきりでいるとき、バスに乗っているとき、海辺を歩いているときに。「あなたの死が何かを引き起こした、と考えないで」と、彼女は叫ぶ。「あなたが暗闇の中の異常な炎だったと、美のランダムなひらめきだったと、私が思っているって考えないで。美が輝くのは、それが何かを意味するからではない。むしろ、こんなカオスの支配する宇宙で、美さえも、まったくの偶然で、その絶頂の瞬間があるにすぎないから」。ついに、彼女は彼の呪縛から、ほぼ抜け出すことができる。

最初は、ロサンジェルスに留まろうと思ったが、選挙組織の要請で、純粋に組織のために、遺体に付き添うことにする。遺体は飛行機でニューヨークに戻り、セント・パトリック大聖堂に運ばれる。彼女はその教会のそばを短いニューヨーク滞在のときに歩いたことを思い出すが、まさかこんなことになるとは思ってもみなかった。殺人事件の四日後、棺は汽車でニューヨークからワシントンに運ばれるが、彼女は車輛のひとつに隠れようとする。彼が亡くなった姉の役を演じた女優と付き合った後に結婚したという未亡人から隠れようとする。選挙運動に関わった人々から、何よりも行く先々の大勢の人々から、お別れの挨拶の代わりに旗を振る老人たちや、胸の前に帽子を掲げるボーイスカウトたちや、汽車に向かって、**さよなら、さよなら、さよなら**と告げんばかりの手製のポスター——群衆がふくれるにつれ、ゆっくりと増えていく——からも。それらは、彼女が見るに耐えられない人々や光景なのだ。やがてついに彼女が目をあげると、それは涙に濡れた黒人たちの顔の光景だ。記憶の中のどの白人よりも彼のために泣いている黒人たちを見て、彼女はわっと泣き崩れる。ある若い女性が草の上にひざまずき、両手に顔を埋める前を汽車が通りすぎたとき、ジャスミンは、よその国からやってきて、彼らの背負ってきたものを背負っていない自分に、両手で顔を覆う権利があるのか、と思案する。それから、いや、ない、と結論づけ、顔を背ける。

汽車は夜遅い時刻にワシントンに到着し、棺は車輛からそっと降ろされると、駅からモールの北の外れのコンスティチューション通りを抜け、リンカーン記念墓地へと運ばれ、そこで人々が歌い、兄の隣に埋葬される。彼女はトーチライトでいっぱいの夜の葬式をこれまで見たことがなかった。葬式はすべて夜にすべきだ、と彼女は思う。夜の葬式だけが、葬式にふさわしい侘《わび》しい美をそなえている。彼が二年前に――その時、彼女は最初、気持ちがしらけ、その後、感動し、彼に心酔したのだが――南アフリカで行なった演説の一節が刻まれた記念碑の隣に、小さな控えめな白い十字架だけがかかっている。

十八歳の少年が群衆に踏みつけられて死にそうになった、あの熱狂的な集会の数週間後に、少年はテレビであの女性に気づく。彼女は自分を人間の希望という恐ろしい海から救い出し、それから耳もとで、それが何を意味するのか分からないが、絶対に忘れない言葉をかけてくれたのだ。

その州の第一次選挙の夜遅くのことである。ニュースの映像は、数十年前に著名な映画スターや大統領を泊めたことがあり、またアカデミー賞の授賞式の舞台でもあったロサンジェルスの老舗のホテルの奥のキッチンから放送されたものである。この日のまだ早朝に、誰もの脳裏に浮かんだ恐るべきことが、ついに起こってしまったのだ。少年は大学宿舎の部屋のベッドに横になり、ラジオで投票結果を聴いている。候補者が勝利の演説を終え、彼がラジオを消そうとしたとき、ニュースキャスターが銃声を聞いたと述べる。

銃弾がどこで発射されたのか、というより、正確にはどこから飛んできたのか分からずに、ニュースキャスターの声は震えている。その声に感じられるプロ魂の欠片が、その大惨事を見逃すまいと必死である。

ザンは宿舎のベッドから起きあがり、ありあわせの服を着て、隣の部屋に行く。同じフロアに住むほかの学生たちがその部屋でトランプをしている。何も訊かずに、彼は隣人の小型の白黒テレビをつける。騒動の中に、あの黒人の女性がいるが、彼女の目には、数週間前の午後にザンが見た恐怖心はなく、むしろ、気の失せた解放感みたいなものがある。「何があったんだ」と、学生のひとりが手の中のトランプから目をあげて訊く。「何かあったみたいなんだ」と、ザンが答える。

四十年後に、この国は選挙で新しい大統領を歓迎し、興奮のるつぼと化したが、それはいまや反対方向への過剰な興奮に取って代わられた。ザンには、初めの興奮がある意味で反対のベクトルへの興奮を引き起こしたと思える。ロンドンの、キングズクロス脇のセント・パンクラス駅から出て、ブリュッセルやパリへと向かって海峡の下を疾走するユーロスターの高速列車に乗り込み、息子がめずらしく静かにしているあいだ、ザンは駅のアーケード街の照明の下で買ってきた新聞に目を通す。外国にいるという冷静な視点から、ザンには、自分の国が正気を失ったと分かる。

国中の町々で開かれた市民集会で、人々は錯乱している……すべてのことに。彼らは選挙後のわずかな期間に、歓喜に我を忘れた人々ではなかった。彼らは口を閉じていた人々だ。興奮は、提案された政策や反対された政策に対するものでも、それらの事実に対するものでもなく、最初の興奮と同じだった。つまり、それは大統領自身に対するものだった。騒動と不安の時代に突入したときに、人によってはあまりに異質に思える者が登場したことで、あらゆる議論の感情的な主旋律が現実から遊離してしまったからだ。それは、新大統領の選挙を歓迎した多幸症の、暗い虚無的な兄弟であり、あまりに異常な希望と約束に、あるいは束の間しかつづかない妄想にふさわしい反応である。

暗い海峡の中で、列車は唐突に停車する。列車がふたたび走り出すのを待つあいだ、ザンは『タイムズ』紙にある、新大統領への死の脅威が四〇〇パーセントに達したという記事についてじっくり考える。就任につづく数カ月のあいだ、まずあけすけに希望が表現され、それを彼がつぶし、それから彼が過激だという非難がつづき、さらにそれから、彼が果たしてこの国で生まれたのかどうか、大統領なのかどうか、という疑問が生まれた。「いつ動くの？」と、暗闇からパーカーの声がする。

それから、彼は白人を憎んでいると非難される。それから、彼は、白人が攻撃され敗れる大統領職を推進すると非難される。それから、彼は老人たちをあの世に送る死の裁判所の設立を企てていると非難される。それから、彼はファシストの独裁者に喩えられ、それから人々は彼が演説をする集会に銃を持参し、それから、多くの読者を抱えるブロガーが軍事クーデターを呼びかけ、アリゾナのキリスト教の牧師が祭壇から、大統領の死を訴える。ある人気のあるウェブサイトが、彼が暗殺されるべきかどうか投票による世論調査をする。

そうした時系列に従い、イギリス海峡の水面下六〇メートルで、ザンは自分自身に問う。次に来るのは何だろうか、と。あるいは、言い方を換えれば、次に来ないのは、何だろうか、と。ザンの抱くその他の平凡な恐れの中に、新たな恐怖のたねが侵入してくる。ザンが十代の頃からこの国は殺人の国だった。ザンはその他の暗殺を見て生き延びてきたし、国も永続する方法を見つけてきたが、今度ばかりは、この国が果してそうした事態に耐えられるか分からない。誰かがどんなに抵抗したとしても、この大統領は、夢の最後の四百年の星印なのだ。彼はトゲの王冠のように、星印を身にまとっている。ザンは、これまでと違うような服をまとっているように感じる。ザンは暗がりの中で考える。間違いなく、政治的にもその他の点でも不健康なまでに、と。

だが、そんな服を身にまとっているのは彼だけではない。人間の堕落を身にまとう者たちがいる。だから、ひどいことが起こるはずだ。もしそうならば、これほどたくさんの服を人々に与えてきた国がどうしてそれに耐えられるのか。それとも、彼のあり得ない登場が、殉教する彼の運命を示唆するのか。

ザンは自分だけがこうしたことを考えているのでないのを知っている。誰も名づけたり口にしたりできないような恐怖を抱いているのは、彼だけではない。ザンが大学一年生のときに、キャンパスの広場で見た、四十年前のもう一人の将来の大統領に付きまとっていた、あの恐怖を名づけたり口にしたりできる者も、ほとんどいなかった。そうした男たちに備わる何かがこの国で誰も名づけたり、口にすることができない怒りを解き放つ。だが、もしそうした恐怖が流通しそうになると、誰もがそれを声に出して言うべきかどうか、思案することになるのだろうか。いま、何人かは運命の神が耳にすることもないような囁き声で、恐怖を表現している。だから、テキサスの北部から、ザンのアナーキストの友人が書いている。私は彼に我慢できない――そして、毎日彼のために祈っている、と。

ザンは、ブリュッセルでユーロスターの高速列車から降りて、ドイツ行きの列車に乗り換えるべきか、思案する。だが、ブリュッセルで乗り換える不便な点は、ケルンでもう一回乗り換えねばならないことだ。もし父と子がパリに向けてこの高速列車を南へ一時間乗りつづければ、ベルリン行きの直通夜行列車に乗り継ぎができる。ザンは、もともと息子のために、パリ―ベルリン間で寝台車を取ってやろうと思っていたが、息子は列車の中で離ればなれになるのは嫌だと言う。ザンは昔ベルリンに行ったときのことを思い出す。ヴィヴとの別れ話が持ちあがり、まだパーカーも生まれていない頃のことだ。そのとき、ヨーロッパの列車は、こちらが寝ている夜に勝手に車輛を切り離し、もしこちらが間違った列車に乗っていれば、どこか別の目的地へと連れ去られる、という厳しい現実を知ったのだ。

パリで乗り換える計画の欠陥は、ユーロスターがパリの北駅に到着してから、近くのパリ東駅でベルリン行きの列車に乗り換えるのに、たったの半時間しか余裕がないことだ。だが、瀟洒《しょうしゃ》なユーロスターをはじめ、ロンドンの列車が近頃はゲルマン民族みたいに時間に几帳面であること、パリの駅間の十分間の徒歩の移動が容易であることなどを当てにして、高速列車がふたたび動き出すと、ザンは海峡の下で、その計画を先送りすることにする。

ユーロスターに乗ったまま海峡の下で身動きできなかった時間を考慮しなかったの

で、父と息子がパリに到着すると、その計画の愚かさがより明らかになる。単に乗換えだけでなく、駅間の移動に三十分しかないとは。ザンはかつて——ヴィヴも子供たちもいないずっと昔のことだ——パリで狂ったようにタクシーを乗りまわすトロツキー派の連中と一緒に暮らし、彼らの貴族主義的な趣味に染まっていたものだが、連中は、ロサンジェルスのロニー・ジャック・フラワーズと同様に、すべての賃金労働者《プロレタリアート》はブラウプンクトの音響装置ぐらいを持つべきだ、と思っていたのだった。いま、ザンは理解する。それが、そんな若く、もっと頭がキレた頃に生まれた虚栄心かと。それは、ザンが目隠しをしたままパリに空輸されても、五分以内に自分の居場所が分かる、そんな昔のことだった。

いま、パリ北駅の、垂直に伸びた透明な管状の連絡通路を駆け上りながら、ザンとパーカーは、三十分かけてどこが出口なのかを見つけようとする。父は自分の胸の中で言う。俺はなんと混乱した老いぼれになったことか、と。パリ東駅に向かって、父と息子は、車でいっぱいのダンケルク通りを突っ走る。ザンのすぐ後をパーカーが追いかけるが、そのとき、タクシーが息子のほうに飛ばしてくる。運転手がどうも何かの操作ができなくなり、不可解な黒い怒りが排気管から吹き出していた。

ザンはパーカーの手を思いっきり引っ張り、そのため、息子の小さな骨がぽきっと折れた感触がある。この手は、あの夜、息子が折ったほうの手だ、と思い出す。息子を救急病院へ連れていき、その後、車の鍵をなくし、そのことで毒づき、驚くほど賢い娘が後部席からアドバイスを送ってきたものだった。「パパ、ほっときなさいよ」と。ザンはパーカーをタクシーの通り道からぐいっと引っ張ったが、それはちょうど、かつて若い黒人女性の手が押し寄せる野次馬たちから彼を引き揚げてくれたのと同じだった。ただし、ずっと歳のいった男と幼い少年との年齢的な違いがあり、その手の力は急激なものであったが。

タクシーはリムジンの後部にぶつかる。タクシーの暗い後ろの窓から、女性の乗客が頭を抱えたまま、前部席に飛ぶのが見える。それから、タクシーは、後ろにバックして、それからギアをドライブに戻して、ふたたびリムジンにぶつかる。それから、またバックして、ふたたびリムジンにぶつかる。「大丈夫かい?」と、ザンはパーカーに訊くが、パーカーはショックでうなずくだけだ。タクシーが、何度もバックしてリムジンに追突する光景に意識を奪われて、うずく手を押さえることを忘れている。誰もが立ち止まって、見ている。ようやく女性の乗客が反対側から降りるが、後部席のドアは開いたままだ。後日、ザンは理解する。自分の国であったら、こういった光景は、これほど狂気じみては見えないかもしれない。いや、むしろ、明らかに見なれた、新世界的な意味で、狂気じみて見えるかもしれない、と。

二人がパリ東駅に到着すると、ベルリン行きの最終列車はすでに出発していた。そこで、ザンと息子は、アルザス通りの安ホテルにチェックインする。部屋からは、下のほうに操車場と、それに沿って建っているごつごつした石の壁を見下ろすことができる。徒歩十分の駅と駅のあいだには、世紀と経度の違いが存在する。若者でいっぱいの、ハイテクの支配する北駅は、西洋的かつ未来主義的であり、それに対して、東駅はそこの旅行者と同様に、みすぼらしくて古臭い。古いヨーロッパからの亡命者か故郷に戻る亡命者で、一世紀分の過剰な荷物を抱えて避難しようとしているのだ。店やバーで手を冷やす氷を見つけることができずに、ザンはパーカーの手を濡れタオルにくるむ。息子は、最後に鎮痛薬《イブプロフェン》によって眠りにつく。

暗いホテルの部屋で横になっていると、東駅の湿っぽい黄色い灯りが窓から入ってくるが、ザンはもう一つのベッドにいる息子を見て、数分後に「パーカー」と呼びかける。息子は何も答えない。「パーカー」

「何だよ」と、ようやくパーカーが返事をする。背中を父に向けて、横向きに寝ている。

「手はどうだい?」

「痛いよ」

「鎮痛剤が効いてきたら、痛くなくなる」

「わかった」

「大丈夫かい？」と、父が訊く。

「眠ろうとしてるんだ」

「何を考えてる？」

しばらくパーカーは無言でいるが、やがて口を開いて、「もし僕がシバみたいにロンドンで消息を絶ったら、僕も残したままにする？」と、訊く。

ザンは、急激に息を吸う。暗がりの中で仰向けになり、ホテルの天井を見つめる。四十八時間、息子の前で平静を保とうと努力してきた。彼は「ママを見つけたら、彼女を捜しにいく」

「ママをどうやって捜すの？」と、パーカーの声がベッドからする。

「モリーはシバを傷つけたりしない。しかも、国外には連れ出せない」。それでも、もう一つのこと、モリーに関して、馬鹿げていると思えることは言わない。「モリーが彼女を傷つけるとでも、思うのかい？」。数分してから、ようやく暗がりから声がする。「いや」

ベッドに横になりながら、ザンは頭をおさえる。ロンドンでの最後の四十八時間、軽度の偏頭痛に悩まされ、アスピリンとカフェインで抑えてきたのだった――そのおかげで、頭痛はしばらく和らいだが、やがてもっと酷くなるのだった――たとえどれほど少量でも、鎮静剤《コディン》をヨーロッパの薬局で手に入れられるだろうか。もし少しでもうとうとできれば、朝目覚めたときの不快な気分は我慢できる。やがて、不快感は朝から昼、夕方へと時間の経過と共に悪化するだけでなく、そこにノイローゼが加わる。数時間前の、パーカーとあのタクシーの一件があってから、酷くなる一方だ。

パーカーを身ごもったのはベルリンだと、ザンとヴィヴはよく冗談を言い合ったものだった。二人は何年も前に別れることになり、ザンはベルリンに行ったが、そこで、ザンはやはり自分がヴィヴと別れられないと悟ったのであり、その後まもなくヴィヴが妊娠したのだった。身を持ち崩して、ザンはベルリンに向かった。そのとき行くことができる最も遠い場所だったからだ。東に旅する行為が西へ戻る旅に変わるところだった。だが、実のところは、違う列車に乗り込んでしまったからだった。彼の最後の小説がなぜか政治的な武器になり、もう一人の男の生計を犠牲にすることになった。あの時代は、かつて自分の国が実現しそうに思えた可能性の予感、彼が若い頃自分の国がいかに熱を帯びた夢に浮かされていたかザンに思い出させる可能性の予感……可能性もまたあちこち動きまわっていた。ベルリンの壁は、彼の国の最終的な前哨基地だった。そこで、大統領たちが言ったのだ。壁に穴をあけろ、彼らをベルリンに来させろ、と。そこで、未来の大統領が、ちょっと前に言ったのだ。こんどは自分たちの番だ、と。

旧世界の心臓の中を驀進する新世界の男であるザンは、破滅や罪意識、失敗が後ろから迫り来るその瞬間に走りに走る。後ろから迫り来るというより、背中にくっついている感じだ。ベルリンに向かって走り、かつて〈壁〉があったところで、あの罪深い小説の一部を切り裂き、粉々にして、〈壁〉の瓦礫の上にまき散らした。まるで瓦礫がすべてを吸収してくれるかのように。

それから、パリのアルザス通りのホテルでは、夢とは言えない夢、不安な夢と精神的な錯乱のあいだを漂う。大西洋を横断する客船の小さなキャビンの中で、Xは誰かがそれを最初に活字にする前に、幸運にも、二十世紀の代表作に遭遇することができて、その著作権を自分のものにしようと画策する。状況をめぐる倫理にも心を動かされずに、彼は考えを深める、ある意味で、作家というものは、無意識にであれ、自分が読んだり聞いたり見たりしたものをつねに剽窃しているものだ、と。作家の〈オリジナリティ〉をはかる唯一の基準である桁外れの文体で、それらを表現し直すものなのだ。時代を文字通り先取りするXは、〈オリジナリティ〉という考えが次の世紀には古風なものになり、ハイブリッドや占有といったもっと高次の哲学へと進化しているのを知っている。とはいえ――彼は考える。自分がこのことが起こる最初の人間になることはできないだろう、と。このように時間を遡ることだが、ひょっとしたら、あらゆる開拓者は、時間を超越している存在かもしれない。未来を過去に運んだりして。私は、最初の文学的なサンプラー(＊寄せ集めの名人)なのだ、Xはそう結論づける。私は小説をサンプリングしているだけなのだ。

結局、私が最初にその小説をプロデュースするとしたら、著者は私でない、と誰に言えようか。あなたがそれを調べれば分かることだが、私は十年前に、私より若い作家たちがそれに注意を払う前に、どれほどしばしばあることに気づいたことか。別の時代に、アイルランドの気取り屋が頭を殴打されたあと、目覚めて、その小説を誰かから盗んだのではない、と誰に言えようか。実のところ、別の過去において、あのアイルランド人が頭を殴打されたあと、目覚めて、いま私がコピーしている、私の版の小説がそばに落ちているのを発見しなかった、と誰に言えようか。Xは思う。ひょっとして、私の版が原型で、もう一方はクローンにすぎないのではないか、と。ベルリン間違いなく、ディレンマは自然に現れる。まず第一に、何の考えもなく、の十代の黒人娘が、Xが殴打されたとき、二十世紀文学の手本となった一冊の本を不注意にも彼のそばに置き忘れたが、Xは敢えてそのことを思い出そうとしない。暗い気持ちで、自分自身の版を書かねばならないと気づき、気分が晴れる。私のほうがうまく書けないと誰に言えようか。だが、別の何かがXを悩ます。自分が手を入れてもいいものかどうか自信がない……だが、同じ言葉を別の作家が使うとしたら、それでも、同じ言葉と言えるのだろうか。それでも、同じ作品なのか。それとも、テクストはその背後にある経験やペルソナによって変更をこうむるのだろうか。Xがこれらの小説を、自分なりに書き換えるのを想像しながら、いまコピーしている本の文章を省略し始め――そうした作業が延々につづくのだ。彼はうめき声をあげる――なぜなら、誰にもそれらを省略できないから。それなら、それはたいして大きな飛躍ではない。削除から編集、改訂、再配置を経て、精度を高め、想像し直し、改良するのだから。

このことがXに最も深遠な疑問を突きつける。その疑問とは、彼の祖国の誰かが旧世界のために喋ることが可能なのかどうか、というものだ。Xの国は、新世界になるとすぐに、時間のもう一つのブックエンドになった、というより、時間の外に漂った。Xの国は、つねにそれ自身の想像力というより、他の世界の想像力に属している。いまXはあくせくしながら、その小説の著者になろうとしているが、一方、旧世界の文学は新世界のヴィジョンを発見して、それ自身のヴィジョンには別れを告げようとしている。ダブリンか？　Xはダブリンなどうまく説明できない。だが、もし一九〇四年のダブリンを知らないならば、一九八九年のロサンジェルスを舞台にすればよい。七十年前の。〈夜の街〉は〈たそがれの街〉になってるだろう。モリーはドリーに、ブルームはズームに、ドゥーム（宿命）はグルーム（新婦をさがす新郎のように）か、プルーム（煙柱のように）か、ウーム（母が胎児を孕む子宮のように）。あるいは、ツーム（人が埋葬される場所のように）。

ザンはXを殺したい。眠りながら、ザンはXの発する言葉に腹を立て、ますます怒り狂うのだった。だから、お前は失敗者なのだ！　と、ザンはアルザス通りのホテルの暗闇の中で声に出さずに、叱咤する。お前は史上最大の小説家、二十世紀文学の著者になるチャンスがあるのに、それを書き換えているなんて。

マタイ、マルコ、ルカを書き換えたヨハネの福音書に関して、ザンは十日ほど前にロンドンの大学で講義した。いまはずっと前のことに思えるが、「歴史のノベライゼーションは、歴史に取って代わる」と。ヨハネの語りは、他のすべての版を排除することを意味する。歴史から、その音楽を聴く耳を持たない人々を追放することを意味する。音楽を聴く耳を持たない罪に比べれば、その他の罪など取るに足らないと宣言することを意味する。ヨハネの語りは、持続した幻覚体験としての語りであり、あらゆる偉大な芸術様式による全体主義者としての語りだ。紙と印刷術の発明によって、創造の行為は個人的なものとなり、読書の行為も私的なものとなり、その時点で、語りの行為は禁忌を追求するために、禁忌を避けることから解放される。変形された想像力は、意識を変形することになる。ヨハネの小説からは、もう一歩しか残っていない。〈ヨハネの黙示録〉。「それは小説ではなく」と、ザンは講演で述べる。「レイヴだ」

ザンはXを殺すことができない。もしXを殺せば、ザンの小説の残りの部分は、未来に消える。だが、大西洋を横断する定期船はニューヨークへと航海をつづけ、ある早朝に、ザン自身にとてもよく似た謎の人物がXの部屋に忍び込み、Xを殴打して意識を失わせる。

ヴィヴが初めてアジスアベバに行ったときのことだ。孤児院から新しい娘を受け取り、夜にホテルのベッドに横になり、隣に幼児の存在を感じていると、開け放たれた窓からサックスの音色が聞こえてきたのだった。

それはエチオピアのどこでも耳にする歌の一節だった。後日、ザンは自身のラジオ番組でかけた。〈テゼタ〉――意味は記憶、ノスタルジア、想い出、あるいは哀愁だが――は、タイトルというより、ブルースのような音楽の一ジャンルである。記憶がブルースの婉曲表現になっているこの土地で、この絡みつくようなメロディは、サックスだろうとピアノだろうと、ヴィヴの耳につねに同じように聞こえてきた。いわば、目というより、耳に入ってくる煙だった。そばに寝ている女の子が、確かにヴィヴがいることを確かめようとして、ヴィヴの体の線に沿って指を滑らせたとき、その指はヴィヴにとって煙のように感じられた。

いま、シバの母親を見つけようと、アジスアベバに戻ったヴィヴは、中心街の迷路に立ち往生している。運転手がそこに案内し、あたりを見まわし、「違う。ここじゃない」と言う。彼女の耳には、遠くのほうから〈テゼタ〉が、その答えのように悲しげに立ちのぼる音が聞こえる。彼女には答えが何なのか分からない。通路の壁が遠くから聞こえてくる旋律を反響させる。まるで一点に集まる嵐の雷鳴のように。ヴィヴは過去と未来とが互いに恋いこがれているかのように感じる。彼女の耳に聞こえてくる歌が、彼女の頭の中だけのものでないという自信はあるが、いま、エチオピアの記憶‐ブルースの中に、これまでシバのそばに寝ていたときには聞かなかったものを聞いている。

その歌は記憶を貪欲に求めている。ヴィヴはその中に、初めてシバがやってきてから自分と自分の家族に起ったすべての出来事、シバが一緒に暮らすようになってから経験した葛藤、夜に自分とザンが交わした小声の会話——そうなるだろうと理解することが難しくなるにもかかわらず、なぜか万事うまく行くだろう——を聞く。この通路で迷子になり、ヴィヴは小さな覚醒の中で悟りを得る。それは、シバが最初の頃の夜に、ホテルのベッドでヴィヴのそばに寝ていて、〈テゼタ〉に囲まれていて、いかに静かに過していたかを思い出すことだった。シバが家にくるとすぐに、彼女の小さな体がその音楽を放送し始めたのを思い出すことだった。まるで彼女を発見する秘密の言葉が話されているかのように。

ジャスミンは、シバがエチオピアを離れたのと同じ年齢以来初めて祖国に戻りながら、その歌を聞く。それは一九六八年の〈暗殺の夏〉のことで、怒りだけでなく悲しみを伴う暴動がシカゴ公園中に広がったのだった。四十年後の十一月の夜、ザンの家のテレビには、同じ公園で群衆が新しい大統領の当選を祝っている姿が映っている。ジャスミンは、まず父親と弟との再会を果たす。父親は病院の用務員の職を辞していた——医者にはならなかった——関節炎のせいで足を引きずっている。弟は自分の夢を追い求めて、希望の風景の中をさまよう永遠の三十一歳の学生だった。

ジャスミンは自分と弟と母親を捨てたことで父親を責めながら、この和解の場がぎりぎりの最後のチャンスだと感じる。三人は一緒にアジスアベバへ旅をする。夜になると、彼女はあの〈テゼタ〉がいろいろなナイトクラブから流れてくるのを聞く。ちらりと見たものが二歳のときの記憶なのか、それとも、それらしく見せる夢なのか分からない。ただ、この曲が聞こえるときだけが、故郷にいると彼女には感じられる。暗殺のあとジャスミンはときどきイスラム寺院（モスク）に慰撫――癒しよりずっと世俗的でない言葉だ――を求めたくなる。実際に、エチオピアへの旅で、彼女は国を離れるべきかどうか分からない。八日後、弟と一緒にそうする。だが、父親は国を離れない。彼女は二度と父親と会うことはない。

ジャスミンは、それが彼でなかったと、小柄の殴り倒された男でなかったと知っている。きっと彼が意味するものだったに違いない。そう分かっている。だが、その二つを分けることができないし、分けるべきじゃない。そう最後に理解する。彼女がそう呼んだように、democrazy（民衆＋狂気）は、抽象的な概念ではない。抽象概念の背後にある人間のことで、付随する信念と切っても切り離せない候補者のペルソナのことだ。

彼女は、犯罪があったロスを離れる権利が自分にあるようには思えない。ふらふらと音楽ビジネスの世界に舞い戻ったが、そこは、ロンドンでアンドーヴァーのバンドのヒットシングルを出そうとあくせくしたのとは異次元の世界。ここでは誰もがアーティストだ。誰もシングルレコードなど作ろうとしない。作ろうとしているのは、豪華な見開きカヴァーに挟まれた台本付きの壮大なオペラで、その台本や見開きカヴァーが消えるといった、うその気取りまで身につけている。彼女の役割は、芸術的なものではない。商品と同様、贅沢品に成り果てた生活――プライベートジェット機、酒やドラッグや指定された色のキャンディを揃えた楽屋、クローゼットには、赤いリボンでラップされたあらゆる人種の裸の女――を手配することだ。まれに、誰かが彼女を政治の世界に戻るように説得すると、彼女は答えるのだ。「誰もソングライターなんて暗殺しないから。この国でさえもね」

ジャスミンは黒人のキーボード奏者と付き合うが、その男にはアトランティックシティに妻がいる。八カ月後に男と別れる。自分にそんな好みがあるとは思っていなかったので自分でも驚いたが、大学を出たばかりの、ケリーという若い白人女性と長く付き合うことになる。彼女は一般大衆がいまだ知らないアーティストたちのためにアルバムのカヴァーをデザインしている。それらのカヴァーは、二人が一緒に移り住むことになるハンコック公園の端にある小さな家の壁を埋めつくす。

離別には二カ月かかった。二人の関係が終わったのは、付き合って三年半後のある真夜中に、ふと子供がほしくなったからだった。「養子をもらえばいいのよ！」と、ケリーは必死に訴える。だが、ジャスミンはすでに自分の子宮が未来によって侵略を受けているように感じている。自己嫌悪を感じながら、彼女は車に乗り込み、バックミラーですすり泣くケリーを見ながら、一晩中運転しつづけ、〈テゼタ〉のメロディから遠ざかろうとする。だが、彼女の内部から歌がやってくるのに気づく。「あなたは幽霊なの？」と、未来の母は、受胎する前に自分に取り憑く娘に大声で言う。

ジャスミンは、レコード会社で四年間働いていたが、いちばん大きなクライアントを割り当てられる。「きみの手腕を見てみよう」と、重役が机の向こうから言う。ハイランド通りを見晴らすオフィスで。「この商談は、個人的なケアが必要なのだ」

「個人的なケアとは？」と、ジャスミンは怪訝そうに尋ねる。

「この分で行くと、奴は一年もたない」

「ドラッグね」

「何キロもな」

「ナチの一員でしょ」

「あれは」と、重役はため息をつく。「インタビューで馬鹿なことを言ったからだ」

「ヴィクトリア駅で、車の後部席から、包囲攻撃の合図をしても」

「奴は黒人音楽が好きなんだよ！」と、重役は感嘆の声をあげ、ジャスミンは冷たく重役を見つめる。「ああしたことをきみ個人に引きつけて捉えちゃならない」

「昔、ある人から教わったわ」と、ジャスミン。「すべてを個人に引きつけて捉えるようにって」

「音楽ビジネスの人かい？」

「大統領選挙に出馬したわ。火星だろうと、ニュルンベルクだろうとどこの出身だろうと、わが社が今月売り出すロックンロールの宇宙人は、まだ服を着ているの？」

「あれは五年前のアルバムジャケットさ」。ジャスミンはそれもケリーがデザインしたのか思い出そうとする。「奴は二日後に町に戻ってくる。すでにドヒニー通りをはずれたところに家を借りた。そこに行って、アナと話してみてくれ。奴のアシスタント兼バックアップシンガー兼ガールフレンドだ」

「ということは、女好きってことね」

「いつでも女好きだったさ。でも誰にも言っちゃダメだ。いまのところは。奴を売り出すわが社の方針は、ヘテロセックス（異性愛）の段階に入っている」

「あいつが入っているのは、ナチの段階よ」と、ジャスミンはうなずく。

その家の車寄せに、彼女は車を駐めてびっくりする。住居は、南カリフォルニアのエジプト風のものだ——白いピラミッドで、頂上からガスの炎を吹き出している。いわば、燃える石棺。彼女がドアの呼び鈴を鳴らすと、応対に出た黒人女性がしばらく冷たい目で品定めしてから、彼女を中に入れる。

「なぜあなたを送り込んできたの？」と、アナが訊く。ホールを歩きながら、指に火のついたマリファナを持っている。相手のマナーを長くしっかり考えた上で、ジャスミンにも勧める。「いいえ、結構です」と、ジャスミンは答える。「私に何かお手伝いできると思ったからなのでは」

「きっとそうでしょう」と、女性が言う。「でも、率直に言わせてもらうと、あいつの白いイギリス人のケツは女好きときてる。あたしの前に一人いたし、たぶんあたしの後にも。でも、絶対にそれはあんたじゃない」

「そのために、私はここに来たわけじゃない」

「その通り。でも、目を開けなさいよ。会社があなたを送り込んできたのは、そのため」

「これ以上のドラマは、会社も求めちゃいないわ。彼のことを心配してるし」

アナは態度を少し和らげる。「彼も心配してないわけじゃない」。アナは椅子にすわり、ジャスミンにも向かい側のソファにすわるよう手で示す。「コカイン」と、彼女は言う。「アンフェタミン（覚醒剤）。大量のコカイン。これほど大量のコカインを吸引する人を見たことがないくらい。それでもダメにならないで、元気だってこと。皆がそれはあり得る話だって言うけど、彼の場合、たまたまそうなだけ。たった二年間に五枚ものアルバムなんて。しかも、最近の二枚は、これまでで最高の売り上げを記録して。そうならないほうが、彼にとってはよかったかもしれない。もちろん、あなた方は、手遅れにならないうちに、もう一枚作らせようって魂胆でしょうけど」

「会社はもう一枚なんて魂胆はないわ」と、ジャスミン。「もう五枚は作らせる魂胆よ。もう一枚だけが気がかりならば、彼を救うことなんかにかかずらうはずもないわ。チャンスがあれば、いますぐにでもスタジオに閉じ込めたいところよ」

アナはあたかも秘密をばらすかのように、体を前に屈める。「彼は正気を失いつつあるのよ。あたしの言っていること、聞いてる？　ホールの向こうよ」と、アナは二人がやってきた方を指さす。「あのドアの向こうには、奇妙奇天烈なものがある——ブラックマジック、ヴードゥー、古《いにしえ》の女王たちとか」、片手を広げて、家をさし示す。

「てことは」と、ジャスミン。「私はナチの人の寮母になったわけね」

アナは声を立てて笑う。「言い訳できないわね——あたしと一緒にいるわけだし。でも、あの人は」と、彼女はうんざりしたように言う。「ナチなんかじゃないわ。政治なんかに興味はない。興味があるのは、気味の悪いこと。どっちもどっちかもしれないけど。うまくやり遂げたときには、どんなミュージシャンにも負けないくらい賢いことを言う。始終読書をしていて、いつも誰よりも先に、次に来ることを知っている——だから、いつか、もし自己破滅しなかったら、ナチにまつわるナンセンスな発言を振り返って、なんて愚かなことを言ったのかって思うでしょうね。でも、いまは破滅の道を歩んでる。ホテルの部屋からは、人々が空から落ちるのが見えるし、車の後部席じゃ、トランクで泣き叫ぶ子供の声が聞こえるみたい。どこの部屋にいても、そこの壁に死体が埋められてるって、口汚くののしるし」

「いつツアーは終わるの?」

「今夜が最後よ。デンバーかな? どのくらい長く持ちこたえられるか誰にも分からない。あさって、こっちに帰ってくるわ」

「そのフライトを迎えにいっても構わないかしら?」

「フライトって?」。アナはふたたび笑い声を立てる。「いいこと。ミスター二十一世紀君は、旧式の汽車で旅をするのよ」

二日後の夜、ジャスミンはロスのユニオン駅の、長い琥珀色のトンネルが終わるところで待つ。そのトンネルはホームの下にあり、乗客が汽車を降りてロビーへと誘導される通路だった。汽車から吐き出された乗客は出口にあふれる。すべての人が出ていってしまうと、ようやく二人が姿を現した。一人は小柄で、刈り上げた黒い硬い髪の毛に野球帽をかぶり、もう一人はやせ衰えた体に黒いオーバーを着ている。燃えるように赤い髪の毛が、つば広の黒いフェドラ帽から突き出ている。ジャスミンはかつてこれと同じくらい弱々しい握手をしたとき、彼女の人生は変わったのだった。最初、彼はジャスミンをアナと呼ぶが、ちょっと驚いた様子で立ち止まる。「きみはアナじゃないね」と、つぶやく。

「アナはいません」

「いない?」と、彼は戸惑う。

「家です。私はジャスミン」

「レコード会社の人?」と言い、「こちらはジム」と、もう一人の男を紹介する。「光栄です」と、ジムは言い、彼女の手に、上品とは言えないが丁寧にキスをする。ドヒニー通りに戻る道すがら、赤毛の歌手は、「ジムは世界で最も偉大なロックンロール・シンガーなんだ」と、大々的に宣伝する。ジャスミンの知るかぎり、ジムという歌手は数年前のコンサートで自分の性器を見せびらかしたことがあり、いまは死んでいた。「声が出なくなったときのための、ただの予備の歌手よ」と、アナは見下したように言う。その前に二人の男はぐったりしていた。一人は謎の奥の部屋で、もう一人はジャスミンが二日前にすわったソファの上で。「あのスターと一緒に寝るようになる前、それがあたしの仕事だったように思える。ジムは数年前に自分のバンドでアルバムを二枚出していて――頭のいかれた連中よ……あの男がステージでやった破廉恥なことをいちいち言う気にもならない。あのボロボロのジャンキーは」と、アナは断言する。「もう一人よりずっとクレージー」と、ホールの向こうを顎で示す。「UCLA（カリフォルニア大学ロサンジェルス校）の精神病棟に幽閉されて、あたしたちが〝脱獄〟させてあげたのだから」

「お前は」と、ジムはソファから人差し指を動かさずに声を発して、彼が意識を失っていると思っていたジャスミンを驚かせる。「誰も〝脱獄〟させちゃいない。それをしたのは彼だ」

ジャスミンが翌日、スターの自宅に戻ると、玄関のドアが開いている。呼び鈴を鳴らしても、誰も出てこない。家の中に入り、ホールを歩いていきながら、何があっても驚かないように気を強く持つ。ジムが前夜意識を失ったソファの向かいにある椅子にすわっている。シャツも着ずに、丸ぶちの眼鏡だけをつけて。彼は熱いティーを飲み、『ウォール・ストリート・ジャーナル』紙に顔を埋めている。

部屋には五台のテレビがつけっぱなしになっていて、そのうち三台は同じチャンネルの映像だ。すべて音は落としている。ジャスミンは以前、テレビの存在に気づかなかったが、じっくり部屋を見ると、スイッチを消したテレビがもう二台ある。『ウォール・ストリート・ジャーナル』紙は言うに及ばず、彼女がこの不釣り合いな状況を算定しようとしていると――それ以外では、彼女の訪問に気づいたはずはないのだが――ジムが新聞の向こうから、「灰色の目のお人形さん。何か用かい？」と声をかける。これまで彼女の目のことに触れたことがあるのは、ケリーだけだった。「時の始まりからの」と、ケリーは表現した。「原始的な目」

「じゃ、何も問題ないの？」と、ジャスミン。

「アナは去った」と、ジムは、しばしダウ平均株価の縁からジャスミンのほうを覗きみて、ふたたび新聞の向こうに顔を隠す。

「去ったって？　本当に出ていっちゃったの？」

「そう。その通り」

ジャスミンはその他の部屋を見る。「どうして？」

「その点についちゃ、彼女と、というか、どっちかと言えば、彼と話したほうがいいかも」と、ジム。「二人は喧嘩をして」と、付け加える。「イタリアの選挙じゃ、共産党が勝ったみたいだ」

「イタリアの選挙で共産党が勝って、二人が喧嘩をしたの？」。ジムはふたたび新聞の縁から顔を覗かせ、彼女が冗談を言っているのかどうか確かめる。「銃もナイフも使わなかったのね？」

「ああ、もっと酷かった」と、ジムが答える。「言葉を発したんだ。でも、どちらも死んじゃいない。きみの知りたいのがそのことなら。少なくとも、彼女は。最後に見たときだけど。ロックンロール界の輝ける赤いゴキブリ、原子炉のメルトダウンでも死なないあいつも、たぶん同じように生きている」

ジャスミンは長いホールを奥の部屋に向かって歩いていき、ドアをノックする。「ハロー？」。ドアに耳を押し当てると、音楽が聞こえてくる。もう一度強引にノックする。「大丈夫なの？」。前に聞いたことがある歌がふたたび聞こえてくる。「いいこと」と、彼女は言う。「もしあなたが答えないと、警察に電話するわよ」

ドアが急に開く。彼はウェストのあたりがだらしなく解けた薄い暗紅色のローブを着ていたが、いまヒモを結ぶ。薄暗いホールで、彼はあたかもまぶしい光をさえぎるかのように、目に手をかざす。もっとも彼女には何も見えないのだが。「ああ」と、彼はつぶやく。ドアを大きく開ける。

「お邪魔してすみません。ただ、ご無事だと確認したくて。ミスター――」

「だめだめ、頼むから、ミスターだけはやめてくれ」と、彼は強い口調で言わねばならない。「入って」。ジタンの紫煙の匂いがして、褐色の光だけが差し込む閉じた窓のブラインドには、五線星形の図形がいくつも走り書きされている。床にも一つ描かれている。棚には、小さく太いロウソクが何本も並べられ、危険なことに、長い年月を経て燃えやすくなっている本の近くで燃えている。床でも、二本のロウソクが燃えている。壁に立てかけたギターは、ここしばらくそこから動かされた形跡がない。小さなシンセサイザーのキーボードもある。音楽は、窓のそばの木製のチェストの上のレコードプレーヤーから聞こえてくる。二つの小さなスピーカーにつながれていて、そのうちの一つのカヴァーには、何か鋭いものでつけられたような溝がついている。彼は「大丈夫、ジャスミン」と言い、彼女が予想していたよりずっと鋭い記憶力を示した。

「アナはどこ?」と、彼女が訊く。

「アナは出ていった」

「なぜ?」

「そうだな、ジャスミン」と、彼はほとんどものうげな話し振りになる。「きみは素敵な人だけど、余計なお世話じゃないかな」

「そうでもあるし、そうでもない。あなたの会社の——」

「そう。たった今、馘にしたよ」と言い、彼は埃っぽい電話を見るが、直前に静寂を乱された気配はまったくなかった。彼女には、彼がドラッグでラリっているのか、それとも疲れ果てているのか分からない。すべてが作用しているように思える。「きみが来る前だよ。だから、いま僕のために、きみに働いてほしい」

彼がそのことをその場の勢いで思いついたのか、それとも五分以上は考えたことなのか分からない。「連中より高いギャラを払うよ――」

「本当に馘にしたの？」と、彼女は言う。「どうして？　それを訊くのも、余計なお世話っていわないいで」

「実は……」。彼は首を横に振り、恐ろしげに電話を見る。彼は「ファ、ファンが……電話をかけてくるんだ……どうやって見つけたのか分からないけど」

「マネージメントの会社の人が？」

「電話をかけてくるのは……会社の者じゃない……それを止めなきゃ。止める必要がある……」と言い、彼は床とブラインドに描かれた五線星形の図を指し示す。「……これを見てくれ。……かき乱されちゃいけない空間がかき乱される。それに、今度は電話だ……ちょっと失礼」。彼はプレーヤーの針をあげて、それまで聴いていたレコードを最初の曲に戻す。椅子から顔を上げる。「どこまで話したっけ――」

「馘にしたってこと」

「そうだ。その、あの会社は、僕の仕事を適切に処理しなかったんじゃないかい？ たぶん僕の金をくすねたりして。前にも、そんなことがあったんだ。本当は僕の責任だけど……契約にサインしちゃったから。すべきじゃないって知っていたのに……」

「それでアナが出ていっちゃったの？」

「アナ……そうじゃない。アナと僕は……それが理由じゃない。こりゃ素晴らしい」と、彼は言い、今かかっているレコードに耳を傾ける。「この歌をカヴァーしようと思っているんだ」。今、彼のおしゃべりには活気が感じられる。「これは古い……誰だっけ……『その男ゾルバ』の役とか、ゴーギャンの役を演じた。アンソニー……」。彼は頭脳をフル回転させる。「なんてこった、何も思い出せない。ともかく、彼の出た映画で……それとアンナ・マニャーニ（＊一九〇八～七三年。イタリアの女優）も？ もちろん、僕にはニーナ・シモン（＊黒人ジャズ歌手）みたいなことはできない。そんなことはしようと思わない。あれは、誰にも真似ができないほど、ほとんど完璧なヴォーカルだ——気取りもなし、ポーズもなし、嘘くさい瞬間がひとつもない。ひょっとしたら、僕も……いや無理だ！ ノイ！ とかのドイツのバンドみたいには……きみ、ドイツのバンドは詳しい？」

「いいえ」

「たいていのアメリカ人は知らない。馬鹿だから。もちろん、きみはそうじゃない。

てことは、きみはホームガールじゃないよね？」

「ロンドン出身よ」

「そうきたか……でも、だからこそ、きみを必要としているんだ。だからこそ、きみが、いろ、いろ、いろ、いろんな性質の、特別な、その、その、そのコンビネーションなんだ……」

「それがどんなコンビネーションなのか分からないけど」と、ジャスミン。「アナとあなたのあいだで起こったことが、あたしとは関係してないでしょ？」

彼はひどく戸惑ったような顔で彼女を見る。「どうしてきみと関係することなどあるだろうか？」と言い、考え込む。「きみと僕は会ったばかりだろ？」。まるで、自分たちが何年も前に会ったことがあり、そのことを忘れていたのかもしれない、とふと思いつき、驚いたかのように。「その……」。少しびっくりして。「そうじゃなかった？」

「きのうね」

「そう思ってた。駅だったね？」

「そうよ」

彼はほっとした。「そうだね」。それから、「で、どう思う？　もちろん、僕はロスを離れるつもりだ」

「そうなの？」

「そうさ。言わなかったっけ？」

「ええ」

「そのことが、アンとの諍《いさか》いの一部だった」

「どこへ行くの？」

「このひどくげ、げ、げ、下劣な人たちでいっぱいの、げ、げ、下劣な場所から出ていくんだ」と、彼は言う。「下劣な。人たち。いっぱい。ひどく。下劣な。場所」

「どこへ行くの？」

「一瞬でも長くここにいたら、僕も下劣になってしまう。たぶん」。か細く押し殺した声になる。「すでにそうなっているかも」

同じように押し殺した声で彼は言う。「僕は糸一本で、ぎりぎり現実にしがみついているんだ。分からないかい？　それに、ときどき、ときどきだけど、うまく切り抜けてるって感じる。うまく行っているって感じる。仕事がうまく進行してるって感じるんだ……それから」、彼は言う。「それから気づくんだ。何時間も、何時間も過ぎ去ったんだって。でも、結局、三、四、五小節のメロディしか書いてない。それしかやってない。歌詞の一部を書くだけでも数日はかかるのに、まるで数分で一曲まるごと書いてしまった感じなんだ。本当は、歌詞の一部を、ああでもないこうでもないと、何度も書き直すんだけど。僕がここで誰に会ったか知ってるかい？」

「あたしの質問に答えてくれないの？」

「今、きみの質問に答えているところだ。ちょっと待ってくれ。どんな質問？」

「あなたがどこへ行くのって？」

「そう。そうだった。今、答えている。そうカリカリしないで聞いてくれたまえ、お嬢さん」と、半ば彼女をからかうように言う。「実は、ここであれこれ売り買いしてるんだ」と、彼は笑う。「僕が誰に会ったか分かる？」。彼はプレーヤーの針をあげて、ふたたび最初の曲に戻した。「この曲を十分に理解できない」と、つぶやく。「映画の中で使われていたんだけど――たぶんニーナのヴァージョンじゃないかも。あの映画の中に、どんな俳優がいたっけ……」

「じゃ、誰に会ったの？」と、ばらばらに思える話のどれかを軌道に乗せようと。

「言わなかったっけ？　映画のことで。ソフィア・ローレン（＊一九三四年生まれ。イタリアの女優）。じゃない。アンナ・マニャーニかな？」

「アンナ・マニャーニに会ったの？」

「ちがう」と、不安げな顔になり。「そうだったかな？」

「誰か下劣な人って言ったわね」

「ただの下劣じゃない。ひどく下劣な。アンソニー・クイン（＊一九一五～二〇〇一年。メキシコ生まれのアメリカ人俳優）だ。五十代半ばの。ちがう。ここにいる誰もがひどく下劣なわけじゃない。誰しもがね。クリストファー・イシャーウッド（＊一九〇四～八六年。イギリスの作家）が、何者か知っているかい？」

「作家でしょ」

「ああ、驚いた！　音楽ビジネス界で、もう一人、教養人がいるなんて。ジムと僕のほかに」

「作品を読んでるとは言えないけど」

「音楽ビジネス界における三人の教養人。しかも、同じ屋根の下にいるとは。もし飛行機がこの家に落ちたら、ロサンジェルスの知識人レベルは急落する……」と、彼は首を横に振る。算術はうまく行かない。「……急落する……三〇〇パーセント。ところで、きみの顔の表情に気づいたんだけど、ジムを見下しちゃいけないよ」と言い、ジャスミンがやってきたリビングルームのほうを顎で合図する。「ステージでイグアナみたいな役をしてるけど、そうじゃないときは僕たちを一緒にしたよりずっと読書家なんだから。もっとも僕は読書家なんてものじゃないけど」

「あたしがやってきたとき、『ウォール・ストリート・ジャーナル』に顔を埋めていたわ」

「そうだろ」と、彼はうなずく。

「ひょっとして、あなた方二人は……」

しばらく彼はジャスミンが言葉をつづけるのを待っていたが、ふと気づいて。

「何？　ちがうよ！　そうじゃない。互いにトラブルに巻き込まれないようにしているだけ。互いにトラブルに巻き込まれていないときに、だけど。ジムはすごい才能の持ち主だよ。僕にすごい影響をもたらしている。もし僕にできるなら、頼むから……」と、肩をすくめる。

「彼のことは知らなかったわ」

「でもね」と、ふたたび肩をすくめて。「ジムというのは、もちろん、固有名詞だよ」

「じゃ、あなたがどこへ行くのか、話してくれる？　ロスを出てからだけど」

「教えただろう。クリストファー・イシャーウッドがかつてベルリンに住んでいたんだ。戦前のことだけど。そこで有名な物語をいくつか書いた」

「彼もナチなの？」

彼は立ち止まる。「もちろん、彼はナチじゃない。彼もって？」。ジャスミンは黙っている。「僕はナチじゃない」と、彼は静かに答える。「もしそれがドラッグのせいだと言ったら、問題だろうか？」

「いいえ」

「そうだ」と、彼は首を振る。「その通り。きみの言う通り。僕はドラッグを使う選択をした。だから、ドラッグをやっているときに僕がしたり言ったりする愚かなことは、ドラッグが効いてるってことじゃないかい？」

「とても分かりやすい説明だわ」

「ぼ……ぼ……僕は何ごとも派手にやりたいっていう衝動に襲われる。あのヴィクトリア駅での、いわゆるナチの敬礼にまつわるバカバカしい大騒ぎになって」と、彼は激しく自己弁護する。「あれは戯言《ざれごと》だよ。まったくばかばかしい、僕は群衆に手を振っていただけなのに。絶対にナチの敬礼じゃない。手を振っていただけ。でも、僕にまつわる、きみが信じるその他のもろもろ悪事で、僕に責任のあることは、信じてくれてもいい」

自己弁護の激しい口調に気おされて、彼女は「そうするわ」と答える。

「あのナチ騒ぎ……」と、彼は蠅を追い払うみたいに言った。「僕は、あのロマン主義によって、み……み……魅了されたんだ――」

「ロマン主義？」

「もちろん。ナチズムは、異常なまでにロマンティックだろ。アーサー王の伝説やらなにやら……そもそもアーサー王っていうのは、鎧《よろい》をつけたイエスのことだろ。十二人の騎士をひき連れて。それが最後にはいかにグロテスクで、破壊的なものになったか、僕には分かっている」。打ちひしがれて、彼はジャスミンの顔の表情を見る。「それが悪いってことぐらい僕は知っている。何が起こったかも知っている」と、彼は言葉をつづける。「いいかい、ジャスミン。きみのことをジャスミンと呼んでもいいかい？」

「いいって分かっているでしょ」

「ぼくはこのゴミためみたいな町から出ていかなきゃならない」と、ふたたび力をこめて言う。「コカインから、薬剤から。サイレンから。サンセット・ストリップにたむろする高級リムジンから……きれいな体になれるベルリンへ行って——」

「ベルリンじゃドラッグがないと思ってる？」

「いや。分かってるさ——どこにだって、ドラッグはあるんじゃない？　だけど、ベルリンは……」。彼はバスローブをさらにきつく絞め、初めてレコードをかけ直さない。「……他の西洋世界と、糸につながれた風船みたいに、鉄道網やハイウェイ網でつながっている。孤立して、包囲されて。取り憑かれて、横柄で、大胆で。中央で分割されて——僕みたいに。いいかい、ジャスミン。きみにフランクフルトまで飛んでほしい……大丈夫かい？……そこからベルリンまで汽車で行って、そこでわれわれの住む場所を見つけてほしいんだ。きみと僕とジムっていう意味だけど。どこかハンザ・スタジオからあまり遠くないところで……ハンザって知ってる？」

「ドイツのレーベルでしょ？」と、彼女が言う。

「ベルリンの壁の南端に自社のスタジオを持っているんだ。そこに行きやすい宿がほしい。もちろん、あとでかかった経費は払う。一カ月、基本的なことを調べる時間はあげる。面白く、役に立ち、僕たちが目立たない地区で。マーケットに行けて、お茶を買えるような店とか。贅沢なものとか、ロックスター向きのものはいらない。本心だよ。これほど真剣に話したことはないんだ」

「ちょっと待ってよ！」

「ジムと僕は、ちょっとだけフランスにいることになる。パリの北のスタジオで、基本的な音取りをする……それから、そちらに向かう――」

「待って！」

「――汽車と船で。何だって？」

彼女は何を言おうとしたのか思い出せない。「別に」

「それじゃ、新しい章が始まる。新しい町、新しいキャリア……」

「ひとつだけ条件があるわ」

「もちろん、そうだろう」と、彼は苛立ったように言い、片手でそれを振り払う。

「いいかい」と言いながら、ブラインドからこぼれてくる茶色の光を浴びて、彼女の顔を見る。「僕が保証できるのは、このことが僕の意志じゃないということだけ。僕は絶対に、絶対に、絶対にしない……」。彼はふたたび手で振り払う。「ただ……しないというだけ。絶対に。何があっても。誰に分かるだろうか。だろ。それに、ジムはロックンロールの歴史における超大物にしちゃ、申し分ない紳士だよ」

「どうやってそのことが分かるのか、あなたに訊くべきかしら？」

「それは誰もが知っているよ」


あっという間の一時間で、彼女は銀行の出納係の切る小切手で、一万五〇〇〇ドルを手にしている。置いていく気にならない本やレコードを荷物にして、ベルリンに送ると、ジャスミンは残りのものをケリーにあげようと思う。だが、車にすわったまま、三年を過ごした家を見ながら、勇気を奮い起こそうとするが、ケリーの姿を見たとたんに、車のアクセルを踏んでいた。自分の子宮から流れてくるはずの〈テゼタ〉のメロディに耳を澄ませるが、何も聞こえてこない。

ジャスミンはその家に放火した人のように、その場を離れる。その晩は車の中で過ごし、買い取ってくれた韓国系の夫婦に車を引き渡すと、ロスのルフトハンザ航空のラウンジで十五時間、フライトを待って過ごす。飛行機をロンドンで乗り継ぐと、彼女は懐かしい故郷が自分に手招きしないのに少しだけ驚く。フランクフルトからは汽車に乗り、西ドイツからベルリンへと一〇〇マイルもつづく長い野外トンネルを行く。ベルリンのクーファーステンダム大通りを外れた小さなホテルに部屋をとり、自分の本とレコードを回収する。

ジャスミンは彼に手紙を書く。ここ一カ月あまり、せわしなく賑やかなこの都市に詳しくなろうと努めてきましたが、ついにきのう、ある住居を見つけました。あなたとジムに気に入ってもらえたらいいのですが、自動車修理工場の二階にあり、とてもシンプルですが快適な空間で、六、七部屋あり、空色の壁やドアがついています。横丁を望める小さなバルコニーもついています。床は戦前からのタイル張りで、天井は高く彫刻を施されており、古い鉄門に囲われた前庭もついています。シェーネベルク地区の目抜き通りに面していて、ハンザ・トンスタジオ2からは、地下鉄ですぐのところです。ここの住民は、トルコ移民の労働者たちで……ということは、トルココーヒーが飲めるのです！　クリストファー・イシャーウッドはかつてこの地区に住んでいました。アインシュタインやマレーネ・ディートリッヒ、ビリー・ワイルダー、クラウス・キンスキーも（おかしなドイツ人俳優らしいです。私は知らないけど、たぶんあなたはご存じかも）。そして、いつか誰かが誰かへの手紙の中で、あなたもここに住んだ、と書くのかもしれません。

やあ。

ちょっとしたメモ。ジムと僕はいま、パリの北、ヴァル・ドワーズのシャトー・デルヴィーユィルで仕事をしている。手紙をありがとう。来週かそこらに、ジムがアジア人の美女との戯れに終止符を打ったらすぐに、ベルリンできみと合流できるのを楽しみにしている。この美女というのが、始末のわるいことに、フランス人の俳優と結婚していてね。きっと、このことから、せいぜいいい歌詞を書いてくれるんじゃないかな。きみの見つけたアパートは適切な感じがする。前にも言ったと思うけど、贅沢な家を必要としているわけでも、欲しているわけでもないから。ちゃんと暖房はあるよね。それが僕の唯一の心配事なんだ。いま音取りをしているこのお城は、すきま風がひどくて湿っぽいときてる。どうも、あのいまいましいカリフォルニアのかんかん照りに、自分でも気づかないうちに慣れてしまったらしい。実際に、かんかん照りの外にでたことはなかったんだけどね。ハハハ。あの殺人の町とその羽をつけた死体でいっぱいの通りで過ごして以来、僕たちはワイン以上に強いものを飲んでいない。やれる範囲でおとなしくしている。出来るかぎり普通の人間として暮らすベルリンでの生活に期待している。

乾杯、Dより。

彼女は手紙の中で、ベルリンの壁の近くのハンザ・スタジオにあった銃痕に触れるべきだろうか。そのことは、人を興奮させるだろうか。怖れさせるだろうか。その両方だろうか。国際版の『ヘラルド・トリビューン』紙で、彼女は知る。あと五年で、ロバート・ケネディの暗殺者が仮出所する、と。彼女は暗殺者が死刑に処せられなかったことを悔やまざるを得ない。自分は死刑に反対だと思っていたのに。それは報復ということではなく、無秩序な世界から引き出される、ある正しい秩序なのだ。すべてが個人的な思いだ。

長年とっておいた新聞の切り抜きを捜そうとしたが――ロンドンで読んだ彼の南アフリカへの旅についての記事から始めて、その後、切り抜いて保存したいくつもの記事――彼女の所有物の中には、どこにも見つからなかった。紛失してしまったことで自責の念にとらわれた。彼女は、ロスのケリーのもとにある古びた記事の切り抜きに思いをはせる。誰かがケリーがめったに手にしない本をたまたまぺらぺらめくらない限り、ケリーはその記事を知ることはないだろう。きっとこれは男がよくやるように臆病にとりつかれて女のもとから逃げ去った代償なのだ、とジャスミンは思う。二人のシンガーがシェーネベルクに到着するとすぐに、ジャスミンは彼らが昔からの悪い習慣を完全には捨て去っていないことに気づく。ドラッグの代わりに、どこでも手に入るアルコールにシフトしただけだ、と。二人は、計画的にカレンダーを分割する。週二日は、クロイツベルクのナイトクラブやバーやストリップ劇場――ドイツ人のパンクスがたむろする〈エグザイル〉や〈SO36〉をうろつき、その後の二日は、アパートでの安静と回復の日と定め、コーヒーと本で二日酔いを覚《さ》ます。残りの三日は、ベルリンの壁から目と鼻の先のスタジオで、歌詞を書いたり曲を作ったりする。東ドイツの武装した狙撃兵が間近にいて、二人のシンガーのどちらかを狙い撃ちして、西洋社会の退廃に一撃を食らわせてもおかしくない。しばらくのあいだ、この二人の男とジャスミンは観光客よろしく、〈黒い森〉をドライブしたり、ブリュッケ美術館を訪れたりして、表現主義派の絵画を真似てポーズをとったり、質屋で手に入れたポラロイドカメラでスナップショットをとったりする。ときどき、シャッターを押してネガフィルムが露光を受けるあいだに、写真が消えるように思える。片手を振りながら、そうしたことを信じ込む赤い炎の色をした髪を持つ旧世界の放浪者がこう言う。

「それは大気中にあるんだ。これは消えいく旧世界を写真にとらえるゴーストカメラだ」

「その通り」と、ジムが応じる。「さもなければ、壊れたカメラか」

二人は東のほうへ向かう散歩で、自分たちが熱望していた匿名性の中へ沈み込んでいく。まわりのトルコ移民たちは西のほうへとぼとぼ歩き、うす暗がりの中で互いの世界が通過し、互いの可視性が夕暮れの中で消えていく。ミュージシャンはセッションのために洞窟のようなスタジオにやってきては去っていく。ナチスの第三帝国（＊一九三三〜四五）誕生以前の、サイレント時代の映画セットを改修したスタジオ。かつて、二十一世紀のバベルの塔でセクシーなロボットをめぐって叙事詩的なヴィジョンがカメラに収められたことがあった。古いセルロイドが地下貯蔵室の中で腐敗する化学的な匂いがあたりに充満している。

彼女はそのような楽器をこれまで見たことがなかった。まるで、ミュージシャンたちがそこで演奏しながら、その腐敗を呼吸するあのドイツ未来映画から出てきたように思える。楽器はむしろタイムマシーンのように見える。というより、彼女が想像するタイムマシーン。旅人をある曲の実演から、過去にさかのぼってその曲の着手、あるいはその曲の完成へと連れていく。ある曲を終わりか始まりから真ん中へと移したり、何年も前の音楽を数年前の音楽へと移したりして、いまこの瞬間の音楽を作り出す。まるでジャスミンがある曲に乗りこんで、十年前の古いハリウッドのホテルのキッチンへとさかのぼり、暗殺を防げるかのように。あるいは、二十年後の世界に先乗りして、彼女自身の暗殺を防げるかのように。

　ジャスミンが、誰もが〈教授〉と呼んでいる男に初めて会うのは、ある嵐の午後のことだ。レコーディング契約にサインをするためにやってくると、男が一人で、ほとんど灯りのないスタジオで楽器の一つに被いかぶさっていた。ちっぽけなトランジスタラジオから十年以上前の曲が流れていた――そして、レイ・チャールズは撃たれた――もう一つの音楽シーン。男は考えにふけっていた。床は二ダースものカードで覆われていた。タロットカードかもしれない。ただし、絵やアイコンがついていなかった。その代わり、薄暗い中ではほとんど読めない金言や宣言があしらわれている。一枚のカードに**〈自分自身を辱めよ〉**とか**〈歌はシンガーの秘密をうつしだす〉**とか**〈……に向こう見ずにならないように〉**……また別のカードには**〈あなた自身のヴィジョン〉**。アイライナーをしたハゲかかった男がたった一人で、床に視線を向けて、カードの指示を占おうとしていると、トランジスタラジオから私は夢みた、私たちが暗がりでトランプをしたことを、きみが負け、きみがウソをついたという歌が流れ、男はけらけらと笑い、肩ごしにラジオをちらりと見る。

　きみを夢みて……（＊以上、ヴァン・モリスン「ジーズ・ドリームズ・オブ・ユー」の歌詞）

　顔を上げて、まるで以前に何度も会ったことがあるかのように、ジャスミンに微笑みかける。何日も何週間も、セッションが別のセッションへとつづき、ある人の歌で始まったのが、別の人の歌で終わる。しばしば、音楽はそんなふうに無人地帯と化し、世界の魂《プシュケ》の中で、一つの壁になった西と東の二つのバリケードのあいだに存在する。

それは崩壊とブラックアウトの音楽であり、赤毛のシンガーがそう呼ぶように、壁の陰に隠れた恋人たちを歌う「未来主義的な〈リズム・アンド・ブルース〉」。サイレント時代の、誰も去らない電気的な青色の部屋の歌。「いわば、ジェイムズ・ブラウン主演の、フリッツ・ラング作『メトロポリス』だ！」と、ある夕べにシンガーが興奮気味にジャスミンに語る。ジャスミンはそうした大げさな物言いもかえって微笑ましく感じるようになる。彼女は自分がその音楽を頭の中に思い描けるようにも、理解できるようにも思えないが、直感でそれを無視してはいけないと感じる。もっともそのことを彼に知らせる気にはならないのだが。シェーネベルクのアパートで、手もとのテーブルに積み重ねられているのはアートカタログや、美学理論をめぐる粗削りの小著、現代小説などだ。「それ、本気で読んでるのよね？」と、彼女は、分厚いペーパーバックを読んでいる彼に訊く。

彼は肩をすくめて、「僕の両親の一人は、アイルランド人なんだよ」と答え、膝に本を置く。「オーネット・コールマンの曲のすべての音符に意味があるかどうか、心配なのかい？」

「たぶんね」と、彼女は答えるが、オーネット・コールマンの曲は聴いたことがない。「もちろん、心配などいらない。単純な話さ。本当に。男が故郷を捜して、二十四時間の散歩に出かける。音符の波に乗り、〈新世界〉を見つける。それは、僕たち皆が歌ったことのある歌じゃないかい。この小説の場合、舞台はダブリンだけど、ベルリンでもロンドンでもロスでもありだ」

彼の欠点が何であれ、優しさの欠如は、それではない。自分以外の誰かに対する忍耐心の欠如も違う。「マイルス・デイヴィスがファンク・シュトックハウゼンをやり始めたとき」と、彼はジャスミンに語る。「誰か、うさん臭そうに言っただろうか、きみは僕たちが電子音を使った〈具体音楽《ミュージック・コンクレート》〉を始めたとでも」

「たぶん、誰かが悪く言ったかも」と、ジャスミン。「ひょっとしたら、それを未来主義的なリズム・アンド・ブルースって呼んだかも」

「いいかい、二十世紀は、黒と白の性交だったんだ」と、彼は言う。ジャスミンは部屋のドアに寄りかかり、驚いて眉を吊りあげるが、彼は主張をまげない。「絶対にそうだ！」と、彼はその小説について言う。「モリー・ブルーム（＊ジョイスの『ユリシーズ』の主人公の妻）は本当のところ、黒人の少女だった。作家がそう言わないだけ。ガーシュインやジェローム・カーンやハロルド・アーレンみたいにニューヨークのユダヤ人が、南部の黒人音楽に接近して、一方、デューク・エリントンがドビュッシーみたいな十九世紀のヨーロッパ音楽を強姦してさ――それが一切の核心じゃないかい？」

「そうなの？」

「でも、もちろん」と、彼は主張する。「僕は新世紀における旧世界の、新しい色の白いデューク・エリントンで、黒人音楽の残骸を盗みまくり、粉々に打ち砕くんだ。白人の英国人みたいに歌詞を書き歌う。なぜなら、それ以上にサヴァイヴできるものがあるかい。僕が本気で願っているのは、誰かアメリカの黒人が白人のヨーロッパ音楽の残骸に対して同じことをしてくれないかってことなんだ。すべてにとって、リアクションがある。リアクションを期待しよう」

「それって、あの〈教授〉のカードの言葉みたい」

「文化戦争の第一法則さ」

「たぶん、あなたは新世紀の唯一の〈あなた〉であるべきかも」

　彼は手を振ってその言葉を否定する。ここしばらくそんな意味不明なことを聞いたことがない、というかのように。「でも、ずっと前から、僕は自分が考えるような僕じゃなくて、大衆が思い描く僕だって知っていた。というか、僕は誰でもないのかもね。何から何まで盗むしね。いつか、誰かが僕から盗んでいくんだろう――映画にするとか、小説にするとか」と言い、狂人みたいな、素っ頓狂な笑い声を出す。「そうなったら、僕はむちゃくちゃ怒るよ。もしよかったら、教えてくれないか。きみの家族は、どこから来たんだい？」

「エチオピアよ」と、ジャスミン。

「マジで？　素晴らしい！　故郷に行ったことは？」

「両親があたしと弟をロンドンに移住させたとき、あたしは二歳だった。八年前に、約二週間だけ戻ったことがある」

「そいつは素晴らしい」と、ぶつぶつ言いつづける。「なんて完璧なんだ。きみがそこからやってきて、いまここにいるなんて」

「完璧？」

「アビシニア！　時間の始まり、エチオピア。ロスは時間の終わり。で、ここは」、彼の手の先にベルリンを示し、「時間の十字線で、北と南が交差する」。

「どの地図上で？」

「目に見える地図じゃない、ジャスミン」と、彼。「耳に聞こえる地図だ。僕のことが好きになってこないかい？　ちょっとは？」

「本当のところ、あなたみたいになってきたわ」

「だろ。それを聞いて、心底うれしいよ」と、彼は心からそう言うので、彼女もふと心を動かされる。

「あんたはナチじゃないわよね」と、彼女が指摘する。

「違うさ。それはごめんさ」と、彼はふたたび分厚い小説を手にする。「あの償いは、もうできないだろうね」と、彼は静かに言う。「それにも値しないかも」

「たぶんね」

「しばらくは新聞の見出しに追いかけられることもない。身を屈めているさ。いわば、新世界の心臓に飛び込んだ旧世界の人間で、ほとんど新世界によって破壊された」と言い、ペーパーバックを彼女に投げてよこす。「一つひとつの言葉が何を意味するか、あれこれ拘泥しないように。ただの音符なんだ。旧世界が新世界を発見して、自分自身にさよならを言う物語さ」

ある日、彼は録音スタジオにすわって、窓からベルリンの壁のそばのカップルを眺めながらそのペーパーバックの最初の空白のページに彼女の似顔絵を描いたものだが、いまそのことを忘れてしまったのだろうか？　かつて彼は画家だった。音楽をやるずっと以前の話だ。絵画には未来がないと判断するずっと前の話だ。それとも、彼は完璧に、しかも計算深くそのことを考えて、さりげなくその絵を彼女に見せられると踏んだのか。いずれにせよ、後日、彼女はその本をひらいて、その中に描かれたスケッチが間違いなく彼女であることに気づくのだ。肌の色が茶色だが、目の色は場違いのような灰色で。

彼女には彼の手によって描かれた記憶がない。彼が描いたときに録音スタジオにいた記憶もない。彼が放心状態だったからなのか。あれこれ思考を巡らしているとき、彼の目はたまたま彼女に向けられていた。あるいは、彼女が目の前にいなかったならば、それはむしろ彼の意識の産物だったのか。もし彼女が周囲にいなかったのならば、彼女は彼の意識の中にいたに違いない。彼女のほうはそんなふうに彼に興味を抱いていないし、彼が自分に興味を抱いているとも思っていなかった。彼らの誰にも興味を抱いていない。彼にもジムにも〈教授〉にも。それが起こった夜にも。彼女と三人の男だ。だが、彼女はその本を返さない。数カ月逃走するあいだ、自分のスケッチがフロントページに描かれた本を携帯する。と同時に、彼女はその本を読んでなかったので、たぶん偶然から、二十世紀の最大の肯定《イエス》の声を出す女性（＊モリー・ブルーム）にちなんで名付けられた娘をお腹に宿すことになる。

だが、ワインの中に真実があるならば、それが起こる夜に、彼女は自分の気持ちがどうであるか、不審に思うに違いない。なぜなら、その夜には、たくさんのワインがあるからだ。ジムがクロイツベルクのナイトクラブからフランスのヴィンテージワインを五本持参して、彼自身はできる限りその饗宴にあずかろうとしなかった。もしそのワインがなかったら、晩夏のベルリンの沼地があった。ベルリンの肉体がすっぽりと池という池に包まれ、ハーフェル川とシュプレー川が氾濫して、四本目のボトルを開ける頃には、水がトルコ人のガレージを満たして、二階のアパートの窓枠にまで達してぴちゃぴちゃいっている。

五本目のボトルを開ける頃には、ジャスミンには水に浸ったガレージがよく見える。トルコ人の男女、子供たちが自動車の破片と一緒にぷかぷか浮かんでいる。遠いノイケルン地区のサイレンの音が霧の中を低く響き、宇宙時代を切望する。ジャスミンが服を脱ぎ、アパートのある部屋から別の部屋の、あるベッドから別のベッドに体を横たえ、裸体を淡い青色のビーズで覆うと、ついに彼女はベルリンとその池となり、自分自身がベルリンの街と化し、二つの太腿が出会う蝶番《ちょうつがい》の部分が爆弾の埋め込まれたベルリンの壁と化した。そのとき、ようやく彼女はジムがワインに幻覚誘発剤を仕込んだのだ、と気づいた。

彼女は自分自身にショックを受ける。いまこの瞬間、自分自身が分からなくなる。というより、いまある自分をどうすべきか分からなくなる。このようなこと、あるいは少しでもこれに似たようなことをしたことがなかった。ロスやロンドンで、ロックンロールに明け暮れていたときも、彼女は性的には抑制していた。細かい粉に刻まれたイスタンブールのハシシだと、彼女は考え、ささやく。「ジム、ジム、このばか野郎」。暗がりの中、ある部屋から別の部屋へ、あるベッドから別のベッドへ。誰かがささやき返す。どうだい？」と。それとも、あれは〈教授〉なのか。彼女はそうした邪悪さから生まれた直感で、〈教授〉こそが誰よりも堕落した男だと分かる。「あなたなの？」と、ジャスミンは小声でつぶやくが、相手が誰だかよく分からない。蛇みたいに彼女の中心に登ってきて、口の裏へとまわりこんだ歌は、異星人のハミングからイグアナの低いバリトンへと変わる。彼女に触れているのは、タイムトラベラーの手に違いなく、その指が彼女の赤いダイヤルを回して未来にかける。あるいはひょっとして、彼女はあまりに容易に自分の憶測に身を委ねていて、〈教授〉が歌い、異星人が彼女の体に触れていて……とうとう、暗がりで彼女はわけが分からなくなる。それが終わったとき、彼女は彼らの占領で大きく膨らみ、階下のガレージを覆うシュプレー川の水みたいに、彼女の内部にひたひた押し寄せる白波の音を聞きながら、彼女は夢み心地で考える。きっと彼らはあそこでそれを選り分けるのね。数時間後、水が引いて、シェーネベルクの通りに昨夜の洪水の名残がほとんどなくなると、彼女は青色の朝の光が差し込むアパートの中をぶらつき、彼らの部屋で気絶している三人のそれぞれを見てまわる。彼らの中の誰が最初に〈壁〉を越えたのか、と考える。そのとき、彼女は自分がモリーを妊娠したことを確信する。

それは、つねに父親が特定できないという運命にあるからだけではない、と思う。すぐにジャスミンは、三人の男たちの中で、誰もが父親であってもおかしくない、と思う。それは三人の誰もが父親であることを認めないからではない。むしろ、それは、誰もが父親であるのを認めるはずだからだ。それは彼女が一人で決めたい事柄だ。

彼女はその日の午後、手がかりを得る計画を実行する。彼女と二人のシンガーはクーダム大通りに車を走らせていると、ハンドルを握る〈赤毛の宇宙人〉が目の端に、別の車に乗り込もうとしている、見知らぬ男の姿をとらえ——誰か？ それは定かではない。ジャスミンはある程度まで自分に責任がある、と気づく。ホルモン液、悪夢、根拠のない悪い予感、半分しか理解していない新聞記事で顔を紅潮させながら、彼女はほんの一瞬だけ、その車に乗り込もうとしている、見知らぬ男が、あの暗殺者であることを確信する。何カ月か前の新聞に書いてあった、五年後に仮釈放されるはずの、あの二十二口径銃を持った男だ、と。「彼よ！」と、ジャスミンは叫び、自分でも驚く。

「そうだ！」と、宇宙人が同意する。「あいつだ！」

何よ、と彼女は向こうを見る。「確かに、あいつだ！」と、彼がもう一度言うが、その念頭にあるのは、彼に質の悪いドラッグを売りつけた売人か、彼との契約をごまかした実業家か、（いまはもう付き合っていないが）かつては彼の妻と密会していた男だ。その誰もが、ジャスミンがその見知らぬ男をめぐって勘違いした暗殺者と同じくらい可能性が低いのだが。実際のところ、通りにいた男はタクシーの運転手で、自分の車に乗り込むところだったのだ。それにもかかわらず、その男はジャスミンの隣にすわる赤毛の運転手の小さからぬ怒り——気持ちが落ち着いたときに鮮明になった怒り——の対象となる。赤毛は、自分の望むものに向けた並外れた焦点と決意をもって、別の車に狙いを定めると、自分の車を突っ込ませる。

ジムは後部席から大声をあげる。もちろん、交通量の多い大通りの群衆から騒ぎが起こる。とりわけ、タクシーから飛び降りた運転手は、大声で抗議の言葉を発しながら駆け出すが、赤毛のシンガーは車をバックさせて再度タクシーに突っ込み、何度もそれをくり返す。助手席のジャスミンは、本能的かつ身を守るために、お腹を抱えるので、どちらかの男がその行為に気づいたら、どうしてそうしたのか、分かっただろう。赤毛のシンガーは、自分自身の車を破壊しながら、タクシーを破壊しようという意図しかなく、後部席にいる彼の仲間は、この襲撃をなんとか生き延びようという意図しかない。「やめて!」としか、彼女は言えない。

シンガーはロスから新世界の狂気を持ち帰り、それを旧世界の狂気と混ぜ合わせる。「僕の頭がイカレてないって言わないで」と、彼は翌日の夜明けに彼女に言う。自分が妊娠したと彼女が知ったときと、何ら変わってはいない。彼女が見ると、彼は窓辺に立ってつぶやいている。

「そうね」と、彼女。

「狂気なら、僕はよく知ってるよね」と、彼はそっけない口調で言う。「僕の弟は精神病だから、血統かもしれない。僕がラッキーなのは、自分の狂気を利用する方法を見つけたことだ」。そう言い、彼女のほうを見て、言葉をつづける。「僕は暗殺される最初のロックスターになるつもりだよ」

「すばらしい」と、彼女は言い放つ。「また新聞の一面ね」

「それほどロマンティックな考えじゃない」と、彼は言い張る。

「いい?」と、彼女。「あなたが暗殺のことを話してくれないなら、あたしも狂気のことは話さない。がっかりするわね」と、彼女は侮辱するような口ぶりで言う。「もしそんなことが起こらなかったら?」。それでも、彼女は背筋に冷たいものを感じる。四十八時間後に彼女が立ち去るとき、自分の所有物でないのに持っていくものは、最初のページに彼女の似顔絵を彼が描いた、あのペーパーバックだけだ。いわば、彼女が見ていなかったあの謎の瞬間だけ。

彼女はロンドンで娘を産むつもりだったが、パリまで行き、モンパルナスでアパートを借りる。ニュージャージー出身の女性パンク詩人がかけるレコードが、中庭の向こうのアパートの窓から聞こえてくる。モリーが歓迎する手に収まるやいなや、助産婦は赤ん坊を抱きかかえ、小さな体が発するうなり声に驚く。すでに赤ん坊はモリー周波数を受信しているのだ。六カ月、彼女は母と同じ灰色の目をしていたが、やがて茶色になる。

もしその周波数がどこからやってくるのか、誰にも分からないとすれば、少なくとも、ジャスミンには、モリーをその源へ戻してみるだけの意味があると感じられる。娘が誕生して十五カ月後に、娘はすでに器用に歩きまわっていたが、母親はふと赤毛のロックスターを、サンジェルマン・デ・プレをはずれたボザール通りで見かけ、彼女はくるりと身を翻して、すべるようにボナパルト通りの角を曲がると、彼が振り返って、こんどは気がついたようで、はっと驚く。どこか分からぬ場所から聞こえてくる何か謎めいた音楽が彼の注意を引いたのだ。翌日、彼女は窓から、まるで捜し物をするかのように下の通りを歩く彼を見かけるが、彼が見上げると、彼女は手の指からカーテンを離す。それから、赤ん坊の体にブランケットをかぶせて、電波を受信するのを妨害しようとする。翌朝、ドアの外に少女のために小さな箱が置かれている。

知らない人の訪問でドアを開けたり、小さな箱を開いたりしてはダメだという、母親のいつもの叱責を無視して、少女は小さな両手に箱の中身を持って、「ママ?」と呼ぶ。さまざまな画像を捕らえ、撮影する途中で、それらを空中で座礁させる、ベルリンの小型カメラ。

彼女たちが再びベルリンに移り、シェーネベルクの、昔ジャスミンが住んだことがあるアパートから遠くないところに引っ越すと、少女はチェックポイント・チャーリー(国境検問所)からブランデンブルク門まで、幽霊写真を撮りつづける。ときに、写真自体が幽霊になる。画像が消えて、何も映っていない。ときに、写真は幽霊たちを、彼女がカメラから見たときにそこにいない人々を映している。ときに、写真に映る見知らぬ人々は、過去の幽霊たちだったり、ときに少女の知っている、あるいは知らない未来の幽霊たちだったりする。どこに行くにも、少女は、故郷を探して視覚的な八度音程《オクターブ》を追跡する。何年ものあいだ、彼女が唯一珍重するのは、中に母親の似顔絵が描かれ、母親の盗んだあのペーパーバックだ。

チェックポイント・チャーリーから遠くないところ、かつて録音スタジオがあり、その前には古びた映画スタジオだったところの近くで、ベルリンの壁の南の部分が崩れて、東と西のあいだの石の迷宮となり、両側に混乱を引き起こしている。恋人たちがそこで出逢い、子供たちはそこで遊び、母がそこへ娘モリーを連れていくと、娘はコンクリートの迷路に隠れる。周囲の建築の瓦礫によって守られている通路もあれば、上空があいた青いトンネルになった通路もある。モリーは迷路を中心に向かって進み、母親もいつもそこで娘を見つける。モリーはずっと年長になってから、ようやく母親が自分の音楽の後を追ってくるのだと気づくのだ。まるで娘が落とすパン屑を追うみたいに。

トルコ人とイスラム教徒の中で育てられて、ときどき少女は地元のイスラム寺院に行くが、彼女が絶えず発する低いハミングが周囲の顰蹙《ひんしゅく》を買う。十二歳のときに、ベルリンの壁の崩壊に立ち会い、壁のへりで、ワインのボトルを手に持ちながら踊っている人々を写真に撮る。小さな彼女のチューナーは、ベートーベンの第九「喜びの歌」のフェルマータで溢れる。

ベルリンで育った誰もがそうであるように、少女は解放感を味わう。二十世紀の中心に引かれた線が消され、穴に取って代わられたからだ。崩れた壁は、いわば、この都市の「死んだ手足」であり、歴史は、切除されたものがもはやそこにないと感じる手術患者だ。だが、壁が崩壊すると、何か暗いものも夢と一緒に解き放たれた。少女でさえ、人々の抱く心情に変化を感じる。みずからを〈青白い炎〉と呼ぶ、右傾化したスキンヘッドの軍隊がウンター・デン・リンデンを行進して、十代になった少女と一緒に歩道から眺めている母親に向かって罵声を浴びせるからだ。モリーは、すでに一人前の女性の体つきになっている。不吉な予感の意味するところが十分分かる年齢だ。

彼女が母親の運命を確信したのは、過去の歴史に舞い戻る想像力の働きなのか、それとも、その夜の偶然なのか。モリーは、かつてチェックポイント・チャーリーがあったところの近くで、ハンザ・スタジオから遠くない地下鉄の駅に入ろうとすると、〈青白い炎〉の連中が道路で中年の男性に暴行を加えているところに遭遇する。すばやく近くの物陰に隠れ、彼女の肌色と同じ夜の闇に感謝した。十六歳までに培ってきて、母親から教えられてきた、男の集団からは絶えず避けて油断しないように、という言葉を思い出し、恐ろしくなる。スキンヘッドの連中が暴行をやめ、傷だらけの男性を置き去りにして、ようやく彼女は男性のもとへ駆け寄る。

これまで死体を見たことがなかったので、この男性が死んでいるのかどうか自信がない。だが、死んでいないとすれば、おそらく死はこんなものに違いない。そう思いながら、彼女は男性のそばにひざまずき、書類や本を抱え、声を出すのが怖くて、男性に向かって小声で話しかけることもできそうにない。すると、自分でも驚いたことに、自分の体の中から歌が流れてきて、まるで誰かがヴォリュームのつまみをひねったかのように、その歌の音量が大きくなる。

倒れていた死体が動く。彼女は驚いて、後ずさりして逃げる。男性のかたわらに母親の似顔絵が描かれたあのボロボロのペーパーバックを置き忘れてしまう。

数年前に、彼女が初めてその本を手にしたとき、気づいたのは母親の似顔絵ではなかった。モリーは、ちょうど十二歳になったばかりだった。壁が崩壊したのは、その秋のことで、彼女はいまでも覚えているが、母子が暮らしているアパートの窓から、祝祭的で挑戦的な音楽が聞こえてきて、彼女自身の奏でる音楽を飲み込んでしまったのだ。彼女がペーパーバックを手にすると、その本の中から、二十年以上も前の新聞記事の切り抜きがするりと下に落ちた。少女がアパートの部屋の真ん中に立ち、不鮮明な新聞の写真に映っている男性の顔をしげしげと見つめていると、ジャスミンが驚いた顔つきで言ったのだった。「どこで見つけたの?」

母親のその口ぶりから、娘は自分がしてはならないことをしてしまった、と感じた。「本に挟まっていたのよ」と、モリーは恐怖にかられて言った。

ジャスミンは、どうしてその切り抜きがそこに挟まっていたのか、分からなかった。この本が自分の近くにきて、自分の手に入る前に、彼女はあちこちその切り抜きを探しまわったものだった。何か謎めいたことがこの瞬間に起こり、モリーが切り抜きを発見したのだ。ジャスミンがそれを取ろうとしたとき、十二歳の娘は本能的にそれを持つ手を引っ込めた。「渡しなさい」と、ジャスミンは静かに言った。

モリーはもう一度、写真の男性を見た。「悲しそうな顔だよ」と、母親に言った。

「そう」と、ジャスミンは言い、ベルリンの壁から窓を通して流れてくる音楽のほうに体を向けた。「いまここにいて、これを見て……こんな歌を聞けたら、きっと喜んだでしょうね」と言うと、微笑んだ。「もっとも、音楽のことは何も知らなかったけどね」

モリーは言った。「これがあたしのパパ？」。ジャスミンはそれを聞いて、口をあんぐり開けた。「違うの」と、母親は答え、心を鎮めようとした。「彼じゃない」。少女は切り抜きを握りしめ、静かに母親を見た。「彼じゃない」と、ジャスミンはくり返した。「話してあげるから」。モリーは切り抜きと本を母親に渡した。母親はそれらを手にすると、ほとんど心ここにあらずといった感じで、本をひらき、最初のページに描かれた自分自身の似顔絵を見つめた。

さて、地下鉄の駅の地下道に着いたとき、モリーはようやく自分が本を地上のあの男性のかたわらに落としてきたことに気づく。最初、それを取り戻しにいくという考えを退ける。スキンヘッドの連中が戻ってくるかもしれない。警察がやってくるかもしれない。さもなければ、傷ついた男性が自分の腕の中で死ぬかもしれない。あるいは、意識を取り戻して、何かの拍子にアドレナリンが高まって、自分を傷つけるかもしれない。だめだめ、と、彼女は結論づける。戻れないわ、と。彼女はいまにも客車に乗り込み、〈聖域〉というべきベルリンのトンネルの中に飲み込まれそうになるが、最後の五分が、まるで船をひっくり返す大波のように、彼女を転覆させる。

そのとき、彼女は自分が戻らねばならないと知る。彼女が落としたペーパーバックは、人生における事件をしるすマーカーのひとつで、将来消える運命にあるかもしれない人生経験のレシートのひとつなのだ。だけど、今晩じゃなく。十六歳の少女は決心する。こんなふうにじゃなくて、と。いや、めめしさは、捨てよう。母親の似顔絵が本の中に描かれている。それは、モリーが自分の〈身分証明〉を置き忘れたということだ。客車のドアが閉まる前に――過去の歴史に舞い戻る想像力の働きによって、彼女は客車から降りて、階段を昇っていく。

モリーが男性のもとに舞い戻ると、彼は道路に倒れたまま、それ以上動く気配がない。あたりには人気もない。目撃者の電話に応答して、やってくるサイレンの音も聞こえない。ペーパーバックは、目立つところに落ちていて、自分が落としたことに気づかなかったとはまったく信じられない。彼女はあたりをこっそり見まわしながら忍び足で近づいていき、落ちている本をさっと手にする。

本をひらいてみて、心臓が止まる思いがする。

彼女の母親の似顔絵が描かれたページがなくなっていた。ぎざぎざに引き裂かれた跡は、まるでそれが肉体であるかのように、生々しい。

再び、モリーは通りに本を落とした。再び、あたりを見まわし、一枚の白い紙切れが風に飛ばされていないか確かめるが、どこにも見あたらないので、再び駆け出した。

モリーは地下鉄の電車に乗り込むが、いらいらが募り、もう少しでヒステリックになりそうになる。何度、自分自身であのページを引き裂こうと思ったことだろう。結局、残りはただの本にすぎない。母の肖像を飾るための、大仰な額ぶちにすぎない。だが、まさにそれが額縁だからこそ、まさに最初から、それが肖像にある文脈を提供していたからこそ、モリーはその肖像を破り捨てる気にならなかったのだ。だが、すでに手遅れだ。

モリーがそのページを見つけたとき、いや、むしろ、そのページが彼女の母親を見つけたとき――モリーは二度と見たくなかったのだから、彼女の過ちのせいだった。あれから、そのページは時と自然の元素によって破壊され、ある書類の山の底に埋もれ、モリーによって忘れられ、無価値なものとして消し去られ、手放しで容赦ないパニックをもたらしたが、二年後のある日の午後に、彼女はシェーネベルクのアパートに舞い戻り、警察の姿を見るやいなや、知ることになる。

彼女は「ママ!」と叫ぶと、密集した警察隊の中へ飛び込んでいく。警察は誰一人、彼女を止めるのに必要な力を奮いおこせない。いま十八歳になった少女は、階段の上まで登っていき、ドアの向こうに母親の足が床の上にだらんと伸びている姿だけが見える。二年前にベルリンで殴打された男の死体と比べて、そのときようやく、彼女は生命の欠如がどういうものかが分かったと言える。彼女は他を見ない。ドイツ人の警官が飛びかかり、彼女を制止し、両腕に彼女を抱いて向きを変えさせたとき、モリーは階段のてっぺんに落ちていたくしゃくしゃの紙切れを偶然蹴っていた。その紙に描かれた似顔絵を見るが、それは名刺としてそこに落とされたのではない。それを地図のように読んだ六人の盗賊にとって、それは彼らの目標と同様、無価値だったからだ。

ジャスミンにとって、慈悲は、ドアから入ってきたスキンヘッドの六人の若者たちの最初の打撃で、彼女の生命のほとんどが奪われたことで、他の打撃が無用だったことだ。

その後、彼女の臨終の瞬間はゆっくり進み、高度をあげる。ショックと苦痛が彼女から去っていく。襲撃者たちが最も毛嫌いする女の一部から命の火が急速に薄れていく。彼女の黒い肌からではなく、彼女にはその権利がないと盗賊たちが考える白人特有の灰色の目からだ。もし彼女に驚く時間があれば、そのときボブのことを思い出さないことに驚いたはずだ。三人の狂った、モリーの父親との一夜のことも思い出さない。もしこうした驚きを考察する時間が与えられたならば、それがちっとも驚きなどではないことに気づいたはずだ。彼女は娘のことを思い出す。彼女は祈りの言葉を発しなければならない瞬間に、自分自身にではなく祈る。娘がすぐに戻ってこないように祈るのだ。

このことだけをジャスミンは思う。なぜなら、これは「母としてのエチオピア」から送られてきた電波だから。私たちは子供たちのことを思う、と。もしあなたが無神論者ならば、私たちが臨終の瞬間に、自分の子供たちのことを思うのは、自然によってプログラムされていることを認めるだろうし、もしあなたが唯一神を信じるならば、そもそもその神がそうしたプログラムを書いたことを知っているはずだ。ジャスミンは臨終の瞬間に、神の予見が見えるのを望む。未来からの電波がやってきて、娘が無事であることを知らせてくれるのを。だが、ジャスミンの望みは叶わない。たぶん、誰もそれは叶わない。おそらく、国と同じように、人々ができるのは望むことだけだ。勝ち目《オッズ》はせいぜい五分五分。

モリーにとって、ジャスミンが殺された事件に慈悲があるとすれば、それは少女が破壊すべき母親はたったひとりであるということだ。いまそれを自分が成し遂げてしまったと確信する。彼女は、自分の内部からやってくる音楽を見下す。その音楽が母親の似顔絵が描かれた本を落としたあの夜に、〈青白い炎〉を引き寄せたのだ。彼女は自分のスイッチを切りたい。

彼女はベルリンからマルセイユに逃げるが、自分のためではない。自分の安全のためでも、まして自分の自尊心のためでもない。彼女には男たちが気づく肉体があり、彼女はときどき、それを売り物にしている。彼女は、彼らが語る物語の夜と共に、彼女の商売の〈テゼタ〉を後に置いてくる――バルコニーの格子造りのドアごしに叫ぶ。男の連中は、彼女の肉体と、そのうめき声に金を払う。男の連中は、まるで音楽が彼女の内部にあるときに男たちが調律器具になったかのように、うめき声の中に立ち上がってくる音楽に、歌に金を払う。モリーは、自分に値する何からも逃げるつもりはない。善からも悪からも。なぜなら、彼女の存在は、虚無的なものに成り果て、何ものにも値しないからだ。それで、彼女は自身の良心の呵責から逃げもしない。まるで、それを出発する汽車からそれを眺めるかのように。むしろ、良心の呵責が、あの地下鉄の駅で、彼女を見返し、彼女が小さくなっていくのを見ているのだ。あとで、彼女が行くことができただろう場所は、あらゆる年代順に列挙された記憶の水源以外、エチオピアの交じり気のなさ以外、ほかにないように思えるだろう。まるでそんな場所に、あるいはそんな点に、後ろめたさなどないかのように。

実際に、マルセイユからサン＝セバスチャン、ジブラルタル、アルジェリア、トリポリへの放浪の旅に出るときに、彼女は、自分がそこに引き寄せられて行くのでない、と毅然として主張する。アジスアベバについに到着したとき、西洋世界が二十一世紀と呼び、エチオピアがずっと以前にそのための数字を使い果たしてしまっていた時代の夜明けにまだ若い小娘にすぎない彼女に唯一分かることと言えば、自分がそれに最も値しないのが、母親になるということだった。

あたしは幽霊？　高い壁に迷路のようなトンネルや橋に入り込み、新しく底知れない町の、狭く曲がりくねった石段を降りていきながら、そう思う。あたしは、時間の深淵に、あるいは空間の深淵にいるのかしら。九年後に、〈ユーカリ都市〉の郊外に暮らし、ある夜にベッドに横になっていると、頭上からモスクの音楽や嵐の騒音が襲ってくるなか、単に彼女が知っているだけでなく、それから生まれたと言える歌が聞こえてくる。それから、遠くで、現地のアムハラ語ではない、聞き慣れた言語によって歌う男性の声が。しばらく耳を傾けていて、ようやく彼女は、それらが自分の体の内部から発せられたことに気づく。それによって何かが分かりはしないだろうが、彼女は一万マイル先のラジオ放送をキャッチしているのだ――。……昨夜起こったことのために……この歌が言っているのは、変化がやってくるということで、どのくらい早くということじゃないでしょ。……一日だけのヒーローになる……ベルリンの壁の恋人をめぐる昔の歌？　それは、四歳になるエチオピア人の娘のための歌で、モリーは、私が思うに、服を着たイギリスの宇宙人になりきれてないが――数カ月後にロンドンで、暗闇のなかで隣にシバが眠っているあいだ、まだ聞こえてくる。ほとんど。あるいは、聞こえてくると確信する。自分が死んでいないと確信するのと同じように。ロンドンとパリのあいだの暗闇のなかで、列車が海峡の真下で止まってしまったとき、パーカーはそれが嫌だった。反射的に、ヘッドフォンの音量を上げる。反対側にすわっていた父親には、パーカーの首に吊るしていたプレーヤーから流れてくる、ロボットみたいなチャカチャカいう静的な音が聞こえてくる。「何を聴いてるんだい？」

父親の唇が動いたのに気づき、パーカーはヘッドフォンを耳からはずす。「なに？」と、少年。

「何を聴いてるんだい？」と、ザン。

「どうして？」

「ちょっと気になって」と、ザンは静かに答える。パーカーは自分と妹がロンドンの、あのぞっとするような地下の洞窟に連れていかれたのを思い出す。いちばん底でエレベーターのドアが開くと、寝台にマネキンたちがいた。本当にぞっとした。後でその洞窟が地下でないと分かっても、そんなことは問題でなかった。すべてがニセモノだと分かっても、そんなことは問題でなかった。思わずぞっとしたものだった。いま、暗闇のなかで、いまいましい海底かどこかで動かなくなってしまった列車の中で、パーカーはあの洞窟と同じだと、いやもっとひどいと感じている。あたりを見まわし、薄暗い灯りで他の乗客を見るが、あの洞窟で見たマネキンたちが見える。反対側の父親を見ると、そこにひとりマネキンがいる。列車の中の誰もが生気が失せていて、パーカーは抜け出したくなる。だが、どこにも出口はなく、列車が出発して反対側の地上にでない限り、脱出できないことが分かる。

ザンは息子が安らかに死につつあるような気がする。そのことにロンドンにいたときから、シバが姿をくらましてから、たぶんヴィヴが姿をくらましてから、たぶんそれよりずっとずっと前から気づいていた。パーカーに言う。「でも、ある歌が気にいっていたら……」

「なんだって?」と、パーカーは怒りに駆られて、再び大声で叫ぶ。こんどはわざわざヘッドフォンをはずそうとしない。それでも、父親の口は動きつづき、少年はとうとうプレーヤーの音量を下げる。「なに?」

父は肩をすくめる。「……分かりやすいっていうか——」。パーカーが言い放つ。「たくさんのいらつく音楽って、分かりやすいよ」。ここで、音楽が十代の若者のトライバリズム(集団意識)をめぐるものだと理解すべきだ、とザンは思う。息子の年代じゃ、音楽の好みというのは、革命行為なのだ。ザンは、特に政治的な音楽を好まなかった。選挙の翌朝に彼が流した音楽が——でも、その歌が言っているのは、変化がやってくるってことだけ。どれだけ早くか、じゃなくてさ——政治的なのは、それが個人に訴えかけて、告白の反対側で政治として現れるからだ。それでも、ザンはずっと昔に、大学時代の恩師から——この教師はかつてトロツキーの護衛であり、ビリー・ホリデーの恋人でもあったのだが——少なくとも政治的な意識を持っていない音楽が、何も訴えるものを持っていないことを教わったのだ。それと同時に、ロックンロールであれ、ブロードウェイものであれ、音楽に感動しないような政治人間が信頼に値しない人間である、とも。

それはともかく、音楽は、健全な十二歳の少年が父親と共有できるようなものではない。そうした親子のあいだでは、音楽は砂の上に書かれた線のようなものだ。そうした政治から、好みが生まれる。好みは改善するが、ザンが望むように、完璧にはならない。好みが完璧になったとき、それはあなたのものでなくなる。

パーカーが四歳のとき――シバがいまその年齢だが、まだ彼女が生まれていない頃に、ある朝、幼稚園に車で送っていったことがあった。渓谷の大通りまで降りてきたとき、トラックがオイルを零《こぼ》してアスファルトがつるつる滑る場所があった。彼らの車がくるくるとスピンして、そこへやってきた別の車もスピンして、二台が衝突した。車がスピンするのをやめ、誰もが動きを止めると、ザンは後部席の息子のほうを振り返り、「大丈夫か?」と訊いた。息子はストイックに無言でうなずいた。もし大丈夫だとうなずいたとすれば、実際に大丈夫だろうとそうでなかろうと、あるいは自分が大丈夫かどうか自信があろうがなかろうが、それは彼が四歳児の小さい頭の中で、ある程度までいま起こったカオスをコントロールできている証拠だった。

ユーロスターが海峡で予定外の一時停止後ようやくパリに到着。パリ北駅からダンケルク通りを渡ってパリ東駅へ向かう途中、パーカーはタクシーが自分のほうに突っ込んでくるのを見る。こうした場合に誰もが言うように、スローモーションというわけではない。その動きには、スローモーションなど見られない。それは少年が頭で考えるスピードよりずっと早くやってくる。父親が息子の腕をぐいっとつかむ。あまりに強くつかんだので、手の骨が砕けるような音がしたくらいだが、タクシーの進路から息子をひょいと避けた。父が「大丈夫か?」と訊く。パーカーはまるで四歳児のときのように無言でうなずく。だが、息子は大丈夫ではなかった。片手がずきずき痛むからだけでない。自分を轢きかけたタクシーが前方のリムジンに向かって衝突してはバックし、それからまたギアを入れ直してリムジンに突進していく光景を見たからだけではない。

歩道にいた誰もが、タクシーが何度もバックしてリムジンに追突していくのを目撃する。タクシーの後部席の窓の向こうで、前の席に飛んでいこうとする乗客が頭を押さえているのが漠然とながら見える。十二歳のパーカーは、ときには自分にもコントロール不能なこともあるのだ、と初めて大人としての認識を得る。ときには、すべてがコントロール不能になり、どうすることもできないことがある、と。いまも、しばらくはコントロール不能だった——海峡より前、あるいはロンドンより前、ひょっとしてシバより前から。

細かいことは理解できないが、パーカーは家のことは分かっている。金のことは分かっている。ある日の午後ロスの渓谷で、父親が急いで子供たちを車に押し込み、銀行へと直行したときに父親の声がパニクっていたのを思い出す。その前に、父親はネットに入り、口座の残金がゼロになっているのを発見し、小切手が不渡りになる前に口座に入金する必要に迫られたのだった。いま、母親が姿をくらまし、妹が姿をくらましている。もちろん、妹には頭にくるが、彼女が姿をくらましたことには動揺せざるを得ない。父親と同じように、思春期特有の仕方で、だが。それに、シバのことで動揺するなんて、とてもいらつく。シバが姿をくらまさなければ、ずっとよかっただろう。そうならば、何もかもコントロール不能に陥ることもなかっただろうから。シバがやってきてから、みんなの人生が何もかも難しくなった。そう少年は思う——どうして僕だけで十分じゃないんだろうか。どうして父と母にとって、僕がいるというのに、それだけじゃ十分じゃないんだろう。どうして僕だけじゃ不足で、わざわざ世界を半周して、シバを家に連れてこなくちゃいけなかったんだろうか。彼だけで不足というわけではない、と少年が理解するのに、まだ生涯の半分が必要だろう。実際のところ、両親の内部で耐え難いほどの恐怖心が解き放たれるほど、両親の少年への愛情は深かった。

この間抜け！　少年は思い出す。ロンドンで、自分がわざと迷路の中で妹を迷子にしたと子守りに責められて、血が煮えたぎる思いをしたことを。いま、シバがいなくなり、母親もいなくなり、自分は故郷から遠く離れ、何から何までコントロール不能になり、おまけに、いま目の前では、タクシーがリムジンへの突進を何度もくり返している。人々が見つめるなか、タクシーに乗っていた女性がようやく後ろのドアを開けて、通りへ逃げ出す。少年と父親は黄昏のダンケルク通りをもう少し歩くが、そのときふとパーカーは後ろを振り向き、群衆の中に女性の姿を捜そうとするが、すぐに父親に手を引っ張られるのだった。まるで、今夜中に次の列車に乗れる希望があるかのように。

ザンとヴィヴは、互いにパーカーとダイナミックな関係を築いている。ザンは着実で、穏やかだが、ヴィヴとパーカーはよく衝突する。特に息子がどうシバを可愛がるかをめぐって。少し前に母親が家の中に掲示したのだった。「**パーカー、妹にやさしくしてあげて。さもないと私が怒るわよ**」と。だが、その母子には、父子にはない親密さもある。息子は母親を信頼して、父親に打ち明けないことを母親には打ち明ける。

二人に言葉を交わさせよう。そうザンは一度ならず思ったものだ。ザンが、船に安定をもたらす底荷とすれば、ヴィヴは帆だ。両親は自分たちが子育てについて口論しているとき、パーカーがいちばんまともになると気づいた。パーカーには、両親が別れてしまった友達がたくさんいる。自分の両親が喧嘩すれば、それは家族という船の船首に放たれた一撃となる。息子は後悔して、できる範囲で船の安定を図ろうとする。シバが家族の一員になったばかりの頃、そのことでパーカーがいちばん辛いだろうということを、ザンは疑ったことがなかった。シバがやってきてからの二年間、パーカーは不安定で、激しやすかった。たまたま彼の思春期の始まりと重なった。彼の短い人生の台帳に記入された侮辱の一つひとつが、ハーグの国際司法裁判所規模の重大事に思える時期だった。友達のあいだで、彼の両親がクールであるというのは——母親がトルコ石《ターコイズ》色の髪をしていて、父親がラジオで音楽を紹介しているというのは、少年を喜ばせると共に、いらつかせもした。いま、パーカーの挨拶や思いやり、やりとりはすべて仲違いの言葉だった。シバの年齢の頃から、彼は父親と母親を「ヴィヴ」とか「ザン」と呼んでいたが、ファーストネームで呼び合う慣習——親子のあいだでは、ラストネーム（苗字）で呼び合う慣習と同じだが——をやめるのは、それだけに意味深長だ。

男性ホルモン、テストステロンはなくならない。最近では、暴力の噴出は頻繁にあった。長年にわたる繊細な子育てで、息子が映画やテレビで何を見ていいか、何を見てはいけないのかをめぐって厳密な監視を行なうのは、第二のダライ・ラマを育てる目的があったわけだが、息子の八回目の誕生日のあたりで、ホルモンが一気に吹き出て、あっけなく終わりを遂げた。すぐに、家の中は準軍事基地となり、弾道を利用する武器——空気銃の銃弾、塗料入りの弾丸、小さなＢＢ弾など、本物の銃弾ではないが——の貯蔵庫と化した。ザンはある日の午後、奥の居間でパーカーが「撃ってもいいかな？」と言うのを聞いた。ザンが振り返ってみると、壁に小さな鼠がいた。カッとなったザンは、直ちに「いいぞ」と返事をして、パーカーは引き金を引いた。キーという悲鳴とともに、鼠は倒れた。三十分後に、ザンは二階の仕事部屋にいたが、パーカーがためらいがちに、その年齢が許容するぎりぎりの泣きそうな顔で、部屋に入ってきた。「どうした？」と、ザンが訊く。すると、パーカーは元気のない声で「気分がよくないんだ。小さいやつだった。当たったときに悲鳴をあげたし」。一瞬おいて、ザンは「パパが撃てと言ったんだから、お前のせいじゃない。そうは言っても、鼠を殺させたことでお前に謝りたいわけでもない。でも、お前がそのことで何かを感じたのは悪いことじゃない」。二人は階下に降りていき、ザンは鼠が落ちたソファの背後にいき、死体を捜すが、そこにはなかった。息子のために、ザンはほっとした。「死ななかったんだよ」と、パーカーに言った。「もし死んだんなら、ここにいるはずだし。羽をつけて飛んでいっちゃったんだ」

「よかった」と、パーカー。

ときどきの良心の揺らめきはあるにしても、最近、少年はよく自室の薄い壁に拳を打ちつける。どうりでしょっちゅう手を痛がっているわけだ、とザンは思う。「確かに、あなたにも怒る権利はあるけど」とヴィヴが毒づく。「壁を壊す権利はない!」。もっともザンは、パーカーが抵当権喪失のことを知っていて、自分の怒りを家にぶつけることにある種の正義を見つけているのだろうか、と感じる。ザンとヴィヴはパーカーのために人間の形をしたサンドバッグを買ってやり、息子はそれをアレハンドロと名付ける。

さらにもっと不安にさせられたことは、パーカーの脱出計画だった。ある喧嘩の後で、ザンは息子が二階の窓から逃げ出すところを捕まえた。「僕よりずっとシバのほうを可愛がってるじゃないか!」と、息子はザンに怒鳴った。「僕なんかいないほうが、幸せなんだろ!」。ザンはこうしたセリフのいくつかはリアリティTV(*一般人の実生活を映したTV番組)やインターネット経由の大げさな芝居だと気づいていたが、パーカーはニセモノではない怒りに、体をぶるぶる震わせた。一度など、実際に家出をしたのだった。四十分後に家に戻ってきたが、すぐにはトラウマを解消させるわけにはいかなかった。それから、息子によってドアが思いっきり閉められたり、息子の部屋の窓が開いていたりするたびに、ザンは息子が家出をしてしまったのかと思い悩むのだ。もちろん、ザンとヴィヴはそれに対する覚悟など少しもできていない。息子が学校から帰宅するときに、車の後部席で友達と会話しながら、普通に「オルガスム」という単語を使っていた、そのショックからザンはいまだに立ち直れないでいる。

息子は十二歳だ。十二歳の子供が、現代は自分が生まれた日に始まると信じるのは、彼の仕事の一部だ。当たり前のことだ。パーカーに最近の大統領選挙が何かを意味するとすれば、それは歴史ではなく、政治でもなく、一人の候補がクールであり、他の候補がクールでなかったということにすぎない。もしパーカーの学校に対立候補を支持している者がいても、そのことを言わなかった。パーカーの口からは、古いタイプのリベラルの常套句が容赦なく出てくる。親友の何人かは黒人だった。とりわけ、トマスはバハマ出身の母親とドイツ系白人のボディビルダーの父親を持っていた。この父親は学校で行なわれたハロウィーン・パーティに、ナチス親衛隊士官の服を着てきて、スキャンダルを巻き起こしたのだった。お互いの紋切り型をひっくり返して、選挙では、黒人の熱烈なキリスト教徒の母親は保守系の白人候補に投票し、他方、妄想でナチス親衛隊を演じる白人のドイツ人は、リベラルな黒人候補に投票した。「老人はもういい」と、トマスの父親は顔をしかめて言った。自分が未来の住民であることを本能的に理解して、すでに自分の目を未来の真の故郷に置いた子供と同じように、パーカーも過去にうんざりしている。だから、パーカーにとって、パリで一夜過ごしたあと、十一時間も列車に乗り、翌日の夕方に着いたベルリンの町が、何度も、過ぎ去った世紀の難所であったという事実は、何の意味もない。

十四年前、ベルリンの壁の崩壊直後にザンはベルリンにやってきたが、いまや動物園駅は中央駅《ハウプトバーンホフ》に、他の世界への入口の役割を譲っていた。列車が水上を越えてやってくると――周囲の湖の水は、雨のせいで岸辺まで覆いつくし、濠みたいになっていた――新しい〈列車の港〉は、外側がネオンで輝き、窓のない未来都市の様相を呈し、大きくパノラマのように、グラフィティやずっと昔に地下に作られた数百の通路が大空に映し出され、さすがのパーカーも一瞬元気になる。

中央駅で、ザンは地下鉄の路線図を無言で眺め、頭が混乱する。初めてこの町にやってきたときも、まったく理解できなかった。真ん中にぽっかり穴があいていた。ザンはロサンジェルスでの経験から、そうした町をあちこち移動するにはとてつもなく時間がかかる、と学んでいた。クーファーステンダム大通りは道沿いに木々が並び、どろんとした暗い影を投げかけ、居並ぶショップのショーウィンドーが金色の箱みたいに輝いているが、その大通りをちょっと入ったところにあるホテルを数軒、パーカーと一緒に当たってみる。どのホテルのフロントでも、まずザンはひょっとしてヴィヴという名の客、あるいはヴィヴの姿かたちをした女性が泊まっていないか訊き、それから部屋がないか尋ね、つねに最後には息子に「ここには泊まらない」と告げるのだった。あるホテルでは、パーカーに「Wi-Fiがないから」と説明し、また別のホテルでは「ルームサーヴィスがないから」と言うのだ。

真夜中に、ベルリンの壁の南端にあり、かつては録音スタジオだった安宿に落ち着くが、パーカーは部屋を見て、信じられないといった顔つきで父親を見る。飾り気がまったくなく、寒々しく、湿っぽい。窓からはこれまで少年が聞いたこともないさまざまな外国語がもれてくる。部屋には、見たことがないちっぽけなテレビがあるばかりだ。テレビについているアンテナは昆虫の化け物についたヒゲみたいだった。「ここに泊まるの？」と、パーカーは不信の声を張りあげる。「ここにはWi-Fiもルームサーヴィスもないじゃない！」

ザンは息子の怒りのこもった凝視に元気なく無言で応える。

「ここはサイアクだよ」と、パーカー。「ほかのホテルは、少なくとも英語が通じたし」

ザンは、すべての決定を金によってしなければならないことにうんざりしている。ザンは自分たちが貧乏であると信じることで、自分自身の不当な立場をおおげさに美化するつもりはない。ザンの理解では、ぼろホテルは貧乏の定義にならない。貧乏とは単に金や資材がないだけでなく、希望がないことも意味する、と彼は知っている。この時点で、ザンは自分たちがどのような希望を抱けるのかよく分からないが、それでも希望はある、いつかは出てくる、と信じている。「パーカー。ほかのホテルに泊まる余裕がないんだ。すまん」と、息子に静かに答える。

パーカーにとって、今夜、泊まるホテルをめぐって、果てしなく調査と拒絶を繰り返したことは――実際は果てしなくではなく、たったの四、五軒だったが、少年には果てしなく思われたのだ――タクシーがリムジンに何度も突進していった光景を目撃したのと何ら違わなかった。いま彼らがいるのは旧市街のほうだが、少年の感じる惨めさは、それほど遠くないところにあり、ウルトラモダンのきらびやかさを放つポツダマープラッツの景色によって、いっそう増すのだった。かつてはベルリンの壁の無人地帯だったが、いまではソニーとかメルセデスとか、冷戦のリッチな勝ち組が入り込んできていて、その輝きはパーカーたちの部屋の窓に映り、彼らをあざけっているかのようだった。

パーカーは、またもや自分の未来が奪われた気がする。まるで別世界にある刑務所への移送が決まった犯罪人か、SF映画でよく見る、つねに宇宙で浮遊する飛行士のように感じる。かよわい一本の命綱が、唯一自分と故郷とを、あるいは故郷と言えるものとをつなぐものであるが、その絆がいまにも切れようとしているのだ。

少年が発見して苛立たしく思ったように、「バスルーム」と呼ぶべき部屋は独立していず、ベッドのある部屋の一部でしかない。大きな磁器のバスタブがこの部屋でいちばん見事な家具であるのを見て、「浴槽の中でも眠れるんじゃないか」と、ザンは冗談を言ってみる。パーカーは父親のほうを睨み、風呂に入るのを拒む。バスルームに行くときには、部屋の灯りを消すように言い、トイレにすわり、父親が存在していない振りをすることによって、ようやく用を足すことができる。

翌日、親子は、ウンター・デン・リンデン大通りにあるブランデンブルク門の東側に行く。パーカーにとって、ばかでかい大通りは、大河のように広く感じられる。ふと、この旅自体の愚かさが明らかになり、十二歳の少年にもそれが分かる。たぶん、十二歳の少年にはとりわけそうだ。親子は大通りの縁にたたずみ、向こう側をじっと見る。

ザンが「行こう」と言い、二人はブランデンブルク門の陰からもう一つの陰へとぶらつく。ザンはヴィヴがウェブにアップした写真がどのアングルから撮られたのか計算する。「あの写真は、この角度からだったかな？　それとも、向こうからかな？」と、ザンは息子につぶやくが、返事はない。それから、二人は場所を変える。

こういったことを二時間つづけたあと、パーカーを引き連れて、ザンはその地域のホテルを片っ端から当たってみる。ホテルを次から次へと訪ねて、英語で質問してはドイツ語で応答を受けた。ヴィヴがどうしてベルリンにいたのか、ここで何をしていたのか自問しながら、ザンは息子と、ブランデンブルク門から遠くないエチオピア大使館に向かう。ボオート通りの、格調はあるが、控えめな二階建ての白亜の館だ。そこから親子は地下鉄に乗り中央駅に戻り、その近辺のホテルを調べる。暗闇が迫り、不毛な一日も終わりかけて、パーカーは憐れみを込めて、ある結論にいたる。自分の父親は間抜けだ、と。

確かに俺は間抜けな奴だ、とザンは息子の顔を盗み見ながら、独りごちる。ネットに載った妻の写真のSOSに応答しなければならないという抑えがたい強迫観念が和らぐと、ザンはこの瞬間まで認めようとしなかったある事実を受け入れる。この地にやってくるという決心――まるで妻が、自分たちが現れるのを待ってこの町を歩いていると思って下した決心――は、どこから見ても、意味をなさなかったのだ、ということを。

じゃあ、どうしようか？　とザンは思案する。ブランデンブルク門の柱に、ヴィ、ヴィ、帰ってきたか？　といったメッセージの紙でも貼っておくのか。父親は十二歳の少年がどんなふうに孤独を感じるのか、ほとんど思い出せないが、孤独感がどのように大きく膨れあがるかについては忘れていないし、よく知っているつもりだ。道に迷い、独りぼっちでいる感情が、深遠さの尺度のどっち側で最も深いのか――若い頃、初めに近いときにか、それとも、歳をとって、終わりに近いときになのか――ザンにははっきり分からない。それでも、彼に分かるのは、そうした孤独感が同類であり、経験豊富であろうとなかろうと、生半可な元気では孤独感を克服できないということだ。次から次へと遺棄されてきた幼い娘を自分もロンドンに置き去りにしてしまったことで、罪の意識が消えないのに、さらに息子までこうした不安定な状態に追いやり、ザンは途方に暮れるのだった。

ホテルに戻るために地下鉄に乗り、父親と隣り合ってすわりながら、パーカーは窓の外をじっと見つめる。「パパの携帯番号を書いといてほしいんだ」と、ザンが言う。窓の外を見つめたまま、しばらくしてパーカーが答える。「どうして？」

父親は息子のコートのポケットからブルーのマジックペンを取り出す。「これ、書ける？」

パーカーはキャップをはずし、父親の手の甲の上をさっとなぞり、敵意のこもったブルーの線を書く。「書けるだろ」と、突慳貪《つっけんどん》に言う。

父親はその手と、息子の攻撃の跡を見る。「じゃ、このナンバーを書き留めて」

パーカーは反抗する。「書くものがない」

「手の平に書くんだ」と、自分の手を広げて言う。

「まだ痛いよ。ぎゅっと握られたから」と、パーカー。

父親は深く息をする。「タクシーがお前を轢き殺そうとしたんだ。その手に書いたら、痛いのか？」

「ああ」

「そしたら、そっちの手に書くんだ」

「そしたら、痛いほうの手で書かなくちゃならないよ。それに、右利きだから」。もっとも、彼は一瞬、いつもするように、どっちが右でどっちが左なのか、考えねばならない。

「じゃ、パパが書くよ」

パーカーが言う。「そんな必要ないって」

ザンが言う。「万が一ってこともあるし」

「万が一って？」

「よく分からないけど。万が一……何かが……」

「何が？」

「何かが起こったら？」

「何が起こるって？」

「離ればなれになるとかさ」

「どうして離ればなれになるんだよ」と、息子の声が高まる。

「離ればなれにはならないよ」と、父親は息子を安心させる。

「それなら、書く必要なんかないじゃないか」と、パーカーは言い放ち、ふたたび顔を窓に向ける。

ホテルのある地域に戻ると、親子は〈サイバーハンザ〉というカフェに入る。ザンはなけなしのユーロを取り出し、息子にロールパンとコーヒーを買ってやる。「ここでインターネットはできますか？」と、ザンがカウンターの女性に訊くが、パーカーはその前にさっさとザンのバッグからノートパソコンを引っ張りだして、ログオンしていた。「ママが掲示板を出していたホームページにつながる？」と言い、父親は息子と共犯めいた絆を結ぼうとする。

パーカーはそれには取り合わずに、「当たり前だよ」と、言い放つ。

父親は息子のやることを見守り、十二歳児の最も無慈悲な態度を咎めない。しばらくして、パーカーはまるでそれを注視するかのように、ノートパソコンから身を引き、眉をつりあげる。「どうした？」と、ザン。

「消えている」

ザンが言う。「消えているって？」

「ママの写真が」

「どういう意味、消えているって？」

「消えているんだよ」

息子の言っていることをザンが完全に飲み込むまでしばらくかかる。「えっ、ほんとに消えてるの？」

「ザン。消えているんだ」と、パーカーは冷静に答える。

「どういう意味だい？」

「消えてるって意味だよ。そこにはないって意味」

戸惑ったザンは言う。「でも、前にはあったろ？」

「あったさ」と、パーカー。それから、顔を近づけて付け加える。「不思議なのは、僕のコメントはそのままなんだ……」。少年は肩をすくめる。

ザンは、テーブルの向こう側、パーカーのいるほうに移動していた。ノートパソコンに目をやる。「どのコメント？」

「僕にコメントを載せたらって言ったじゃない？　ママにメッセージを送れって」と言い、パーカーはスクリーンを指さす。*Were r u.*「ワア・アー・ユー？（Were are you?）」ザンは声に出して言う。「どういう意味だい、Were are you? って」

「*Where* are you?（どこにいるの）さ」と、パーカーは間違いを正す。

「Where には h が必要だよ。でも、ママの写真はどうなったんだろう？」

「分からないよ」

「どういう意味だい、分からないって？」

「ザン」と、息子が声を張りあげる。「僕のいうことを、いちいちどういう意味って言わないでよ」

親子は、ふさいだ顔をして無言でホテルの部屋に戻る。息子は剝き出しの浴槽の中に入り、そこに腰をおろし、じっと前を見ている。その姿は芝居がかっているが、だからと言って、気持ちまで芝居がかってはいない。「それにしても、変だよな」と、ザンは対話を再開しようとする。「あそこにあった写真がなくなるなんて」「分からないよ」と、息子が答える。前方を凝視して――そんなのどうでもいいと言わんばかりに。

我を忘れたかのようにザンは言う。「でも、どうして?」。ザンは合理的な理由を捜す。「あなたはどこに? って言ったよね?」「言っちゃいけなかったの」と、パーカーは言い、ようやく父親のほうを向く。「いや、そうじゃなくて」と、父親は肩をすくめる。「たとえば、僕らは迎えにいくよ。さもないと……」

息子は浴槽から飛び出る。「そもそも、何て言ったらいいか、教えてくれなかったじゃないか。もし僕にそう言ってほしかったら、どうしてそう言わなかったんだよ。それから、メッセージを書くように言われたとき、僕はこれからママを迎えに行くなんて、知らなかったし。こんなばかばかしい場所に、こんなチョー、チョー、チョーばかばかしい旅をするなんて、知らなかったし」

だ?」

「嫌だよ、こんなの。こんなところ嫌いだよ。どうやってママを見つけるっていうんだ?」

「大声を出すな」

「二人でママの写真を見ただろ?」と、ザンは言う。比喩で言っているわけではない。つまり、勝手に想像したわけじゃないだろ?

いか、いか、いか、いか、いか、

パーカーは、猛り狂ったように泣き叫ぶ。ちょうどロスの渓谷の家の壁に穴をあけたときのように。ホテルの部屋の壁に向かって息子が手をあげたので、ザンが「そっちの手は」と言い、息子がパリで痛めたほうの手じゃないかと注意をする。

その声で、パーカーははっとして、壁を足で蹴とばし、その足が壁土の中に埋まる。

「何やってるんだ、パーカー!」と、父親が怒鳴る。宿の主人がドアから入ってこないか、肩ごしに見ながら言う。「ここでそんなことしちゃダメだ。ここに住んでるわけじゃない。ここは家じゃないんだぞ」

「僕らのものなんて何もないじゃないか!」と、息子が叫ぶ。「すべてが嫌いだ。パパも嫌いだ。ママも嫌いだ。シバも嫌いだ!」

父親はドアのほうを向き、誰も入ってこられないようにドアの掛けがねを掛けた。そうするのに、ほんの一瞬しかかからなかったのに、ふたたび部屋のほうを向くと、部屋は空っぽで、二階の窓が開いたままだ。鮮烈なブルーに縁取られた、黒々とした四角い空間に、そこから出ていった息子の姿が反響している。

ザンはショックから立ち直らねばならない。窓辺まで走っていき、パーカーが一メートルかそこら下にある建物の張り出しに降りて、そこから手を擦りむこうが擦りむくまいが、排水管を伝って下まで降りていったのだと分かった。「パーカー」と、ザンはつぶやくように呼び、それから喉の奥から「パーカー！」と、叫ぶ。息子は道路に降りて、霧の煙るベルリンの夜の中に駆けていく。

ザンは転げるように宿の階段を下りて追いかける。よろめくように道路に出ると、パーカーの走っていったほうを目指す。

走っては止まり、息子の足音に耳を澄ますが、何も聞こえず、ふたたび走り出し、だが、やがて息子のいそうな場所に、自分の選んだ方角に自信がなくなる。「パーカー！」と、息子の名前を呼ぶと、近くの窓に灯りがつくが、ザンは気にしない。そのまま息子の名前を呼びつづける。十分後に、彼は息子を見失っただけでなく、かつて工場地帯であったらしい、名前の分からない場所で彼自身も迷子になったことに気づく。荒地を唯一さえぎるのは、彼より東にある地下鉄の駅だった。

父親は地下鉄をじっと見つめ、息子がそこまで走っていったのか、と思う。だが、パーカーは暗く閉鎖的な場所は好きではない。ザンは悲しいうめき声をあげる。「パーカー、頼むから帰ってきてくれ」と、誰にも聞こえないようなかぼそい声で言う。暗闇に包まれて、その場でくるくるとまわる。渦をつくって、その勢いで息子を捕まえられるというかのようにまわりつづける。何度もまわりながら、まじないで呼び出すように、息子の名前を言いつづける。

途方に暮れて、よろよろと来た道を引き返そうとしたとき、誰かに頭を叩かれる。反対の方角から、もう一撃食らい、ザンはそれが誰であれ、少なくとも二人組だと分かる。ひょっとしたら、三人、四人かもしれない。それから、ザンは道路に倒れる。

気を失う前に、ある記憶が風船みたいに遠ざかっていく。かつてヴィヴがショッピングの最中にシバのために買ってやったのに、それが遠くに消えていくのを見たくてシバが手放してしまったあの風船みたいに。ザンは目を閉じる前に、誰かの手がポケットを漁っているのを感じる。彼は息子の名前をつぶやくが、一瞬それを後悔して、自分を襲っている連中に聞こえなかったらいいんだが、と思う。

ザンがしばしばヴィヴに指摘するのは、ときどき彼女が何かを彼に話したと思いこんでいることだ。彼女はいちどそう思い込むと、話したと信じてしまうのだ。ロサンジェルスからロンドンに向かうちょっと前に、彼女は涙ながらに訴えたのだった。ひょっとして、ザンが彼女の言ったことを忘れているんじゃないか、と。

いま、道路に倒れているあいだに、彼はふと思う。確かに彼女の言う通り、不吉なことに、自分の記憶違いであるだけでなく、自分が言ったことの逆のほうが正しいのではないのか、と。つまり、自分が彼女に言ったと思い込んでいることは、実際には言っていないし、皆に言ったと思い込んでいることは、実際には、誰にも言ってなかったのではないのか、と。ということは、数カ月のあいだ、自分が言ってないのに、言ったと思い込んでいたのだ。この間ずっと、ヴィヴからJ・ウィルキー・ブラウンまで、彼が最近お喋りになったと思っている者たちは皆、彼の頭の中の幻覚が作り出した声にすぎない。それは本当なのか？　俺が？　電波か？

突然、ばかばかしくなってきた。道路に倒れながら、ザンはふと確信を得る。自分のまったく出来の悪い新作の小説の登場人物のように、どこか別の場所へタイムスリップさせられたのだ、と。ただし、過去ではなく、どこか別の現在へと。言い換えれば、彼は実際には言っておらず、ただ頭の中で考えられただけの〈声〉――政治的な大言壮語、歌やその歌を歌ったことのない歌手たちの録音リストなど――の世界へと連れ去られたのだ。だから、実際に、彼の人生など、かつてはそうだったかもしれないが、どれ一つとしてもはやリアルではなく、息子もいないし、娘もいないし、妻もいないし、家もないのだ。

数カ月前、大統領選挙の直前に、ザンはいつもやる健康診断を受けたのだった。自分で麻酔を受けることを選びとり、麻酔をしないことを怖れたのにもかかわらず、寝台に横になりながら、自分の頭脳の一部が麻酔薬に抵抗するのに魅了された。それから、自分の頭が抵抗しているのを感じながら、心配になったのだ――ベッドに横になり眠れないことを心配している者のように――医者が検査をするときに、意識を失うことができないのではないか、と。自分の意志が麻酔薬よりも強力であるという尊大なうぬぼれは言うまでもなく、ザンは意識にしがみつく行為と、意識の降伏を願う気持ちとのあいだで宙吊りになる。麻酔が効く直前に最後に素早く思ったのは、どうして患者は百から逆に数を数えるようにと言われるのだろうか、ということだった。どうせ九十七から先には行かないというのに。十からじゃ、あるいは五からじゃ、まずいのだろうか？

ロサンジェルスの渓谷で、いまや自分が住んでいたことさえあやふやな渓谷で、ザンは木漏れ日の中をドライブしたことがあった。四十年前の、まだ十八歳の頃に見たことがある陽光だった。この陽光の中に入っていきながら、彼は感じるのだった。歳を取るにつれて、ますます――車が道路のカーブを曲がるときに、過去が現在にしみ出てきて、ある特定の光の性質によって彩られる機会が多くなっているように思える、と。彼は考える、確かに光は絶えずあり、過去も未来もなく、つねに現在である。だから、それはつねに同じ光である。だが、ずっと昔にもそこにあった同じ木漏れ日の中に入っていきながら、彼はかつての出来事を一つ残らず、それが誰の身に起こったのか、思い出すのだ。過去が鍾乳洞ならば、光とほとんどのあらゆる歌はつらら状の鍾乳石、それ自体のメロディを持つ石灰石の割れ目からぶら下がる。

だが、いまベルリンの道路で意識を失った彼の頭は、光をめぐるこうした考えはどれも間違いだと理解する。光もほかのすべてと同じように死ぬのだ、と。それは同じ光でないのだ。それは太陽が発する新しい光であるか、その光が発せられた数千年前からいままでのどこかですでに死んでしまったある恒星のものかもしれない。彼は理解する。絶えずあるのは光ではなく、影である、と。つまり、どの光がそれをもたらそうとも、同じなのは影のほうなのだ、と。歌というものは、光よりもずっと束の間のものだ。なぜなら、地球を白くして、肉体をこがす光と違い、歌は、聴き手が言葉で表現しない限り、けっして跡を残さないからだ。そういう意味では、聴き手は歌手の協力者だけではなく、歌の保存者になる。歌手から歌の所有権を受け継ぐのだ。聴き手は、歌手が歌えると思っている歌を聴く仕方をずっとよく知っている。もし光がやがて消え去る幽霊の像だとすれば、時は子供たちのする電線ゲームである。電線のこちらであるメロディを口ずさんでも、それが聴き手によって伝達されるうちに、電線のあちら側ではまったく別のメロディになってしまう。それならば、それが最後のメロディでない、と誰に言うことができようか。

にもかかわらず、光と歌のそうした瞬間に、過去と現在が偶然に一致する。ザンにとって記憶の地下埋葬所の最も深い部屋は、最も浅い部屋よりも身近なのだ。彼はきのう出会った人の名前よりも、ずっと鮮明に四十年前のある瞬間の光の性質を思い出すことができる。ザンは自分自身の記憶の、一日ごとの、一時間ごとの反乱に恐れを抱くようになった。自身の精神異常の可能性に怯えるようになった。いまは、ずっとその他の可能性に怯えている。なぜなら、記憶の中にこそ、自我の考古学的な遺物が存在するのだから。漠然とながら、ザンは自分が狂気に飲み込まれる前に誰かが自分を安楽死させてくれる計画を思いついた。だが、自分に面倒を見なければならない子供がいると、いま行なっている以外のメロドラマを楽しむ贅沢は許されないのだ。

振り返ってみると、Xの作品『未来のロサンジェルスのブルーム』が一九二一年の初めに出版されたときに誰も気づかないというのは、不思議ではない。誰もその革命的な「意識の流れ」の文章にコメントを加えないし、誰もその難解な博識に気づかず、主人公のたった二十四時間の散歩の中に西洋文明を要約するというその本の企図にも気づかない。

むしろ、一年後に、アイルランド人がダブリンを舞台にして、剽窃した作品のほうが衆目を集める。ちょうど、歴史と想像力がザンの主人公の場合に逆戻りする前に。Xがその後に刊行した作品も同じようにどれも注目を浴びない。彼は、どちらかと言えば、詐称者の草稿を手直ししてやったと苦々しく自認していたのだが。そしてとうとう、自分が白人か黒人か分からずに気が狂う男をめぐる南部小説を書き換えた作品で、『ニューヨーク・タイムズ』紙は、半ば声明に近く、半ば暴露に近い、ある解釈を提供する。

書評の見出しは、次のようだ。「作家が未来を剽窃する」。書評文は、このようにつづく。「……まるで未来の剽窃が過去の剽窃と同様に、いかがわしくないかのように、ミスターXは［こういう敬称は、『ニューヨーク・タイムズ』風だが］――彼自身の想像力などは言うに及ばず、本名を名乗る勇気さえ持たない人物だが——小説家の中で最も独創性に欠け、やがて登場するはずの他の優れた作家たちが、さらなる技巧と成熟をもって深化させる概念やアイディアを盗み取っている。ミスターXの作家歴における教訓とは、天才は猿真似できるが、本物であることまでは真似できないということだ。だから、このような杜撰《ずさん》で凝りすぎの作品は、それが属する明日の灰の山に乗せるとしよう……」

もちろん、ザンの小説の読者が知っていることで、X自身でさえふと疑いを持つことは、この書評が小説の作者であるザンによって書かれていることだ。もっとも、時代精神による後押しがあるかどうか、ザンにも分からないのだが。その後の二十年、Xは西部を放浪する。東海岸の、高級で洗練された思想の中心から逃げて、やがて西海岸の、恥ずべきペテンと図々しさがまかり通る掃き溜めの中に故郷を見いだす。そこでは、恥知らずな行為がほとんど恥にならず、他の名前で呼ばれて隠されることがない。戦後の一九四〇年代後半に、Xの作家生活は遠い昔の修羅場でしかなくなり、彼はハリウッド通りをはずれた小さなラジオ局に職を見いだす。そこの唯一の魅力は、七八年度のコレクションだった。エリントン、ホリデー、ヴォーン、ホーキンス、パウエル、ヤング、ウェブスター、パーカー（五十年後にその名にちなんで名付けられた十二歳の少年と混同してはならない、その少年の父親がいまベルリンの暗い歩道からその名を呼んでいる)。運命の神がXを祝福する。彼に長生きさせて、すでに十八歳のときに見たことがある六〇年代を、もういちど見させることになる。運命の神がXを呪う。一九六八年に、彼を九十一歳にするのだ。

それは合成された半生の時代だった。歴史が三カ月ごとにその殻を脱ぎ捨て、新たな歴史が出現した。もしきみがその時代に生きていたら——ザンは敢えて子供たちにそうは言わなかった。彼らはその時代を耐え難いと感じるはずだし、そう感じることで彼らを咎めることはできそうにないからだ——その渦中にあっても、きみはその時代が素晴らしいと分かった。と同時に、愚かな時代、陳腐な時代でもあった。どんなものでも陳腐になるほどに十分に正しく、十分に長くつづく時代に思われたからだ。気ままで子供っぽい時代だった。必ずしもすべてに混乱していたわけではなく、自らの従順を、とくに非従順を自認する人たちに押しつけた時代だった。ザンはその時代のビデオを見ると、たとえそれが自分の記憶の中のむらのある映像であっても、たじろがずにはいられない。何年もたってから、六〇年代は、その後につづく誰にとっても、ばかばかしい過度の重荷になった。

だが、すべてが化学誘発物などによらず輝いていた時代だった。芝生の星々、海の暗く鈍い窓、平凡なものたちの不思議なゼンマイ仕掛け、すべての色のきらめき。まるで世界が、毎日早朝に、雲のような前夜のすべての夢を集めた雨によってきれいに洗い流されたかのようだった。時はあり得ない太陽による月食の中に存在し、月と太陽は位置を変え、二つがずっと近接すると、狂気よりも輝きが増し、やがて、手遅れになるほどに誰も気づかないうちに、二つは元の位置に戻る。愚かなことに、ナルシシズムは無垢と勘違いされ、可能性の風に酔った時代でもあった。何年もたってから、ザンは分かった。もし過去へのタイムトンネルを見つけることができたなら、ためらうことなく、その入口に飛び込んで、過去に飛んでいったことだろう。

最後の小説を出版してから何年も、ザンはロニー・ジャック・フラワーズの出てくる悪夢を見た。フラワーズが自分に報復すると思ったからではない。むしろ、ザンは、自分の人生において唯一で最大の過失と思うものによって苦しみつづけていた。それは無邪気な気持ちから出たものではなく、破滅の引き金となったものだった。ザンの友人を含めて、何人かの者は、フラワーズについてザンが書いたものが出鱈目で、思慮に欠けたものだと見なし、ザンが故意にやったのではないか、と思わざるを得なかった。彼らはそれ以外の理由を探ろうとはしなかった。人々はザンに怒りを向けた。ザンが耐えられなかったのは、フラワーズ本人もザンが故意にやったと思ったことだ。どうしてそう感じたのだろう？　それから、ザン自身も自分が故意にやったのかと疑うようになった。もしそれが人種差別でないとすれば、それはフラワーズの信念にある日和見主義への無意識の攻撃だったのか？　ザンはあちこちの書店を歩きまわり、自分の小説を買い漁り、世間に出まわらないようにした。

やがて、ザンはその一件と辛うじて和解をはかった。ザンは自分自身を納得させようとした。人は自分のすることに責任があるが、文化が反応するすべての不正な行為や不当な行為にまで責任は取れない、と。フラワーズとしては、おのれの人生の一部を割いて、しばらくのあいだ、ロサンジェルスの市民運動グループと一緒に活動した。だから、ザンは自分を納得させることができる。あの男はザンの書いた文章によって、まやかしの人生を送るのをやめ、自分のすべきことをするように強いられたのだ、と。だが、そんな言い草はナンセンスであり、ザンにもそれは分かっている。自分の人生をどう生きるかは、たとえ、それが右翼の、しかも嘘くさい人生であっても、あいつ自身の選択だったからだ。もし裏切りが必ずしも敵意を必要としないならば、ザンの裏切りはそれ自体で存在する。

二十一世紀において「物語のアーチは変化する」というのが、ザンが二週間前に小説に関してロンドンで行なった講演の締めくくりに使った表現だ。いまベルリンの道路に倒れている男にとって、はるか別世界のことのようだ。ザンの演台の背後に、大きく引き伸ばした大統領のテレビ画像があり、〈反キリスト〉の烙印が押されていた。「たぶん、このことはしばらくつづいていたのかもしれないが」と、ザン。「いま、想像力のアーチが歴史と競えなくなり、歴史のほうにすり寄る」。スワヒリ語の名前を持った、黒人のハワイ人？　それこそ、小説家を失業に追い込む歴史のやり口だ。書き換えのアーチは、オリジナル（原作）にすり寄る。ただし、いまやオリジナルはそれ自体の否定になるほど書き換えられている。何度目か分からぬ書き換えによっても、物語は依然として変わることなく——ザンの祖国の人たちが主張しているように——秘密で生んだ赤ん坊がある土地に違法に運び込まれ、そこの人民たちの王様になるというものだ。ただし、いまそれは新約聖書ではなく、悪魔の計画であり、始まりではなく、終わりを告げる神の合図である。もはや主人公は、オリジナルの物語（聖書）が二千年以上にわたる書き換えの末にヘブライの現実から変形させた青白く輝く人物像ではない。すべてがその逆なのだ。

白だったものは、いまは黒だ。物語のアーチは、これまでに消えてしまった。書き換えられたものがオリジナルでなかった、と誰に言えようか。聖マルコがアレクサンドリアの道路で暴漢に襲われ、意識を取り戻して、かたわらに落ちていた、ずっと新しい未来版を盗んで自分の版をこしらえなかった、と誰に言えようか。その昔、彼が殴られて気を失い、目覚めて見ると、そこに誰か見知らぬ者が忘れていったある物語を発見し、反キリストの黒人を黄金のヒーローに変えて、その物語を書き写さなかった、と誰に言えようか。たぶん、この時代の、われわれの版こそがオリジナルで、二千年前のものは複製なのかもしれない。

彼は、あれこれの音楽を寄せ集めた、ミキシング録音の国のミキシングの大統領なのだ。だから、彼が選ばれたとき、誰もがその歌を聞いたり、愛したり、歌ったことがあるように思われたのだ。だが、いまではその歌が聞こえてこない。いままで無視していたその他のあらゆる歌が流れているだけだ。彼はゲリラだ。カモだ。過激派だ。つまり裏切り者だ。彼は厳格だ。優柔不断だ。世間知らずだ。ご都合主義者だ。どこにも顔を出す。近くにいない。ザンが生まれてこのかた、これほど評価の食い違う大統領はほかにいない。だが、誰もが共通して思っているのは、かつて彼らを魅惑した彼の歌がもはや聞こえてこないということだ。音が消えてしまったように思えるのだ。

実際に音が消えてしまったのだろうか。それとも、ただ電池がなくなっただけなのか。同じ歌なのに、もっと切実な違う風に向かって歌われ、その風がいまでは耳が聞こえなくなってしまった人たちに歌詞とメロディを運んでいるのだろうか。何カ月ものあいだ、その新しい大統領はザンを唯一幸福にしてくれる存在だった。彼こそが僕に、僕の夢を実現させる国の存在を信じさせてくれた。ということは、誰もが共謀して、その夢からの〈偉大なる覚醒運動〉に参加しているということなのか。それで、何が歌われたかだけでなく、彼らがどんな歌を聞きたかったのかの説明がつく。もし実際に変化したのは歌ではなく、聴き手のほうだとすれば、その歌はもはや同じ歌でないだけでなく、もともと同じ歌ではなかったのだ。ある瞬間に一つの歌であっても、次の瞬間には、同じメロディ、同じ歌詞、同じ歌手でありながらも、別の聴き手には別の歌として聞こえてくることがあり得るのか。かつてその歌を嫌い、もう一つの国を待望する秘密の国が存在したのか。それ故に、ザンはその歌に耳を塞ぎ、その歌への愛と忠誠心をなくすのだろうか。

どうして神など、信じられるんだ？　とJ・ウィルキー・ブラウンがザンに、講演のあと大学の外にあるパブで訊く。ザンは二杯めのウォッカを飲み干してから、その質問に答える。「なぜなら、すべてが分子からなると信じられないからさ。良心が化学方程式に還元できると信じられないからだ。人間というものが男も女も、見ず知らずの他人の生命を救うために百十階の建物に駆けつけて、その隣にある百十階の建物が崩壊したばかりなのに、おのれの自己保存の本能に打ち克とうとするからだ。つまり、人間は自然や自己保存だけでなく、理性にも反する行動に出るのだ。人間には、教室の黒板の上に図式化できない、心の気高さという次元があるからだ。人間は、自分の頭脳を破壊して、同胞をランプの笠に変えてしまうような方法を編み出すからだ。つまり、人間には、教室の黒板の上に図式化できない、野蛮さの次元があるのだ。そうした数値化できないものが、議論の余地なくこの世に溢れていると思うからだ。人間の行動が霊の力によって活性化されるという証拠もある。霊魂の存在が神の存在を証明し、その逆ではないと信じているからだ」

俺は売国奴。潔く認めよう。俺たちは最後の審判の国、セイレム（＊十七世紀に魔女裁判があった）の悪臭の国、神の名にかけて憎しみ合う国の裏切り者だと。ということは、俺たちは永遠に追求しつづけるもう一つの国、記憶の神秘的な弦、俺たちの本性のよき天使たち、俺たちが破壊しても神が愛することをやめないという約束に満ちた、もう一つの国の愛国者かもしれない。その本質からして、祖国に対する俺の叛は冒瀆的だ。その本質からして、俺の叛には、俺の神は間違いであり、あなたの神が正しいという疑念というか可能性がある。だが、もう一つの国は、その疑念を否定し、それを会衆《えしゅ》への癌と見なす。

ザンが唯一、確かだと分かるのは、もし彼の国の歌が次第に小さくなり、沈黙してしまえば、ふたたびそれを信じることはできなくなるということだ。彼は判断する。大統領が自分の体現する理念より大きくなれないというのは、問題だ、と。肉体は、ほどほどに大きな理念を抱えられるだけだ。もし歌の沈黙が終わりを告げれば、ザンは自身の信念を喪失する共謀者になるだけでなく、そもそもそうした信念を持ったことの共謀者にもなるだろう。だが、そうした信念がなければ、国というもの——特にこの国は意味がない。

そうした信念がなければ、俺には意味がない。それは、俺の国に生まれた者の、職業的な危険である。自分のアイデンティティが、その土地と建造物の中で、ある理念を明らかにする風景と離れがたく結びついているから。理念以外に、共通点を持たないために、国民がいまだに自分とは何者かをめぐって戦っているから。もし理念が共通でないとしたら、その場所の神秘的な名前以外に何も残らない。その場所は、各自にとって別のものを喚起しながらも、自分以外のすべての人にとっても同じものが喚起されると自分に信じさせることができる。

四十一年前の選挙運動のときに、十八歳のザンは、熱狂した野次馬に足をすくわれそうになり、危機一髪のところで命拾いしたが、耳もとで、自分を救ってくれた若い黒人女性の息づかいを感じる。彼女は何かを囁くが、彼には聞こえなかった。だが、いま道路に倒れていると、ほとんど聞こえる気がする。

いま道路に倒れていると、ザンはロンドンから懸命に避けようとしてきた神経衰弱に直面する。いかにこの瞬間が本立てみたいに感じて茫然となる。ついに、絶望感、魂の悲しみに圧倒されて、彼は叫ぶ。ああ、俺の息子はどこだ？　俺の娘はどこだ？　俺の妻はどこだ？　俺の家はどこだ？　俺の芸術はどこだ？　俺の国はどこだ？　どうやって全部を失ったのか？　この瞬間、すべては夢だったんだ、と確信する。「俺が何か間違いをしでかしたのは分かっている」と、声に出して泣く。「でも、それが何なのか分からない」。どんな見通しの悪さがまずかったのか。どんな野心がまずかったのか。何を当たり前だと考えたのか。何をあまりに重く、あまりに軽く見なしすぎたのか。何をすべきだったのか。愚かにすぎない、どんな夢にかかわってしまったのか。どうして、これほど歳を取っていながら、子供っぽくなってしまったのか。

もう一度、息子の名前を囁く自分の声を聞くと、ザンは両目を開けるが、どのくらい長く外にいたのか分からない。頭が割れるようで、体のほかの部分もずきずき痛む。彼はもう一分ほど道路に倒れたまま頭上の霧を見ている。「パーカー？」

横を向き、歩道を見ると、暗がりにシバより幼い少女がこちらを見ている。浮浪者が気を失っていると思った母親に手を引っ張られていく。

無理に寝返りを打ち、もう一度四つんばいの姿勢になる。顔は乾ききって、涙と血がこびりついている。涙を拭おうと手を目に持っていこうとすると、前夜パーカーがマジックインクで彼の手に書いた一本の青い筋が見える。

もちろん、もはや携帯電話はない。襲った者たちが持っていってしまった。パーカーが連絡してきて、新しい持ち主が応答したらと思うと、恐怖がわき起こってくる。あのときパーカーが抵抗して、番号を書き取らなかったことを思い出し、ホッとする。もういちど涙をぬぐい、街灯に向かって片手を掲げ、しげしげとそれを見つめる。一本の青い筋がザンにそれを書いた息子の存在を確信させる。

もういちど、その片手で顔をぬぐうと、筋がにじむ。幻覚でもない限り、本物の印がにじむかのようだ。ザンは幻覚を信じるのをやめようと決心する。片手の印を信じて、それによって彼の人生を信じるために、残り少ない信念を喚起することにする。

ホテルに戻り、階段をよろよろ登る。部屋の前まで来ると、鍵を捜すが、見つからない。携帯電話と一緒に盗まれたのだろうか。部屋から鍵を持たずに飛び出したのかもしれない。ドアがロックされているかどうか確かめてみよう。そう思うと、中からドアが開く。

息子が父親を見る。「どうしたの？」と、息子が言う。その声は、あの渓谷の道路でのスリップ事故以来、父親が聞いたことがないようなか細い声だ。ザンは息子をつかみ、胸に引き寄せる。パーカーは父親の胸の中で押しつぶされそうになる。「どうしたんだよ」と、息子はもういちど父のシャツのあいだから小さな声を出す。

「大丈夫だ」と、ザンは言う。「頼むから、二度と出ていかないで」

「行かないよ。ごめん。ごめん。大丈夫？」

「大丈夫」。と言うものの、肋骨が折れているかもしれない。「見た目はひどく見えるけど」

「ごめん」と、もういちどパーカーが言う。

「いいんだ」と、父親がささやく。「パパが過ちを犯したんだ。シバを置いてきぼりにするのを、ママは望んでいなかったはずだし」と、ザン。「シバを捜しに戻ろう」

「そうしよう」

どこかで、三人の若いドイツ人は、その夜の戦利品を数えあげ、大いにがっかりする。外国人から奪った携帯電話が唯一価値あるものだが、電池がほとんどない。それに、盗んだ携帯電話は、せいぜい一、二時間ぐらいしか持たない。会社に連絡されて、使用不能になってしまうからだ。三人のうちの一人が携帯電話を見ていると、着信音が鳴る。受信ボタンを押し、電話を耳に持っていく。

「ザン」と、女性の声がする。三人は互いに顔を見合わせる。「ザン、あたしよ」。携帯を持った男は、その夜の成果がひどいことに腹を立て、携帯に向かってののしりの言葉を吐くと、宙に放り投げる。「ザン？　ヴィヴよ。どこにいるの？」という言葉が夜の闇の中でアーチを描く。携帯はかつて〈ベルリンの壁〉であった瓦礫にぶつかり粉々になる。

だが、それより五日前に、ヴィヴは自問する。時の始まりの部屋は、どんなものだろうか、と。

来た道を肩ごしに振り返りながら、ヴィヴは運転手に「違う。この道は正しくないわ」と言う。運転手は彼女を曲がりくねった石の階段を通って、迷路のようなトンネルや、両側がコケに覆われた高い壁でできた橋を通り抜け、アジスアベバの奥深くの心臓部へと連れてきていた。白い薄い布をかぶった人影が、狭い路地の交差する日陰から素早く動く。七十年前にムッソリーニが百万人のエチオピア人を虐殺したマスタードガスの悪臭がいまだにする。三百万光年の地中からぶくぶくと立ちのぼってくる。頭上では、月から熱風《シロッコ》が吹いてくる。

時の始まりの部屋はどうなのだろうか。彼女は、その夜ホテルに戻ってから思案する――それとも明け方だったか。夜だったか、朝だったか、運転手に連れていかれた首都の古代の中心地区から戻ってきたときに、ヴィヴはエチオピア暦のカレンダーではなく、西洋暦のカレンダーを見て、その日が、自分の思っていた日より一週間後であることに気づく。それほど時間を間違えることがあり得るのだろうか。ホテルのバルコニーにたたずみ自問する。まるでそこに解答があるかのように、片手に持った写真をじっと見るが、そこに映っているのは、亡くなった若い女性の顔だけだ。

迷路の中で、彼女が「違う、ここじゃない」と言うと、運転手は振り返り、もしお望みなら、車に連れていくけど、そうしたら、あなたが捜しているものは見つからないよ、と答える。

迷路の中心に着くと、壁と地つづきになったドアのような白い岩があり、急角度になった洞穴の入口になっている。雨が降りだし、ヴィヴは、身長が一五七センチを若干越えるくらいなのに、背をやや屈めて階段を降りていく。光のこぼれる煙の中を通り、少しだけ明るい部屋というか洞穴の中に入る。反対側に一本だけ火のついている太いロウソクの灯りに目がなれると、彼女がシバの母親を捜すために雇った若いジャーナリストの姿が目に入ってくる。岩の上にすわっていたジャーナリストが立ちあがる。

ジャーナリストが「やあ、ヴィヴ」と言い、片手を伸ばす。彼女は「こんなところに隠れているの?」と訊くが、彼はあくまで陽気で、ほとんど人の好さそうな顔をして。「そうだよ。ちょっとのあいだだけどね」

「どのくらい?」

「どうかな。よく分からないんだ。でも、それほど悪くはないかも。ひょっとしたら、夜には町から脱出できるかもしれないし」

当惑したヴィヴは「こんな目に遭わせてしまって、ごめんなさい」

「いや、あなたのせいじゃない」と、ジャーナリストはヴィヴを安心させる。「ほかの連中が悪いんだ。あなたは、自分で答える権利のある質問をしただけだから」

「あたしの娘は、いずれ、自分の本当の母親が誰か知りたがるでしょうし」

「もちろんさ」

「あの子は、あたしが知る努力をしなかったと知ったら、きっとあたしを恨むでしょう」と、ヴィヴは泣き出すが、自制する。

「あなたの娘さんを愛する者は誰だって、そのことは分かってる」

ヴィヴは「それはどうかしら」と、答える。

「知らせがある」と、ジャーナリストが言う。「ある意味じゃ良い知らせだけど、別の意味じゃ……」

「悪い知らせって何？」

「悪い知らせっていうのは、僕らが捜していた女性が亡くなったってことで」と、後ろのポケットから写真を取りだし、彼女に差しだす。「だけど、もう一つの知らせは、その女性があなたの娘さんの母親じゃないことが確実ってことさ。ってことは、母親はまだ生存中ってことになる。だから、いまのところ、あなたの質問にはまだ答えられないし、ますます難問になってきた」

ヴィヴは暗い部屋の、小さなロウソクの灯りを頼りに、出来る限りしっかりと写真を見る。「どうして亡くなったの？」と、ヴィヴが訊く。その女性は少女とは言えないが、それでも若く、洞穴の暗闇の中で見ても、その顔はシバには似ていない。翌朝にホテルのバルコニーで太陽の光の中で見ても、その印象は変わらない。

「死因ははっきりしていないが、重要なことじゃない」と、ジャーナリストは答える。

「あなたが捜している女性じゃないんだから」

「どうして分かるの？」

「その質問には答えないほうがいいかな」と、ジャーナリストは同情を込めて説明する。「あなたの娘さんにとっちゃ、答えないほうがもっといいかな。もしいつかエチオピアに戻ることがあるならば」

「きっと、いつかは戻りたいと思うはずよ」

音楽こそ、時の始まりの部屋がどんなであるかの手がかりだ。いまこんな場所に足を踏み入れると、日々が一瞬のうちに過ぎ去るのか？　西洋暦の指図を捨て、違う月のリズムに引っ張られる暦に従うことで、ヴィヴはこれまで頼りにしてきた一時的な拠りどころを捨てざるを得ないのか。人々が学んできたもの、人々が忘れてきたものもまた捨てなければならないのか。

それは地中の倍音からなる音楽だ。半ば人の声のような、半ば鳥の鳴き声のような、シバの音楽のように、どこか人間の体内から出てくる音楽。ただし、ジャーナリストから出てくるのではないし、もちろん、わたしからも出てくるわけじゃないし、この音楽を運んできたわけじゃないと、ヴィヴは考える。ここにはほかに誰もいないのに。音楽は、部屋自体から聞こえてくるのだ。ヴィヴとジャーナリストはいわば、伝動装置の心棒で、まるでシバの受け取る音波の心臓部に、彼女の生まれるずっと昔から、立っているかのようだ。

数分後に、ひょっとしたら数時間後か数日後だろうか？　町の中心にある白い岩から立ちあがり、ヴィヴは藤色に垂れ下がる空をふと見あげる。エントト山（＊標高三二〇〇メートル。ユーカリ林が広がる）を背景に、青色のユーカリはガラスのように輝き、藤色に垂れ下がる空に、フラミンゴたちが炎のように赤く燃える。ヴィヴはロサンジェルスの渓谷の山火事を思い出す。地獄の火が家のほうに迫ってきて、あたりは夜陰を取り巻く、靄《もや》がかかったように熱い真っ赤な炎ばかりだった。そのとき、ヴィヴとザンはパーカーとシバを個人の持ち物や貴重品と一緒に車に乗せたのだった。ちょうどシバがロサンジェルスにやってきた直後のことだった——間違いなく後のことだ。後部席の幼児用シートにすわらせられた二歳児は、親指を口にくわえながら、幼児なりに思案していたはずだ。世界のこちら側で火事に巻き込まれながら、どうして自分の人生はこうなってしまったのか、と。ヴィヴは、かつて自分と夫がした雑談を思い出す。もし母親か父親か子供たちの誰かを救う決定を下さねばならないとしたら、二人は子供たちを救うだろう、と話したのだった。これほど、二人が一致した意見を述べる話題は、ほかになかった。

その夜、空が炎に包まれた。いま、世界で最も高地にある都市の一つの中心にある白い岩から立ちあがり、ヴィヴは手を伸ばし、灰色の空に一本、青色の線を描く。指についた青色の埃を見ると、目を上げ、確信する。いま手にしている写真の中の女性は、空の煤の向こうに埋葬されている、と。ヴィヴがふたたび手を伸ばし、手を使って穴をつくると、彼女の背後の白い地面の洞穴や、彼女のつくった空の穴から音楽が鳴り響いてくる。まるで大気中のロケットが空気を吸い込むような音が。

違う。翌日、ヴィヴがその写真を見せるためにシバの家族のもとへ戻ると、シバの父親がそう言う。叔母は写真を見ようとしない。祖母は白内障でほとんど目が見えない。シバの父親が手を伸ばす。ヴィヴが写真を手渡そうとしたとき、彼の手が一瞬止まる。ヴィヴはその反応を敢えてまじまじと観察する。シバの父親は写真を正視しようとせずに、覗き見る。まるでそのまぶたで、ヴィヴが彼の目に何かを読みとることを防ごうとするかのように。数秒後に、ひょっとしたら五秒、七秒、八秒ぐらいたっていたかもしれないが、彼はまったく感情を交えずに、「違う」と言う。

だが、ヴィヴは思う。八秒であれ、七秒であれ、五秒であれ、それは果てしない時間だ。父親はそれくらい長く時間をかけて答える。いまヴィヴはあのジャーナリストに彼が知っていると思うことをどのようにして知ったのか、説明させておけばよかった、と感じる。そうすれば、シバの父親の発した「違う」という言葉の中に、苦悩、恐怖、あるいは長年彼が父親であることを拒んでいたのと同じ拒絶を読みとることができるのに。「違う」と、彼はもういちど言う。三度目だが、それを最後にするつもりなのか、それとも、あまりに何度も同じことを言わされるのに抗議するためなのか。ヴィヴは昨夜ホテルにもどり、あまりに動揺して眠れなかった。窓の外では、嵐がアジスアベバに吹き込み、暗闇の中でベッドに横になっていると、部屋が震えているように感じられる。ベッドの下の床も震えているのだ。風がバルコニーのドアの外で強まる。部屋の揺れは嵐が原因だと思うが、やがて気づくのだ。ベッドからやってくる雷音は、打楽器の、魅力的な音だ、音楽だ、と。すべてに対する怒りと悲しみでいっぱいになり、ヴィヴはシーツを払いのけ、ベッドから起きあがる。丈の短いネグリジェの上にジーンズを身につけると、靴を履き、肩にショールを覆い、階下のロビーへ向かう。

ヴィヴがホテルのダンスホールに着く頃、暴風はどんどん強まっている。外のユーカリの木を揺らす風がどこか建物の穴から吹き込んできて、部屋の中の観葉植物の葉をゆらゆら揺らす。黒ずんだ小さなシャンデリアは光を弱く落としている。ヴィヴはテジを一杯買う。かつてシバの祖母がつくっていた密造の蜂蜜酒だ。ヴィヴはそれを飲み干し、もう一杯買う。

彼が「違う」と言うまでに、あまりに長く時間がかかった。あまりに何度もそれを言ってきたのだ。大きなダンスホールの中央にスペースをつくるために、いくつもの丸テーブルは壁際にどかされている。風に吹かれてそこに置き去りにされたかのようだ。部屋は、五、六百人の、アフリカ人の肌とヨーロッパ人の顔つきの、この世ならぬ顔をしたエチオピア人たちで沸き返っている。部屋の遠くのへりでステージに陣取る五、六人のバンドの奏でる音楽に合わせて踊っている。ヴィヴはもう一杯テジを買う。彼女は何者だろうか。写真の女性だ。もし彼女が亡くなっていて、シバと何の関係もないとしたら、どうしてあたしに写真を見せたりするのかしら？　ヴィヴはダンスを見ていて、ふと分かる。その疑問が解けることはない、と。

ダンスが足から始まり、身体の上部へと向かう西洋と違い、ここ深淵の都市では、ダンスは肩、すなわち荷物を背負うためにできている身体の部分から始まる。まず、まるで人類の時間の重荷を払いのけようとするかのように、肩をぶるぶる震わせ、それから、ダンスは結んだ両手に移行する。手は逆上して何かを振り払おうとするかのように前に突きだされ、それから、手が投げつけようとした長手袋か何かを足が追いかける。

ヴィヴにとって、音楽は彼女の知る限り、ちっともアフリカ的ではない。むしろ、ファンクやスウィング、ビッグバンドジャズ、キャバレー、アルメニア・ソウルなどの奇妙なごちゃまぜだ。いわば、未来からのリズム・アンド・ブルースで、時間の天空をらせん状に駆けあがり、その産道へと戻っていく。それらの歌は、七十年前のムッソリーニ統治下で生を受け、共産主義政権の〈臨時軍事評議会〉のあいだも歌い継がれ、一種の暗号になったのである。エチオピア人たちが〈ワックスと黄金〉と呼ぶものは、自由と革命の〈黄金〉のメッセージが、歌詞やメロディといった〈ワックス〉の内側に隠されているのである。前世紀のあいだ中、それらの歌は、内側に秘密の歌を隠しもちながら、歌い継がれてきた。今宵、大勢の人で埋め尽くされたアジスアベバのホテルのダンスホールで、バンドが〈テゼタ〉を演奏し始める。踊り手たちが別れて、幾つもの円をつくる。パートナーたちが互いに相手に従って踊るために、中央に陣取る。小さなショールが剝き出しの肩から滑りおちて、淡青色の髪をした白人女性が、彼女に微笑みかける若いエチオピア人女性と一緒にそうした円のひとつに飲み込まれる。彼女たちのまわりから、わーっという歓声がわき起こる。いまから十八時間後に、ここから三六〇〇マイル離れたイギリス海峡の下で、ザンはひとり感慨にひたることになる。いかに音楽というものは、個人の中に入り込んできて、反対側から政治となって出ていくものか、と。

翌朝早く空港で、ヴィヴはクレジットカードにロンドンに戻るだけの使用額が残っていないのが分かる。彼女の携帯電話は、アジスアベバに来て以来、機能していなかったし、バッテリーも切れていた。もしホテルに戻り、もう一泊してザンにメールをするならば、その金は、ロンドンに戻る金を使うしかない。彼女には、ザンが何かしてくれるか分からない。ザンは誰にもまして早く予測するだろう、ザンが狼狽するようなこうした状況でも、ヴィヴは全然動じないだろう、と。

眠れない長い夜のせいで倦怠を感じ始めていたヴィヴは、それくらいまでは必死で考える。そして、西ヨーロッパのどこかの都市まで、より安いチケットをクレジットで買い、そこからイギリスまで行くことにする。最もありえそうな選択肢はベルリンだが、それだと望んでいるよりずっと遠回りになる。まさに座席を予約しようとしたとき、土壇場になって、パリ行きの便が手に入ることが分かる。

ハルツーム(*スーダンの首都)経由でパリのオルリー空港への七時間の飛行後に、ヴィヴはパリ郊外行きのバスに乗り、さらにそこから地下鉄を乗り継いで、市内へ行き、間違ってシャトレ駅で降りる。そこからある路線に乗り換えれば、自分の行きたいところへ一本で行けるのだが、彼女はそれを知らない。道路まで荷物を引きずっていき、通り過ぎるタクシーを何台も呼び止めようとする――宵闇が迫りつつあり、とてつもないラッシュアワーだ——ようやくその中の一台が止まってくれ、運転手は彼女がイギリスまでの特急に乗れるならどの駅でもいいから、そこまで行きたがっていることを分かってくれたように思える。

だが、ひとたびタクシーに乗り込むと、ヴィヴは運転手がそのことを分かっているようには思えない。ただひとつ明らかなのは、彼が酔っぱらって、いらついていることだ。コート・ドュ・ローヌ（＊ワイン）の匂いがぷんぷんして、まるで酒樽の上にすわっているかのようだ。「トレーン・ステーション！　アングレ！」と、何度も言いつづける。「アングレ」というのは、イギリスと言っているつもりだが、ふと運転手に英語を喋れと命令しているように捉えられないか心配だ。運転手はフランス語と、その他の、トルコ語かひょっとして東欧の言語か何かで、一気にまくし立てる。それから、運転手は——慎重に熟慮して、だと彼女は思うが——前方のリムジンに向かってまっすぐ突っ込んでいく。その前に、黄昏とあたりの暗さでよく分からないが、パーカーと同じ年頃の少年を轢きかけたが、少年はぎりぎりのところで危険を回避したのだった。

タクシーの後部席にすわったヴィヴは前方に投げ出され、天井か前部席の背に頭をしたたか打ちつける。驚いたことに、その衝突でも運転手は酔いから覚めずに、さらに怒りを募らせる。タクシーをバックさせるとアクセルを踏み、ふたたびリムジンに衝突する。それから、もう一度。

運転手がそんな狂気の沙汰を何度もくり返したので、ついにヴィヴは財布を手にして、ドアを思い切り開け、荷物を置いたまま車から逃げ出す。向かってくる車輛に轢かれるかもしれない、と思ったが、タクシーが何度も衝突をくり返すので、彼女のまわりではすべてが動きを止めている。ヴィヴはタクシーから降り、よろけ、体勢を立て直し、走りつづけ、目の前の大きなガラスの建物の中に入っていく。いま経験したばかりのとんでもない出来事とほとんど同じくらい彼女が驚いたのは、そこが彼女の行こうとしていた場所、ロンドン行きのユーロスターが出発するパリの北駅だったことだ。

特急料金を払うだけの金は残っていない。いまダンケルク通りで起こった出来事で興奮冷めやらず、思わず改札を通り過ぎようとして、駅員のひとりに制止される。

頭が混乱し、落胆したヴィヴは、駅の構内で寝る気にならない。数ブロックほど東に行き、アルザス通りに、いちばん安い、星なしのホテルを見つける。

前金で一晩泊まり、翌日はパリ北駅に行き、まるで泥棒のように、群衆をじろじろ物色したり、人の流れを見ては、弱いところがどこかを判断したりした。また若い頃の反抗する放浪者になったわ、と彼女は思う。昔は気まぐれに列車に飛び乗ったものだ。次の夜も同じホテルに泊まり、翌朝、料金を払わずにホテルを抜け出て、駅で過ごす。もう少しで吐き気を覚えるほどに腹ぺこで、なけなしの金を割いて、ジュースとバゲットをひとつ手に入れる。二日前にタクシーの中に衣服を入れたバッグを置いてきたので、取り乱しながらヘアブラシと下着を買い求める。

アジスアベバからハルツーム、オルリー空港を経て、パリ北駅へ来るあいだ、ヴィヴは電話をひとつ残らず注視していた。壁にかかっている壊れた電話、窓の反対側にある電話、人々が顔を上げることなく歩きながら見ている手の中の電話。デジタルボタンを数回押せば、そこに家族がいると思うと、耐え難い羨望に駆られた。使える公衆電話を見つけるが、外国語で書かれた指示書に困惑するばかりで、結局、目的を達することができない電話でなけなしの金を浪費してしまうことを怖れる。というのも、思い出す限り、何度もある悪夢に悩まされてきたからだった。その悪夢の中で、たった一本の電話をかけようとして、壊れた電話から壊れた電話へと駆けずりまわるのだった。いま、彼女はまさしくそうした悪夢の中にいるのだ。二度、見知らぬ人に電話を貸してもらえないか頼むが、仮に彼女の言う意味が分かったとしても、なり振り構わぬ彼女をじろりと見て通り過ぎるだけだ。

きっとホームレスの乞食みたいに見えるんだろうな、と彼女は思う。それから、気づく。現にいま、彼女はまさに乞食そのものだ、と。パリ北駅では、まるで歓楽街ピガール地区からやってきて客を物色している商売女みたいに、巡回中の警官から監視されている気になる。髪は伸び放題になっているが、それでも、あのアジスアベバの中心の部屋でひどく色褪せて見えた青白い筋がまだ残っている。

駅の天井の明かり取りからもれてくる太陽の光を浴びて、ヴィヴはバゲットの残りを食べ、ジュースの残りを飲む。すると、蝶が一匹、朝靄と、線路から立ちのぼる蒸気の中を頭上のガラス窓に向かってひらひら舞いあがっていく。きっと開いたドアか、汽車の出入りするところから駅の中に紛れ込んできたに違いない。残りの短い生涯をうるさく通り過ぎる人々や機関車の真っただ中で過ごすことになるのだろう。蝶の動きを見ながら、ヴィヴは蝶を鎧《よろい》で覆ってあげたくなる。ロスでやっていたように、ステンレスガラスで覆った金属の額縁の中にその蝶を包み込んであげたい。そのはかなさ故にいっそう美しい存在であるものに敬意を表し、それを護ってあげるために。だが、もはやそれもできない。誰かが彼女からたった一つの美しいヴィジョンを奪ってしまったからだ。彼女の過去だけでなく、未来も盗むために。

いやそうじゃない、と彼女は考える。鎧は失ったかもしれないけど、未来とヴィジョンは失ってはいない。駅の向こう側にいるロンドン行きの列車を見れば、まさにそこに、改札口の向こうに、未来があるのだ。まもなく未来はひらける。全員が乗車している。

ヴィヴは、特急ユーロスターが出発する階へ昇る。列車に向かって列をなす群衆に紛れ込み、チケットを受け取る駅員のわきを通り過ぎる。頭の後方から威厳あるフランス語の非難の声が聞こえたとき、彼女は足取りを早める。その声をもういちど聞いたとき、猛然としたダッシュではないが、目立たぬように乗客たちのあいだをかいくぐり、邪魔する人を押しのけていく。しゃれた車輛の一つに足を踏み入れ、通路を進み、ドアというドアをすり抜け、後ろから追ってくる者が誰であれ、その目から身をかわそうする。やがて、洗面室のひとつに姿をくらまし、ドアをロックする。鏡をじっと見つめ、必死で気を取り直そうとしながら、誰かがドアを叩くのを待つ。

ベルギー人の車掌は、ブリュッセルを通過してからようやく彼女を見つけることができる。ヴィヴはこっそりトイレに逃げ込み、列車の中を歩きまわって一時間以上を費やすうちに、落ち着きを取りもどしている。突然、すすり泣きが止まらなくなるが、ベルギー人の車掌とイギリス人の保安員に説明しようとする。パリのタクシーで起こったことから始まり、アフリカからの長い旅、家族から遠く隔てられ、携帯電話も使えず、外部との接触を断たれた状態など、時間がシャワーの水のように足下からこぼれ落ちていくあの〈エデンの園〉（＊人類の発祥地エチオピア）の暗いロビーは言うまでもなく。一瞬、パニックに襲われ、自分がパスポートを紛失したかと思う。

かつてザンと縒《よ》りを戻し、パーカーを身ごもる前のことだが、ヴィヴはロサンジェルスのダウンタウンの工場地帯で一人暮らしをしていた。住んでいた巨大な石づくりの燃料庫にはバルコニーがついていて、そこに立つと、彼女と太陽のあいだにあるユニオン駅から列車が出入りするのを見ることができた。ザンがベルリンに去って、彼女を後に残した夜——彼女が当時、ハリウッドを拠点にしていたJ・ウィルキー・ブラウンと浮気をした二カ月後のことだ——彼女は階段の踊り場から、駅から出ていくシカゴ行きの〈サウスウェスト・チーフ〉号の姿を眺めていた。ふと歯ブラシだけを手にすると、彼女は車に飛び乗り、パサディナまで列車と競走して、なんとか間に合い列車に乗ったのだった。そのときもチケットは持っていなかった。「どこまで？」と、パサディナで車掌が訊き、彼女は「日の出まで」と答えた。結局は、それはアリゾナ州のフラグスタッフということになり、彼女と車掌以外の職員は、しこたまテキーラを飲み、そのことがあったせいで、彼女はその後ずっと思うことになる。いかに列車の旅はしらふの旅であるかということを。

いま、ユーロスターのベルギー人の車掌は、厳《いかめ》しい顔つきでこちらを非難していたように見えたが、二十分後にサンドイッチと紙カップに入ったワインを持ってくる。それに対してヴィヴは丁重にお礼を言う。サンドイッチを食べながら、彼女は財布から、アジスアベバで渡された若い女性の写真を取り出し、眺める。いまヴィヴは、この女性の正体について、なぜあのジャーナリストにもっと執拗に訊かなかったのか、なぜシバの祖母や叔母や父にもっと執拗に訊かなかったのか、自分を責める。ザンは秘密というものの潔癖さを信じているので、場合によっては人間が知るべきではないと考える。ヴィヴから見れば、ザンは神秘というものを信じる人に映る。秘密と神秘のあいだに違いはあるのだろうか？　秘密と聞くと、何か不誠実なものを感じる。何かを隠しているような。それに対して、神秘と聞くと、何か知ることのできないものを想像する。

だが、神は誰よりも多くの秘密を隠し持っている。それならば、神秘が秘密だと思うのは、人間の思いあがりなのだろうか。それとも、より大きな知恵への憧れなのだろうか。ヴィヴはその疑問には答えられない。いま分かるのは、シバや、その母親、彼女の過去などについて、永遠に秘密になってしまう事柄が存在するということだ。たとえ不満でも、そのことを受け入れることが、一時的であれ、思いやりなのだ、と。

その後、ヴィヴは引き渡されて列車に乗りつづける。落ち着きを取りもどそうとしているうちに、突然、方向感覚を失い、一瞬、列車が南に、アフリカに向かっていると確信する。しばらくのあいだ方向感覚を持たずに、放浪癖のある者の矛盾する行動についてじっくり考える。

ヴィヴのそうした放浪癖は、父親から受け継いだ。父親は、けっして一カ所にじっとしていない機関車運転手の息子であり、孫だった。ヴィヴが十二歳のときに、荷物をまとめて五人の子供を連れてアフリカに移住した。ザンがよく指摘するように、ヴィヴもじっとしていることができない。ある旅行を終えて三十六時間もたたぬうちに、ヴィヴは〈閉所性発熱〉に襲われるか、そうした状態を作りだす。シバの養子縁組は、そうした性癖の表れの一つなのか。彼女がそう思っていると、列車の窓は、ヨーロッパの夜の黒からイギリス海峡の下のトンネルの黒に変わる。肉体の不安定さは、心の不安定さなのだろうか。未来主義的なリズム・アンド・ブルースみたいに、ヴィヴは天体のようなおのれの人生を渦巻くように昇っていき、その産道に戻っていき、深淵で幼い娘が自分を待っているのを見つけるのだろうか。

なんという欠陥だらけの人間！　ヴィヴはこれまでに何度も、そう自分自身に嘆いたものだ。頭の中の声は、個人的な欠陥を何度も独白でくり返す。彼女は聞いたことがある、家族というものは、母親と同じだけ幸せ、と。自分が家族のために連れてきた少女は、次から次へと母親たちによって裏切られてきた。それは、本人以外には理解できない特別な重荷だ。ちょっと前に、ロサンジェルスの渓谷の家で、ヴィヴがザンに訊いたことがあった。「あたしたちの人生のどこに歓びがあるの?」。ザンはヴィヴの顔を見る。まるで彼女がアジスアベバのあの部屋のときと同じように、わけの分からない言葉を話しているかのように。

ロンドンのセント・パンクラス駅に真夜中ちょっと前に到着し、ヴィヴは車掌兼保安員によってユーロスターの事務所の一室に連れていかれる。その部屋には、机があり、電話と椅子が数脚ある。壁は飾り気がない。

ヴィヴは、電話を使わせてくれるように頼むが、椅子にすわるように言われる。一時間ほど待っていると、保安員がたぶん警官と思える人と一緒に戻ってくる。もう一人、鉄道会社の女性が机の向こうにすわり、会話が始まる。「もちろん」と、その女性がヴィヴに言う。「ご存じのとおり、あなたがパリでしたように、チケットを持たずに改札をすり抜けるのは、深刻な問題ですよ」

「お金がなかったから」と、ヴィヴ。

「なるほど」と、保安員はため息をつく。「でも、それは言うまでもないことですね。

それは言い訳にはならないですよね」

ヴィヴは、自分が疲れ果てているのがいいことだと気づく。そうでなければ、いまの状況は、彼女自身の言葉を使えば、彼女が典型的に「舞いあがる」状況だ。彼女は感じる、いま舞いあがるのはまずい、と。まだ、トルコ石《ターコイズ》色の髪の名残はあり、それだけでも十分、舞いあがっているはずだ。「それじゃ、どうしてロンドンまで来たのかね？　ミセス・ノルドック」と、警官が訊く。

「夫と子供たちがここにいるからよ」と、ヴィヴ。「夫の仕事の関係で」

「どんな仕事で？」

「講義をしています。ていうか」と、ヴィヴはふと考える。「……すでにやってしまったかもしれないけど」

「どこで、その講義をしたか、ご存じで？」

「大学よ」

「そりゃ、そうです」と、警官が、以前よりずっと大きくため息をついて。「ロンドンには、大学がごろごろありまして。大都市ですから」

「分かってるわ」と、ヴィヴ。「でも、どの大学だったか思い出せなくて」

「ご家族は、どこに滞在ですか？」

「ホテルよ」。机の向こうの女性は何も言わないので、ヴィヴは結局、舞いあがってしまい、力なく笑い声をあげる。「ホテルもいっぱいあるのよね。大学のように」

「ホテルの名前はご存じない、と」

「ええと」。すわりながら、ヴィヴは疲労から体を揺する。「夫に電話をしてもいい?」


一瞬おいて、警官が言う。「どうぞ」と、電話を指し示す。「もし本国ならば、最初に〇一をダイヤルしてください」。その言葉でヴィヴは頭が混乱し、疲れも伴い、間違った番号を押してしまう。列車で一緒だった保安員が彼女の代わりにダイヤルしてくれ、電話を手渡す。

数回、呼び出し音がなり、応答の声がしたとき、彼女の心臓は破裂しそうになる。「ザン!」と、彼女は言うが、誰も返答しない。「ザン、あたしよ」と言うと、今度は遠くで、突然、誰かが外国語でののしる声がする。「ザン」と、ヴィヴがふたたび言う。「ヴィヴよ。あなたはどこにいるの?」。すぐに電話は切れた。「夫じゃなかったわ」と、彼女は弁明する。

「言われたとおりにダイヤルしましたよ」と、電話をかけた保安員が言う。

「でも、夫じゃなかった」。彼女はふたたび泣きそうになるが、「もう一本だけ電話し

ンドンなの」

エイムズなの? ごめんなさい。こんな夜分に起こしてしまって。ヴィヴよ。いまロ

いけど、電話帳に載ってるはずだから」。一分後に、彼女は電話に向かって言う。「ジ

ていい? 市内電話よ――たぶん市内だと思うけど。きっとそうよ。番号は分からな

一時間後に、J・ウィルキー・ブラウンがセント・パンクラス駅に姿を現し、ヴィヴのチケット代を支払う。「本当は、よく知らないんだ」と、セント・ジョンズ・ウッドに向かうタクシーの中で、彼が言う。「どのホテルにアレクサンダーが泊まっているのか……」と、そこでためらう。「大学を通して、ホテル代は払うことにしていたんだ。どうも悩んでいるみたいだったしね。もちろん、きみのことはとても心配していたよ」

「完全に時間が分からなくなっちゃって」

「学校に記録が残っているはずだから、明日朝いちで調べてみるよ」

もういちどジェイムズに会うのは不思議なことだ。ヴィヴが言う。「保釈してくれてありがとう。ザンに電話したんだけど……」

「メッセージを残していったよ」と、ジェイムズ。「ちょっと……大慌てって感じだったけど。緊急事態みたいだったけど、それが何だか言わなくて。それに、互いにす

れ違いばかりで。最後に話したのは、三、四日前だった……だから、問題が何であれ、それはもう解決済みだと思ったんだ。子供たちの世話で、そりゃもう手いっぱいだったし。子守りが現れるまではね」

タクシーの後部席にすわり、ロンドンの街並みが窓の外を通り過ぎるのを眺めながら、ヴィヴはうなずく。一分かそこらしてから、ふと胸の中で思う。子守りって？

ジェイムズのタウンハウスで、ヴィヴは彼がベッド代わりに設えてくれたソファでやっと眠ることができる。「荷物は？」と、彼がクッションを叩いてふくらませながら、訊く。ヴィヴがパリの頭のおかしいタクシー運転手の話をすると、彼が洗いたての下着のひとつをヴィヴに渡す。暗がりの中で、ソファから起きあがり、窓辺までそろそろ歩いていき、窓の外の街並みを眺めながら、いま夫や子供たちはどこにいるのかしら、と思う。窓の前で、まるで合図を待つみたいに、目を閉じる。翌朝は早くに起きてしまう。奥の部屋からジェイムズが身なりを整えて姿を現すと、彼女の顔の表情を見て言う。「学校の事務室は三十分後に開くから」と、優しく彼女を安心させる。「あと二十分したら、電話してみるよ」

ジェイムズが言う。「どうも安眠できなかったみたいだね」

「そうなの」

「お茶でも?」

「おねがい」

「元気だったのかい? いろいろある問題は別にして」

「最高よ」と、ヴィヴは何かに期待するようなうわずった声で答える。「いろいろある問題は別にして」

「本当に?」

「いいえ、そうじゃないの」

「それでこそ」と、ジェイムズ。「むしろ、いつもの陽気なヴィヴらしい返事だよ」。

ヴィヴは彼がキッチンの中を音も立てずに動きまわるのを眺める。「付け加えておけば、それこそ、きみの素敵な性格のひとつだからね」。体を屈めて、コンロに火を点けるのに明らかに難儀している。

「くじに当たっても、何も解決しないわ」と、ヴィヴが答える。

「じゃ、ひとつやってみようか?」

「ザンは怪しんでいるわ、あたしがこの講義旅行を、っていうか、それが何であれ、今度のことをあなたに強要したんじゃないかって」と付け加える。「だからといって、あなたが強要されるってわけないけど」

「きみに?」と、ジェイムズ。「もちろん、それは十分に可能性があるよ。分かってるだろ。最近、きみはアートの世界で、ずいぶん悪名をはせているみたいだし」

彼女は腕組みして。「いま、それは話したくない」

「でも、潔白を証明しないと」と、彼は言い張る。「実際誰もが思っているよ。あの男がきみの作品を盗んだって」

「あたしだって、ほかの人の物語の一章になんかなりたくないわ」

「俺たちはみな、誰かほかの物語の一章だぜ。でも、潔白だけは証明しないと」

彼女が「あなたはどうなの?」と尋ねるが、彼女には意図した質問なのかどうか分からない。だが、興味深いことに、彼は肩をすくめて。「どうなんだいって?」と言い、早口でつづける。「仕事はまずまず。キューバのグアンタナモ基地での、イスラム教徒への拷問の影響をめぐって、一本書いたばかりだけど……まあ、それはどうでもいい。そのことで、アレクサンダーとちょっと口論しちゃって」

「ザンが口論?」

「大げんかじゃないよ」

「どうして彼を招聘したの?」と、ヴィヴが訊く。「特別講義に。っていうかそれが何であれ――」

「ああ」と、ジェイムズは両手を広げる。

「ああって?」

「ひとたび人のタイマーがセットされたら、きみの視界も決まるだろ。どんな瞬間であれ、それに対して向かっていくんだ」

「ジェイムズ?」

「そんな瞬間から、すべてがまったく違ったものに見えてくる」。彼はふたたび肩をすくめるが、こんどは興味深いというより、不気味だ。「俺は、その……健康に問題があって」

「何なのそれ。大丈夫なの?」

「償いをするようなものじゃない」と、彼は言葉をつづける。「なすべき償いなんて何もないだろ。きみに対してもアレクサンダーに対しても」。彼女はしげしげと彼を見つめる。彼はお茶をするが、背中を向けたまま、彼女を見たりしない。「少女の母親は見つけたのかい?」

「まったくの袋小路よ」と、一瞬おいて彼女が答える。テーブルから財布を取り、ジッパーを開ける。「誰も彼女がどうやって亡くなったのか教えてくれないし、どうも彼女はシバの母親じゃないみたいだけど」と、ヴィヴ。「最初から行かなければよかったわ」

「でも、行かなきゃならなかったんだろ」と、ジェイムズ。

「ザンは、あたしが行くのを望まなかったわ」

「でも、理解はしてた。ロニー・ジョー・何とかのときと同じで」

「同じじゃないわ」。彼女は財布の中の写真を見つけ、昨夜列車の中でしたように、それを凝視する。

「じゃ、倫理的な衝動ってことかな。きみが必ずしも責任を取らなくてもいいことに対して、責任を取ろうとすること。もう一つのヴィヴの長所だ」

「あたしの倫理的な衝動で、一枚の写真が手に入ったけど」――彼女は写真を手渡す――「シバの母親と違う、死んだ女性の写真」

ジェイムズは写真を何気なく見たが、ふともういちど見直す。彼がかつてそうした行為をしたかどうか、ヴィヴには覚えがない。「だけど、この女性は」と、ジェイムズ。「生きているよ」。そのことは、彼が自信を持って考えるほど正しくはない。

その後、一時間もたたぬうちに、ザンの泊まっているはずのホテルへ向かうタクシーの中で、ヴィヴは何度も、「大丈夫なの?」と訊き、ジェイムズが「必ずしも楽観的とは言えないけど、たいていのことよりはよく分かっているつもりさ」と、答える。

ヴィヴは言う。「いつも、あなたは何でも分かっていると思ってた」

「それにしても」と、ジェイムズ。「誰にも分からないのは、彼女が何者かってことなんだ。あらゆる混乱がそこにある。アレクサンダーは俺が手配したと思っていたし、俺は彼が手配したと思ってた。彼が尋ねたときには、彼女はきみが手配したと答えた」

彼らがホテルに到着すると、フロントの女性がヴィヴを見て、ジェイムズに二人だけで話せないか、と訊いた。「ジェイムズ」と、あとでヴィヴが尋ねる。「何が起こってるの？」

眉をひそめて、ジェイムズが答える。「アレクサンダーと息子さんは、四日前に、チェックアウトしてるらしい」

「ザンとパーカーが？　シバはどうしたの？」

「どうやら」と、ジェイムズはフロントのほうを手で示し、できるかぎり慎重に言葉を選ぼうとしているみたいだ。「少女は行方不明みたいなんだ」

ヴィヴは少しひるむ。「あたしの娘が！」と、怒りをあらわにする。「何度も少女、少女って、あたしの娘を呼ぶわね」

「ごめん」

ヴィヴは、辛うじて言葉を絞り出す。「行方不明って、どういう意味なの？」

「子守りと一緒らしい。アレクサンダーは、もちろん、取り乱していたって。彼女――」と言い、ジェイムズはフロントの女性をふたたび手で示す。「この女性は彼の作品のことを知っていて……それはともかく、彼はあれこれ指示を残していったらしい。彼と少年、つまりきみの息子さんが出ていく前に……だけど」

ヴィヴはへなへなと椅子に崩れ落ちる。ヴィヴとジェイムズの顔を交互に見比べて、フロントの女性が言う。「あなたの夫と息子は、荷物をここに置いていきました。電話番号を残していったので、あの女性と少女がもどってきたときに、電話をしたのですが、誰も出ませんでした」

一瞬、間があり、それからヴィヴとジェイムズが彼女のほうを向く。「戻ってきた？」

「少女と子守りですよ」

「シバが戻ってきたの？」と、ヴィヴが訊き、椅子から立ちあがる。

「そうですよ」と、フロントの女性。「いま、上の階の部屋にいます」

フロントの女性が、階段を半分ほどまで昇ったヴィヴに声をかける。「三階ですよ。同じ部屋には通せなくて。ほかのお客さまが入ってしまったので。通路をずっといった部屋――三十七号室、実際のところ、元の部屋よりランクは上です……」。すでにヴィヴには娘の音楽が聞こえ始めている。「一時間前に、医者を手配したのですが」と、女性はジェイムズに向かって言う。「チェックインしたときから、加減がよくないみたいだったので。あのアフリカ人のご婦人ですが」

37としるされたドアの向こうでは、窓から差し込む朝日がゆっくりと暗い部屋を明るくしつつあった。親指を口に突っ込み、西洋の時間を理解できない幼い女の子は部屋の真ん中まで後退し、部屋の奥の小さな引っ込みにあるベッドで意識を失っているモリーをじっと見守っている。シバはひとり思う。この人は眠っているんだ、そうでなきゃ、病気なんだ——あたしのせいかしら？　心の中で、シバはエチオピアに戻り、ふたたび二歳になり、母親が——青緑色の髪をした、もう一人の母親が——初めて彼女のもとにやってきたときみたいに、ふたたび捨てられそうになる自分の姿を見ている。このホテルの部屋にやってきてから——西洋の時間に面食らい、シバはどのくらい長くいるのか分からない——ベッドで眠る女性のそばに立ち、女性の濡れた額をなでてやりながら、父親や弟はどこにいるんだろうと思ったり、彼らが自分を捨てたりなどしないと信じそうになる。エチオピアで、家族らしい人たちがいたときに、自分の名前は、はっきりとは思い出せないものの、シバじゃなくて、別の名前だったような気がする。ザン？　いや、たとえあの人がまだ自分の父親だとしても、それは父親の名前じゃない。シバはベッドに戻り、若い女性の片腕をさすってやる。いまこの瞬間、女性の肌は褐色というより、火山のような色をしている。そのとき、少女の背後で、部屋のドアが開く。


シバはヴィヴの顔を見ると、言葉なく彼女のもとへ歩みより、一瞬、彼女に小さな腕をまわす。ヴィヴは少女を抱きしめて、小声で名前を呼ぶ。それから、少女はヴィヴの手を取りベッドに連れていく。明らかに高熱で意識のはっきりしない女性を見下ろしながら、この女性がかつて自身の音楽を流していた人なのか、分からなくなる。いまは完全に音がしなくなっていたからだ。「大変だ」と、ジェイムズが背後で言う。

「どのくらい長くこんな状態だったと思う?」

「いますぐ医者に診てもらわないと」と、ヴィヴ。

「フロントの女性は、今朝、医者を手配したと言ってたけど」

「彼女でしょ?」と、ヴィヴが訊く。「そうよね?」

「そうだ」

「そうかしら? どうも、似てないんだけど……写真の女性に」。ヴィヴの言いたかったのは、ほとんど死んだ女性ということだが。

「そうだよ」

ヴィヴはジェイムズのほうを向く。「持ってる？」

「何？」

「写真だけど」

コートの中に手を突っ込み、それから、もう一つの内ポケットを探しながら、ジェイムズはぶつぶつ言う。「確か、ここに入れたと思ったんだけど」。それから、外のポケット、ズボンのポケットを探り、もういちどコートのポケットに手をやる。「いずれにしても、消えるはずなどないんだけどね」

医者が言う。「いきなり不躾なことを申し上げて、すみませんが」。ヴィヴには不躾なことを言うのをわざわざ詫びるタイプの医者には思えないが。「この患者さんをホスピスに移して終末医療を施すこともできますが、果たして、そうする必要があるでしょうか……よく分かりません」

「私だって分かりません」と、ヴィヴが言う。あなたが判断すべきでしょ。シバはベッドのそばから離れず、若い女性の腕をさするのをやめなかった。ヴィヴはこんなに落ち着いているシバを見たことがなかった。恐ろしいほどだ。ヴィヴはモリーが、いわば譫妄《せんもう》の海をぷかぷか浮いているのを見て言う。「どこが悪いの？」

「もうすぐ亡くなるのです」と、医者は冷たく言い放つ。それから少女を見ながら、言葉を和らげて。「安らかにお亡くなりになるところです」と、もういちど言う。

「でも、何で亡くなるの？」

「寿命です。ここまで長いことかかったかもしれませんが、それを知る手だてもありません」と、医者は付け加える。「この娘さんは、どうなさるのですか？」

ヴィヴは答える。「私が、この子の母親です」

「どうして？」と、医者が訊く。

ヴィヴはもういちどくり返そうとするが、やめておく。

ジェイムズが言う。「じゃ、僕がここに留まろうか？」

「大丈夫」と、ヴィヴ。「何か必要になったら、電話していい？」

「もちろんさ」

「ありがとう」。彼がドアを後ろ手に閉めかけたとき、ヴィヴが言う。「ジェイムズ？」

彼は振り返り、ドアの向こうから中を覗き込む。

「あたしたち……」と、ヴィヴ。「あなたのことを話題にしたことなどなかったわ」

「また、こんど話そう」と、わざと無意味なことを言う振りをして、ジェイムズが答える。彼は無意味なことなどは言わない人で、その点はザンと同じだ。

「きっとそうしてね」

「分かった」と、彼は答える。だが、二人とも、手遅れになるまで、そうしないと分かっている。


午後が過ぎ去り、夜がやってくる。カートライト・ガーデンズの三日月形のサークルから、勤め先や学校から帰る人々や学生たち、そばのレストランの客の立てる物音や声が立ちのぼってくる。同じ地域にあるパブからは、歓声が聞こえてくる。誰かがゴールかトライを決めたのだろう。道路の向かいにある公園では、カップルが口論していて、だんだん大きな声になる。男のほうが劣勢だ。もし時というものが子供のする電話ゲームだとすれば、いま電話線の端では、ずっと昔に誰かの耳にささやかれた単純なメロディが人間の音域を越えた大騒音となって、すべての歌をけがす灰色の沈黙となって響く。そのとき、光は物事の基準ではなく、黒色の変形にすぎない。ヴィヴはシバを抱きよせながら、この痛ましい沈黙が過ぎ去るのを感じる。部屋はそうした通過する沈黙に包まれ、すべての生命があるときそれを目撃し、眠らずに見守る。やがて、すべての生命自身も沈黙に包まれるのを他の生命によって目撃され、見守られる側になるのだ。

ザン、どこに行っちゃったの？　ヴィヴが窓から外を見ながら尋ねる。その窓から少ししか離れていない窓から外を見ながら、ザンもまた同じようなことを尋ねたのだが……。あたしの息子をどこに連れて行っちゃったの？　この家族の絆の秘密を解き、理解しようとする気持ちが、どうしてこんなふうにそれを壊すことになってしまったのか？　人生というものは、スプーンでたくさんの料理をすくうみたいなもので、ただ皿にひびを入れることぐらいしかできないのか？

そっとヴィヴはシバをベッドの若い女性から引き離そうとするが、シバは許さない。かつて眠りながらヴィヴにしたように、モリーの腕をしっかり握って離さない。二年以上前にアジスアベバにヴィヴが引き取りに行った最初の晩に、ヴィヴの顔にしたように、シバはいま亡くなりつつある女性の顔を指でなぞっている。〈テゼタ〉のメロディが窓からくらせん状に入り込んでくる。シバは立ったまま眠くなり、膝をついて床に落ちるが、それでもその場所から移動させることはできない。

あたしは亡霊かしら？　朦朧とする意識の中でモリーは自問する。彼女は、ぼんやりと夢を見ながらベッドの上で寝返りを打つ。もし亡霊なら、いつからそうだったんだろう。エチオピアを出たときから？　ベルリンで母と暮らしたときから？　いつから音楽はこんなに弱くなってしまったんだろうか？　少女が小さな手でなでる行為だけがモリーをあちらの世界に押しとどめていて、こちらの世界の永久の住民になるのを防いでいる。

モリーはハイドパークで少女の手をつかむ。二人はザンとパーカーがケンジントン通りを横切り、エチオピア大使館に向かうのを目撃する。父子がいちばん遠いプリンス・ゲイトの角を曲がってから九十秒後に、モリーは少女を連れて、キャリッジ・ロウとサーペンタイン通りに公園の丘から、モリーの住居があるアールズ・コートの方角へ向かう。その方角は一時間後にザンとパーカーがエチオピア大使館を訪れてから、二人を捜しに向かう方角とは正反対だ。アールズ・コートでモリーと少女は地下鉄のサークル線に乗りウェストミンスターまで行く。そこでジビリー線に乗り換えて、ウォータールーまで行く。階段をのぼって地上のウォータールー駅まで行き、ハンプトン・コート行きの列車に乗り込む。前に乗ったのと同じ列車だ。

モリーと少女がハンプトン・コートで列車を降りる頃には、季節はずれの暖かい午後になっている。この前に王宮にきたときには、黒雲が大空を覆っていたものだった。

モリーがザンに会おうと約束してから、すでに一時間半が経っている。モリーと少女は、王宮とその彼方につづく赤いレンガの橋を歩いていく。

あたしは亡霊かしら？　作られてから三百年も経つ迷路の端でモリーは自問する。二人は午後中ずっとそこにいたように思えるが、モリーは迷路の入口のほうに少女の背中を押す。「覚えてる？」と、モリーが少女に訊くと、少女は振り返る。自分に値しない親権を盗んだときに、あたしは亡霊になったのかしら？　そうモリーは考える。「きっとあなたを見つけるわよ」と、モリーは言う。少女は不安の表情はまったく見せずに、入口のほうへ歩いていき姿を消す。

モリーは思い出す。ベルリンの壁が崩壊する数年前、彼女はベルリンに住んでいて、まだ少女だった。母親はモリーをチェックポイント・チャーリー（国境検問所）からさほど遠くない東西境界線の南端に連れていった。その近くには、かつて録音スタジオで、それより前は古い映画スタジオだった建物があった。境界線では、まるで次に起こることを予言するみたいに、東西を分断する壁が崩れて、石の迷路になっていた。迷路の中で、モリーは母親から身を隠して、青空に覆われたコンクリの青い通路や、周囲の建造物の瓦礫によって守られた暗いトンネルを走りまわった。縫うように迷路の中心へと進み、モリーは待った。母親はいつも彼女を見つけた。娘の音楽を聴き分ける母親の耳は絶対に衰えないのだ。本当の母親はいつだってそうなのだ、とモリーは思う。

もしあたしが亡霊だったら、この低木の迷路を中心まで行けるかしら？　シバがそこにやってくるまでに、そこで待っていることができるかしら？　そうすれば、あの子は自分が迷子になることはないって、モリーは絶対に自分を手放さないってわかるはず。モリーは自分の音楽がなくなったのが分かる。音量が小さくなり、スイッチを切られたのが、耳で分かる。あの子の音楽が迷路から戻ってくるのが聞こえてきたとき、それを自分自身の音楽と勘違いなどしなかった。

モリーは音楽を追いもとめて中に向かう。迷路の中心にいる少女のもとへ向かう。シバが顔をあげて見る。モリーがやってきてから、少女は親指をしゃぶることはなくなった。「もう二度とあなたを手放さない」と、モリーは言う。

二人は、王宮が閉門されると、垣根の陰に隠れる。これまで誰か、こんな迷路の中に隠れた者がいるだろうか。モリーは自分の音楽をおとなしくさせるために、少女を腕にしっかり抱きしめる――ジャスミン（お母さん）、あなたが覗いているのを見たわよ――それから、夜がやってくると、手を広げて少女を解放する。すると、音楽が空に煙みたいに昇っていく。二人は迷路の中心に横になり、少女はモリーの両腕の中にしっかり包まれ、音楽がある星に向かって漂っていくのを見守る。

モリーのそばからシバを動かすことができずに、ヴィヴはシバと一緒に床の上で眠ってしまう。窓の向こうから近所の騒音が、まるで燃えさしみたいに消えたり点いたり、断続的に聞こえてくる。翌朝早く――ヴィヴは何時か分からないが――ドアの音に、はっとして目覚める。外の廊下の灯りに、二人の人間のシルエットが映る。それが誰かが分かるには、彼女の心の中の灯りだけがあればよかった。

互いに見つめ合い、ヴィヴとザンは同じ疑問を抱いている――どこにいたのか？　どうして行ってしまったのか？　大丈夫なのか？　それに対して、たった一つの答えを共有しているだけだ――気にしないで、もう二度と離れないで、と。あらゆる疑問は互いに打ち消し合う。息子は腕をヴィヴの首にまわして抱きしめる。そんなことは、いまのシバくらいの年齢からしたことはなかったのに。「ベルリンにいるって思ったんだ」と、パーカー。

「ベルリン？」

ザンがすまなそうに言う。「俺がその……」。ヴィヴはザンの顔の傷に触れ、両手を投げ出して夫を抱く。互いにしっかり抱きしめ、二人のどちらかが手を伸ばし、廊下の灯りを消し、二人のどちらかがドアを静かに足で蹴って閉め、二人は暗がりにいる。モリーのそばの床では、シバが眠っている。

少女はふたたび二歳だ。青緑の髪をしたもう一人の母親がエチオピアまで自分を引き取りにきた。いま、当時と同様、少女は言葉が喋れないほど孤独に縛られていて、誰よりも真っ先に愛されている、誰よりもかけがえなく愛されている、と感じたことがない。愛を得るためには、ほかの子供たちと競争しなければならず、つねにその競争に負けると思い込んでいる。なぜか自分がそれを知っているとは思えないのに、子供を思う両親の一途な愛は、無条件に子供に捧げられると想像している。かつて誰かが神について述べたように、もしあなたがそんな愛を想像できるならば、きっとそれは存在するはずだ。

迷路の中心で、少女は自分の目から一粒の涙がこぼれたのが分かり、女性の腕の中で寝返りを打つ。その涙を誰にも見られないように、地面以外に何も濡らさないように。少女はあまりに幼すぎて、どこにも自分が属していないと感じることが、いかに底知れず恐しいことか分からない。たぶん、どんな年齢にあっても、思い出せないことに対する悲しみを理解できる者など、いないだろう。だが、この少女は自分がそこからやってきた世界のことを、短い人生の半分ほど前に過ごした世界のことをほとんど思い出せないにもかかわらず、自分がそこを離れたくなかったことを、自分の一部がそこに残っていることを知っている。だから、彼女の悲しみは彼女自身の秘密であり、そうした秘密を言い表す言葉を彼女が発見するまで、何かによって癒されるような悲しみではないのだ。

そうならば、あなたは何者？　モリーは腕の中の少女に言う。あたしたちは本当にここにいるの？　あなたはあたしが思っている通りの人なの、それともあたしがいつも願っていたけど、本当はそうじゃなかった者なの？　あたし自身の母親は、いまあたしたちと一緒にいるの？　あたしの耳に、母親が緑の迷路の角を曲がったあたりをうろついている音が聞こえるかしら？　それとも母親は、あなたの音楽が聞こえるかしら。あたしの音楽と勘違いして。あたしは一度しかあなたを名前で呼んだことがない。でも、それはあなたの名前だったのかしら？　あなたに名前は必要なの？　それとも、名前が必要なのはあたしなのかしら、あなたのためにも。

人は誰かの娘になるために、出産の道を、子宮までさかのぼる旅が必要なのかしら。もしすでにあなたが許しがたい世紀の末裔であるならば、もし知っているならば、教えて。なぜなら、いまあたしはもう一つの端で、もう一つの道を使って去らなければならないから。あなたがそこに行くにはまだ間があるけど、そこに通じる道よ。

数分後、シバがどんなに頑固に抵抗しても、ヴィヴは少女をベッドから引き離す。「いらっしゃい」と、ヴィヴは静かに言う。「いらっしゃい」。だが、シバはヴィヴの手をすり抜ける。ザンがそっと少女のもう片方の手をつかみ、引き離そうとする。少女は抵抗し、泣き出す――ザンが知るかぎり、つねにこれ以上はない大音響を出す子供で、いわば、教会の聴聞室で大型ラジカセをかけるみたいに、一人当たりが出す音でこれほどの音量を出す者はいないのだが――いま、少女からは何の音も出てこない。ラジオ・エチオピアは沈黙したままだ。ただ顔を歪めているだけ。もしヴィヴとザンがシバと一緒に、少なくとももういちどだけ「親子のつながり」を感じられるとしたら、きっとこの瞬間がそれだった。「この子はもはやあそこにいないわ」と、ヴィヴは少女にささやく。それを声にする方法を模索しながら。「ここにいるわ。あたしたちの近くにいるんだわ」と言い、暗がりを見まわす。「あそこじゃなく」と、死体を示す。シバは、そんな短い生涯しか生きてこなかったにもかかわらず、直感的に分かったようだ。自分はどれほど多くの母親たちを失わねばならないのだろうか、自分はどれほど多くの母親たちを抱きしめなければならないのだろうか、ひとつの家庭を見いだすために、自分はどれくらい多くの家族を通過しなければならないのだろうか。シバはそう思案する。「この子はあそこじゃなくて、ここにいるわ」と、ヴィヴは言う。「手を離してあげて」。それから――声に出しては言わないが――もういちど、あたしの娘になってね。

しばらくのあいだ、シバは誰の娘でもない。家族の誰とも口をきかない。ヴィヴとザンに反抗するわけでも、パーカーと口喧嘩をするわけでもない。検屍官がやってきて、モリーの死体を連れ去ったあの夜以来、少女はモリーのベッドのそばの床で、ヴィヴたちに背を向けて寝る。家族の一員になりたいという要求は、口にされなくなる。音楽も発しない。深く自分の中に沈み込んでいて、慰めるべきものを外に出さないので、他人が慰めようもない。ヴィヴにもザンにも、少女を一緒にベッドで寝るようにさせることはできない。どんなになだめすかしても、モリーが亡くなったベッドのそばでぐったりと眠りかけているシバを動かすことはできない。あたしはプロよ、と彼女はつぶやく。少女がそこで眠りに落ちると、父親が抱きあげて、もう一つのベッドに連れていく。朝、両親が目を覚ますと、少女は元の位置に戻っていて、両親の言うことを聞かないが、彼らがロサンジェルスに帰る前夜に、パーカーがそっと彼女に「ねえねえ、こっちへおいでよ」と呼びかけると、少女はやおら起きあがり、少年のそばのブランケットの中にもぐり込む。

ロンドンで過ごす最後の数時間、ザン一家はそこで起こった出来事を話題にしない。あらゆる家庭内の騒音は収まったが、誰もが酸欠状態になっている。子供たちが近くにいないときに、ザンがヴィヴに「きょう、銀行に家を取られたよ」と、言う。最初、ヴィヴは何も答えない。「ローン部門のウェブサイトに載ってた」ようやく彼女はうなずく。「きょう？　いまってこと？」「さあ」と、ザンは肩をすくめる。「きょうかな、昨日かな。ここロサンジェルスは九時間の時差があるから。それとも、八時間かな？」。数秒して、ザンは付け加える。「だから、もう帰るべきところがないんだ」「でも」と、ヴィヴが答える。「なくなったのは、家だけでしょ」

二人のどちらかが、あるいは両方が、ロサンジェルスに戻るべきか、思案する。だが、そのままロンドンに留まるほうが現実的だとしても、どちらもそのことを真剣に考えたり、口にしたりしない。

ザンは、家が銀行に奪われないと自分が思っていたかどうか、思い出そうとする。「たぶん思っていた」と、ヴィヴに言う。彼らはヒースロー空港でロサンジェルス便を待っている。「というか、そう願っていたというべきだろうか……裁判所の命令とか何かじゃなくて、ただその……アメリカ国内の雰囲気というかムードが変わって、それで違いが出てくるかって。いまじゃ、愚かな考えに思えるけど」

「いいえ、ぜんぜん愚かじゃないわ」と、ヴィヴがザンを安心させようとする。「ぜんぜん」

「かつて彼も作家だった」と、ザン。

「誰が?」

「大統領さ。それで、われわれも片づけられちゃったのかもしれない」

これまでも著作を出した大統領はいた、とザンは考える。でも、それは作家になるのとは違う。ザンが作家というときそれは気質を意味するが、普通は才能のことだ。いまの大統領は、自分の人生とエネルギーの多くをつぎ込み、自分が何者であるか発見しようとしてきた。それは、作家の気質を持つ者にありがちな職業的な障害物であり、政治家にとっては明らかに余計なものだ。自分が何者であるかを気にかけるような政治家は、呪われる宿命なのか。自分のアイデンティティは、大衆のものというより自分のものと信じるような政治家は、拒絶される運命なのか。作家として大成しない者は、大統領以外の何かになるべきだ。たとえば、ラジオのパーソナリティとか。少なくとも、お喋りではなく、音楽をかけるような者に。

大統領はトラブルに陥っている。空港のロビーにあるテレビを見ながら、ザンはそう気づく。大統領、自分が何者であるかを考えたその者だと思っている。政治的な意味合いで、大衆が大統領を何者であるかと見なすが、大統領は理解していない。あれは、あの国に共通して歌えるような一つの歌があるかどうかを占う試金石だった。ところが、いまでは数多くの歌からなる国になり、歌のどれもが騒々しく、一緒に口ずさみたくなるようなメロディの一節もない。あの国はメロディではなく、記憶からなる〈バベルの塔〉だ。〈バベルの塔〉を見た神によって、人類の言葉は何千にもばらばらにされたように、この国は何百万にもばらばらにされた記憶の集大成であり、その一つとして、かつて存在したようなその国の記憶になり得ない。

メンフィスでジョージア州出身の黒人説教師が暗殺され、国中が暴動で荒れ狂った四十一年前のある夜、インディアナポリスでジャスミンは、ホテルの部屋の床に横になる。そばのベッドで、あらゆる自分自身の利益に反して大統領になろうとしている男が言う。どのようにこの国が最後に許しを乞うのか、誰に分かろうか。あるいは、そのような許しが与えられるのかどうか、誰に分かろうか。どのような歴史的瞬間がそれを象徴しえると、誰に分かろうか。忘れることができない苦しみは、苦しむ心に許しを与える手立てを見つけなければならない。やがて、われらの意志に反して、そこから、神の知恵と恵みが生じてくるまで。だから、今夜は、われわれは倒れたあの男のために祈ろう。彼の家族のために祈ろう。だが、同時に、われわれの愛する国のためにも祈ろう。

この国はいきなり唐突に物事を行なう国だが、信念か想像力か――そのどちらかがもう一つと関わりなく存在するとして――どちらかの大きな飛躍が翌朝に下降線を描くとき、この国はあたりを見まわし、それがどこに着地したのかと案ずる。所詮、なるようにしかならないかもしれないが、ザンはあのメロディの記憶を捨て去ることはできない。あのメロディを忘れ去る気になれない。あれ以上、あるいは、あれほど自分が信じられる歌はほかにない。周囲の騒音、けたたましい人の声、あるいはその組み合わせによって、空虚の中でほかの誰も真実の歌を、あるいは歌う価値のある歌を歌おうとしない。ザンの国は、これまでつねにそれ自身の想像力というより、世界のそれ以外の人たちの想像力に属してきた。三〇〇〇マイル離れた空港にいながら、ザンの耳には、いまだにあの歌が聞こえてくる。彼の周囲にも、ロンドンから、かつて徒労にもその歌を排除しようとして築かれたベルリンのバリケードの廃墟までも。

ヒースロー空港の狂気じみた免税店の真っただ中で、ザンはヴィヴと子供たちにゲートで数分待つように言い、男性トイレに入って、ロサンジェルスに電話をかける。「ローン番号は？」と、電話の向こうで、ザンの知っている声がする。「サン、ゼロ、ロク、イチ、サン、キュー、ゴ、イチ、キュー、ハチ」と、ザンが答える。彼は長いことそれを暗記している。

「ご住所は？」と、女性の声。

「レリック通り一八六一」

「その住所で、郵便物が届きますね？」

「はい」

「その住居に住んでいるのですか？」

「私たちはしばらく外国にいます。でも、それは私たちの住居です」

「記録によれば、不動産譲渡証書は、住宅ローンに資金を提供した者に移っています。不動産は、正式管財人によって売りにでています」

「それは理解しています。いま電話しているのは、私の家族はいまロサンジェルスに戻るところなんです。で、その不動産に近づく手配をしたいのですが、このバカ」

一瞬、電話の向こうで沈黙があり、それから女性の声が言う。「すみません。いま、その不動産に近づく手配をしたいとおっしゃいましたか?」

「そうです。おねがいします」と、ザン。「いま言いましたように、しばらく外国にいて不在でした。いま、戻るところなのです。もし可能ならば、家の中に、回収する必要のある個人的な所有物があるのです、このド阿呆め」

ふたたび電話の向こうで沈黙があり、ザンは女性が電話をしげしげ見つめている姿を想像する。ひょっとしたら、別のもっとふさわしい部署へ廻そうと画策しているかもしれない。ようやく女性が言う。「もういちどくり返していただけますか?」

「きょう、ロサンジェルスに戻る予定です。もしできるなら、家の中に入って、個人的に愛着があるものを取り出したいのですが」

彼女は言う。「そんなふうに言ったわけじゃないですよね」

「ええ、何ですか?」

「そんなふうには言いませんでした」と、女性の声が言う。「少なくとも、最初は」

「そりゃ、確かに、同じ言葉じゃないかもしれないけど」

「何か別のこともおっしゃった」

「確かに、別の表現をしたかもしれないけど」と、ザンは認める。

女性は譲らない。「いいえ、別のことを言いました。別の表現だけじゃなくて。ほかの言葉もまじっていました」

「いまですか?」と、ザン。

「ちょっと前です」

「『別の表現』って言ったところ?」

「いいえ、その前です」。女性はふたたび熱くなる。「そうした手配をするには、抵当物受け戻し権喪失手続き部門に申告なさる必要があります」

「どういう手配?」

「不動産の中に入る手配です。もしお望みならば、そちらの部署に廻しますが」

「あなたは、ご存じないですか? バビロンの娼婦め、家の錠が取り替えられてしまったのかどうか」

「何ですって?」

「家の錠が取り替えられてしまったかどうか、ご存じないですか」

女性が言う。「何か別のことを言いましたね」

「言いましたか……私が思うに、今回使ったのはこういう表現でした。いいかよく聞け」とザン。「僕が何を言ったとあなたが考えるか知らないけど、この電話はロンドンからなんだ。だから、明日、もういちど掛け直さなければならない。そちらに戻ってから。その間、あなたとあなたの会社には、この困難な数カ月、あれこれ助けてもらったり、理解してもらったりして、感謝しています」

彼は電話線が切れたか、接続が切れたかと思うが、そのとき、女性が静かに「どういたしまして」と、答える。

飛行機の中で、ヴィヴは眠り、パーカーは座席の前の小さなスクリーンでゲームをする。それを見ながら、ザンはふと思う。これまでに起こった出来事を息子がどのように感じているのか分かるまでに、どのくらいかかるだろうか、と。息子が分かるようになるまで、どのくらいかかるだろうか。私が死ぬまでに、私と息子はそのことを話題にするだろうか。私は長くは生きられず、子供たちは、私を失うことになるだろう。そう思うと、ザンは自分自身よりも彼らがかわいそうになる。シバは催眠薬《ベナドリル》を飲みたくないと言い、ザンも強要はしない。彼女は何も言わないし、音も立てない。ときたま、前の小型テレビを見ているが、たいていは窓の外を眺めている。

ロサンジェルス空港から、ザンは渓谷のレストラン、アニェホに電話をする。家族はロベルトが小型トラックで迎えにきてくれるのを待つ。翌朝、ザンはひとりで、ロベルトのトラックで家に戻る。

家の前には、〈銀行の所有物〉との看板が立てかけてあり、前庭は雑草が伸び放題だ。車寄せに停めてあったヴィヴの車はどこかに運ばれてしまっていた。ザンの車は、裏庭の低地のほうに置いてある。隣の老女が言う。車はヴィヴのものだから、銀行が持っていくことはできない、と文句を言ってやりました、と。「感謝します」と、ザンが言うと、老女は「銀行はろくでなしよ」と、答える。傾斜している車寄せを、それほどひどく屈辱を感じていないふうに歩こうと努力する。

玄関のドアの錠前は、取り替えられていた。ザンは裏にまわり、地面にひざまずき、かつて飼い犬のピラニアのドアだったところから、顔を中に入れてみる。家の匂いがする。顔を外に出すと、両手で犬のドアをつかみ、それを大きなドアから引きはがす。ふたたび地面にひざまずき、こんどは仰向けに体を中に入れ、カンヌキがかかっていないことを願いながら、辛うじて手が届く範囲のドアロックをはずす。もういちど体を外に出し、息を整えてから、ドアを開け、中に足を踏み入れる。

ノルドック家の持ち物は、何も持ち出されていなかった。ザンは思案する、さて、これをどうするっていうのか、全部、道路に積みあげるのか。キッチンから食堂に歩いていくとき、目の端に、何かが走り去るのが見える。まわりで何かが走りまわっている音が聞こえる。鼠たちが家を乗っ取ってくれたと自分に言い聞かせ、ある種の満足感を抱くが、それでも、自分の家族がそれを見ないことを喜ぶ。彼の中でいろいろな思いがこみ上げてくるが、こんな家に涙一滴も流すものかと思う。

その日一日、彼はロベルトのトラックと自分の車に積み込めるだけ積み込む。文学、歴史書、音楽、家族の思い出の品、ヴィヴの芸術作品や写真、ザンの四作の小説、銀行口座や生命保険、過去の税金の記録、子供たちの誕生証明書や社会保障番号などを入れたファイルなど。それから、毛布や小さなテーブル、家族の部屋のロッキングチェアを運ぶ。渓谷で火事があり、火が間近に迫ってきたあの夜のことを思い出す。あのとき、ザンとヴィヴはすでに避難する準備をしていて、車の中に荷物を積み込んでいた——つまり、すでに持ち出さなければならないものの優劣はつけていた。彼らの頭の中では、何年も前に脱出の準備が整っていたのだ。

ザンはロベルトのトラックをアニェホに戻す。「今夜、積んだものをすべて降ろせるか分からない」と、ザンはつぶやく。二人の男は、バーの裏手、ザンがラジオ番組を流している小屋のそばに立っている。「明日、やろう。手伝ってやるよ」と、ロベルト。

「ありがとう」

「言ってくれれば、運び出すのも手伝ってやったのに」

「誰にも、家を見てほしくなかったのさ」

ロベルトが言う。「あんたの音楽が聴けなくて、さみしかったよ」

「ロンドンで、頭の中で曲のリストを作ったけど」と、ザン。「そんな音楽、聴きたくないかも」

ザンは疲れ果てて、自分の車を運転して、家族が待っている、古い鉄道の橋があるところまでいく。穏やかな秋の夜で、家から持ってきた毛布で、ヴィヴは眠るところを作る。「ロベルトがエビのエンチラーダをくれたよ」と言い、ザンは食事を広げる。「ライスとリフライドビーンズ(＊インゲン豆を煮て、油で炒めたメキシコ料理)も」

パーカーが言う。「ブラックビーンズのほうがいいな」

「その要望には答えられない」とザン。「リフライドビーンズが好きだと思ってた。絶えず好みが変化するんだな」

ヴィヴが「シバ、食べなさい」と、娘を呼ぶ。娘は返事をしないので、ほかの者たちが食事をする。ザンは、幽霊が出ると言われるこの鉄道橋がかつてパーカーを震えあがらせたことを思い出し、普段は大好きなはずの悪魔の儀式やインディアンの幽霊を話題にしたい衝動を押し殺す。それは海寄りのパシフィック・コースト・ハイウェイを車で走りながら、ツナミの話題を振ってみるようなものだから。

「どういう意味?」と、パーカー。「どうして僕がビビらなきゃならない?」

「特に理由はないさ」

「この橋に幽霊が出るんじゃなかったっけ?」

「インディアンの幽霊がね。心配ないよ。僕らの味方だから」

「どうして分かるの?」

「絶対に、僕らの味方なんだ」

「どのくらいここにいるの?」と、息子が訊く。

「長くはいない。約束する。すぐに解決策を見つけるよ」

「約束、約束って」と、少し軽蔑を込めて。「いちど、家のことを約束したよね」

「確かに、した」と、ザンは静かに答える。「家を取られないようにするために、約束を守るために、できることはしたけど。だからと言って、これからの約束を守らないっていうわけじゃない」

パーカーがうなずく。「わかったよ、パパ」

ヴィヴが言う。「もし川の水が増えたら、水の音を聞きながら眠ることができるかもね」

「川の音じゃないだろ?」と、ザンが言い、耳をそばだてる。

「僕にも聞こえる」と、パーカー。「川の音じゃなくて、遠くのラジオの音みたいだけど」。家族の全員が古い橋の向こう側に体を向け、橋の骨組みの上端に目を向ける。そこに四歳の少女が腰をおろして、渓谷の入口のほうを向いて、海からやってくるはずのものをじっと見つめている。

ザンはそこまで歩いていき、垂木《たるき》を見あげる。「シバ」と、彼は呼びかける。「降りておいで。落ちるぞ。ご飯を食べよう」と言い、エンチラーダを指さす。少女は下をちらりと見て、それから海のほうを見やると、はしごを降りてくる。

娘がそばにすわって、自分のエンチラーダを食べ始めると、ヴィヴは少女の返事を引き出す程度にそっけない口調で、「シバじゃなくて、ほかの名前で呼ばれたい?」と、訊く。

「えっ?」と、娘。

「別の名前で――」

「たとえば何?」

「あなたらしい名前で」

娘は考える。「シバって、あたしの名前じゃないの？」

ヴィヴが「そうだけど。でも、いつだって、後で変えられるからね」

「そう？」

「そうよ」

「じゃあ、後で」

「分かった」

「大きくなって、自分のことが分かったら」

「大丈夫よ」

夕闇が迫ってきて、最後の残光がこぼれてくる。ザンは橋の垂木のあいだに懐中電灯を固定して、スイッチを押す。光が古びた車輌の天井に当たる。ヴィヴが毛布を敷いてやったところに二人の子供が眠る。半時間後に、シバは起きあがり、ロンドンのあのとき以来久しぶりに母親の胸の中にもぐり込む。母親はロッキングチェアにすわっているが、かってはそこで息子に乳を飲ませたことがあった。いっときザンが借りて使っていたが、ヴィヴが取り戻したのだった。

ヴィヴは娘の新しい音楽に合わせて椅子を揺らす。シバはアジスアベバの孤児院であの守衛としていたように、いまヴィヴの腕の中に包まれている。あのとき、彼女は二歳で、夜にベッドから起きあがると、雨の中、ゲートにある守衛所まで、中庭を走っていったものだった。いま娘は、眠りながら渓谷の入口をもの凄い勢いでやってくる巨大な波の夢を見ている。その波は、しかし橋のたもとまでくると、係船みたいに浮きあがり、やさしい潮になり、彼女の家族をどこかもっといい場所へと連れていってくれるのだった。

外から見れば、シバの夢はほんの一瞬にすぎないが、彼女は眠りながら、それが長い旅であることを理解している。船のへさきでバランスを取りながら、遠くからの歌を受信し、彼女を名付ける名前を求めて航海するのだ。その名前は、どこにも属さない人々のためのものであり、かつて人々が自分の所属する場所にちなんでつけていたように、まず自分の所属を探している人々のためのものであり、思い出せないが、忘れることのできない出来事を嘆きつづける悲しみのためのものである。少女と兄と母親と父親が船から岸に降りると、その名前は、楽園でも天国でもなく、ユートピアでも約束の地でもない。むしろ、ダメージを受けた名前である。かつて誰かがそれを最初に口にすると、すべての人を魅了したが、その後、それを汚して、ハイジャックして、搾取して、質を落として、中身のないものにして、その価値を見下しながらもその名前の響きだけを愛でている。とはいえ、その価値は、どうやっても否定できないものなのだ。なぜなら、それは現代人の遺伝子の中に組み込まれているからである。言い換えれば、少女がそれを追い求めているとはいえ、すでに養父から少女に手渡されて、少女の中に入り込んでいるのだ。養父の場合は、かつてある日の午後、その言葉の秘密を聞こうと群がった野次馬に押しつぶされそうになり、旧世界の始原のときからやってきた若い女性に助けられたことがあったが、あのとき、耳もとでその名前が囁かれるのを聞いたのだった。いま娘と父親は、それと分からぬまま、その名前によって強く結ばれている。娘はその獰猛な核の中にその名前を宿し、一本指で喉を引き裂く仕草をしながら、その名前を守り抜く。その名前とはアメリカだ。

訳者あとがき

エリクソンはこれまでに小説《フィクション》を八作、ノンフィクションを二作発表しているが、本作は九作目の最新フィクション *These Dreams of You* (New York: Europa Editions, 2012) の全訳である。この作品は『ロサンジェルス・タイムズ』紙によって「ベスト・ブックス・オブ・ザ・イヤー(二〇一二年度最優秀作品賞)」の一つに選ばれている。

前作の *Zeroville* (二〇〇七年) が映画へのオマージュ小説だとすると、『きみを夢みて』は、六〇〜七〇年代のポップミュージックへのオマージュだ。それらの音楽が地下水脈となって、地上の花というべきストーリーに生命の源を与えつづける。タイトルがそのことを物語っている。

本作のタイトル "These Dreams of You" は、北アイルランド、ベルファスト出身のロック歌手ヴァン・モリスンの曲名を借用したものである。この曲は、一九七〇年のアルバム *Moondance* に収められている。本文中にも二度、"And Ray Charles was shot down/But he got up to do his best.”「レイ・チャールズが撃たれた。でも、立ち上がりベストを尽くした」という歌の一節が出てくる。

この曲名の借用について、いくつかその意義を挙げることができる。

①モリスンの歌とこの小説との類似性。モリスンの歌は、男が女に裏切られるメロドラマ的なシチュエーションを語りながら、人種差別による「ヘイト・クライム」で、黒人歌手レイ・チャールズが暗殺されるという男の「悪夢」に言及する。小説では、アレグザンダー(ザン)・ノルドックというロサンジェルス在住の作家の、いわばファミリー・ヒストリーが語られる一方で、ロバート・ケネディの暗殺事件への言及がある。そうした「暴力」への強迫観念がエリクソンの小説の特徴だ。たとえば、米国の先住民の「ジェノサイド」や南部の奴隷制度(いずれも白人による支配)など、国家の制度的な「暴力」のみならず、作家の夢(想像力)の中では、グローバル化した世界でベルリンのネオナチによる移民排除の暴行も、前述の有名人たちの暗殺と結びつく。

②政治と音楽の親近性。政治を音楽と捉える作家の独特な感性がうかがわれる。本作には、主人公ザンの大学時代の恩師の話が出てくる。かつてトロツキーの護衛をしたこともあり、ビリー・ホリディの愛人でもあったというこの大学教授はある名言を吐く。つまり、政治意識のない音楽は、何も言うことを持たない音楽であり、一方、音

楽によって心を揺り動かされない政治家は、まったく信用するに値しない政治家だ、と。しかし、これはアメリカ人に独特な感性かもしれない。ザンの想像力の中では、一九六八年のロバート・ケネディの選挙運動と二〇〇八年のバラク・オバマの選挙運動が長い時間を飛び越えて結びつく。いずれも「アメリカは変化する」という期待が人々にロックコンサート並みの熱気を帯びさせるが、やがてそれらの熱気はドラッグやセックスなどに矮小化されてゆく。作家の想像力の中では、オバマ当選後の人々の興ざめは、こう解釈される。人々がオバマに失望するのは、オバマが心変わりしたからではない。むしろ、ある者はオバマが過激な共産主義者だと言い、またある者はオバマが大企業に魂を売った悪魔だと言うように、オバマ(の「歌」)ほど、聴き手によって解釈が異なる政治家(「歌」)は他にないからだ、と。

③この小説自体が、音楽と呼べるかもしれない。主人公の家族に関して、ポップミュージックへの言及が頻出する。たとえば、ザンは一週間に数度、地元の渓谷のレストランの倉庫を海賊ラジオ局にして、DJとして自分の選んだポップミュージックを流す。ザンによって選ばれた曲がどのようなものなのか、読者はYouTubeやCDなどの他メディアで確かめる楽しみがある。また、ザン夫婦がエチオピアから養子で迎え入れた四歳児の少女ゼマ(シバ)は、自らの身体がラジオの役割をして遠い国の音楽〈テゼタ〉(エチオピアンジャズ)を受信する。この能力は彼女の母親かもしれないモ

リー（ジェイムズ・ジョイスの『ユリシーズ』の主人公の妻の名前と響きあう）も有する。さらに、モリーの母親であるジャスミンは、ベルリンでデイヴィッド・ボウイのマネージャーの役割を果たして、ボウイが黒人音楽を採りいれる手助けをする。

④ここでうかがわれるのは、人種の融合、言語のクレオール化（イギリス英語が頻出する）に呼応する文化の「ハイブリディティ（混淆性）」の強調である。それはエリクソンの小説自体の語り形式《ナラティヴ》にも波及しないではおかない。この小説は、音楽で言えば、ミニマリズム音楽の対極に位置する、ジャズ、ロック、ラテン音楽などを融合した「フュージョン」と言えるかもしれない。なぜなら、この小説はエリクソン一家の自伝的な要素（ロサンジェルスの渓谷に住んでいるとか、十二歳の息子のほかにアフリカ人の少女を養子にしたとか、妻の芸術作品が他の芸術家によって剽窃されたとか）を取り入れた伝統的なリアリズムの「家族小説」に見えながら、SF的なタイムトリップによる「パラレルワールド」の物語（ザンの小説の主人公Xが現代から一九二〇年代のベルリンに旅して、まだ発売されていないジョイスの『ユリシーズ』を拾い、二十世紀の最大傑作の剽窃を企てる）が出てきたり、ポストモダン文学特有の自己言及（ザンはロンドン大学で「二十一世紀の衰退に直面する文学形式としての小説」というタイトルの講演をするが、歴史と小説をめぐって、マルコからヨハネまでの福音書のバージョンを引き合いに出して、「オリジナリティ」の無意味さを強調しながら、二十一世紀の「衰退」を生き伸びるのは

「ミキシング（混ぜ合わせ）」であると示唆する）がなされたりするからだ。これまでの作品と同様、この作品でも事実とフィクションが入り交じり、作家の個人体験とアメリカ社会／歴史が交錯するエリクソンワールドが全開であり、この小説自体がそうした小説理論の実践と言えるかもしれない。

小説は、短い断章を積み重ねる語りの形式を取るが、時間的にも空間的にも、リニアな移動はしない。むしろ、デジタル時代に適合するかのように、あちこちにリンクしてゆく。時間的には、ザンの小説の主人公Xが迷い込む一九二〇年代、ザンの十代の頃の六〇年代、オバマが大統領選に勝った二〇〇八年などを行き来する。空間的には、ザンの家があるロサンジェルスからスタートして、一家が旅をするロンドン、モリーとシバが二人で放浪するロンドンのハンプトン・コートの王宮の迷路、ザンと息子が放浪するパリやベルリン、ヴィヴが迷い込むアジスアベバの迷宮、ジャスミンがロバート・ケネディと出会うロンドンやワシントンDC、主人公Xが暴行を受けるベルリンなどをへて、一家はロサンジェルスに戻ってくる。

そういう意味では、十九世紀のヘンリー・ジェイムズやマーク・トウェイン以来、アメリカ文学ではお馴染みの「イノセント（アメリカンズ）・アブロード（異国を旅する素朴なアメリカ人）」をテーマにした小説とも言える。ジェイムズやトウェインの小説では、「金ぴか時代」の有閑階級のアメリカ人がヨーロッパを旅して、アメリカとの価値観の違い、いわゆるカルチャーショックを味わうのに対して、この小説では、貧乏なアメリカ人が富裕なヨーロッパを旅して、アメリカ的価値観、資本主義のくびき、ドルの呪縛から自由になるのである。ロサンジェルスに帰っても、銀行に渓谷の家を乗っ取られてしまい、一家はいわば「ホームレス」の状態になるが、しかし、黒人である養女は白人家庭に愛情の化学反応をおこさせずにはおかず、家族の絆はヨーロッパに行く前よりも強まる。

小説の結末の一言について。「アメリカ」とはエリクソンの小説において、実際の国家USAとは違う特別の意味を持つ。「社会に誰でもが参画できる」という米国の「理念」を意味する。だから、ジャスミンが大学生の頃のザンに囁いたとされるその言葉も、米国の覇権主義的な言葉というより、むしろ、いまだ達成されていない米国の理想を述べたものと理解すべきだ。

さて、この小説は発売されるやいなや、『ニューヨーク・タイムズ』紙や『ロサンジェルス・タイムズ』紙など、米国の大新聞の書評欄で取りあげられている。『ロサンジェルス・レビュー・オブ・ブックス』誌は、「本作は、今日の〈偉大なるアメリカ小説〉と呼べるかもしれない。それは、単に普遍的なアメリカの夢や不安を描いているからではない。その社会的なスコープのためでもない。その歴史的な、政治的なトピックのせいでもない。むしろ、痛々しいほどの誠実さ、人間的な挫折に対する謙虚な認識、まだ手遅れではないという、その希望的なメッセージのせいである。結末の感動的な文章は、『グレート・ギャッツビー』（フィッツジェラルド）や『オン・ザ・ロード』（ケルアック）、『ヴァインランド』（ピンチョン）などの結末と同じ部類に属するものである」と、絶賛する。

また、『ニューヨーク・タイムズ文芸付録』は、「さまざまなアクションが時間や大陸、リアリティを越えて響き合う。（中略）驚くべきモザイク模様だ。この作品のごちゃごちゃした、活気に満ちあふれた四人の中心人物たちは、新世紀のための代表的な絵《タブロー》となるはずだ。マッシュアップ（再構築）されたアメリカの家族として」と、称讃している。

『ボストン・グローブ』紙は、「本当に戦慄的な作品だ。そのゴージャスで鮮明な散文と、その先鋭的なまでに繊細な魂によって、本作はこの狂気の時代において、小説にまだ何ができるかを私たちに教えてくれる」と述べる。

『ワシントン・ポスト』紙は、「ドラマは、誇張表現でいっぱいである。（中略）物語は十分に過激であり、われわれの「民主主義」のパラドックスや展開を見事に表現している。（中略）エリクソンの荒々しくジャズ的なヴォイスは独自のものだ」と述べる。

『カーカス・レビュー』誌は、「美しく、エレジー風の物語の糸や登場人物が、リアルでも空想的でもある迷路の中で、失われた環をつまずきながら進む。家族とそのアイデンティティをめぐる、複雑かつ空想的なタペストリーだ」と称する。『ニューヨーカー』誌は、「[本作は] 一九六〇年代以前にまで遡る、より大きな物語を、つまり変形を被りやすい大統領選を巧妙に取り込んでいる。エリクソンは、メタフィクションの技巧や偶然の出来事、エコーなどを巧妙に使いこなすことで、この物語を語りそのものに関する考察へと変身させる」と述べる。『ブックフォーラム』誌は、「エリクソンは、情感的な音階を弾きながら、歴史上の人物を物語に呼び起こし、人種やアイデンティティの問題について思いめぐらすことに長けている。本作は、それ自身の活力を収縮させることによって、小説が進歩しない媒体であるという考えに抗《あらが》っている」と称する。

スーザン・ストレート氏は、「エリクソンの新作における夢は、古代と現代のそれである。愛と家庭と家族とにしがみついたり、肌の柔らかいわれわれの子孫を、われわれの所有するあらゆる凶暴さと反発力とで護ろうとしたり、もし彼らを救うために必要ならば、地球上を放浪したりする、そんな夢である。私はこの本を一日で読んでしまった。それは、私の脳裏に、動くパノラマのように残った。南カリフォルニアの渓谷やロンドン、ベルリン、アジスアベバの光景、現在と過去のヴィジョンのすべてが、万華鏡のように鮮やかに織りなされ、エリクソンの手腕と情熱がしめされている」と述べる。

最後に、今回の翻訳も、筑摩書房編集部の井口かおりさんにお世話になりました。帯文を書いてくださった小野正嗣さん、装丁の相馬章宏さんにも感謝いたします。

二〇一五年盛夏

駿河台にて　訳者識

推薦文

アメリカに救いはあるのか？
あらゆる境界を越えて響く、傷ついた魂の歌

小野正嗣（小説家）

本書は、本邦初訳。訳し下ろしです。

スロー・ラーナー［新装版］
トマス・ピンチョン
志村正雄訳
著者自身がまとめた初期短篇集。「謎の巨匠」がみずからの作家生活を回顧する序文を付した話題作。驚異に満ちた世界。（高橋源一郎、宮沢章夫）

競売ナンバー49の叫び
トマス・ピンチョン
志村正雄訳
「謎の巨匠」の暗喩に満ちた迷宮世界。突然、大富豪の遺言管理執行人に指名された主人公エディパの物語。郵便ラッパとは？（巽孝之）

グリンプス
ルイス・シャイナー
小川隆訳
ドアーズ、ビーチ・ボーイズ、ジミヘンにビートルズ。幻のアルバムを求めて60年代へタイムスリップ。ロックファンに誉れ高きSF小説が甦る。

絵本ジョン・レノンセンス
ジョン・レノン
片岡義男／加藤直訳
ビートルズの天才詩人による詩とミニストーリーと絵。言葉遊び、ユーモア、風刺に満ちたファンタジー。原文付。序文＝P・マッカートニー。

Ai ジョン・レノンが見た日本
ジョン・レノン絵
オノ・ヨーコ序
ジョン・レノンが、絵とローマ字で日本語を学んだスケッチブック。「おだいじに」「毎日生まれかわります」などジョンが捉えた日本語の新鮮さ。

ボディ・アーティスト
ドン・デリーロ
上岡伸雄訳
映画監督の夫を自殺で失ったローレン。謎の男が現われ、彼女の時間と現実が変質する。アメリカ文学の巨人デリーロが描く精緻な物語。（川上弘美）

〝少女神〟第9号
フランチェスカ・リア・ブロック
金原瑞人訳
少女たちの痛々しさや強さをリアルに描き出し、全米の若者を虜にした最高に刺激的な〈9つの物語〉。大幅に加筆修正して文庫化。（山崎まどか）

チャイナタウンからの葉書
R・ブローティガン
池澤夏樹訳
アメリカ'60年代対抗文化の生んだ文学者の代表的詩集。結晶化した言葉を、訳者ならではの絶妙な名訳でお届けする。心優しい抒情に満ちた世界。

不思議の国のアリス
ルイス・キャロル
柳瀬尚紀訳
おなじみキャロルの傑作。子どもむけにおもねらず、ことば遊びを含んだ、透明感のある物語を原作の香気そのままに日本語に翻訳。（楠田枝里子）

氷
アンナ・カヴァン
山田和子訳
氷が全世界を覆いつくそうとしていた。私は少女の行方を必死に探し求める。恐ろしくも美しい終末のヴィジョンで読者を魅了した伝説的名作。

郵便局と蛇
A・E・コッパード
西崎憲編訳
日常の裏側にひそむ神秘と怪奇を淡々とした筆致で描く、孤高の英国作家の詩情あふれる作品集。新訳一篇を追加し、巻末に訳者による評伝を収録。

パヴァーヌ
キース・ロバーツ
越智道雄訳
1588年エリザベス1世暗殺。法王が権力を握り、蒸気機関が発達した「もう一つの世界」で20世紀、反乱の火の手が上がる。名作、復刊。（大野万紀）

コンパス・ローズ
アーシュラ・K・ル＝グウィン
越智道雄訳
物語は収斂し、四散する。ジャンルを超えた20の短篇が紡ぎだす豊饒な世界。「精神の海」を渡る航海者のための羅針盤。（石堂藍）

エレンディラ
G・ガルシア＝マルケス
鼓直／木村榮一訳
大人のための残酷物語として書かれたといわれる中・短篇。「孤独と死」をモチーフに、大著『族長の秋』につらなるマルケスの真価を発揮した作品集。

ヒュペーリオン
ヘルダーリン
青木誠之訳
祖国ギリシアの解放と恋人への至高の愛の相克に苦しむ青年ヒュペーリオン。生と死を詩的・汎神論的境域へ昇華する未踏の散文を、清新な新訳で。

生ける屍
ピーター・ディキンスン
神鳥統夫訳
独裁者の島に派遣された薬理学者フォックス。秘密警察が跳梁し、魔術が信仰される島で陰謀に巻き込まれ……。幻の小説、復刊。（岡和田晃／佐野史郎）

短篇小説日和
西崎憲編訳
短篇小説は楽しい！　大作家から忘れられたマイナー作家の小品まで、英国らしさ漂う一風変わった傑作を集めました。巻末に短篇小説論考を収録。

怪奇小説日和
西崎憲編訳
怪奇小説の神髄は短篇にある。ジェイコブズ「失われた船」、エイクマン「列車」など古典的怪談から異色短篇まで18篇を収めたアンソロジー。

世界幻想文学大全
怪奇小説精華
東雅夫編
ルキアノスから、デフォー、メリメ、ゴーチエ、ゴーゴリ……時代を超えたベスト・オブ・ベスト。岡本綺堂、芥川龍之介等の名訳も読みどころ。

世界幻想文学大全
幻想小説神髄
東雅夫編
ノヴァーリス、リラダン、マッケン、ボルヘス……時代を超えたベスト・オブ・ベスト。松村みね子、堀口大學、窪田般彌等の名訳も読みどころ。

謎の物語　紀田順一郎編

それから、どうなったのか――結末は霧のなか、謎は謎として残り解釈は読者に委ねられる。不思議な「謎の物語」15篇。女か虎か／謎のカード／園丁 他

バベットの晩餐会　I・ディーネセン　桝田啓介訳

バベットが祝宴に用意した料理とは……。一九八七年アカデミー賞外国語映画賞受賞作の原作と遺作「エーレンガート」を収録。（田中優子）

ヘミングウェイ短篇集　アーネスト・ヘミングウェイ　西崎憲編訳

ヘミングウェイは弱く寂しい男たち、冷静で寛大な女たちを登場させ「人間であることの孤独」を描く。繊細で切れ味鋭い14の短篇を新訳で贈る。

エドガー・アラン・ポー短篇集　エドガー・アラン・ポー　西崎憲編訳

ポーが描く恐怖と想像力の圧倒的なパワーは、時を超え深い影響を与え続ける。よりすぐりの短篇7篇を新訳で贈る。巻末に作家小伝と作品解説。

カポーティ短篇集　T・カポーティ　河野一郎編訳

妻をなくした中年男の一日を、一抹の悲哀をこめ、ややユーモラスに描いた本邦初訳の「楽園の小道」他、選びぬかれた11篇。文庫オリジナル。

ヴァージニア・ウルフ短篇集　ヴァージニア・ウルフ　西崎憲編訳

都会に暮らす孤独を寓話風に描く「ミス・Vの不思議な一件」をはじめ、ウルフの緻密で繊細な短篇作品17篇を新訳で収録。文庫オリジナル。

新ナポレオン奇譚　G・K・チェスタトン　高橋康也／成田久美子訳

未来のロンドン。そこは諧謔家の国王のもと、中世の都市に逆戻りしていた……。チェスタトンのデビュー長篇小説、初の文庫化。（佐藤亜紀）

四人の申し分なき重罪人　G・K・チェスタトン　西崎憲訳

「殺人者」「藪医者」「泥棒」「反逆者」……四人の誤解された男たちが語る、奇想天外な物語。チェスタトン円熟の傑作連作中篇集。（巽昌章）

ブラウン神父の無心　G・K・チェスタトン　南條竹則／坂本あおい訳

ホームズと並び称される名探偵「ブラウン神父」シリーズを鮮烈な新訳で。「木の葉を隠すなら森のなか」などの警句と逆説に満ちた探偵譚。（高沢治）

眺めのいい部屋　E・M・フォースター　西崎憲／中島朋子訳

フィレンツェを訪れたイギリスの令嬢ルーシーは、純粋な青年ジョージに心惹かれる。恋に悩み成長する若い女性の姿と真実の愛を描く名作ロマンス。

あなたは誰？
ヘレン・マクロイ
渕上痩平訳
匿名の電話の警告を無視してフリーダは婚約者の実家へ向かうが、その夜のパーティで殺人事件が起こる。本格ミステリの巨匠マクロイの初期傑作。

動物農場
ジョージ・オーウェル
開高健訳
自由と平等を旗印に、いつのまにか全体主義や恐怖政治が社会を覆っていく様を痛烈に描き出す。『一九八四年』と並ぶG・オーウェルの代表作。

お菓子の髑髏
レイ・ブラッドベリ
仁賀克雄訳
若き日のブラッドベリが探偵小説誌に発表した作品のなかから選ばれた15篇。ブラッドベリらしい、ひねりのきいたミステリ短篇集。

ダブリンの人びと
ジェイムズ・ジョイス
米本義孝訳
20世紀初頭、ダブリンに住む市民の平凡な日常をリアリズムに徹した手法で描いた短篇小説集。リズミカルで斬新な新訳。各章の関連地図と詳しい解説付。

高慢と偏見（上）
ジェイン・オースティン
中野康司訳
互いの高慢さから偏見を抱いて反発しあう知的な二人がやがて真実の愛にめざめてゆく……絶妙な展開で深い感動をよぶ英国恋愛小説の名作の新訳。

高慢と偏見（下）
ジェイン・オースティン
中野康司訳
互いの高慢からの偏見が解けはじめ、聡明な二人は急速に惹かれあってゆく……。あふれる笑いと絶妙の展開で読者を酔わせる英国恋愛小説の傑作。

エマ（上）
ジェイン・オースティン
中野康司訳
美人で陽気な良家の子女エマは縁結びに乗り出すが、見当違いから十七歳のハリエットの恋を引き裂くことに……。オースティンの傑作を新訳で。

エマ（下）
ジェイン・オースティン
中野康司訳
慎重と軽率、嫉妬と善意が相半ばする中、意外な結末がエマを待ち受ける。英国の平和な村を舞台にした笑いと涙の楽しいラブ・コメディー。

分別と多感
ジェイン・オースティン
中野康司訳
冷静な姉エリナーと、情熱的な妹マリアン。好対照をなす姉妹の結婚への道を描くオースティンの永遠の傑作。読みやすくなった新訳で初の文庫化。

説得
ジェイン・オースティン
中野康司訳
まわりの反対で婚約者と別れたアン。しかし八年後思いがけない再会が。繊細な恋心をしみじみと描くオースティン最晩年の傑作。読みやすい新訳。

ノーサンガー・アビー
ジェイン・オースティン 中野康司訳
17歳の少女キャサリンは、ノーサンガー・アビーに招待されて有頂天。でも勘違いからハプニングが……。オースティンの初期作品、新訳&初の文庫化！

マンスフィールド・パーク
ジェイン・オースティン 中野康司訳
伯母にいじめられながら育った内気なファニーはいつしかいとこのエドマンドに恋心を抱くが――。恋愛小説の達人オースティンの円熟期の作品。

ジェイン・オースティンの言葉
中野康司
オースティンの長篇小説を全訳した著者が、作品中の含蓄ある名言を紹介する。オースティン・ファンもこれから読む人も満足する最高の読書案内。

ジェイン・オースティンの読書会
カレン・ジョイ・ファウラー 中野康司訳
6人の仲間がオースティンの作品で毎月読書会を開く。個性的な参加者たちが小説を読み進める中で、それぞれの身にもドラマティックな出来事が――。

続 高慢と偏見
エマ・テナント 小野寺健訳
紆余曲折を経て青年貴族ダーシーと結婚したベネット家の次女エリザベスのその後の物語。絶妙なやりとりと意外な展開は正編に劣らぬ面白さ。

O・ヘンリー ニューヨーク小説集
青山南＋戸山翻訳農場訳
烈しく変貌した二十世紀初頭のニューヨークへタイムスリップ！ まったく新しいO・ヘンリーの読み方。同時代の絵画・写真を多数掲載。（青山南）

チェーホフ短篇集
アントン・チェーホフ 松下裕編訳
恋愛小説、ユーモア小説、社会小説などチェーホフの魅力を堪能できる一冊選集。少年たち／くちづけ／かわいいひと／犬をつれた奥さん／など12篇。

チェーホフ集 結末のない話
アントン・チェーホフ 松下裕編訳
「勘定ずくの結婚」「知識階級のたわけもの」「求職」など庶民の喜怒哀楽をブラックユーモアで綴った50の短篇。本邦初訳を含む新訳で贈る。

荒涼館（全4巻）
C・ディケンズ 青木雄造他訳
上流社会、政界、官界から底辺の貧民、浮浪者まで巻き込んだ因縁の訴訟事件。小説の面白さをすべて盛り込み壮大なスケールで描いた代表作。（青木雄造）

コスモポリタンズ
サマセット・モーム 龍口直太郎訳
舞台はヨーロッパ、アジア、南島から日本まで。故国を去って異郷に住む〝国際人〟の日常にひそむ事件のかずかず。珠玉の小品30篇。（小池滋）

昔も今も　サマセット・モーム　天野隆司訳

16世紀初頭のイタリアを背景に、「君主論」につながるチェーザレ・ボルジアとの出会いを描き、「政治人間」の生態を浮彫りにした歴史小説の傑作。

女ごころ　サマセット・モーム　尾崎寔訳

美貌の未亡人メアリーとタイプの違う三人の男の恋の駆け引きは予期せぬ展開を迎える。第二次大戦前夜のイタリアを舞台にしたモームの傑作を新訳で。

モーパッサン短篇集　ギ・ド・モーパッサン　山田登世子編訳

人間の愚かさと哀れさを、独特の皮肉の効いたユーモアをもって描く稀代の作家モーパッサン。文学の王道から傑作20篇を厳選、新訳で送る。

トーベ・ヤンソン短篇集　トーベ・ヤンソン　冨原眞弓編訳

ムーミンの作家にとどまらないヤンソンの作品の奥行きと背景を伝える短篇のベスト・セレクション。「愛の物語」「時間の感覚」「雨」など、全20篇。

誠実な詐欺師　トーベ・ヤンソン　冨原眞弓訳

〈兎屋敷〉に住む、ヤンソンを思わせる老女性作家。彼女に対し、風変わりな娘がめぐらす長いたくらみとは？　傑作長編がほとんど新訳で登場。

トーベ・ヤンソン短篇集　黒と白　トーベ・ヤンソン　冨原眞弓編訳

ムーミンの作家ヤンソンは優れた短篇小説作家でもある。フィンランドの暗く長い冬とオーロラさながら、孤独と苦悩とユーモアに溢れた17篇を集める。

ムーミンのふたつの顔　冨原眞弓

児童文学の他に漫画もアニメもあるムーミン。媒体や時期で少しずつ違うその顔を丁寧に分析し、本質に迫る。トリビア情報も満載。（梨木香歩）

ムーミンを読む　冨原眞弓

ムーミンの第一人者が一巻ごとに丁寧に語る、ムーミン物語の魅力！　徐々に明らかになるムーミン一家の過去や仲間たち。ファン必読の入門書。

レ・ミゼラブル（全5巻）　ユゴー　西永良成訳

慈愛あふれる司教との出会いによって心に光を与えられ、ジャン・ヴァルジャンは新しい運命へと旅立つ——叙事詩的な長篇を読みやすい新訳でおくる。

ガルガンチュアとパンタグリュエル（全5巻）　フランソワ・ラブレー　宮下志朗訳

フランス・ルネサンス文学の記念碑的大作。〈知〉の一大転換期の爆発的エネルギーと感動をつたえる画期的新訳。第64回読売文学賞研究・翻訳賞受賞作。

ボードレール全詩集Ⅰ　シャルル・ボードレール　阿部良雄 訳

詩人として、批評家として、思想家として、近年重要度を増しているボードレールのテクストを世界的な学者の個人訳で集成する初の文庫版全詩集。

デ・トゥーシュの騎士　バルベー・ドールヴィイ　中条省平 訳

一八〇〇年頃のノルマンディー、囚われた王党軍の騎士を救うべく、十二人の戦士が死地に赴く――華麗なデカダンス美学の残光に映える傑作。本邦初訳。

私小説 from left to right　水村美苗

12歳で渡米し滞在20年目を迎えた「美苗」。アメリカにも溶け込めず、今の日本にも違和感を覚え……。本邦初の横書きバイリンガル小説。

続 明暗　水村美苗

もし、あの『明暗』が書き継がれていたとしたら……。漱石の文体そのままに、気鋭の作家が挑んだ話題作。第41回芸術選奨文部大臣新人賞受賞。

増補 日本語が亡びるとき　水村美苗

明治以来豊かな近代文学を生み出してきた日本語が、いま、大きな岐路に立っている。我々にとって言語とは何なのか。小林秀雄賞受賞作に大幅増補。

ぼくは散歩と雑学がすき　植草甚一

1970年、遠かったアメリカ。その風俗、映画、本、音楽から政治までをフレッシュな感性と膨大な知識、貪欲な好奇心で描き出す代表エッセイ集。

いつも夢中になったり飽きてしまったり　植草甚一

男子の憧れJ・J氏。欧米の小説やジャズ、ロックへの造詣、ニューヨークや東京の街歩き。今なお新鮮さを失わない感性で綴られる入門書的エッセイ集。

こんなコラムばかり新聞や雑誌に書いていた　植草甚一

ヴィレッジ・ヴォイスから筒井康隆まで夜を徹して読書三昧。大評判だった中間小説研究も収録したJ・J式ブックガイドで「本の読み方」を大公開！

雨降りだからミステリーでも勉強しよう　植草甚一

1950〜60年代の欧米のミステリー作品の圧倒的で貴重な情報が詰まった一冊。独特の語り口で書かれた文章は何度読み返しても新しい発見がある。

たましいの場所　早川義夫

「恋をしていいのだ。今を歌っていくのだ」。心を揺るがす本質的な言葉。文庫用に最終章を追加。帯文＝宮藤官九郎　オマージュエッセイ＝七尾旅人

ぼくは本屋のおやじさん　早川義夫

22年間の書店としての苦労と、お客さんとの交流。どこにもありそうで、ない書店。30年来のロングセラー！（大槻ケンヂ）

生きがいは愛しあうことだけ　早川義夫

親友ともいえる音楽仲間との出会いと死別。恋愛。音楽活動。いま、生きることを考え続ける著者のエッセイ。帯文＝斉藤和義（佐久間正英）

心が見えてくるまで　早川義夫

「〝語ってはいけないこと〟をテーマに書きたい」という著者渾身の書き下ろし。「この世で一番いやらしいこと」や音楽関係のこと。帯文＝吉本ばなな

中島らもエッセイ・コレクション　中島らも　小堀純編

小説家、戯曲家、ミュージシャン等幅広い活躍で没後なお人気の中島らもの魅力を凝縮！　酒と文学とエンターテイメント。（いとうせいこう）

USAカニバケツ　町山智浩

大人気コラムニストが贈る怒濤のコラム集！　スポーツ、TV、映画、ゴシップ、犯罪……。知られざるアメリカのB面を暴き出す。（デーモン閣下）

底抜け合衆国　町山智浩

疑惑の大統領選、9・11、イラク戦争……2000－04年に発表されたコラムを集める。住んでみて初めてわかったアメリカの真実。（内田樹）

オタク・イン・USA　パトリック・マシアス　町山智浩編訳

全米で人気爆発中の日本製オタク・カルチャー。しかしそれらが受け入れられるまでには、大いなる誤解と先駆者たちの苦闘があった――。（町山智浩）

ファビュラス・バーカー・ボーイズの地獄のアメリカ観光　町山智浩　柳下毅一郎

ラス・メイヤーから殺人現場まで、バカバカしくも業の深い世紀末アメリカをゴシップ満載の漫才トークでご案内。FBBのデビュー作。（三留まゆみ）

コーヒーと恋愛　獅子文六

恋愛は甘くてほろ苦い。とある男女が巻き起こす恋模様をコミカルに描く昭和の傑作が、現代の「東京」によみがえる。（曽我部恵一）

七時間半　獅子文六

東京―大阪間が七時間半かかっていた昭和30年代、特急「ちどり」を舞台に乗務員とお客たちのドタバタ劇を描く隠れた名作が遂に甦る。（千野帽子）

うれしい悲鳴をあげてくれ いしわたり淳治

作詞家、音楽プロデューサーとして活躍する著者の小説&エッセイ集。彼が「言葉」を紡ぐと誰もが楽しめる「物語」が生まれる。（鈴木おさむ）

虹色と幸運 柴崎友香

珠子、かおり、夏美。三〇代になった三人が、人に会い、おしゃべりし、いろいろ思う一年間。移りゆく季節の中で、日常の細部が輝く傑作。（江南亜美子）

図書館の神様 瀬尾まいこ

赴任した高校で思いがけず文芸部顧問になってしまった清（きよ）。そこでの出会いが、その後の人生を変えてゆく。鮮やかな青春小説。（山本幸久）

君は永遠にそいつらより若い 津村記久子

22歳処女。いや「女の童貞」と呼んでほしい——。日常の底に潜むうっすらとした悪意を独特の筆致で描く。第21回太宰治賞受賞作。（松浦理英子）

アレグリアとは仕事はできない 津村記久子

彼女はどうしようもない性悪だった。すぐ休み単純労働をバカにし男性社員に媚を売る。大型コピー機とミノベとの仁義なき戦い！（千野帽子）

通天閣 西加奈子

このしょーもない世の中に、救いようのない人生に、ちょっぴり暖かい灯を点す驚きと感動の物語。第24回織田作之助賞大賞受賞作。（津村記久子）

冠・婚・葬・祭 中島京子

人生の節目に、起こったこと、出会ったひと、考えたこと。冠婚葬祭を切り口に、鮮やかな人生模様が描かれる。第143回直木賞作家の代表作。（瀧井朝世）

ピスタチオ 梨木香歩

棚（たな）がアフリカを訪れたのは本当に偶然だったのか。不思議な出来事の連鎖から、水と生命の壮大な物語「ピスタチオ」が生まれる。（管啓次郎）

こちらあみ子 今村夏子

太宰治賞と三島由紀夫賞、ダブル受賞を果たした異才、衝撃のデビュー作。3年半ぶりの書き下ろし「チズさん」を収録。（町田康／穂村弘）

さようなら、オレンジ 岩城けい

オーストラリアに流れ着いた難民サリマ。言葉も不自由な彼女が、新しい生活を切り拓いてゆく。第29回太宰治賞受賞・第150回芥川賞候補作。（小野正嗣）

ちくま文庫

きみを夢《ゆめ》みて

二〇一五年十月十日　第一刷発行

著　者　スティーヴ・エリクソン

訳　者　越川芳明（こしかわ・よしあき）

発行者　山野浩一

発行所　株式会社　筑摩書房

東京都台東区蔵前二―五―三　〒一一一―八七五五

振替〇〇一六〇―八―四一二三

装幀者　安野光雅

印刷所　株式会社精興社

製本所　株式会社積信堂

乱丁・落丁本の場合は、左記宛にご送付下さい。

送料小社負担でお取り替えいたします。

ご注文・お問い合わせも左記へお願いします。

筑摩書房サービスセンター

埼玉県さいたま市北区櫛引町二―六〇四　〒三三一―八五〇七

電話番号　〇四八―六五一―〇〇五三

ISBN978-4-480-43298-8 C0197